Thomas Franke
Das Licht scheint in der Finsternis

Über den Autor

Thomas Franke ist Sozialpädagoge und bei einem Träger für Menschen mit Behinderung tätig. Als leidenschaftlicher Geschichtenschreiber ist er nebenberuflich Autor von Büchern. Er lebt mit seiner Familie in Berlin.
Mehr über den Autor: www.thomasfranke.net

Thomas Franke

Das Licht scheint in die Finsternis

Roman

Inhalt

Prolog 7
El Niño 15
Flucht 25
Die Brücke 31
Der Plan 35
Das Testament 39
Notaufnahme 48
Die Agentur 52
Erwachen 62
Die Akte El Niño 71
Das Elternhaus 75
Die Erkenntnis 86
Der Zwerg 90
Alte Fotos und ein Sicherungskasten 97
Der Gefangene 104
Die Visite 111
Schwester Maggy 114
Die Festung 123
Alte und neue Wunden 132
Die Schrift an der Wand 136
Der Flussmann 141

Die weiße Frau	144
Überholmanöver	149
Leere	160
Der Spiegel	174
Gefährliche Fragen	183
Hinweise	199
Verlaufen	210
Verspiegelte Erinnerungen	220
Vorbereitungen	231
Mango-Lassi und Geschwister	243
Die Bestie	250
Fragen, Einsamkeit und eine Flasche Rotwein	255
Dunkle Ahnungen	266
Aufgeflogen	277
Recherche	284
Wacht	289
Der Makel	291
Fragen und ein malträtiertes Lenkrad	299
Verschwunden	305
Das Licht scheint in die Finsternis	312
Auf der Jagd	316
In die Irre geführt	325
Zurück	328
Scham	335
Frei	338
Epilog	341
Dank	350

Du wirst so lange tot sein, als du dich weigerst zu sterben.
George MacDonald

Prolog

Sommer 1992

Helena ächzte leise, als sie den Korb anhob. Sie war einfach noch nicht dazu gekommen, diese Arbeit zu erledigen. Seit Wochen türmte sich die Bügelwäsche im Keller. Möglicherweise spielte ihre Abneigung gegen den Vorgang des Bügelns dabei eine kleine Rolle. Aber das war nicht der Hauptgrund für das Chaos: Seit Jürgen sich selbstständig gemacht hatte, kam er täglich nur für ein paar Stunden nach Hause. Meist ging er sofort in die Küche, fiel über alles Essbare her, das nicht erst lange zubereitet werden musste, und taumelte dann direkt ins Bett, um wenige Sekunden später in Tiefschlaf zu fallen.

Banale Aufgaben wie staubsaugen, Wäsche waschen, einkaufen und kochen nahm er gar nicht wahr. Er fühlte sich dafür genauso wenig zuständig wie für die Luft, die er zum Atmen benötigte.

Im Grunde lebte Helena wie eine Alleinerziehende. Sie stand nachts auf und kümmerte sich um Jonathan, wenn seine Pseudokrupp-Anfälle ihn nach Atem ringen ließen. Es war ihre Telefonnummer, die gewählt wurde, wenn Maik wieder

Ärger in der Schule hatte. Schon seit Monaten brachte ihr Halbtagsjob mehr Geld in die Haushaltskasse als Jürgens Geschäft.

Schnaufend erklomm sie die Kellertreppe. Der gesamte Haushalt lastete auf ihren Schultern. Eigentlich hatte sie gehofft, dass in ihrer zweiten Ehe alles besser werden würde. Aber meist fühlte sie sich genauso alleingelassen wie früher. Ächzend schleppte sie den Korb durch das Halbdunkel des Flurs. *Immerhin*, ging es ihr durch den Kopf, *verprasst er sein Geld nicht bei illegalen Pokerturnieren und hat ständig Affären mit irgendwelchen Flittchen.* Und außerdem gab es da noch ihre verspätete Hochzeitsreise. Schon seit Monaten freute sie sich auf das verlängerte Wochenende in London. Es war ihr Lichtstreifen am Horizont.

Plötzlich stieß sie mit dem Schienbein gegen irgendetwas, das hier im Flur nichts zu suchen hatte, und stolperte vorwärts. Die Jungs hatten dort wieder allen möglichen Krempel liegen lassen. In Gedanken sah sie sich schon auf dem Boden aufschlagen. Das fehlte noch, dass sie sich das Bein brach und ihren wohlverdienten Urlaub nicht antreten konnte. Irgendwie gelang es ihr, das Gleichgewicht zu halten. Sie machte sich mit einem Schwall Schimpfwörter Luft, für die sie ihren Jungs zwei Tage Stubenarrest verpasst hätte, und lehnte sich schwer atmend gegen die Wand. Mit dem Ellenbogen öffnete sie die Wohnzimmertür. Ein Schweißtropfen rann ihr über die Schläfe, als sie den schweren Korb auf dem Esstisch abstellte.

Stöhnend streckte sie ihren schmerzenden Rücken. Heute hatte sie Spätschicht. Wenn ihr Rücken jetzt schon schlappmachte, würde die Arbeit alles andere als ein Vergnügen werden.

Als sie das Bügelbrett holte, achtete sie sorgsam darauf, nicht auf die Legosteine zu treten, die Jonathan wieder einmal liegen gelassen hatte. Aus leidvoller Erfahrung wusste sie, wie schmerzhaft das sein konnte. Der Dielenboden knackte, und aus den Augenwinkeln glaubte sie, einen Schatten vorbeihuschen zu sehen.

Erschrocken wandte sie sich um. Niemand war zu sehen. *Natürlich nicht!*, schalt sie sich selbst. Die Kinder waren in der Schule und Jürgen war im Geschäft. Das Holz in diesem alten Bauernhaus arbeitete ständig. Allmählich sollte sie sich daran gewöhnt haben. Und der Schatten?

Sie schüttelte den Kopf über ihre eigene Albernheit, ging aber dennoch hinüber zur angelehnten Tür und lugte in den Flur. Niemand war zu sehen.

Achselzuckend kehrte sie ins Wohnzimmer zurück, steckte das Bügeleisen in die Steckdose und schaltete den Fernseher ein. Im Vormittagsprogramm lief ein alter Film aus den Siebzigern. Sie zappte sich durch die Sender und blieb bei einer Wiederholung von *Alf* hängen. Sie mochte diesen vorlauten, zotteligen Außerirdischen.

Der Hemdenstapel war ungefähr zu einem Drittel abgearbeitet, als das Telefon klingelte. *Hoffentlich nicht schon wieder die Schule,* dachte Helena, während sie den Fernseher leise stellte und den Hörer abnahm.

„Hi, Baby, ich bin's, Frank."

Helena verdrehte die Augen. „Nenne mich nicht ‚Baby', Frank, das ist albern."

Sie vernahm am anderen Ende der Leitung ein Lachen. Motorengeräusche dröhnten im Hintergrund und eine Polizeisirene erklang.

„Wo bist du? In einer Telefonzelle an der Autobahn?"

„Ich telefoniere vom Auto aus."

Helena seufzte. Natürlich hatte sich ihr Exmann eines dieser sauteuren neuen Handys gekauft, mit denen all diese neureichen Yuppies durch die Gegend stolzierten. Nur mit dem Unterschied, dass Frank sich so ein Ding eigentlich nicht leisten konnte.

„Was willst du?"

„Hör zu, ich habe da etwas am Start ..." Der Rest seiner Worte ging im Quietschen von Reifen unter. Sie hörte ihn lautstark fluchen.

„Was ist passiert?"

„Alles unter Kontrolle, Baby. Also wie gesagt, für mich hat sich da eine ganz große Sache aufgetan."

Ein ungutes Gefühl beschlich Helena. „Frank ... Warum rufst du an?!"

„Es tut mir wirklich leid, das musst du mir glauben, aber ... ich kann den Jungen nicht nehmen."

Helena spürte, wie ihr das Blut aus dem Gesicht wich. „Was ...?", stammelte sie. Mit der Hand tastete sie nach der Sessellehne.

„Baby, das ist meine Chance!", fuhr Frank aufgeregt fort. „Ich –"

„Deine verdammten Chancen interessieren mich nicht!", fauchte Helena. „Du hast mir hoch und heilig versprochen, dass du Maik nächste Woche nimmst. Der Termin steht seit über einem halben Jahr fest!"

„Ich weiß, tut mir auch leid, aber wir müssen das Ganze verschieben!"

„Verschieben?!", kreischte Helena. „Jürgen und ich haben eine Reise gebucht, schon vergessen?"

„Beruhige dich –"

„Nein, ich werde mich nicht beruhigen! Seit unserer ersten Begegnung lässt du mich immer wieder im Stich. Ich habe den Jungen die ganze Zeit am Hals und du kümmerst dich um gar nichts! Maik ist auch dein Sohn! Jetzt übernimm ein Mal in deinem Leben Verantwortung und halte dich an dein Versprechen!"

„Du kannst herumbrüllen, so viel du willst." Franks Stimme klang kalt. „Es ändert nichts. Ich bin an diesem Wochenende in Las Vegas. Ich kann den Jungen nicht nehmen."

„Das ist nicht dein Ernst!", keuchte Helena.

„Ich habe die Startgebühr für ein internationales Top-Turnier im legendären ‚Binion's Horseshoe'-Casino zusammen. Das bedeutet –"

„Es interessiert mich einen Dreck, was das bedeutet!", schrie Helena. „Ein Mal, ein einziges Mal in meinem Leben will ich etwas Zeit für mich haben. Ich will tun, was mir gefällt! Ich will mich nicht um das Chaos der Kinder kümmern müssen und mir nicht die Beschwerden der Lehrer anhören, die mir erzählen, was dein Sohn schon wieder ausgefressen hat."

„Mein Gott, nun werde doch nicht gleich so theatralisch", unterbrach Frank sie. Er klang genervt. „Du hast doch den Zwerg auch woanders untergebracht, da kann Maik doch garantiert –"

„Kennst du deinen Sohn überhaupt, Frank? Er lässt sich von niemandem etwas sagen. Maik steht kurz davor, auch von der dritten Schule zu fliegen. Ständig stellt er irgendetwas an –"

„Meine Güte, reg dich ab. Er kommt eben in die Pubertät, da sind Jungs ein bisschen rebellischer, das ist völlig normal."

„Erzähl nicht so einen Schwachsinn!", stieß Helena wütend hervor. „Maiks Verhalten ist überhaupt nicht normal. Weißt du, dass er versucht hat, Yvonnes Schuppen niederzubrennen?"

Sie hörte Frank am anderen Ende der Leitung verächtlich schnaufen. Er konnte ihre Schwester nicht leiden. Aber offenbar hatte selbst er kapiert, dass jetzt nicht der richtige Moment für flapsige Kommentare war.

„Yvonne kümmert sich um Jonathan, während wir weg sind. Aber Maik darf ihr Haus nicht mehr betreten. Verstehst du, Frank: Niemand nimmt deinen Sohn freiwillig bei sich auf!"

„Tut mir echt leid", entgegnete Frank. Sie vernahm das Knallen einer Autotür, dann Schritte. „Ich werde mit ihm reden, wenn ich zurück bin."

„Frank, das kannst du nicht machen! Du wirst dich an dein Versprechen halten –"

„Der Akku ist gleich leer."

„– dieses eine Mal!"

„Ich muss Schluss machen –"

Helena spürte, wie ihr die Tränen kamen. „Tu mir das nicht an!" Wütend fuhr sie sich mit dem Handrücken über das Gesicht.

„Ich melde mich, versprochen!"

„Frank?"

Ein Tuten erklang aus der Leitung. „Du Scheißkerl!" Helena knallte den Hörer auf die Gabel. „Du blödes, egozentrisches –!"

Eine Bewegung an der Wohnzimmertür ließ sie herumfahren.

Ein blasses Gesicht starrte durch den Türspalt.

Helena spürte, wie ihr Herzschlag für einen Moment aussetzte. „Mein Gott, Maik!", entfuhr es ihr. „Was ... machst du schon hier? Warum bist du nicht in der Schule?"

Der Junge schwieg. Seine Lippen waren zu einem schmalen Strich zusammengepresst.

„Hast du gelauscht?!"

Das blasse Gesicht blieb vollkommen reglos.

Sie unterdrückte ein Stöhnen „Maik, hör zu –"

Maik wandte sich ab und hastete davon. Sie konnte seine Schritte auf dem Dielenboden hören.

„Maik, jetzt warte doch –"

Etwas krachte laut scheppernd gegen die Wand.

„Maik!" Helena eilte hinaus auf den Flur und sah gerade noch, wie die schlanke Gestalt ihres Sohnes durch die Haustür verschwand. „Bleib stehen!" Sie eilte zur Tür und spürte einen stechenden Schmerz, als sie mit bloßen Füßen auf etwas Spitzes trat. Sie keuchte schmerzerfüllt auf und humpelte zur Tür.

Maik hatte jedoch bereits den Hof durchquert und verschwand einen Augenblick später im gegenüberliegenden Maisfeld. „Verdammt!"

Es hatte keinen Zweck, ihm hinterherzulaufen. Sie würde ihn niemals einholen. Humpelnd machte sie kehrt und schaltete das Licht im Flur ein, um die Verletzung zu untersuchen. Ein dicker Holzsplitter hatte sich tief in ihre Fußsohle gebohrt. Helena biss die Zähne zusammen und zog ihn vorsichtig heraus. Blut tropfte auf den Boden. Ihr Blick fiel auf das Hindernis, über das sie vorhin gestolpert war. Holzreste lagen zersplittert auf dem Boden. Maik musste etwas mit voller Wucht gegen die Wand geschleudert haben. Helena kniete nieder und betrachtete die zerbrochenen Reste. Es war ein Regal gewesen, laienhaft aus alten Palettenbrettern ausgesägt und zusammengenagelt. In den Trümmern lag ein Zettel. Helena hob ihn auf.

Für Mama.
Damit du auf dem Klo Platz für deine Bücher hast.
Maik

Helenas Sicht verschwamm, als ihr Tränen in die Augen traten. „Oh nein!" Sie presste die blutverschmierte Hand an die Lippen. „So eine Scheiße!"

El Niño

20 Jahre später

Die Zigarettenspitze glomm auf in der Nacht. Er sog den Rauch tief in seine Lunge und stieß ihn dann langsam wieder aus. Mit beiden Ellenbogen lehnte er sich auf die Brüstung der Dachterrasse und starrte der kleinen Rauchwolke hinterher, die in den Berliner Nachthimmel hinaufstieg.

Die Terrasse gehörte zu einem der exklusivsten Nachtclubs der Hauptstadt. Die Wucht der Beats ließ selbst hier draußen den Boden unter seinen Füßen vibrieren. Macht und Prominenz hatten sich versammelt: erfolgreiche Manager, Rechtsanwälte, gelangweilte Politikersprösslinge, mehr oder minder bekannte Schauspieler und auch eine ganze Reihe von Persönlichkeiten, die ihr Geld mit weniger legalen Mitteln verdienten. Wenn Martin Böhm zur Party lud, dann kamen sie alle.

Er sog an der Zigarette und verzog die Lippen zu einem Lächeln bar jeden Humors. Es war seine Party. Aber hier oben war er ganz allein.

Dieser Moment entbehrte nicht einer gewissen Symbolkraft.

Er wusste viel über seine Gäste, kannte ihre Potenziale und ihre dunklen Seiten. Und wenn es an der Zeit war, würde er sie nach seiner Musik tanzen lassen. Jeder dieser Männer hier hielt sich für wichtig, glaubte, freiwillig hier zu sein, um Spaß zu haben und die Gesellschaft all der attraktiven Frauen zu genießen, an denen es in seinem Club erstaunlicherweise niemals mangelte. In Wahrheit waren alle diese Leute nur Teil eines gigantischen Marionettenkabinetts. Und er war es, der die Fäden in der Hand hielt.

Er spie über die Brüstung und starrte in die Nacht. Es war eine seltsame Ironie, dass er beinahe alles über so viele Menschen wusste, aber selbst kaum mehr als ein Schatten blieb.

Natürlich kannte man seine verschiedenen Namen und all die Geschichten, die er für sie erfunden hatte. Für seine Gäste war er Martin Böhm, ein Investor, der mit Immobilienhandel Millionen gemacht hatte und nun seinen Reichtum großzügig unters Volk brachte. Auf den Cayman Islands war er Mr Schmidt – ein ausgezeichneter Kunde. Hin und wieder wohnte er unter dem Namen Pawlowski in einem teuren Apartment in München. Seine Nachbarn würden ihn als freundlichen und überaus höflichen Menschen bezeichnen. Das LKA Berlin würde allerdings andere Attribute verwenden. Für sie war er „El Niño" – einer der gefürchtetsten Unterweltbosse der Stadt. Überall, so schien es, hatte er seine Hände im Spiel, und doch hatte niemand ihn jemals zu Gesicht bekommen.

Bislang hatte er es stets genossen, der Mann im Schatten zu sein. Es hatte ihn berauscht, Macht über die scheinbar Mächtigen zu haben. Doch in letzter Zeit verspürte er immer häufiger diese seltsame Leere in sich – eine Art von Taubheit, die sich langsam von innen nach außen fraß.

Wann hatte es angefangen? Er griff in die Brusttasche, zog eine der kleinen runden Pillen hervor und schluckte sie. War die Leere an dem Tag geboren worden, als seine Mutter gestorben war? Vielleicht, weil mit ihr jene Person gegangen war, die ihm seinen ersten Namen gegeben hatte?

„Maik ...", hatte sie geflüstert. „Bist du das?"

„Ja, Mama."

Dann war sie eingedöst, umnebelt von schweren Schmerzmitteln. Und er hatte neben ihr am Bett gesessen und diese Leere gespürt. Hatte er sie dort zum ersten Mal wahrgenommen?

Langsam schüttelte er den Kopf. Nein, sie war schon länger da gewesen, viel länger. Aber noch nie war sie so deutlich in sein Bewusstsein getreten wie in diesem Moment, als er etwas fühlen wollte und es nicht konnte.

„Herr Böhm?"

Er fuhr herum.

Der breitschultrige Mitarbeiter der Security zuckte unter seinem Blick zusammen. „Entschuldigen Sie die Störung. Aber ich sollte Sie doch an das Gespräch mit dem Staatssekretär erinnern."

Er holte tief Atem und nickte dann. „Ich komme."

Der Mann hielt ihm die Tür auf. Als Maik eintrat, war er wieder Martin Böhm. Er spürte den Rhythmus der Musik in seinem Körper. Das Flirren der Lichter spiegelte sich in den Champagnergläsern und den teuren Uhren der Gäste.

Der Staatssekretär stand am Büfett und unterhielt sich sehr angeregt mit einer jungen Dame, die noch nicht einmal halb so alt war wie er.

Martin Böhm grüßte, schüttelte Hände und bahnte sich seinen Weg durch die Menge. Das Dröhnen der Musik übertönte das Klingeln seines Handys, und es dauerte einige Sekunden, bis er den Vibrationsalarm registrierte. Er zog das Mobiltelefon aus der Hosentasche und warf einen Blick auf die leuchtende Anzeige. Es war Sercan. Er würde sich nicht melden, wenn es nicht wirklich dringend wäre. „Was gibt es?"

„... ist ... Alex ... musst ... sofort!"

„Was?! Ich versteh kein Wort! Warte!"

Er warf einen Blick zum Staatssekretär, der konsequent das Dekolleté seiner Gesprächspartnerin im Blick behielt und ihn nicht zu vermissen schien. Kurzentschlossen wandte Maik sich ab und bahnte sich einen Weg über die Tanzfläche. Die flirrenden Lichtblitze ließen die schwitzenden Leiber um ihn herum ruckartig zucken. Sercans Stimme erklang erneut, doch er verstand weiterhin kein Wort. „Gleich!", zischte er. Er beschleunigte seine Schritte und stieß unsanft mit einer der Tanzenden zusammen. Maik ignorierte die ärgerlichen Rufe und hastete weiter.

Endlich hatte er die Tanzfläche überquert. Rasch eilte er die Treppen hinab, öffnete die Notausgangstür und trat nach draußen.

Kalte Nachtluft umfing ihn. Er drückte das Handy ans Ohr. „Was ist los, verdammt noch mal?" Das fahle Licht einer Straßenlaterne spiegelte sich in einer Pfütze.

„Du wurdest verraten!"

„Was?!"

„Bist du noch im Club?" Sercan sprach hastig. Furcht schwang in seiner Stimme mit.

„Ja, aber was soll –"

„Du musst weg da, sofort! Er ist gleich da!"

„Wer denn, zum Teufel! Rede endlich klar!"

„Alex! Er ist ein Spitzel!"

„Was sagst du da?"

„Er arbeitet für das LKA!"

„Das ist nicht dein Ernst!"

„Du weißt, dass ich dich niemals belügen würde!"

„Verdammt!" Maik hatte das Gefühl, als würde sich sein Magen zu einem harten Klumpen zusammenballen. Eine Mischung aus Zorn und Furcht vertrieb das Gefühl der Leere in ihm. „Ich hab diesem Schwein vertraut ..."

„Du musst verschwinden, Chef. Er ist schon auf dem Weg zu dir!"

„Ich bring den Kerl um!"

„Alex ist ein Bulle! Der kommt garantiert nicht allein!" Sercan schrie nun fast. „Mit Sicherheit hat der das SEK im Schlepptau –"

Sercan redete weiter auf ihn ein, aber Maik hörte nicht länger zu. Er starrte auf das schmutzige Pflaster und lauschte seinen eigenen Atemzügen. Verraten! Von einer schmierigen Kanalratte verraten! Eben noch hatte er geglaubt, alle Fäden in der Hand zu halten, und nun das ... Er schleuderte das Handy mit aller Wucht gegen die Betonwand des Nachtklubs, wo es zersplitterte. „Scheiße!" Erregt trat er gegen eine der überfüllten Mülltonnen. „Verfluchte Scheiße!"

Eine plötzliche Bewegung ließ ihn herumfahren. „Alles in Ordnung, Herr Böhm?" Ein breitschultriger Mann tauchte im Türspalt des Hintereingangs auf.

Maik warf ihm einen wortlosen Blick zu.

Obwohl der Mann einen Kopf größer und doppelt so breit war wie Maik, verzog er sich so hastig wie ein ängstliches Schulmädchen.

Über den gedämpften Lärm des Nachtclubs hinweg konnte man das Quietschen von Autoreifen hören. Maik eilte über den dunklen Hinterhof auf die Straße. War das dort der BMW von Alex? Er biss die Zähne zusammen und wandte sich in die entgegengesetzte Richtung. Rasch bog er in eine Seitengasse. Er ging schnell, ohne jedoch in Laufschritte zu verfallen. Ein Mann, der in einem eleganten Anzug durch die Straßen hetzte, wäre viel zu auffällig. Maik warf einen Blick über die Schulter – niemand war zu sehen. Einen Augenblick lang erwog er umzukehren, um den Speicherchip seines Handys zu holen. Aber er hatte sich angewöhnt, keine Daten zu speichern und alle Nachrichten sofort wieder zu löschen. Die Nummern seiner Leute kannte er auswendig.

Aufmerksam sah er sich um, während er durch die Straßen ging. Ein paar Häuserecken entfernt demolierten ein paar Jugendliche grölend eine Bushaltestelle – unverdächtig. Nach einem längeren Umweg bog er in die Straße ein, in der er geparkt hatte. Von Alex war nichts zu sehen. Maik konnte auch keine Polizeiwagen entdecken. Vielleicht hatte er Glück. Rasch stieg er ein und startete den Motor seines Porsche Cayenne.

Polizeihauptkommissar Thorsten Boddien tigerte in seinem Büro auf und ab. Mit einer rüden Handbewegung verscheuchte er jeden, der sich in seine Nähe wagte. Er presste einen Finger auf den Knopf in seinem Ohr.

Aus dem Kopfhörer drang laute Musik und gedämpftes Keuchen. Der Idiot hatte einfach die Anweisungen seines Vorgesetzten ignoriert und war allein in den Club gestürmt. Im Stillen verfluchte Thorsten Boddien den Tag, an dem er den jungen Alexander Wolkow auf den Fall El Niño angesetzt hatte. Dabei hatte er sich erst zu seiner klugen Entscheidung beglückwünscht. Alex konnte hervorragende Zeugnisse vorweisen, dazu hatte er schauspielerisches Talent, keine festen

Bindungen und jede Menge Ehrgeiz. Als Sohn russlanddeutscher Einwanderer sprach er akzentfrei Russisch. Es fehlten nur noch einige fingierte Gewaltverbrechen samt abgesessener Gefängnisstrafe und schon war er ein Exmitglied der ostdeutschen Russenmafia, auf der Suche nach neuen Herausforderungen – und damit der perfekte Undercoveragent. Und es war auch wirklich gelungen, Alex in das Netzwerk von El Niño einzuschleusen.

El Niño war ein Phantom. Der große Unbekannte unter den führenden Köpfen der organisierten Kriminalität. Niemand hatte ihn jemals zu Gesicht bekommen. El Niño war vollkommen unberechenbar und sehr, sehr gefährlich, genauso wie das Wetterphänomen, dem er seinen Namen verdankte.

Eines der unzähligen Gerüchte über ihn besagte, dass er seine besonderen Fähigkeiten in den blutigen Drogenkriegen Mexikos erworben hatte. Ein anderes besagte, er sei Araber – ein Exterrorist, der sein Handwerk bei Al Kaida erlernt hatte. Wieder andere glaubten, er entstamme der russischen Mafia.

Hauptkommissar Thorsten Boddien vermutete, dass keines dieser Gerüchte der Wahrheit entsprach. Wahrscheinlich hatte El Niño sie selbst in die Welt gesetzt.

Alexander Wolkow hatte sich an dem Fall festgebissen. Zwei Jahre lang war er unter dem Namen Alex Smirnow immer tiefer in das kriminelle Netzwerk vorgedrungen. Er hatte Grenzen überschritten und Verbrechen begangen, um das Vertrauen El Niños zu gewinnen. Mehrmals hatte Thorsten Boddien darüber nachgedacht, ihn von diesem Fall abzuziehen, aber jedes Mal hatte Alex einen neuen Erfolg vorzuweisen gehabt und seinen Vorgesetzten dazu bewogen, immer mehr Kompromisse einzugehen. Viel zu spät hatte der Hauptkommissar bemerkt, dass es Alex längst nicht mehr um Recht und Unrecht ging. Es war eine andere Art von Hunger, die den jungen Undercoveragenten antrieb. Es ging darum, derjenige zu sein, der den großen Unbekannten El Niño enttarnte. Es ging nur noch um den Sieg! Erfolg war das Einzige, was noch eine Rolle spielte.

Vor einer Stunde hatte sich Alex gemeldet. Seine Stimme hatte vor Aufregung gezittert. „Ich weiß, wer El Niño ist!" Dann hatten sich die Ereignisse überschlagen.

Das Schnaufen in seinem Headset wurde lauter. Wütende Rufe waren über den Lärm der Musik hinweg zu vernehmen.

„Alex, rede endlich mit mir! Was ist los?!"

„Martin Böhm!"

„Das ist nicht dein Ernst?!"

„Doch, er war an ihrem Grab. Und jetzt schnappe ich ihn mir! ... Verflucht ...", keuchte es in seinem Kopfhörer, „er ist weg!"

„Wie: weg?"

„Er ... muss einen Tipp bekommen haben", erwiderte die Stimme schnaufend. Es rumste, als würde eine Tür zugeschlagen. Abrupt wurde die Musik leiser. „Hier liegt ein kaputtes Smartphone", murmelte die Stimme. „Ich sage dir, der ist gerade erst weg."

„Vielleicht ist das Zufall?"

Alex schnaufte spöttisch. „Das glaubst du doch selbst nicht! Der hat einen Tipp bekommen."

Thorsten Boddien kniff die Lippen zusammen. Alex hatte recht. Wenn Martin Böhm tatsächlich El Niño war – und daran hatte er nun keinen Zweifel mehr –, dann hatte er nicht ohne Grund fluchtartig die Party des Jahres verlassen.

„Schon mal daran gedacht, dass wir einen Maulwurf haben könnten?", fragte Alex.

„Langsam wirst du paranoid!", sagte Boddien. *Vielleicht hast du ja auch einen Fehler gemacht, Alex*, dachte er. Aber er sprach es nicht laut aus. Ein Streitgespräch würde ihnen jetzt nicht weiterhelfen.

„Es wussten einfach zu viele Leute von der geplanten Aktion. Da ist garantiert etwas durchgesickert. Deshalb wollte ich die Sache ja auch allein durchziehen", schnaufte Alex.

Nein, dachte Thorsten Boddien. *Das ist nicht der wahre Grund, und das wissen wir beide sehr genau.*

Schnelle Schritte waren zu vernehmen. Es hörte sich an, als würde der junge Mann eine enge Gasse entlangjoggen. „Was machst du da?"

„Böhm nutzt niemals die Tiefgarage", erwiderte Alex. „Er parkt seinen Wagen immer an einer anderen Stelle. Vielleicht ist er hier noch irgendwo in der Nähe."

„Warte auf die Kollegen, dann könnt ihr eine koordinierte Suchaktion starten."

Alex antwortete nicht und Thorsten Boddien schüttelte den Kopf. Er war schon über 20 Jahre bei der Polizei, aber eine solche Verbissenheit war ihm noch nie untergekommen.

„Da!"

„Was?"

„Ich hab ihn! Er steigt gerade in seinen Wagen." Die Schritte wurden schneller. Alex begann zu rennen.

„Wo ist er?", rief Thorsten Boddien.

Keine Antwort, nur keuchender Atem und hallende Schritte.

„Verdammt noch mal, rede endlich mit mir!"

Das charakteristische Piepen einer funkgesteuerten Zentralverriegelung erklang. Die Schritte verstummten abrupt, gleich darauf wurde eine Autotür zugeschlagen und ein Motor gestartet.

„Alex!", brüllte Boddien.

„Schon gut", keuchte der junge Mann. „Bin im Auto und nehme die Verfolgung auf." Er gab Gas.

„Das SEK muss jeden Moment da sein. Dann könnt ihr ihn in die Zange nehmen!"

„Keine Zeit. Der ist glatt wie ein Aal. Wenn er uns jetzt durch die Lappen geht, war alles umsonst!" Der Wagen beschleunigte.

„Wohin fahrt ihr?"

„Nach Norden, Richtung Stadtautobahn!"

„Okay. Ich schicke dir Verstärkung! Geh keine unnötigen Risiken ein!"

Das Dröhnen des Motors war die einzige Antwort.

Flucht

Maik zügelte seine Wut und hielt sich an die Geschwindigkeitsbegrenzung. Wenn er raste, würde das nur unnötig Aufmerksamkeit erregen. Und das Letzte, was er gebrauchen konnte, waren Blitzerfotos, die den Bullen den Weg wiesen.

Er wischte sich den Schweiß von der Stirn und zog sich während der Fahrt das Jackett aus. Achtlos warf er es nach hinten und löste den Schlips. Wie hatte dieses kleine Arschloch seine wahre Identität herausgefunden? Niemand außer Sercan wusste Bescheid!

Ein silberfarbener BMW kam aus der Seitenstraße und schlug die gleiche Richtung ein. Alex! Maik stieß einen Fluch aus und behielt den Rückspiegel im Auge. Wie ein Jagdhund hatte sich der Verräter an seine Fersen geheftet. Es würde nicht mehr lange dauern, bis das SEK hinzukam.

Maik knirschte mit den Zähnen, während er den Wagen beschleunigte. Es hatte Jahre gedauert, seine wichtigste Identität aufzubauen. Martin Böhm, der erfolgreiche Geschäftsmann, und El Niño, der Schatten der Unterwelt, hatten sich perfekt ergänzt. Er würde noch mal ganz von vorne anfangen müssen.

Maik kramte erneut eine kleine weiße Pille aus seiner Hemdtasche. Der Motor des Cayenne röhrte, als er Gas gab und von der Autobahnauffahrt gleich auf die linke Spur wechselte. Kurz darauf fuhr ein silberfarbener BMW auf die Autobahn und setzte den linken Blinker.

Hauptkommissar Thorsten Boddien presste die Hand an sein Ohr. „Was hast du gesagt?"

„Ich bin noch dran! Er fährt auf der A1 Richtung Norden!"

Thorsten Boddien seufzte erleichtert. „Gut, bleib dran und sei vorsichtig. Ich schicke dir jemanden, der dich ablöst."

„Mist, er gibt mächtig Gas." Alex klang wütend. „Er weiß, dass ich hinter ihm bin!"

„Halt Abstand!", mahnte Thorsten Boddien. „Versau es nicht!"

Alex schnaubte.

„Wir observieren ihn und schlagen zu, wenn sich die Gelegenheit bietet. Wenn wir die Sache jetzt überstürzen, sind die Folgen nicht absehbar."

„Schon klar!", brummte Alex.

„Junge, ich kann dir keinen Hubschrauber hinterherschicken, der den Burschen von der Straße pustet – wir sind hier nicht in einem blöden Actionfilm."

Alex erwiderte nichts.

Thorsten Boddien verdrehte die Augen und gab eine neue Order an seine Mitarbeiter heraus. Zwei Zivilfahrzeuge würden die Verfolgung aufnehmen und Alex bei passender Gelegenheit ablösen. Der Mannschaftsbus des SEK würde im Abstand von einem Kilometer folgen.

Nun blieb ihm nichts anderes übrig, als abzuwarten. Alex schwieg. Thorsten Boddien nahm sein unruhiges Hin- und

Herlaufen wieder auf. Dieser Junge machte ihn noch wahnsinnig. Er war wie ein Terrier, der sich in den Fall verbissen hatte und nicht loslassen würde, bis El Niño in Haft saß. Aber er war auch ein kluger Kopf und hatte das Netzwerk des Unterweltbosses so sorgfältig analysiert wie niemand sonst. Jedes Mal, wenn man das Gefühl hatte, in das Zentrum des Netzwerkes vorgedrungen zu sein, stellte man fest, dass man auf ein Nebengleis geraten war. Scheinbar führende Köpfe der Organisation entpuppten sich als unwissende Handlanger, und kleine Dealer, die völlig unwichtig schienen, hatten mit einem Mal die teuersten Anwälte an ihrer Seite. Es war einfach nicht zu durchschauen, wer in dieser Organisation das Sagen hatte. Ständig schien jemand anderer die Fäden zu ziehen. Es gab nur eine Konstante, und die trug den Namen Sercan. Alex hatte rasch herausgefunden, dass der Mann keine Befehlsgewalt hatte. Er war kein Boss. Aber er tauchte überall auf, und niemand stellte das infrage. Er durchschwamm die trüben Wasser der Unterwelt, und weder die großen noch die kleinen Fische wagten es, ihn zu behelligen. Er war der „Unberührbare".

Das hatte Alex neugierig gemacht. Zuerst hatte er gedacht, Sercan selbst wäre die Spinne in diesem undurchdringlichen Netzwerk, doch das passte nicht so recht zusammen. Schließlich war er zu dem Schluss gelangt, dass Sercan so etwas wie der persönliche Assistent von El Niño war. Und dann war diese alte Frau ins Spiel gekommen. Sie war definitiv nicht mit Sercan verwandt und es gab auch keinerlei Bezug zu dessen kriminellem Umfeld. Und dennoch beobachtete er die alte Dame heimlich. Als dann auch noch ominöse Kreuzworträtselgewinne und eine private Zusatzversicherung auftauchten, an die sich die alte Frau gar nicht erinnern konnte, war klar, dass jemand sie finanziell unterstützte.

Nachdem die alte Frau verstorben war, stellte sich heraus, dass sie einen Notar mit der Vollstreckung ihres Testaments beauftragt hatte.

Und endlich hatten sie einmal Glück. Der Notar war ein alter Klassenkamerad von Thorsten Boddien.

Der Hauptkommissar frischte den Kontakt zu seinem alten Kameraden unauffällig über *Facebook* wieder auf und sorgte dafür, dass Alex dessen Büro ungestört einen Besuch abstatten konnte, während der Notar bei einem angesagten Italiener mit Thorsten Boddien über alte Zeiten plauderte. So fanden sie heraus, dass die angeblich von einer Versicherung stammenden Gelder der alten Dame in Wahrheit von einem Konto überwiesen worden waren, das mit El Niño in Verbindung gebracht werden konnte. Damit war klar, es musste eine Beziehung zwischen dieser Frau und Sercans Auftraggeber geben.

Alex persönlich hatte die Beerdigung observiert, aber El Niño war nicht aufgetaucht. Thorsten Boddien hielt das Ganze für eine Sackgasse, aber Alex hatte darauf bestanden, das Grab per Video überwachen zu lassen. Offenbar hatte er die Bilder vor wenigen Stunden überprüft und recht behalten: Martin Böhm war El Niño.

Er war wie aufgeputscht. Denn wenn die DNA von Martin Böhm mit der sichergestellten DNA von einem acht Jahre alten Mordfall übereinstimmte, hatten sie genug Beweismaterial, um El Niño ans Messer zu liefern. Vorausgesetzt natürlich, es gelang ihnen, den Mann festzusetzen.

Den Blick auf die Straße gerichtet, warf Maik die Pille ein und schluckte sie hinunter.

Noch mal ganz von vorne anfangen – zu einem Nichts werden, um sich neu erfinden zu können. Er hatte es schon einmal getan, aber damals war er jünger gewesen, und er hatte noch nicht den Erfolg geschmeckt. Damals hatte er nichts zu verlieren gehabt – heute hingegen hatte er ein ganzes Imperium verloren. Was für ein Drecksleben!

Der BMW folgte ihm. Während Maik weiterhin den Rückspiegel im Auge behielt, wanderten seine Gedanken unwillkürlich immer weiter in die Vergangenheit zurück. Zurück in jene Zeit, als er noch nichts von Martin Böhm wusste und El Niño noch nicht geboren worden war. Es war schon seltsam mit der Erinnerung. Von vielen Jahren seines Lebens waren kaum mehr als ein paar verschwommene Bilder geblieben, aber einige wenige Details hafteten noch sehr genau in seinem Gedächtnis. Er konnte noch immer die Wut in sich spüren, die ihn damals erfasst hatte, das vertraute Brennen in seinem Inneren. Aber er wusste nicht mehr, was genau sie eigentlich ausgelöst hatte. Als seine Finger über die blank polierte Holzarmatur gestrichen hatten, hatte er grimmige Befriedigung gespürt. Der Geruch der Ledersitze klebte an seiner Erinnerung, genau wie das prickelnde Gefühl von Macht, das ihn durchströmt hatte, als es ihm gelungen war, den Motor zu starten. Die Nacht war schwülwarm gewesen, das T-Shirt hatte an seiner Haut geklebt. Selbst hier auf dem Parkplatz hatte er die ungeheure Hitze des in Flammen stehenden Gebäudes spüren können ...

Sein Blick flackerte, die Jahre verschwanden, und er saß wieder in diesem Wagen. Hinter ihm tauchten die Flammen den Asphalt in purpurnes Licht. Der hämmernde Rhythmus der Musik und der Lärm des aufheulenden Motors pumpten Adrenalin durch seine Adern. Er trat das Gaspedal durch, die Reifen quietschten, und die Beschleunigung drückte ihn in den Sitz zurück.

Dann dieses Bild – erstarrte Zeit, für immer in sein Gedächtnis gemeißelt: bleiche Gesichter und weit aufgerissene Augen ... so schreckliche Augen ... Er hatte eine Entscheidung getroffen, bevor er sich dessen bewusst gewesen war ...

Maik schüttelte den Kopf und ließ das Fenster herunter. Tief sog er die kühle Nachtluft in seine Lungen und drängte die Erinnerung unter die vernarbte Oberfläche seines Bewusstseins zurück.

Mittlerweile hatte er auf 200 beschleunigt. Der Fahrtwind peitschte in sein Gesicht und zerrte an seinem Hemd. Maik warf einen Blick in den Rückspiegel. Zwei Scheinwerfer hinter ihm kamen langsam näher.

Ohne zu blinken, wechselte er auf die mittlere Spur und überholte rechts einen Mercedes. Er drückte das Gaspedal durch und die Tachoanzeige stieg auf 250 km/h. Blaue Hinweisschilder flogen an ihm vorbei wie nächtliche Schemen. Aber die Scheinwerfer im Rückspiegel wurden nicht kleiner. Was für ein elendes Leben!

Er verringerte das Tempo ein wenig und ließ den BMW näher kommen. Dann, im letzten Moment, riss er abrupt das Lenkrad herum und nahm mit quietschenden Reifen die Ausfahrt. Beinahe hätte er es nicht geschafft. Das Kreischen der Reifen war ohrenbetäubend, er hörte ein lautes Krachen, Funken sprühten auf, als er die Leitplanke streifte. Der Wagen geriet ins Schleudern. Maik zwang sich, den Fuß von der Bremse zu nehmen, und bekam den Wagen wieder unter Kontrolle.

Die Brücke

Ruhelos wanderte Thorsten Boddien auf und ab. Über die Verhaftung von El Niño war innerhalb von wenigen Minuten entschieden worden und dennoch hatte dieser irgendwie Wind davon bekommen.

„Verdammt ...!" Der Aufschrei riss Thorsten Boddien aus seinen Gedanken.

„Alex, was ist los?"

Reifen quietschten ...

„Alex!"

Es gab ein lautes Krachen und ein ohrenbetäubendes metallisches Kreischen. Die Verbindung brach abrupt ab.

„ALEX?"

Einige Atemzüge stand Hauptkommissar Thorsten Boddien einfach nur da und lauschte in die Stille. Dann wählte er die Nummer des leitenden Einsatzbeamten.

Beinahe wär ich draufgegangen!, schoss es Maik durch den Kopf, als er mit ungefähr 180 km/h die Landstraße entlangraste.

Und wäre das so schlimm gewesen?, bohrte eine Stimme in ihm nach. Um ihn herum lagen Felder und kleine Wäldchen, aus denen Nebel aufstieg. Erst jetzt blickte er in den Rückspiegel. Zwei Scheinwerfer kamen langsam näher. Verdammt! Vor Wut schlug er aufs Lenkrad. Hatte er diese Ratte immer noch nicht abgeschüttelt?

Zeig es den Typen, meldete sich erneut die Stimme in seinem Inneren, *häng sie ab!*

Maik beschleunigte, sein Blickfeld verengte sich. Sein Herz pochte und das Blut in seinen Adern rauschte. Seine Muskeln arbeiteten konzentriert – aber hinter alldem lauerte eine große Müdigkeit. Ohne darüber nachzudenken, schluckte er eine weitere Pille.

Er schaltete und lenkte, raste durch die Dunkelheit, und gleichzeitig nahm sein Bewusstsein immer mehr Abstand zu dem, was sein Körper tat. Ungerufen drangen Bilder in seinen Kopf. *Er sah eine Festung in der Wüste, flirrend in der unbarmherzigen Sonne ... Das Bild veränderte sich, er bewegte sich auf die von rotem Sand umtosten Mauern zu. Mit einem Mal wölbte sich die Wirklichkeit, binnen eines Herzschlages strömten fremdartige Sinneseindrücke auf ihn ein. Der Geruch von abgestandener Luft drang in seine Nase. Rauer Stein schien sich an ihn zu pressen und samtige Schwärze legte sich um ihn.*

Die Leitplanke streifte den Kotflügel des Wagens. Helle Funken stoben auf. „Shit!" Mühsam brachte Maik den schlingernden Wagen wieder unter Kontrolle. Der Fahrtwind peitschte ihm ins Gesicht. Was für ein Trip! Was für ein absurder Horrortrip!

Ein Schild warnte vor Brückenarbeiten in zwei Kilometern Entfernung – es war nur ein Schemen in der Nacht. Maik blickte erneut in den Spiegel. Die Scheinwerfer schienen wieder näher gekommen zu sein. *Häng sie ab!*, wisperte die Stimme erneut in ihm. *Für immer!*

Maik verzog die Lippen, doch es war nur die Karikatur eines Lächelns. „Warum nicht?", flüsterte er. „Sei ehrlich – was würdest du schon verlieren?"

Das Pfeifen des Windes sank herab zu einem leisen Murmeln. Er sah den Nebel wie eine stetig wachsende Mauer die steile Böschung heraufkommen. Linker Hand stand ein kleines Wäldchen. Die Straße beschrieb eine Kurve. Dann kam die Brücke. Das Geländer war abgebaut worden, Absperrbänder bewegten sich träge in der lauen Nacht. Für einen winzigen Moment wurde alles still.

Er gab Gas und löste die verkrampften Finger vom Lenkrad. Er schloss die Augen und wartete auf den Frieden.

Doch der Friede kam nicht.

Als hätte etwas oder jemand den betäubenden Schleier der Leere aufgerissen, drängte sich der brausende Wind zurück in sein Bewusstsein. Er zerrte an seiner Kleidung, peitschte ihm ins Gesicht und setzte die Angst frei. Maik riss die Augen auf. Panik fegte wie eine Feuersbrunst durch seinen Körper. Die Absperrung raste auf ihn zu. Etwas in ihm, das er längst tot geglaubt hatte, regte sich mit einem Mal, kämpfte sich an die Oberfläche seines Bewusstseins. „Nein!" Panisch riss er das Steuer herum – zu spät! Ein Schrei entrang sich seiner Kehle und wurde übertönt von einem lauten Knall. Etwas traf ihn mit ungeheurer Wucht. Er sah Festungsmauern im Wüstensand. Dann schlugen Wellen aus Dunkelheit über ihm zusammen und rissen ihn mit sich fort.

Laute Hip-Hop-Klänge hallten durch die Nacht. Ein silberfarbener Audi brauste über die Landstraße.

„Hey!" Die junge Frau auf der Rückbank klopfte dem Fahrer auf die Schulter. „Da war doch eben noch –"

„Was?!", rief der junge Mann über den Lärm hinweg.

„Mach doch mal die Musik leiser!"

„Hey, chill mal", meldete der Beifahrer.

„Halt die Klappe. Da war eben noch ein Auto!"

„Was sagst du?", versuchte der junge Fahrer den Lärm zu übertönen.

„Da war eben noch ein Auto vor uns und jetzt ist es einfach verschwunden."

„Ist mir nicht aufgefallen."

„Hey, ist er das da vorne?", mischte sich der Beifahrer ein.

Er deutete auf zwei Rücklichter, die weit entfernt zu sehen waren.

„Ich weiß nicht ... Könnte sein ..."

„Siehst du, alles easy. Der Typ hatte etwas Gas gegeben, aber nun haben wir ihn wieder eingeholt."

Die junge Frau nickte, aber sie fühlte sich plötzlich äußerst unwohl. „Halt mal an!", stieß sie hervor.

„Warum?"

„Mir ist schlecht."

„Hey, kotz mir nicht das Auto voll ..."

Polternd brauste das Auto über die Brücke. Niemand achtete auf die zerfetzten Absperrbänder.

Der Plan

Thorsten Boddien presste die Lippen zusammen und blickte in die blassen Gesichter der Kollegen. Das kleine Team hatte sich am Besprechungstisch versammelt. Es sah nicht gut aus für Alex. Vor einer halben Stunde war er mit dem Hubschrauber ins Krankenhaus gebracht worden. Man hatte sofort mit der Not-OP begonnen.

„Wie ernst ist es?", fragte Judith Meyer, eine junge Kommissarin.

„Sehr ernst", erwiderte Thorsten Boddien. „Die Chance, dass er das übersteht, liegt bei vielleicht fünfzehn Prozent."

„Scheiße", murmelte Markus Bergfeld, ein bärtiger Mittvierziger, der von der Sitte in sein Team gewechselt war. „Wie ist es passiert?"

„Die genauen Einzelheiten untersucht gerade die Verkehrspolizei. Irgendwie geriet Alex' Wagen ins Schlingern und krachte dann mit solcher Wucht gegen die Leitplanke, dass er sich überschlug und auf die Gegenfahrbahn geriet. Ein Lastwagenfahrer konnte nicht mehr rechtzeitig bremsen ... Der Wagen war so stark zerknautscht, dass Alex mit einem Trennschleifer aus dem Wrack befreit werden musste."

„Oh, mein Gott", wisperte Judith.

Eine halbe Minute lang herrschte Schweigen.

„Was ist mit El Niño?", meldete sich Markus zu Wort.

Thorsten Boddien zuckte die Achseln. „Offensichtlich ist er entkommen. Ich habe die Kollegen in Hamburg informiert. Sie überprüfen die wichtigsten Zugangsstraßen. Aber El Niño wird nicht so dumm sein und das Fluchtfahrzeug weiter verwenden. Vermutlich hat er den Wagen längst entsorgt. Er kann wer weiß wo sein."

„Also das war's dann? Alles noch mal von vorn?"

Thorsten Boddien antwortete nicht gleich. Er presste die Lippen zusammen und starrte ins Nichts. Schließlich sagte er: „Wir haben einen schweren Rückschlag erlitten. Ein Kollege schwebt in akuter Lebensgefahr. Heute können wir nichts mehr tun. Geht nach Hause ... ruht euch aus."

Leise verließen die Kollegen den Raum. Markus Bergfeld warf ihm einen prüfenden Blick zu, doch dann nickte er und schloss die Tür hinter sich.

Eine Zeitlang stand Thorsten Boddien einfach nur da und starrte auf die verschlossene Tür. *Du hast verloren!,* schoss es ihm durch den Kopf. *Zwei Jahre lang hat sich dein Leben nur um den Fall El Niño gedreht und nun hast du alles verloren.* Er stöhnte auf und ließ sich langsam auf den Schreibtischstuhl sinken. Alex lag im Sterben, er war es ihm schuldig, nicht einfach aufzugeben. Doch wie sollte er jetzt noch an El Niño herankommen? Der Kerl wusste nun, wie dicht das LKA an ihm dran war. Er war vorher schon paranoid gewesen, was seine Mitarbeiter anging ... Einen zweiten Mann in das Netzwerk einzuschleusen würde nahezu unmöglich sein. Sie hatten es verbockt, regelrecht verbockt! El Niño war ein Chamäleon. Er konnte in die unterschiedlichsten Rollen schlüpfen. Mit

Sicherheit war er längst untergetaucht, verbarg sich in der Schattenwelt und erschuf sich eine neue Identität. Es würde nicht allzu lange dauern, bis ein neues Monster sein hässliches Haupt aus den Schatten erhob. Es sein denn ... Thorsten Boddien nagte an der Unterlippe. Es sei denn, es war noch immer etwas von dem ursprünglichen Menschen in diesem vielgesichtigen Ungeheuer übrig geblieben. Ein Funken Hoffnung glomm in ihm auf. Es gab eine winzige Chance. Aber wenn er sie nutzen wollte, musste er schnell sein!

Rasch griff er zum Telefon und wählte eine Nummer.

Es dauerte eine Weile, bis jemand abnahm. Thorsten Boddien räusperte sich. „Hallo, Micha, ich bin's, Thorsten. Tut mir leid, dass ich so spät störe ... Das beruhigt mich ... Danke, gut, und wie geht es den Kindern? ... Hör zu, ich habe eine Bitte. Es geht um einen aktuellen Fall von dir ... Ja, deine anwaltliche Schweigepflicht ist mir wohlvertraut, wir haben zusammen studiert, schon vergessen? ... Oh ja, an Professor Valium erinnere ich mich noch sehr genau. Deine Erinnerungen dürften deutlich verschwommener sein, schließlich warst du es, der regelmäßig bei den Vorlesungen eingepennt ist ..." Er lachte. „Hör zu, die Sache ist wichtig. Konkret geht es um den Fall HB.N.127.19 ... Woher ich das weiß? Nun, jeder hat so seine Berufsgeheimnisse ... Nein, nein, mach dir keine Gedanken, ich verlange nichts Illegales von dir. Nur eine Frage: Was machst du üblicherweise, wenn der Angeschriebene sich nicht meldet? ... Aha, verstehe. Dann tu mir bitte den Gefallen und warte dieses Mal drei Wochen länger ... Tut mir leid, das kann ich dir nicht sagen. Aber vertrau mir. Ich würde dich nicht um diesen Gefallen bitten, wenn es nicht wirklich wichtig wäre! ... Du weißt ja, in welcher Abteilung ich arbeite. Natürlich geht es um Leben und Tod ... Ja, exakt drei

Wochen ... ich danke dir, Micha. Du hast was gut bei mir ... Sehr witzig, du weißt, dass ich für Strafzettel nicht zuständig bin ... Ja, schon gut, ich sehe zu, was ich machen kann."

Er legte auf und seufzte tief. Es war dünnes Eis, auf dem er sich bewegte. Aber welche Wahl hatte er schon?

Das Testament

Sehr geehrter Herr Brendel,

bitte gestatten Sie, dass ich Ihnen mein Beileid zum Tod Ihrer Mutter ausspreche. Es ist nicht leicht, einen geliebten Menschen zu verlieren, und ich wünsche Ihnen viel Kraft für die kommende Zeit.

Ihre Mutter hat mich als Nachlassverwalter benannt und in dieser Funktion sende ich Ihnen anbei das von ihr unterzeichnete und bei mir hinterlegte rechtsgültige Testament zu.
　Bitte teilen Sie mir innerhalb von sechs Wochen mit, ob Sie das Erbe annehmen wollen. Für Fragen stehe ich Ihnen unter unten angegebener Rufnummer zur Verfügung.

Mit freundlichen Grüßen
Michael Handstätten
RA/Notar

Heute Abend war dieser Brief per Einschreiben gekommen.
　Es war nun drei Wochen her, dass Mama gestorben war. Ihr Tod war nicht überraschend gekommen, und Jonathan

hatte Zeit gehabt, sich darauf vorzubereiten. Dennoch war es ein merkwürdiges Gefühl, das beigefügte Schreiben mit ihrer markanten Handschrift in den Fingern zu halten. Es kam ihm fast so vor, als würde seine Mutter noch einmal zu ihm sprechen.

Meine beiden Söhne ...

Jonathan stutzte: „Meine *beiden* Söhne?" Der gepolsterte Stuhl knarrte, als er sich aufrichtete. Er blickte kurz aus dem Fenster. Es war spät, und die Straßen waren düster und leer. Er senkte den Blick und las weiter:

Meine beiden Söhne, den verloren gegangenen und den, der stets zu Hause blieb, bitte ich um Vergebung.

Jonathan hielt inne. Der verlorene Sohn! Ein Hauch schlechten Gewissens flackerte in ihm auf. Maik! Natürlich hatte er ihn nicht vergessen. In seiner Kindheit war sein älterer Halbbruder sehr präsent gewesen. Aber das war Jahre her, mehr als sein halbes Leben. Maik gehört der Vergangenheit an, mit seinem jetzigen Leben hatte er nichts zu tun. Er war einfach verschwunden – bis zum heutigen Tag.

Jonathan wandte sich wieder dem Schreiben zu:

Ich war euch beiden nicht die Mutter, die ich hätte sein sollen. Obwohl das ganz offensichtlich ist, fällt es mir schwer, dies zuzugeben. Erstaunlich, nicht wahr?

Aber die Wahrheit ist eine scharfe Klinge, die auch denjenigen schneidet, der sie führt.

Ich werde zu meinen vielen Fehlern nicht den einen hinzufügen, nach meinem Tod einen dem anderen vorzuziehen. Die deutschen Gesetze regeln das zur Genüge.

Ich weiß, dass ich euch zu nichts zwingen kann. Aber ich bitte euch von Herzen: Redet miteinander. Macht nicht denselben Fehler wie ich!

Und wenn ihr nicht wisst, worüber ihr reden sollt: Vor Kurzem las ich die Geschichte von zwei anderen Söhnen, der eine ging fort, der andere blieb, und beide hatten eine wichtige Lektion zu lernen. Diese Geschichte steht auf Seite 1173 in dem dicken schwarzen Buch in meiner Nachttischschublade. Vielleicht kann sie euch helfen, etwas Gutes mit eurem Erbe anzustellen ...

Jonathan verzog die Lippen zu einem grimmigen Lächeln. Das dicke schwarze Buch war wahrscheinlich die Bibel. Mama hatte sich zum Ende hin der Religion zugewandt. Vermutlich war das nicht ungewöhnlich. Wenn dieses Leben erkennbar zu Ende ging, konnte es recht tröstlich sein, auf ein nächstes zu hoffen. Sie war allerdings schon immer ein eher nüchterner, bisweilen zynischer Typ gewesen. Nicht selten hatte sie sich über den Papst und allerlei religiöses Gehabe lustig gemacht. Insofern war diese Entwicklung doch etwas überraschend gekommen.

Noch ein paar Kleinigkeiten:
Die Küchenmaschine vermache ich Ayse. Ihr könntet damit sowieso nicht umgehen, und Ayse hat immer ordentlich geputzt, selbst als es mit mir bergab ging und sie dachte, ich könnte es nicht mehr überprüfen.

Wundert euch nicht: Im Keller unter dem Kasten mit dem Weihnachtsbaumschmuck gibt es eine Bodenluke, darunter findet ihr ca. 50 Liter Wodka und Branntwein. Ich habe das Zeug jedes Mal dort deponiert, wenn ich eines von Jürgens Verstecken gefunden hatte. Seid so gut und kippt es weg.

Auch wenn ihr oft den Eindruck hattet, dass es anders ist: Ich habe euch stets geliebt.

Mama
Helena Brendel

Unter diesem Text stand ein Nachtrag. Er war zwei Tage vor ihrem Tod hinzugefügt worden. Die zittrige Handschrift verriet, wie schwach seine Mutter zu diesem Zeitpunkt bereits gewesen war.

Ich ergänze mein Testament um folgende Bedingung: Das Erbe darf erst dann angetreten werden, wenn beide Söhne diesen Brief gelesen und unterzeichnet haben. Dies gilt natürlich nur, wenn sie zu diesem Zeitpunkt noch am Leben sind.

Darunter standen Datum und Unterschrift.

Jonathan ließ das Blatt Papier sinken. Ein leises Lächeln lag auf seinen Lippen, und gleichzeitig spürte er einen Kloß in seinem Hals. Es war, als könnte er ihre herbe Stimme wieder hören, deren Tonfall sich nur unwesentlich änderte, wenn ihr trockener Humor zum Vorschein kam.

Er schluckte. Sie war fort, und angesichts der Schmerzen, die sie zum Schluss gelitten hatte, war das wohl auch gut so. Alle sagten, dass es gut so war und dass das Leben weitergehen müsse.

Das Knarren von Dielen ließ ihn aufblicken. Jenny stand im Türrahmen seines Büros. Das Licht der Deckenlampe fing sich in ihren Haaren. „Alles okay?"

Er nickte.

„Und?"

Er zuckte die Achseln. „Mein Bruder und ich sollen alles erben ..." Ein winziges Lächeln huschte über seine Lippen. „Bis auf die Küchenmaschine."

„Du hast einen Bruder?"

„Ja."

Jenny runzelte fragend die Stirn. Aber Jonathan wollte nicht über seinen Bruder sprechen.

„Und wie hoch ist das Erbe?"

Jonathan zuckte die Achseln. „Ich nehme an, das wird mir dann der Notar sagen."

„Okay. Ich mach jetzt Feierabend. Warte nicht zu lange mit deinem Anruf. Es gibt da bestimmte Fristen, die man einhalten muss. Und vergiss nicht, genau nachzufragen! Einen weiteren Berg Schulden kannst du dir nicht leisten!"

Jonathan verzog die Lippen. „Bis morgen."

„Hey, ich meine es nicht böse." Sie hauchte ihm einen Kuss auf die Wange. Ihr Parfüm roch gut und ihre Locken kitzelten an seiner Wange. „Ich denke nur an dich! Das weißt du hoffentlich!"

„Natürlich", erwiderte Jonathan.

Jenny lächelte und wandte sich um. Jonathan vermied es, ihr nachzusehen und den Schwung ihrer Hüften zu bewundern. Stattdessen griff er nach dem Anschreiben des Notars. Als Kontakt war nur eine Handynummer angegeben. Ob er jetzt noch anrufen konnte?

Er warf einen Blick auf den Brief. Der Mann hatte doch geschrieben: „Für Fragen stehe ich Ihnen unter unten angegebener Nummer zur Verfügung."

Jonathan zuckte die Achseln und wählte die Nummer.

Es tutete sechsmal. Dann nahm jemand ab. „Ja ... Handstätten am Apparat."

„Äh ... guten Abend. Mein Name ist Jonathan Brendel. Sie haben mir das Testament meiner Mutter zugeschickt. Ich hoffe, ich störe nicht ..."

„Ganz und gar nicht", erwiderte der Mann rasch. „Was kann ich für Sie tun?"

„Äh, darf ich fragen, welchen Umfang ... ich meine, wie hoch ...?"

„Sie wollen die genaue Höhe des Nachlasses wissen?", fragte der Notar.

„Ja."

„Einen Moment, bitte." Jonathan vernahm das Rascheln von Papier. Dann meldete sich die Stimme des Notars „Es handelt sich um ein Vermögen von knapp 300 000 Euro."

„Wie bitte?", krächzte Jonathan. „Sind Sie sicher?"

„Absolut", entgegnete der Notar. „Da wäre zunächst eine Lebensversicherung von 80 000 Euro und Ersparnisse auf diversen Konten in Höhe von 21 234 Euro. Den größten Anteil macht allerdings das Haus bei Nauen aus. Das Gebäude ist zwar in sanierungsbedürftigem Zustand, aber zusammen mit dem attraktiven Grundstück hat es einen Marktwert von etwa 190 000 Euro. Es wird nicht ganz einfach sein, den Verkauf abzuwickeln, aber dafür bin ich ja da. Insgesamt kommen wir so auf eine Erbschaft von knapp 300 000 Euro. Da die testamentarische Verfügung die gesetzliche Erbfolge vorsieht, stünde Ihnen und Ihrem Bruder jeweils die Hälfte zu."

„Oh ... das ist ..."

„... mehr, als Sie erwartet haben?", fragte der Notar. „Ihre Mutter war, wie es scheint, ein sparsamer Mensch."

In vielerlei Hinsicht, fuhr es Jonathan durch den Kopf. Dann ging ihm auf, was die Worte des Notars bedeuteten. 150 000 Euro! Sein lang gehegter Traum von einer eigenen Agentur rückte mit einem Schlag in greifbare Nähe. Jenny würde ausflippen, wenn sie davon erfuhr.

„Allerdings, das haben Sie ja gelesen, teilen Sie sich dieses Erbe mit Ihrem Bruder."

„Und", erkundigte sich Jonathan in möglichst neutralem Tonfall, „hat mein Bruder bereits unterschrieben?"

„Ich habe versucht, ihm das Schreiben zuzustellen. Aber ... ich erhielt nur die Nachricht, dass er unbekannt verzogen sei. Kennen Sie möglicherweise seinen derzeitigen Wohnort?"

„Wir haben seit fünfzehn Jahren keinen Kontakt mehr."

„Das ist bedauerlich. Wissen Sie zufällig, ob er sich bei Ihrer Mutter gemeldet hatte?"

„Bei meiner Mutter?", fragte Jonathan verblüfft. „Das kann ich mir nicht vorstellen."

„Sie hat nie etwas in dieser Richtung erwähnt?"

„Nein, wie kommen Sie darauf?"

„Manchmal melden sich Menschen nach vielen Jahren Abwesenheit wieder, wenn sie erfahren, dass nahe Angehörige im Sterben liegen."

„Maik ist vor fünfzehn Jahren aus unserem Leben verschwunden und nie wieder aufgetaucht. Ich habe nicht die leiseste Ahnung, wo er stecken könnte. Ich weiß nicht einmal, ob er noch lebt."

„Das ... ist bedauerlich", erwiderte der Notar.

Jonathan nagte an der Unterlippe. „Ist das rechtens?"

„Was meinen Sie?"

„Diese Bedingung, dass wir beide dieses Schreiben unterzeichnen und miteinander reden müssen, bevor das Erbe angetreten werden kann."

Die Stimme des Notars wurde sehr förmlich: „Sie wissen, dass ich Ihnen dazu keine Auskunft geben kann. Meine

Aufgabe ist es, den letzten Willen Ihrer Mutter zu verwalten, nicht, ihn infrage zu stellen."

Jonathan spürte, wie er rot wurde. „Ich weiß schon, was Sie jetzt denken, aber ..."

„Ich maße mir kein Urteil über Sie an. Grundsätzlich kann natürlich jedes Testament angefochten werden. Im Regelfall ist das ein langer und mühseliger juristischer Weg. Aber selbst wenn es kein Testament gäbe, würde die sogenannte Sechswochenfrist gelten. Das ist der Zeitraum, innerhalb dessen das Erbe anzunehmen oder auszuschlagen ist. Diese Frist beginnt allerdings erst ab dem Zeitpunkt, an dem man erfahren hat, dass man Erbe geworden ist."

„Und was heißt das?"

„Sie können natürlich das Erbe annehmen. Aber solange Ihr Bruder nichts vom Tod seiner Mutter weiß, haben Sie davon gar nichts."

Jonathan nickte langsam. „Ich verstehe."

„Haben Sie die persönlichen Unterlagen Ihrer Mutter schon einmal durchgesehen?"

„Nein."

„Vielleicht sollten Sie das tun. Möglicherweise finden Sie dort eine Karte, einen Brief oder andere Hinweise auf den Verbleib Ihres Bruders."

„Ich soll in ihren Sachen herumwühlen?", erwiderte Jonathan.

„Ich glaube nicht, dass Ihre Mutter das als pietätlos ansehen würde, schließlich tun Sie es, um ihren letzten Willen zu erfüllen ... Aber das ist natürlich Ihre Entscheidung, Herr Brendel."

Jonathan schwieg. Mama hatte großen Wert auf ihre Privatsphäre gelegt. Sie mochte es überhaupt nicht, wenn ihr jemand zu nahe kam. Andererseits hatte sie sich in den letzten Monaten vor ihrem Tod verändert, und es schien wirklich ihr Wunsch zu sein, dass er Maik fand.

Der Notar räusperte sich. „Es tut mir wirklich leid, Herr Brendel, ich muss für heute Schluss machen."

„Natürlich. Bitte entschuldigen Sie. Ich war in Gedanken."

Die Stimme des Notars wurde freundlicher. „Ich verstehe. Wenn Sie noch Fragen haben, können Sie sich jederzeit unter dieser Nummer bei mir melden."

„Danke."

„Keine Ursache. Auf Wiederhören."

„Wiederhören."

Jonathan legte auf. Sehr nachdenklich verließ er das kleine Büro und schloss hinter sich ab.

Notaufnahme

Mara gähnte. Es war bereits früher Morgen und ihr offizieller Dienst war eigentlich seit mehr als einer Stunde vorbei. Sie rang um Konzentration, ein Fehler in der Dokumentation konnte schwerwiegende Folgen haben. Sie hatte einmal erlebt, wie einem Patienten versehentlich zweimal dasselbe Medikament verabreicht worden war. Er wäre beinahe gestorben. Mit einem solchen Fehler wollte sie nicht leben müssen. Nachdem sie alles Wichtige sorgfältig erfasst hatte, schloss sie das Programm und machte sich daran, die fälligen Medikamentenboxen zu bestücken. Anschließend kochte sie noch eine zweite Kanne Kaffee für den Frühdienst. Ohne eine Überdosis Koffein war Schwester Steffi für alle in ihrer Nähe unerträglich.

Gewohnheitsmäßig zupfte Mara einige lange Haarsträhnen über ihrer linken Wange zurecht, bevor sie das Schwesternzimmer verließ.

Die Innere lag direkt neben der Notaufnahme, wo immer noch hektische Betriebsamkeit herrschte. Gestern Abend war ein Schwerverletzter mit dem Rettungshubschrauber eingeflogen worden. Die sogleich eingeleitete Not-OP dauerte noch immer an. Später waren mindesten zwei Dutzend weitere Verletzte gebracht worden. Auf der Stadtautobahn hatte es einen weiteren Verkehrsunfall gegeben und in einem nahe gelegenen Nachtclub hatte es gebrannt. Sie wich einer Kollegin aus, die in halsbrecherischem Tempo einen OP-Wagen durch die Gänge schob, und stieß die gläserne Tür zum Treppenhaus auf.

Erneut schallte die Sirene eines Rettungswagens durch die Doppelfenster ins Treppenhaus. Blaues Licht flackerte unstet über die weiß verputzten Wände. Heute gab es so viele Notfälle wie sonst nur zu Silvester.

Auf dem Hof kamen ihr zwei blassgesichtige Rettungssanitäter entgegen. Der Verletzte auf der Trage schien das Bewusstsein verloren zu haben. Seine Hand hing über den Rand der Trage, Blut tropfte auf die grauen Pflastersteine.

„Scheiße! Warum kommt da niemand?", schimpfte der vordere der beiden Sanitäter. Sein Blick fiel auf Mara. „Wir brauchen ein Bett, schnell!"

„Okay." Mara eilte vor zur Rettungsstation. Aus einem der Behandlungszimmer drang lautes Fluchen. Sie sah zwei Schwestern mit einem um sich schlagenden Betrunkenen ringen. Der Mann hatte eine stark blutende Platzwunde an der Stirn. Sein Gesicht und seine Kleidung waren rußverschmiert. Rasch griff sich Mara eines der freien Betten und schob es hinaus auf den Hof.

„Wo sind die denn alle?", schimpfte der Sanitäter.

„Beschäftigt", erwiderte Mara. „Ich kümmere mich so lange um ihn."

„Okay. Fassen Sie mit an? Auf drei! Aber vorsichtig!"

„Eins, zwei, drei!"

Behutsam hoben sie den Verletzten auf das Bett. Der Mann reagierte nicht. Seine Kleidung war blutverschmiert und völlig verschmutzt. Er hatte Verbände an Armen und Beinen. Auch sein Kopf war verbunden. Das Gesicht des Mannes war aufgequollen und es bildeten sich bereits Hämatome. Die Schnittverletzungen an der Stirn und in Höhe des Jochbeins waren notdürftig geklammert. Noch immer sickerte Blut hervor und lief ihm über das Gesicht. Rasch prüfte Mara seinen Puls, er war sehr schwach.

„Was ist mit ihm?", fragte die junge Krankenschwester.

„Ein Angler hat ihn heute Morgen am Havelufer gefunden, hielt ihn erst für tot, bis er sah, dass die Brust sich noch bewegte. Aber es ist alles kaputt, Schädelverletzung, starker Blutverlust", erwiderte einer der beiden Männer. „Sieht nicht gut aus."

Sie schoben das Bett in die Notaufnahme.

Mara wollte sich gerade zum Schwesternzimmer begeben, als ein Arzt mit wehendem Kittel vorbeieilte. Er nickte ihnen knapp zu. „Ich bin sofort da!"

Missmutig starrten die beiden Sanitäter ihm hinterher.

„Sie können ruhig schon gehen und Ihren Bericht schreiben, ich bleibe bei ihm", bot Mara an.

„Danke!" Die beiden Männer gingen zurück auf den Hof.

Mara wartete. Der Patient fing an zu krampfen. Arme und Beine zitterten. Sein Atem ging röchelnd. Rasch drehte die junge Schwester den Mann auf die Seite. Blut rann aus dem Mund auf die weißen Laken. Sein rechter Arm zuckte noch einmal, dann war er still. Mara prüfte erneut den Puls, er schien etwas schwächer geworden und ging unregelmäßig. Ihr Blick fiel auf den verschmutzten Unterarm des Mannes. Der Schock traf sie völlig unvorbereitet. Das Blut rauschte in ihren Ohren und ihre Sicht verschwamm. Sie spürte Übelkeit in sich aufsteigen.

Plötzlich drangen undeutlich und verwaschen Stimmen an ihr Ohr „... kümmern uns um ihn."

„Was?" Taumelnd wandte sie sich um. Der Stationsarzt und eine Krankenschwester standen vor ihr.

Der Arzt runzelte die Stirn. „Wir kümmern uns um ihn, vielen Dank! Sie können gehen."

Die Schwester blickte Mara fragend an. „Alles in Ordnung?"

„Ja, alles okay." Hastig wandte Mara sich ab. Dann eilte sie, so schnell sie konnte, hinaus auf den Hof.

Die Agentur

Jonathan gähnte. Die Morgensonne zeichnete sein müdes Schattenbild an die Hausfassaden. Er hatte nicht gut geschlafen.

An die Träume der Nacht konnte er sich nicht erinnern, stattdessen drängten seine feuernden Synapsen weitaus ältere Bilder zurück in sein Bewusstsein: *„Komm, wir gehen zu den Kaninchen."* Ein abenteuerlustiges, zahnlückiges Grinsen erschien vor seinem inneren Auge.

Seltsam, dass es dieses Bild war, das ihm in den Sinn kam, und nicht jenes, das alles verändert hatte.

Ohne dass er es bemerkte, verlangsamte sich Jonathans Schritt. Damals hatte er den Kopf in den Nacken legen müssen, um in das grinsende Gesicht seines Halbbruders zu blicken. Er war zu dieser Zeit noch nicht einmal drei Jahre alt gewesen. Sein Bruder hatte ihn über den Zaun gehoben. Im Schatten einer wild wuchernden Hecke hatten sie sich über das Nachbargrundstück geschlichen und dann durch ein Loch im Zaun auf das nächste. Durch einen düsteren Durchgang waren sie auf den Hinterhof gelangt, auf dem der alte Bolzen seine Kaninchen züchtete. Den wirklichen

Namen des alten grantigen Bauern hatte Jonathan vergessen. Aber er erinnerte sich noch ganz genau an den Geruch nach Heu und das Quietschen der Käfigtür. Ganz behutsam hatte Maik ein winziges Fellbündel aus dem Käfig genommen. In seiner Erinnerung spürte Jonathan noch immer das warme, flauschige Fell und das hastig pochende Herz des kleinen Kaninchens.

Das Klingeln seines Handys riss ihn aus seinen Gedanken. „Ja?"

„Wo bleibst du denn?"

Jonathan hob verwundert die Brauen. „Du bist schon im Büro?"

„Natürlich."

„Ich bin gleich da."

Er legte auf, schob das Handy zurück in die Hosentasche und ließ raschen Schrittes die Erinnerungen hinter sich.

Ihr Büro war klein, nur zwei Räume, zusätzlich eine winzige Küche und eine Besuchertoilette. Die Miete war sehr günstig. Noch vor wenigen Jahren war diese Gegend heruntergekommen und sogar etwas verrufen gewesen. Dann hatten einige Künstler die lichtdurchfluteten Altbauwohnungen für sich entdeckt. Ateliers und Galerien waren entstanden. Wenig später hatten die ersten trendigen Cafés eröffnet und nun entwickelte sich die ehemalige Schmuddelecke zum neuen Szenebezirk. Jenny hatte ein Gespür für so etwas. Sie hatte die Räume angemietet, bevor die Mieten rasant anstiegen und auch bevor die Ideen für eine eigene Agentur vollständig ausgereift waren.

Noch immer hing der Geruch von frischer Farbe in der Luft, als er ins Treppenhaus trat. Der Hausbesitzer hatte die Zeichen der Zeit erkannt und das alte Schmuckstück etwas aufgehübscht. Die neuen Mieter mussten deutlich tiefer in die Tasche greifen. Jenny hatte einen Zehnjahresvertrag ausgehandelt, und der Eigentümer biss sich wahrscheinlich jetzt noch in den Hintern, wenn er daran dachte.

Die Tür öffnete sich, bevor Jonathan den Schlüssel ins Schloss steckte. „Na endlich."

„Kommst du gerade von einer Party?"

„Sehr witzig!" Jenny verschränkte die Arme vor der Brust. Sie trug ein kurzes Kleid, durch das ihre langen schlanken Beine perfekt zur Geltung kamen. „Ich habe einen Kundentermin."

„Verstehe. Und was machst du dann hier?"

Jenny setzte sich an den Besprechungstisch im Büro und schlug die Beine übereinander. „Ich will alles wissen." Sie schenkte ihm ein bezauberndes Lächeln – ihr Geschäftslächeln, wie Jonathan es insgeheim nannte. Sie konnte es nach Belieben ein- und ausschalten. Aber es verfehlte seine Wirkung nie, auch bei Jonathan nicht.

Er setzte sich. An seinem ersten Praktikumstag im Verlag war ihm dieses Lächeln zum ersten Mal begegnet. Er war rot geworden, hatte sich verhaspelt und kaum ein sinnvolles Wort über die Lippen gebracht. Wenig später hatte er sich vor einem riesigen Stapel unverlangt eingesandter Manuskripte wiedergefunden – den großen Träumen verkappter Autoren ...

„Wenn ein frankierter Rückumschlag dabei ist, schickst du sie mit einem freundlichen, aber unverbindlichen Anschreiben zurück. Der Rest wandert in den Schredder."

Jonathan hatte auf den Stapel gestarrt. Die Umschläge waren alle ungeöffnet gewesen. „Äh ... einfach so? Werden die nicht geprüft?"

Wieder dieses charmante Lächeln. „Wirf einen Blick in die Exposés. Und wenn du einen potenziellen Bestseller übersiehst, drehe ich dir den Hals um."

Das war der Beginn ihrer Zusammenarbeit gewesen.

„Nun?" Jenny beugte sich vor. „Was hat der Notar gesagt?"

„Meiner Mutter schien es sehr wichtig gewesen zu sein, dass Maik und ich uns noch einmal sehen ..." Er verstummte.

Jenny nickte ihm aufmunternd zu.

„Vielleicht hat es etwas damit zu tun, dass sie religiös geworden ist. Sie hat sich sogar taufen lassen – mit 74 Jahren. Hatte ich das schon mal erwähnt?"

„Ja."

„Ich frage mich, ob das einfach in uns drinsteckt. Vielleicht werden wir alle religiös, wenn es ans Sterben geht."

„Das bezweifle ich." Jenny trug noch immer das gleiche aufmunternde Lächeln, aber auf ihrer Stirn bildete sich diese kleine Falte, die sich immer zeigte, wenn sie ungeduldig wurde. „Du hast mit dem Notar über die Religiosität deiner Mutter gesprochen?"

„Nein. Ich habe ihn gefragt, ob das Testament meiner Mutter rechtlich korrekt sei."

„Und?"

„Er ließ keinerlei Zweifel daran."

„Nun lass dir doch nicht alles aus der Nase ziehen: Wie sieht es mit dem Erbe aus? Manchmal ist es vernünftiger, es auszuschlagen."

„300 000 Euro", sagte Jonathan. „Sie vererbt meinem Bruder und mir ein Gesamtvermögen von 300 000 Euro."

Jennys Augen weiteten sich. „Oh ..." Sie räusperte sich. „Das solltest du besser nicht ausschlagen."

Er nickte.

„Schau nicht so grantig! Weißt du denn nicht, was das bedeutet? Du hast es endlich in der Hand, deinen Traum zu verwirklichen!"

Und deinen, ging es Jonathan durch den Kopf.

Jenny grinste schief. Manchmal glaubte Jonathan, sie könne in seinen Gedanken lesen wie in einem Buch. „Ich weiß, dass es dein Geld ist. Du kannst damit machen, was du willst. Aber wenn du es in die Agentur steckst, bekommst du es mit Zinsen zurück. Mit diesem Geld könntest du dich voll auf die Agentur konzentrieren. Du müsstest nie mehr irgendwelche Kurierdienste übernehmen und im Café an der Kasse aushelfen."

Sie hatte ja recht. Jenny hatte noch immer ihre Lektorentätigkeit im Verlag. Aber Jonathan musste jeden Job annehmen, um sich über Wasser halten zu können. Für die Agentur blieb oft wenig genug Zeit.

„Das Erbe gehört zur Hälfte meinem Bruder", sagte er, „und es wird erst ausgezahlt, wenn er den Brief unterzeichnet hat."

Jenny blickte ihn nachdenklich an. „Du hast mir nie erzählt, dass du einen Bruder hast."

„Er ist eigentlich mein Halbbruder", erwiderte Jonathan. Aber das erklärte natürlich nichts. Warum hatte er nie von Maik erzählt? Er wusste eine Menge über ihre Familie und auch über ihre verflossenen Beziehungen. Mit Jenny verband ihn ein sehr gutes Vertrauensverhältnis, nicht nur beruflich. Sie waren Freunde, und einmal war da sogar mehr gewesen ... Die Einweihungsparty ihrer kleinen Agentur hatte bis in die frühen Morgenstunden gedauert, zum Schluss waren sie ganz allein gewesen, und dann war es irgendwie passiert. Es war in jedem Fall eine Menge Alkohol im Spiel gewesen. Sie hatten nie darüber gesprochen.

„Ich dachte, wir wären Freunde", sagte Jenny. „Dass du mir deinen Bruder verschwiegen hast, kränkt mich ein bisschen."

„Es ... sind keine allzu guten Erinnerungen", erwiderte Jonathan nach kurzem Schweigen. Das war nicht völlig falsch, aber dennoch gelogen.

„Das schwarze Schaf der Familie?"

„Könnte man so sagen ..."

Jenny beugte sich vor und nahm seine Hand. „Deine Mutter wollte wohl den verlorenen Sohn zurück in die Familie holen, was?"

Jonathan blickte überrascht auf.

Jenny lächelte. „Das wollen alle Mütter. Aber man kann niemand zu seinem Glück zwingen. Jeder muss seine eigenen Entscheidungen fällen."

Er zuckte mit den Achseln. Jennys Nähe erinnerte ihn an etwas, an das er jetzt nicht denken wollte. Er fixierte den silbernen Ohrring, der unter ihrem roten Haar hervorlugte.

„Du musst aufpassen!"

„Was?" Jonathan wäre beinahe zusammengezuckt. „Was meinst du?"

„Pass auf, dass du nicht das schlechte Gewissen deiner Mutter übernimmst. Du bist nicht für deinen Bruder verantwortlich! Also steigere dich da nicht zu sehr hinein. Mach keine persönliche Sache daraus. Du hast genug eigene Sorgen."

„Wahrscheinlich hast du recht", brummte Jonathan.

„Ich habe immer recht." Sie lächelte.

„Na ja, wenn wir die Irrtümer abziehen", entgegnete Jonathan.

Jenny hob die Brauen.

„Ich erinnere mich da an eine Aussage: ‚Vergiss es, eine international erfolgreiche Thrillerautorin sieht anders aus!'"

„Die Frau war über sechzig und hatte noch nie irgendetwas veröffentlicht", verteidigte sich Jenny. „Außerdem hatte sie gerade mal den Volksschulabschluss und war ihr Leben lang Hausfrau und Mutter gewesen ..."

„Und sie konnte genial schreiben!", unterbrach Jonathan sie.

Jenny verdrehte die Augen. Dann lachte sie. „Okay, ich gebe mich geschlagen: Ich habe fast immer recht und für die restlichen zwei Prozent, auf die das nicht zutrifft, habe ich ja dich." Sie erhob sich anmutig. „Möchtest du mitkommen? Ein wenig Ablenkung könnte dir guttun."

Er hob den Kopf und betrachtete sie. Jenny hatte eine hinreißende Figur und ihr Lächeln war betörend. Im letzten Jahr vor dem Abitur hatte sie an einer landesweiten Misswahl teilgenommen und den dritten Platz belegt. Jahrelang hatte sie nebenbei als Model gearbeitet und selbst jetzt noch fragten hin und wieder Agenturen an.

Jonathan schüttelte langsam den Kopf. „Das ist wirklich sehr nett von dir, aber ... ich glaube, ich wäre heute nicht besonders hilfreich."

Jenny nickte. „Ich verstehe. Wenn sich irgendetwas Neues ergibt, melde dich." Sie hauchte ihm einen Kuss auf die Wange.

„Viel Erfolg", murmelte er.

Als die Tür sich hinter ihr geschlossen hatte, wirkte der Raum mit einem Mal leer. „Jonathan, du bist ein Idiot", sagte er zu sich selbst. Dann stand er auf und ging zur Tür. Er musste nachdenken, und das konnte er am besten, wenn er allein durch die Straßen wanderte.

Ein schwacher Sommerhauch trug den Duft von blühenden Büschen durch die Straßen. Der Stadtpark war nicht weit.

Die belaubten Kronen der Bäume rauschten. Die wuchernden Hecken wurden nur sehr selten beschnitten. Wäre der Müll nicht gewesen, hätte man beinahe das Gefühl, sich in unberührter Natur zu bewegen.

Unvermittelt kam Jonathan ein anderes Bild in den Sinn – ein in Folie eingewickelter gelber Lutscher, der in unerreichbarer Höhe über ihm schwebte. Maik hielt ihn in der Hand. Er hatte die Leckerei aus Jonathans Schultüte geholt und hielt sie nun so hoch, dass der Kleine sie mit seinen kurzen Ärmchen nicht erreichen konnte. Und gerade als Jonathan vor Wut und Enttäuschung die Tränen in die Augen traten, spürte er, wie der Lutscher auf seinen Kopf plumpste.

So war Maik gewesen, seine Zuwendungen waren oft mit einer gewissen Herablassung gepaart gewesen. Aber im Allgemeinen hatten sie sich gut verstanden.

Immer mehr Bilder befreiten sich aus den staubigen Kammern des Vergessens. Jonathan hatte seinen älteren Halbbruder geliebt. Damals war Maik sein Held gewesen, sein Beschützer und Lehrer. Natürlich war er auch sein schärfster Konkurrent gewesen, und es war kein Tag vergangen, an dem sie sich nicht gestritten hatten.

Maik hatte stets einen schwelenden Zorn in sich getragen, der schon bei geringsten Anlässen ausbrechen konnte.

Zu offenem Hass war dieser Zorn ausgebrochen, wenn es Streit mit Jonathans Vater gegeben hatte. Maik war die unerwünschte Folge einer ausufernden Erstsemesterparty gewesen. Seinen leiblichen Vater hatte er nur selten gesehen.

„Dein Vater ist ein großer Junge, der sich nur für sich selbst interessiert und glaubt, mit Spielen durchs Leben zu kommen", hatte Mama ihn nicht sehr schmeichelhaft charakterisiert. „Je unähnlicher du ihm bist, desto besser für dich."

Fünf Jahre lang lebte ihre Mutter als Alleinerziehende. Mehr schlecht als recht brachte sie ihr Studium zu Ende. Dann lernte sie Jürgen kennen. Als sie erneut schwanger wurde, heirateten die beiden, und Jonathan kam zur Welt. Fünf Jahre lang war Maik das Zentrum im Leben seiner Mutter gewesen. Und dann wurde er plötzlich an den Rand gedrängt. So etwas war schwer zu verkraften.

Die Streitereien reichten zurück in Jonathans früheste Erinnerungen. Wo Maik mit glühendem Jähzorn attackierte, schlug Jürgen mit kalter Verachtung zurück. Jonathan erinnerte sich, wie ein nichtiger Anlass schließlich so weit eskalierte, dass Maik ein Küchenmesser ergriff und brüllte: „Ich bring dich um!"

Mit einer verächtlichen Bewegung hatte Jürgen ihm die Waffe aus der Hand geschlagen. „Wenn du wüsstest, wie lächerlich du bist!"

Und seine Mutter hatte bei alldem meist nur stumm in der Ecke gestanden und anschließend so getan, als wäre es nie geschehen.

Doch Maiks Zorn brach nicht nur blindwütig aus ihm heraus, manchmal bewirkte er auch Gutes. Jonathan war noch im Kindergarten gewesen, als er, aus welchem Grunde wusste er nicht, die Aufmerksamkeit einer Gruppe von Fünftklässlern auf sich zog. Die großen Jungen fingen an, ihn zu tyrannisieren. Anfangs beschimpften sie ihn lediglich oder schubsten ihn. Dann hatten sie sich etwas Neues ausgedacht. Möglicherweise inspiriert durch einen Indianerfilm, banden sie ihn an einen Zaun und begannen, ihn mit faulen Äpfeln zu bewerfen, die auf einem brachliegenden Grundstück nebenan wuchsen. Es tat weh. Jonathan fing an zu weinen, was sie nur noch mehr aufzustacheln schien. Plötzlich war Maik da.

„Was macht ihr da?", fragte er. Sein Gesicht war ganz blass gewesen.

„Siehst du doch, Spatzenhirn."

„Bindet ihn los!" Er sagte es ganz ruhig.

„Verpiss dich, Arschgesicht", antwortete der größte der Jungen.

Eine Sekunde später lag er auf dem Boden und hielt sich die blutende Nase. Wie ein tollwütiger Hund warf sich Maik auf die größeren und älteren Kinder, bis sie schließlich heulend Reißaus nahmen. Die Clique hatte Jonathan nie wieder belästigt. An diesem Tag war Maik zu seinem Held geworden und diesen Status hatte er lange beibehalten. Bis zu dem Tag, an dem sich alles verändert hatte.

Jonathan stellte fest, dass er schon geraume Zeit im Schatten eines Ahornbaums stand und auf einen überquellenden Mülleimer starrte. Er gab sich einen Ruck. „Zeit, nach Hause zu gehen", sagte er zu sich selbst. Und er wunderte sich, wie bitter seine Stimme dabei klang.

Erwachen

Der Nachhall von etwas Schrecklichem klang in ihm wider. Ein gellender Schrei voller Furcht durchdrang die Leere, die ihn umfangen hielt.

Er riss die Augen auf. Sein Herz pochte. Graue Düsternis war um ihn herum ... und Stille. Bewegungslos lag er da. Nur sein Brustkorb hob und senkte sich und sog die muffig riechende Luft in seine Lungen. Er befand sich in einem Raum. Von irgendwo drang Licht herein und er erkannte ein niedriges Deckengewölbe.

Eine Frage formte sich mühsam in ihm: *Wo bin ich?*, und einen Herzschlag später: *Wer bin ich?*

Abrupt richtete er sich auf. Einen kurzen Moment musste er innehalten, als Schwindel ihn erfasste. Seine Hände fühlten rauen Stein. Sand rieselte zu Boden, als er sich von der Plattform gleiten ließ, auf der er gelegen hatte. Seine Füße versanken knöcheltief in feinem Sand und seine Knie zitterten. Es war mühsam, aber er konnte aus eigener Kraft stehen. Ein schmaler Streifen Licht fiel durch den Spalt über einer steinernen Tür.

Was war das für ein seltsamer Ort ohne Fenster? Ein Keller? Mit gerunzelter Stirn blickte er zurück. Der schmucklose Raum schien bis auf ein steinernes Podest vollkommen leer ... Doch nein, da war etwas. An der gegenüberliegenden Wand hatte jemand einige Worte in den roten Sandstein gemeißelt. Er trat vor und fuhr mit den Fingern über die Konturen der Buchstaben.

Erde zu Erde, Asche zu Asche, Staub zu Staub!

Das ist kein Keller!, schoss ihm durch den Kopf. *Das ist eine Gruft!* Plötzlich schien die Luft zu dünn zum Atmen. *Man hat mich lebendig begraben!*

Er fuhr herum und war mit zwei Schritten an der Tür. Seine Hände tasteten nach einer Klinke oder einem Knauf, doch da war nichts – nur das raue Gestein. Mit aller Kraft, die in ihm steckte, warf er sich dagegen. Nichts geschah. Genauso gut hätte er versuchen können, Felswände zu verschieben. Er stemmte die Füße gegen die Steinplatte und presste sich mit aller Macht gegen die Tür. Schweiß rann ihm über das Gesicht. Er kämpfte gegen das Hindernis an, bis seine Muskeln zitterten.

„Verdammt!", keuchte er.

Sein Herz raste, gierig sog er die staubige Luft ein. Es kam ihm so vor, als würde der winzige Raum immer enger werden, als würden die steinernen Wände unmerklich zusammenrücken, um ihn zu zerquetschen. Verzweifelt schlug er mit der Faust gegen das unnachgiebige Gestein. Ein scharfer Schmerz schoss von seinen Knöcheln aus den Arm hinauf und ließ ihn innehalten. Blut rann warm über seine aufgeschürften Knöchel.

Denk nach!, befahl er sich selbst. Langsam ließ er sich mit dem Rücken zur Tür zu Boden gleiten.

Es musste doch irgendeinen Hinweis darauf geben, wie er hier hereingekommen war! Hier und da glaubte er Anhaltspunkte zu entdecken. Der rötliche Sand und die stickige, verbrauchte Luft weckten eine schemenhafte Erinnerung in ihm. Aber mehr noch, es war ein vertrautes und zugleich auch schmerzhaftes Gefühl der Leere, das ein vages Gefühl der Vertrautheit in ihm auslöste.

Was sollte er damit anfangen?

Sein Blick fiel auf den feinen Staub, der im Licht der Sonnenstrahlen tanzte, die durch den schmalen Türspalt in sein Gefängnis drangen. Das Licht trug etwas in sich, das ihn anzog. Langsam richtete er sich auf. Er kletterte auf das Podest und lugte durch den schmalen Spalt oberhalb der Tür. Er konnte einen blassblauen Himmel ausmachen, vor dem ein feiner rötlicher Schleier tanzte. Ob es sich dabei um dünne Wolkenfäden handelte, die von der aufgehenden Sonne gefärbt wurden, oder um aufgewirbelten Sand, vermochte er nicht zu sagen. Aber der Anblick versetzte ihm einen Stich ins Herz. Hoffnung und Verzweiflung erwachten in ihm. Und er glaubte, etwas zu hören, ganz fern und leise, eine Harmonie, herübergetragen vom Wispern des Windes. Es war der Nachklang von etwas ... Lebendigem.

„Hallo!", schrie er durch den schmalen Spalt in die Weite hinaus. „Hallo, ist da jemand? Ich bin hier eingesperrt! Ich brauche Hilfe!"

Niemand antwortete.

Hitze drang durch den Spalt in seinen Kerker und salziger Schweiß rann ihm die Wangen hinab.

„Hilfe ...", krächzte er. Sollte er nicht bald an Wasser gelangen, würde er keinen weiteren Morgen erleben.

Da war es wieder, dieses seltsame Geräusch.

Er hielt inne und lauschte.

„Hallo?!"

Keine Antwort.

Enttäuscht wandte er sich ab, um vom Podest herunterzuklettern. Dabei hielt er sich an der Türkante fest und spürte, wie sie sich ein paar Millimeter bewegte, und zwar ... nach innen!

Konnte das sein? Hoffnung durchströmte ihn. Hastig kletterte er wieder auf das Podest und zog. Wieder bewegte sich die Tür, allerdings erneut nur ein paar Millimeter, dann stieß sie auf festen Widerstand. Er kletterte herunter und untersuchte den Türspalt. Das Licht drang durchgehend als schmales Band durch die schmale Fuge. Es gab außen keinen Riegel.

Aber was hielt dann die Tür verschlossen? Sein Blick glitt suchend über den Boden. Der Sand bedeckte alles. Er kniete nieder und begann zu graben. Mit beiden Händen schaufelte er den Sand beiseite. Die Schicht war tiefer, als er erwartet hatte. Plötzlich schimmerte Metall auf – ein Riegel! Das war doch völlig verrückt – die Tür war von innen verriegelt! Er stemmte sich gegen den Riegel, knirschend glitt dieser zur Seite. Dann grub er tiefer, bis er auf steinernen Boden stieß. Schnaufend erklomm er ein weiteres Mal die Steinplatte, presste die Finger in den schmalen Türspalt und zog mit aller Kraft. Langsam bewegte sich der Türflügel nach innen. Ein Spalt entstand, helles Licht flutete herein und überspülte ihn für einen Moment mit Glück. Er sprang herunter und zog mit beiden Händen. Als der Spalt ihm breit genug erschien, zwängte er seinen Körper hindurch. Raues Gestein kratzte an seiner Wange und zerrte an seiner Kleidung, als wolle es ihn festhalten.

Schließlich war er hindurch und stolperte ins Freie. Rötlicher Staub wirbelte auf. Ein heißer Wind strich durch sein Haar. Er spürte seinen hämmernden Puls und atmete die trockene Luft.

Frei! Er war frei! Entkommen aus einem von innen verschlossenen Grab – was für ein Irrsinn!

Langsam wandte er sich um.

Über der Gruft war in großen Lettern ein Name gemeißelt: SOKJAN.

Eine schwache Erinnerung keimte in ihm auf. Er kannte dieses Wort, es war ein Begriff aus einer uralten Sprache, und er bedeutete so viel wie ... *Suchender*.

Und noch während er sich darüber wunderte, woher er das wusste, kam ihm eine andere Frage in den Sinn. *Bin ich das?* Ein winziges Lächeln legte sich auf seine Lippen. Der Suchende ... kein unpassender Name.

„Sokjan – der Suchende", wiederholte er leise, und es klang feierlicher, als er beabsichtigt hatte.

Er befand sich in einem von Natursteinmauern umgebenen Rund. Die vertrockneten Reste von Pflanzen deuteten darauf hin, dass es hier einmal einen Garten gegeben haben musste. Doch nun wirbelte bei jedem Schritt rötlicher Staub auf.

Das Krächzen eines Raben drang zu ihm herüber.

Er verließ den toten Garten und schritt durch einen engen Torbogen. Flügelschläge und krächzende Schreie. Ein schwarzer Schatten erhob sich über hohe Mauern und verschwand. Nur Schweigen blieb zurück.

Sokjan befand sich nun in einem von hohen Mauern umgebenen Hof. Alles war von rotem Sand bedeckt. Einige vom Wüstenwind zerfressene Gebäude schmiegten sich an eine hoch aufragende Mauer. Der Wind pfiff durch die Zinnen. Es war heiß wie in einem Backofen.

Sokjans Blick glitt an den Mauern empor. Er befand sich in einer Burg! Verwirrt blickte er sich um.

„Hallo!", rief er laut. „Ist hier jemand?"

Schweigen. Nur der Wind pfiff leise durch die steinernen Zinnen.

Sokjan erschauerte. Vollkommene Einsamkeit umgab ihn. Was war das für ein absonderlicher Ort?

Befand er sich in einem Albtraum?

Er kniff sich in den Arm und spürte den stechenden Schmerz. Vielleicht war es ja auch schlimmer als das? Vielleicht war er längst tot und dies war ... das Jenseits?

Er spürte, wie sein Herz schneller schlug. Er musste raus hier, so schnell wie möglich. Hektisch blickte er sich um. Dort drüben, ein von zwei Türmen eingefasstes Tor. Es sah aus, als würde es nach draußen führen. Stolpernd hastete er über den Hof.

Als er die Torflügel erreicht hatte, streckte er die Hand nach dem Balken aus, der sie verriegelte. Doch unerwartet stieß er auf ein Hindernis. Seine Finger fühlten sich an wie taub, sie konnten das Holz des Balkens nicht erspüren. Er versuchte, seine Schulter unter den Riegel zu stemmen, aber es gelang ihm nicht. Was immer er auch tat, seine Bewegung endete einen Fingerbreit vor dem Tor. Er erschauerte. Das konnte nicht sein! Das war doch völlig unmöglich!

Mit klopfendem Herzen wandte er sich ab, stieg die Stufen eines Turms empor und betrat den Wehrgang. Mühsam kletterte er auf die Mauer, zwischen zwei halb zerstörte Zinnen. Ohne auf den Abgrund zu achten, der auf der anderen Seite lauerte, versuchte er, die äußere Seite des massiven Gesteins zu berühren – vergeblich. Eine unsichtbare Barriere verschloss ihm den Weg. Es war nicht so, als würde er gegen eine Wand aus Glas stoßen oder etwas Ähnliches. Vielmehr schien es ihm, als wäre die Mauer zugleich auch die Begrenzung seiner Bewegungsfähigkeit. Seine Muskeln gehorchten ihm nicht länger, sobald er diesen Bereich verlassen wollte.

Die Erkenntnis traf ihn wie ein Schlag. Er war gefangen ... gefangen in einer verlassenen Burg. Wie betäubt hockte er da und starrte hinaus auf ein Meer aus rötlichem Sand. Die Festung lag mitten in der Wüste. Am Horizont konnte er einen düsteren Streifen ausmachen – vielleicht ein Gebirgszug oder auch ein nahender Sandsturm?

Nichts deutete darauf hin, dass es hier irgendetwas anderes gab außer der endlosen Wüste und dieser Festung. Es schien, als wäre er der letzte Mensch in einer vollkommen verlassenen Welt. War das die Hölle?

Warum?, schrie es in ihm. *Warum?*

Seine Gedanken tasteten durch ein wirres Nichts aus Schock und dumpfer Verzweiflung. Es gab keine Antwort, natürlich gab es keine Antwort.

Er war sich kaum bewusst, dass er von der Mauer herunterkletterte. Wie in Trance taumelte er über den Hof und folgte dem Verlauf der Festungsmauer. Sie war ungeheuer mächtig und ganz offensichtlich errichtet worden, um einen massiven Angriff abzuwehren. Doch nichts deutete darauf hin, dass es einen Kampf gegeben hatte. Welchen Feind hatten die Bewohner dieser Festung gefürchtet? Und was war mit ihnen geschehen?

Seine Finger kratzten über den rauen Stein. Und dann vernahm er plötzlich ein Geräusch. Es war das leise Plätschern von Wasser. Im selben Moment spürte er, wie durstig er war. Sein trockener Hals schmerzte bei jedem Atemzug. Warum war ihm das bisher nicht aufgefallen?

Er folgte dem Geräusch und entdeckte schließlich einen halb zerfallenen Eingang. Rasch schaufelte er Sand und loses Gestein beiseite, um den Eingang zu vergrößern. Dann bückte er sich und kroch durch die schmale Öffnung.

Der Raum, der sich nun vor ihm öffnete, war riesig. Vermutlich ein Lager, aber bis auf den roten Sand, der alles bedeckte, war er vollkommen leer. Durch schießschartenähnliche

Öffnungen fiel von weit oben Licht herein. Das Plätschern schien von dorther zu kommen. Sokjan kniff die Augen zusammen und erkannte ein schwaches, silbriges Glänzen. Als würde Licht zu Flüssigkeit gerinnen. Fasziniert ging er darauf zu. Als er sich direkt unter den Schießscharten befand, berührte er die Außenmauer. Seltsamerweise fühlte sie sich kühl und feucht an. Er spürte ein winziges Rinnsal, das durch seine Finger rann. Hastig beugte er sich vor und leckte daran – klares, kühles Wasser.

Das war vollkommen verrückt – wie konnte von dort oben Wasser kommen?

Als er nach oben starrte, fiel ihm auf, dass es nicht allein das Plätschern war, das ihn hergelockt hatte. Ein unendlich feines Klingen begleitete das Geräusch des fließenden Wassers. Es wob eine Melodie, deren Reinheit und Schönheit ihn erschauern ließ. Die Klänge malten vage Bilder vor seine Augen, sie weckten eine Art Erinnerung in ihm. Aber es war eine Erinnerung, die er nicht greifen konnte. Stattdessen spürte er eine schmerzhafte Leere in sich, die ihn ahnen ließ, dass er irgendwann etwas Bedeutsames verloren hatte. Ratlos schüttelte er den Kopf.

Dann wurde ihm erneut bewusst, wie trocken, wie ausgedörrt er war. Rasch formte er mit beiden Händen eine Schale, ließ das Leben spendende Nass von der Mauer hineinrinnen und trank, sobald sich eine kleine Pfütze gebildet hatte. Es war ein mühsames Unterfangen, aber irgendwann erlosch das Brennen des Durstes in ihm. Er fuhr sich mit den Fingern durch die Haare und kühlte seine heiße Stirn.

Wo es Wasser gab, gab es auch Leben und Hoffnung. Vielleicht war er verflucht. Vielleicht war dieser Ort eine Art Strafe für ihn ... Vielleicht aber auch eine Prüfung? Er würde es nie herausfinden, wenn er nicht begann, nach der Wahrheit zu suchen.

Mit neu gefasstem Mut trat er hinaus in die flimmernde Hitze des Burghofs. Das feine Klingen wurde leiser. Sokjan blickte auf. Sein Blick wanderte über den versandeten Hof hinweg zu einem düsteren Bau. Es musste das Hauptgebäude dieser Festung sein. Er kniff die Augen zusammen: Dort drüben … kräuselte sich aus einem der hohen Schornsteine etwa Rauch in den grauen Himmel?

Ein Schauer lief Sokjan über den Rücken. Eben noch hatte er sich nach irgendeinem Zeichen dafür gesehnt, dass er nicht allein war, und nun spürte er mit einem Mal Beklommenheit. Das offene Tor des mächtigen Gebäudes wirkte wie der gähnende Schlund eines Ungeheuers. Was für ein Wesen hauste wohl in dieser Festung?

Plötzlich ging ihm die Ironie dieses Gedankens auf. War er nicht gerade erst selbst einer Gruft entstiegen? Ein Lächeln legte sich auf seine Lippen. Wer auch immer dort hauste – Sokjan konnte mit einiger Berechtigung davon ausgehen, dass dieser Jemand nicht absonderlicher war als er selbst.

Entschlossen machte er sich auf den Weg.

Als er aus dem Schatten der Mauer auf den Hof trat, verstummte die leise Musik hinter ihm. Und in diesem Moment erst wurde ihm bewusst, dass sie ihn an die Klänge einer Harfe erinnerte.

Die Akte El Niño

„Das ist nicht Ihr Ernst!" Die Akte klatschte auf den Schreibtisch. Ein Foto rutschte heraus und flatterte zu Boden.

Hauptkommissar Thorsten Boddien unterdrückte den Impuls, es aufzuheben. Stattdessen blickte er in das hochrote Gesicht von Kriminalrat Dr. Müller. „Zwei Jahre lang war Ihr verdeckter Ermittler an der Sache dran! Mittlerweile ist Ihr Team auf insgesamt zehn Leute angewachsen! Damit hatte jeder Tag für Sie 80 Stunden – und alles, was Sie vorweisen können, ist ein *Verdacht?!*"

Boddien vermutete, dass es sich hier um eine rhetorische Frage handelte, daher machte er nicht den Versuch, darauf zu antworten.

„Ist Ihnen eigentlich klar, wie knapp unsere Ressourcen sind?!", fuhr der Kriminalrat mit immer lauter werdender Stimme fort und bestätigte damit Boddiens Vermutung. „El Niño ist immer noch ein Phantom! Er spielt Katz und Maus mit uns. Unsere Parks entwickeln sich allmählich zu öffentlichen Drogenmärkten. Bald haben wir hier rivalisierende Drogengangs wie in Mexiko. Es gehen bereits Dutzende von Toten auf sein Konto! In höchsten Kreisen ist man äußerst besorgt, um es gelinde auszudrücken. Ich habe den Innensenator am Hals und den Oberstaatsanwalt auch, und Sie bringen mir DAS?!" Mit einer verächtlichen Geste deutete er auf die Akte. „Ihr Bericht hat mehr Lücken als Text! Ich bin kein Idiot, Boddien. Ich weiß, dass Ihre Informationen zum größten Teil mit Methoden beschafft wurden, die uns vor Gericht in Teufels Küche bringen können."

„Herr Dr. Müller ...", setzte Boddien zu seiner Verteidigung an, doch der Kriminalrat unterbrach ihn: „Was Ihr verdeckter Ermittler da getrieben hat, stinkt zum Himmel. Der Kerl hat sich über alle Regeln hinweggesetzt, die für solche Einsätze gelten! Und nun hat er nichts Besseres zu tun, als einen spektakulären Unfall hinzulegen! Haben Sie eine Ahnung, wie viel Mühe ich hatte, die Presse aus der Sache rauszuhalten?!"

Boddien biss sich auf die Zunge. Dachte der Kerl wirklich nur an die Presse?

„Doch lassen wir Ihr Versagen an dieser Stelle für einen Moment beiseite. Nehmen wir mal an, es gelänge Ihnen tatsächlich, Martin Böhm zu fassen. Wie wollen Sie beweisen, dass er El Niño ist? Doch nicht etwa mit diesem einen Besuch am Grab einer toten Frau oder dieser Sammlung von Vermutungen, die das Papier nicht wert sind, auf dem sie geschrieben stehen?"

Boddien blickte in das zorngerötete Gesicht des Polizeirats. „Wir haben eine DNA-Probe aus einem alten Mordfall, die mit fast hundertprozentiger Sicherheit El Niño zuzuschreiben ist, und wir haben einen Kronzeugen", sagte er leise.

Die Brauen des Polizeirats schossen in die Höhe. „Einen Kronzeugen?"

„Wir haben einen Mann aus dem inneren Kreis. Er ist bereit auszusagen, wenn wir ihm schriftlich Straffreiheit zusichern und ihn in das Zeugenschutzprogramm aufnehmen."

Der Polizeirat kniff die Augen zusammen. „Und warum, zum Teufel, sagen Sie das nicht gleich?"

„Es steht in der Akte."

Polizeirat Dr. Müller ignorierte den Einwand. „Wie dicht ist der Mann an El Niño dran?"

„Er ist ihm persönlich nie begegnet. Aber er kümmert sich als Buchhalter um die finanziellen Belange. Ich bin mir sicher, dass er ausreichend Material liefern kann, um Martin Böhm festzunageln."

„Und warum ist er bereit, das Risiko einzugehen?"

„Dafür hat mein zwielichtiger verdeckter Ermittler gesorgt", erwiderte Boddien mit säuerlichem Lächeln. „Er hat dem Mann ein Video zukommen lassen, dass die Liquidation eines Kollegen zeigt, der das Missfallen von El Niño erregt hatte. Offenbar hat dieser Vorfall das Vertrauen des Mannes in seinen Arbeitgeber stark erschüttert. Zumal er sich wohl auch selbst eine Kleinigkeit zuschulden kommen ließ."

„Verstehe! Und er wird wirklich aussagen?"

„Ja, ich bin davon überzeugt. Die Filmaufnahmen waren sehr ... überzeugend. Allerdings wird er sich erst aus der Deckung wagen, wenn wir El Niño verhaftet haben."

„Schön, schön ..." Der Polizeirat nickte langsam. „Ihr Mann hat das also eingefädelt ... Wie, äh, geht es ihm eigentlich?"

„Er hat eine elfstündige Operation hinter sich und liegt im künstlichen Koma", erwiderte Boddien.

„Wird er durchkommen?"

Boddien zuckte die Achseln. „Die Ärzte wollen keine konkrete Prognose abgeben. Aber wenn ich ihre Blicke richtig deute, würde ich sagen: Es sieht nicht gut aus."

„Das, äh, tut mir leid. Aber natürlich dürfen wir jetzt nicht nachlassen. Wir müssen El Niño dingfest machen, solange die Spur noch heiß ist. Auch der beste Kronzeuge nützt uns nichts, wenn niemand auf der Anklagebank sitzt. Außerdem wissen wir nicht, wie lange unser Zeuge bereit ist auszusagen. Schließlich kann er ja gerade an Ihrem Mann sehen, was ihm blüht, wenn er sich gegen El Niño stellt!"

Arschloch, dachte Boddien.

„Brauchen Sie noch weitere Unterstützung?"

„Im Moment nicht. Wir haben eine ... alte Verbindung zu El Niño. Es ist eine ... sensible Geschichte ..."

Der Polizeirat winkte ab. „Die Details will ich lieber gar nicht wissen. Sagen Sie mir Bescheid, wenn Sie Hilfe brauchen, und sorgen Sie dafür, dass dieses Ungeheuer hinter Gittern landet!"

„Mach ich", erwiderte Boddien, und in Gedanken fügte er hinzu: *Das bin ich Alex schuldig.*

Das Elternhaus

Das Zwitschern der Vögel hallte im schmalen Innenhof in einer Lautstärke wider, die mühelos mit einem Presslufthammer mithalten konnte. Als Jonathan die Augen aufschlug, fühlte er sich erschöpfter als am Vorabend. Nachdem er eine Entscheidung getroffen hatte, waren die Erinnerungen über ihn hinweggeschwappt. Bis spät in die Nacht hatte er wach gelegen.

Er rieb sich den Schlaf aus den Augen und setzte sich auf die Bettkante. Der Duft von gebratenem Bacon drang durch das geöffnete Fenster. Schräg unter ihm wohnte ein US-amerikanischer Student, der neben seiner Neugier auf die deutsche Kunstgeschichte auch die Essgewohnheiten seiner amerikanischen Heimat mitgebracht hatte. Für Jonathan, der um diese Zeit höchstens einen Kaffee herunterbekam, war das eine ständige olfaktorische Herausforderung. Müde schlurfte er zum Fenster, um Vogellärm und Zwiebelduft auszusperren. Er war einfach kein Morgenmensch.

Jonathan zog sich das verschwitzte T-Shirt über den Kopf und tappte ins Bad. Beim Duschen wurden seine schlummernden Synapsen ein wenig wacher, und er konnte einen ersten konstruktiven Gedanken formulieren: *Du musst Jenny Bescheid geben!*

Er verbrauchte den letzten Rest Duschgel, strapazierte seine Warmwasserrechnung und verwandelte das Bad in einen überdimensionierten Dampfkessel. Die Haut an seinen Fingern war schrumpelig vor Feuchtigkeit, als er schließlich den Duschhahn zudrehte.

„Okay", seufzte er. „Dann mal los."

Das Telefon tutete zweimal, ehe Jenny abnahm.

„Guten Morgen." Ihre Stimme klang nervtötend munter.

„Morgen", brummte Jonathan. „Und, wie war's gestern?"

„Der Cheflektor hat sich noch nicht klar geäußert", erwiderte Jenny. „Aber ich denke, wir haben den Verlag am Haken. Was gibt es?"

„Ich nehme mir heute frei."

Eine kurze Pause entstand. „Okay", sagte sie gedehnt.

„Ich fahr raus ... muss ein paar Sachen nachprüfen."

„Du willst deinen Bruder suchen?"

Er nickte.

„Bist du dir sicher?"

„Nein, aber ich mach's trotzdem."

„Vielleicht solltest du dir doch einen Anwalt nehmen. Ich könnte mir vorstellen, dass man ein solches Testament auch anfechten –"

„Ich brauch keinen Anwalt", unterbrach er sie, „nur ein wenig Zeit."

„Wie du meinst ..." Wieder ein kurzes Zögern. „Wenn du reden möchtest, du weißt, du kannst jederzeit –"

„Ich weiß, Jenny, vielen Dank! Ich ... muss dann los."

„Okay. Mach's gut."

„Tschüss."

Die Fahrt mit der Regionalbahn war wie eine Reise in die Vergangenheit. Das Rattern des Zuges hatte ihn lange Jahre begleitet. Die Kiefernwälder, endlose Korn- und Maisfelder, der Gestank von Gülle, der einem als Erstes um die Nase wehte, wenn man auf den betongrauen Bahnsteig trat – all das war ihm wohlvertraut, aber es schien dennoch zu einem anderen Leben zu gehören.

Jonathan ließ den verwahrlosten kleinen Bahnhof hinter sich und schlenderte die von hohen Platanen gesäumte Landstraße entlang. Dann bog er auf das Kopfsteinpflaster der Hauptstraße des alten Dorfes ab. Es war beinahe unerträglich still. Das Dorf lag da wie tot. In seltenen Momenten hatte er diese Ruhe genossen, meist aber hatte er ihr entfliehen wollen. Wenn äußerlich Stille herrscht, werden die inneren Stimmen nur umso lauter – und nicht immer ist es angenehm, ihnen zuzuhören.

Ein massives Tor versperrte die Einfahrt seines Elternhauses. Jonathan zog den Schlüssel aus der Tasche und schloss auf. Es war lange her, dass er ihn benutzt hatte. Der Vorgarten sah etwas wüst aus, war aber noch nicht völlig verwildert. Irgendjemand musste vor einiger Zeit den Rasen gemäht haben.

Er ging langsam zur Haustür und steckte den Schlüssel in das Schloss. Ein letztes Mal atmete er tief durch und betrat sein Elternhaus.

Dämmriges Licht und muffige, abgestandene Luft hüllten Jonathan ein. Die alten Dielen knarrten unter seinen Füßen. Die Tür zum Wohnzimmer war nur angelehnt. Er stieß sie auf. Alles war wie immer: die plüschige Sofagarnitur, der mächtige alte Fernseher, der auf einem alten Nähmaschinengestell stand, und die rustikale Schrankwand. Durch die Gazevorhänge drang schal das Licht. Seine Hand betätigte den

Lichtschalter und der mehrarmige Deckenleuchter flammte auf – ein Erbstück seiner Großmutter.

Er ging durch den lang gestreckten Raum, der fast das gesamte Erdgeschoss des kleinen Hauses einnahm. Der Esstisch war stets ein wenig zu groß gewesen, selbst als sie noch zu dritt hier gewohnt hatten. Vielleicht hatte seine Mutter unbewusst die Hoffnung gehegt, dass hier irgendwann wieder eine vierte Person sitzen würde. Der alte Kamin stank nach Asche, wie eigentlich immer an Sommertagen, wenn die warme Außenluft durch den Belüftungskanal in den Raum drückte.

Jonathans Blick glitt über die Wand, an der alte Fotos hingen. Er sah sich selbst, stolz im Trikot seines Fußballvereins. Jürgen, sein Vater, im Anzug – er hatte ihn wie eine zweite Haut getragen. Sein Lächeln war selbstbewusst – ein attraktiver Mann ... und ein Säufer. Aber das war Mutter erst sehr spät klar geworden. Daneben ein unscharfes Bild: zwei Jungen, die auf dem Hinterhof Ball spielten. Der ältere der beiden war zwei Köpfe größer. Das Spiel mit dem Kleinen musste für ihn langweilig gewesen sein. Er hatte es sich aber nicht anmerken lassen. Mit einem Mal war die Erinnerung ganz nah. Sie hatten sich Namen von Fußballnationalspielern gegeben. Maik war immer Jürgen Klinsmann gewesen. Jonathan hatte den kleinen Dribbler Thomas Häßler mehr gemocht. Stundenlang hatten sie draußen gespielt. Damals hatte es sich nicht so angefühlt, aber im Nachhinein erkannte Jonathan, dass diese Zeiten zu den schönsten seines Lebens gehörten.

Mutter musste dieses Foto versteckt haben. Alle anderen Bilder, auf denen Maik zu sehen gewesen war, hatte Jonathans Vater verbrannt. „Er soll brennen, genauso, wie er mein Leben verbrannt hat", hatte er damals mit verwaschener Stimme geschrien.

Jonathan zuckte mit den Achseln, als wolle er diese Erinnerung von sich abstreifen, und wandte sich dem altmodischen Sekretär zu, der in einer Ecke des Wohnzimmers stand. Mutter hatte es nie leiden können, wenn irgendwelche Ordner oder Papiere offen herumlagen. Er fischte den Schlüssel aus der blauen, mit goldenen Sternen verzierten Keksdose und schloss auf. Geräuschlos ließ sich der Sekretär aufklappen. Der Ordner lag zuoberst im großen Schubfach. Er schlug ihn auf. Kopien verschiedenster Unterlagen waren darin, unter anderem der Kaufvertrag für das Haus und der Eintrag ins Grundbuch. Die Originale hatte wohl der Notar an sich genommen. Jonathan stellte den Ordner zurück und durchblätterte die Ablage. Er stutzte, als zwischen alten Einkaufszetteln und Rechnungen und Werbeprospekten plötzlich ein Foto auftauchte. Die Aufnahme war vermutlich mit einem Teleobjektiv gemacht worden. Das Bild zeigte einen Mann. Er war dunkelhaarig, ziemlich hager und recht gut aussehend. Seine Lippen waren zu einem Lächeln verzogen, aber dieses Lächeln reichte nicht bis zu seinen Augen. Der Blick des Mannes wirkte vollkommen leer – als starre man in die glasigen Augen eines Toten. Jonathan erschauerte. Wer war das?

Er drehte das Bild um. Das dort abgedruckte Datum zeigte, dass es erst einen Monat alt war. Warum hatte Mutter es in ihren Unterlagen aufbewahrt? Jonathan drehte das Bild wieder um und betrachtete es genauer. War das …? Er biss sich auf die Lippen. War das Maik? Er hatte seinen Halbbruder seit eineinhalb Jahrzehnten nicht mehr gesehen. Die Nase des Mannes wies einen Buckel auf, er hatte hohe Wangenknochen und dunkles welliges Haar. Maiks Nase war gerade gewesen, sein Gesicht runder und sein Haar struppig-blond. *Nein.* Er schüttelte den Kopf. Das musste jemand anderes sein.

Aber warum hatte seine Mutter es aufbewahrt? Einem Impuls folgend, steckte Jonathan das Foto in seine Hosentasche.

Anschließend blätterte er weiter durch die Ablage, fand aber nichts Auffälliges mehr. Nachdenklich trommelte er mit den Fingern auf den Schreibtisch. Dann öffnete er die Schublade.

„He, was machen Sie da?!"

Erschrocken stieß Jonathan die Schublade wieder zu und fuhr herum. Er blickte in das grimmige Gesicht von Marianne Most.

„Ach, Sie sind das!", stieß Jonathan erleichtert hervor, als er die alte Nachbarin erkannte. „Müssen Sie mich so erschrecken?"

„Schön, dass mein Anblick Sie so entspannt", knurrte die rotwangige Frau. Sie hielt eine langstielige Hacke in der grobknochigen Hand und schien durchaus gewillt, sie zweckentfremdet zu verwenden. „Ich für meinen Teil sehe das hier weniger locker. Sie verschwinden auf der Stelle oder ich rufe die Polizei!"

„Frau Most, ich bin's –"

„Ihren miesen Enkeltrick können Sie sich sparen!"

Jonathan trat einen Schritt zurück. „Frau Most, legen Sie Ihr Mordwerkzeug weg und setzen Sie die Brille auf. Ich bin es, Jonathan."

Die Frau hielt inne und tastete in ihrer Schürzentasche. Als sie dort nichts fand, blinzelte sie ihn misstrauisch an und fragte: „Wenn du wirklich Jonathan bist, dann verrate mir mal, wofür ich dir vor fünfzehn Jahren eine Maulschelle verpasst habe!"

„Ihre Brille hängt an einem Band um Ihren Hals, und meine Backe war drei Tage lang geschwollen, nachdem Sie mir eine Ohrfeige verpasst hatten. Und das nur, weil ich Ihren Wellensittich gebadet hatte."

Die ältere Frau setzte die Brille auf. „Du hast ihn ersäuft!"

„Das war doch keine Absicht."

„Ha!" Sie klopfte mit dem stumpfen Ende der Hacke auf den Dielenboden. „Keine Absicht ...", murmelte sie vor sich hin. „Mein armer Jacko. Warum glauben immer alle, sie könnten sich mit fadenscheinigen Ausreden aus der Affäre ziehen?"

Jonathan schwieg. Was hätte er auch sagen sollen? Es war ein trauriges und im Nachhinein durchaus peinliches Kapitel seiner Kindheit gewesen. Eigentlich hatte er nur die Katzen der alten Nachbarin füttern sollen. Dann hatte er den Wellensittichkäfig im Hof hängen sehen. Das zutrauliche Tier hatte im nicht besonders sauberen Sand des Käfigbodens gebadet. Gleich nebenan hatte die reich gefüllte Regentonne gestanden ... Und Jonathan hatte es für eine gute Idee gehalten. Er hatte doch nicht ahnen können, dass der Vogel mit einer Schockstarre auf das kalte Wasser reagieren würde. Wie ein Stein war er zu Boden gesunken. Es hatte ewig gedauert, ihn wieder herauszufischen. Und als Jonathan dann versucht hatte, das Wasser aus den Lungen des winzigen Tieres herauszupressen ... nun ja, auch das war keine gute Idee gewesen.

Frau Most starrte ihn an. Ihr Blick bekam etwas Berechnendes. „Ist dir aufgefallen, wie schön der Garten blüht?"

„Na ja ..."

„Bertha hat neulich jemanden hier herumschnüffeln sehen. Wenn es aussieht, als wäre hier niemand zu Hause, lockt das nur Gesindel an. Deshalb habe ich den Rasen gemäht."

„Verstehe. Vielen Dank."

„Das macht eine Menge Arbeit. Und den Dünger gibt es auch nicht gratis!" Herausfordernd hob sie das Kinn.

„Äh ja, natürlich." Mit säuerlichem Lächeln drückte Jonathan ihr einen Zwanzigeuroschein in die Hand.

Sie kniff die Augen zusammen. „Als ich die Hecke geschnitten habe, hätte ich fast einen Hexenschuss bekommen!"

Seufzend kramte Jonathan einen weiteren Zwanziger hervor.

Das Geld verschwand in der Schürzentasche der alten Frau.

Jonathan beschloss, dass es an der Zeit war, das Thema zu wechseln. „Hat meine Mutter eigentlich in den letzten Monaten irgendwann einmal über Maik gesprochen? War er vielleicht sogar zu Besuch?"

„Wer ist Maik?"

„Mein älterer Halbbruder."

„Ach, der Nichtsnutz, der deinen Vater auf dem Gewissen hat."

„Ganz so würde ich es nicht ausdrücken."

„Wie denn sonst? Na ja, geht mich ja nichts an. Auf jeden Fall hat deine Mutter, Gott hab sie selig, nicht ein Wort über ihn verloren. Und hier auf dem Hof war er gewiss nicht. Das hätte ich mitbekommen." Sie schnäuzte sich. „Ach ja ... mein Beileid übrigens."

„Danke."

„Geht wohl ums Erbe, was?"

„Wie bitte?"

„Du fragst doch nicht ohne Grund nach deinem Bruder." Die alte Nachbarin warf ihm einen wissenden Blick zu.

Jonathan spürte Ärger in sich aufsteigen. „Ich denke, nun habe ich Sie lange genug aufgehalten." Er ging Richtung Tür.

„Willst du mich rauswerfen, Junge?"

„Vielen Dank, dass Sie sich so ... verantwortungsvoll um die Sicherheit des Hauses kümmern." Er zog die Haustür auf.

Die alte Frau murmelte halblaut etwas vor sich hin. Jonathan beschloss, nicht nachzuhaken. Kaum war die Nachbarin auf den Hof geschlurft, schloss er die Tür wieder.

Frau Most hatte ihren ganz eigenen Charme, den er seit seinem Auszug nicht sonderlich vermisst hatte.

Er ging zurück ins Wohnzimmer und durchwühlte den Sekretär nach weiteren Unterlagen – kein Hinweis auf Maik und seinen Verbleib, kein Brief, keine Adresse, keine Telefonnummer.

Jonathan begann, die Schränke durchzusehen. Zwischen mehreren Knäueln Strickgarn und zwei Dutzend Rätselheften fand er schließlich, wonach er gesucht hatte. Er schlug den schmalen Papphefter auf. Eine amtliche Kostenübernahme war dort zu finden, und zwar für den Aufenthalt in der Jugendwohngemeinschaft Thorstraße der Franz-Sänger-Stiftung. Jonathan fotografierte die Daten ab und recherchierte mittels Smartphone, ob die Adresse noch aktuell war. Zweimal brach die Verbindung zusammen, das Netz in diesem Kaff war grauenhaft.

Dann hatte er alle Informationen zusammen – die Wohngemeinschaft existierte noch.

Es blieb noch ein wenig Zeit, bis die nächste Regionalbahn kam. Nach kurzem Zögern öffnete Jonathan die Tür zum Keller. Er betätigte den uralten Porzellandrehschalter, der schon kurz nach dem Zweiten Weltkrieg aus der Mode gekommen war. Eine nackte Glühbirne flammte auf. Er stieg die knarrenden Holzstufen hinab. Es roch nach Feuchtigkeit und Schimmel. Alles war noch genauso wie früher. Die Regale standen an denselben Orten, darin die gleichen staubigen Kisten. Das gleiche unsinnige Zeug, das niemand mehr brauchte, hing an den Wänden, ein paar Skier aus den Siebzigern, ein abgebrochenes Elchgeweih und der rot lackierte Kotflügel aus der allerersten Produktionsserie des Porsche 356 Roadster aus dem Jahr 1948. Jonathan hatte den beinahe ehrfürchtigen Tonfall noch im Ohr, mit dem sein Vater jeden, der nicht rechtzeitig die Flucht ergreifen konnte, über diesen geradezu heiligen Gegenstand aufklärte. Mutter hatte es stets „das Blech" genannt.

Autos waren Jürgens Leben gewesen und in gewissem Sinne auch sein Tod. Die Kiste mit der Weihnachtsdekoration stand gegenüber der Kohlenklappe. Merkwürdig, dachte Jonathan, während er die schwere Holzkiste beiseiteschob. Seine Mutter hatte er als Kind stets „Mama" genannt, aber sein Vater war für ihn schon immer „Jürgen" gewesen. Vielleicht, weil Maik ihn so genannt hatte. Vielleicht aber auch, weil dieser Mann so wenig Väterliches gehabt hatte. Sein Leben hatte sich ausschließlich um zwei Dinge gedreht: sein Autohaus und Alkohol. Zum Schluss war es nur noch der Alkohol gewesen.

Tatsächlich, unter der Kiste befand sich eine Bodenluke. Sie ließ sich problemlos öffnen. Eine Staubwolke wirbelte auf, als die Klappe auf dem Boden aufschlug. Jonathan hob die Brauen. In dem Versteck lagerte beinahe ein kleines Vermögen. Kurz entschlossen griff er sich zwei Flaschen Wodka und zwei Flaschen Whisky. Er argwöhnte, dass sie ihm bei seiner Recherche noch hilfreich sein konnten.

Die Flaschen lagen schwer in seinem Rucksack. Zurück in Berlin machte er sich gleich auf den Weg zur Jugendwohngemeinschaft. Nachdem er am Bahnhof ausgestiegen war, sprachen ihn kurz nacheinander zwei Personen an und fragten, ob er nicht Interesse an gutem Stoff hätte. Die Thorstraße war eine eher ungünstige Gegend für die Resozialisation auffälliger Jugendlicher.

An der Hausnummer 134 machte er Halt. Er klingelte einmal, dann ein weiteres Mal. Als er die Hand bereits ein drittes Mal gehoben hatte, meldete sich eine genervte Stimme: „Ist ja gut, ich bin gleich da." Die Tür wurde geöffnet, und Jonathan blickte zu einem hünenhaften Glatzkopf auf, der aus ungefähr zwei Metern Höhe auf ihn herabsah. „Wer sind Sie denn?"

Die Erkenntnis

Sorgfältig wusch Mara sich die Hände. Sie bedachte dabei auch die Nagelfalz und die oft vernachlässigten Stellen zwischen den Fingern. Den ganzen Tag über hatte sie kaum Schlaf gefunden, die Schrecken der Vergangenheit hatten sie erneut überrollt.

Mit der erlernten Routine versuchte sie, den wilden Schlag ihres Herzens zu beruhigen. *Er ist es!* Die Wucht dieser Erkenntnis raubte ihr schier den Atem.

Sie hob den Blick und starrte ihr Spiegelbild an. Ihre dunklen braunen Augen waren weit aufgerissen, und ihr Gesicht war so bleich wie das gestärkte Schwesternhäubchen, das sie auf ihren braunen Locken festgesteckt hatte. Nur die Narbe glühte feuerrot auf ihrem Gesicht.

Der Dampf des heißen Wassers stieg empor, sodass der Spiegel beschlug. Ihr Gesicht verschwamm und zugleich kehrten die Bilder zurück:

Eben noch hatte er gelacht, ein herzhaftes, unbeschwertes, fröhliches Lachen – nur ein paar Herzschläge später hatte die Welt aufgehört, sich zu drehen. Der Knall, dieses schreckliche, grausame Geräusch, wenn Menschen zu Dingen wurden ...

Blut überall. Sie war über den Asphalt gekrochen, ihr Bein war in einem unnatürlichen Winkel verdreht, ihr linker Arm unbrauchbar. „Simon!"

Sie hatte geschrien, immer wieder, laut und gellend – doch daran erinnerte sie sich nicht. Man hatte es ihr erzählt.

Und noch einmal hatte sie geschrien – später. Sie hatten den Mörder erwischt und dann hatten sie ihn laufen lassen. Ein Bild hatte sich besonders tief in ihr Gedächtnis gebrannt: seine Hände. Blass, unruhig trommelnd, unverletzt – die Hände eines Mörders. Das große Muttermal, das sie an einen Totenschädel erinnerte ... Jedes Mal, wenn die Muskeln sich bewegten, schien dieser Schädel höhnisch zu grinsen.

Die Ausreden waren mannigfaltig gewesen, jung ... noch sehr unreif ... unter Alkoholeinfluss. Es schien Mara, als würden die Leute im Gerichtssaal von etwas ganz anderem sprechen. Sahen sie denn gar nicht, wer das eigentliche Opfer war?

Der Totenkopf bewegte sich beim nervösen Spiel der Finger. Dann erhob sich der Richter. Fassungslos hörte Mara, wie er von fahrlässiger Körperverletzung mit Todesfolge sprach. Aber sie hatte doch gesehen, wie das Auto beschleunigt hatte, wie es direkt auf sie zugerast war. Es war kein Unfall gewesen!

Dann das Urteil: Jugendarrest, Haft auf Bewährung, eine lächerliche Geldstrafe. Das Grinsen auf dem Gesicht des Mörders, seine hastig geballte Faust und dieser Blick zu seinen Freunden – es war unerträglich gewesen. Ihr Schrei war von den Wänden des ehrwürdigen Gebäudes widergehallt und man hatte sie hastig aus dem Saal gebracht.

Beinahe hätte die Bitterkeit sie zerfressen, aber nur beinahe ...

Mara drehte das Wasser ab und trocknete sorgfältig ihre Hände. Dann verließ sie das Bad und trat hinaus auf den breiten Krankenhausflur. Die weichen Sohlen unter ihren Füßen schluckten alle Geräusche, als sie zielstrebig auf den OP-Saal zuging, ihr weißer Kittel blähte sich wie ein mittelalterlicher Mantel.

Ein Arzt kam vorbei und grüßte sie flüchtig. Als er ihre Tracht sah, zögerte er kurz. Fast keine der Diakonieschwestern trug noch das Häubchen. Eigentlich taten dies nur noch die wenigen, die später einem Diakonissenmutterhaus beitreten wollten.

Mara nickte ihm ernst zu und ging weiter. Der Pieper des Arztes meldete sich. Er beschleunigte seine Schritte und hatte sie wahrscheinlich schon wieder vergessen, als er das Ende des Gangs erreichte.

Sie betrat den kleinen, wenig genutzten Lagerraum in der Nähe des OP-Saals und wartete, geduldig und still. Die Worte der Schwester hallten in ihr wider: *„Ich verstehe dich, ich verstehe deine Fragen. Aber die Antwort, die du mit deinem Leben gibst, ist falsch, Mara. Ich kenne keine Sünde, die furchtbareres Leid verursacht hat, als die erste der Sieben Todsünden. Die Welt ist krank von ihr."* Die faltigen Züge hinter der strengen Tracht hatten sich zu einem Lächeln verzogen. *„Aber du musst ihre Macht nicht dulden."*

„Was kann ich tun?"

„Für die Sünde Luzifers gibt es nur ein Heilmittel ..."

Zwei Stunden vergingen, dann drei. Schließlich vernahm sie das Geräusch der automatischen Türen. Ein Bett wurde über den Flur geschoben. Mara wartete noch einige Minuten, dann öffnete sie die Tür des Lagerraums und trat hinaus auf den Gang.

Sie hatte keinen Dienst auf der Intensivstation. Doch niemand behelligte sie, als sie zielstrebig durch die Flure schritt.

Mara griff sich einen Wagen und bepackte ihn mit Verbandszeug und Desinfektionsmitteln. Dann fuhr sie langsam über den Gang. Auf dem kleinen Schild neben der Tür von Zimmer 2.37 stand kein Name, nur eine Nummer. Sie trat ein. Sehr sorgfältig schloss sie die Tür hinter sich.

Der Mann lag im Bett. Er war beinahe vollständig unter Schichten von weißem Mull verborgen. Nur sein bleiches Gesicht war zu sehen. Auf einem Monitor wurden seine Herzschläge kontrolliert. Es schlug regelmäßig, aber erstaunlich schnell, vielleicht zu schnell? Mara ließ den Wagen stehen und schritt langsam näher. Der rechte Unterarm des Mannes ragte unter der weißen Decke hervor. Der Totenkopf glotzte ihr mit starrem Grinsen entgegen. Mara studierte die Notizen des Oberarztes, die am Bett des Schwerverletzten hingen. Neben den vielen Knochenbrüchen waren auch innere Verletzungen und ein massives Schädelhirntrauma verzeichnet. Es stand zwar nicht in den Unterlagen, aber die Überlebenschancen des Mannes betrugen weniger als fünfzig Prozent.

Die letzten Eintragungen in der Pflegedokumentation hatte Schwester Katharina vorgenommen. Mara kannte die junge Frau seit ihrer gemeinsamen Ausbildung. Katharina war ein fröhlicher Mensch, aber zuweilen eine Spur zu unaufmerksam.

Sorgfältig überprüfte Mara Katheter und Sonde. Einen Moment lang verharrte ihr Blick auf dem Tropf und wanderte dann den dünnen Schlauch entlang bis zum Venenkatheter. Sie holte tief Atem. Ihre Hände zitterten nicht, als sie die Rollklemme des Infusionssystems um eine Winzigkeit verstellte.

Der Zwerg

Sokjan stieg die Stufen zum Hauptgebäude empor. Ein Hauch abgestandener, kühler Luft streifte sein Gesicht, es schien, als würde ihm der Atem des Gebäudes aus den dunklen, weit geöffneten Toren entgegenblasen.

Sokjan unterdrückte ein Schaudern und trat durch den klaffenden Schlund in das Innere des Gebäudes.

Der Eingangsbereich war imposant. Der Boden war mit dunklen Steinplatten ausgelegt, die Wände waren weiß getüncht. Seine Schritte hallten laut in der leeren Halle wider. Als sein Blick auf die gegenüberliegende Wand fiel, blieb er abrupt stehen.

Dämmriges Licht fiel durch schmale Fenster herein und ließ einen Schriftzug erkennen. *Freiheit!*, hatte jemand in großen, geschwungenen Lettern an die Wand geschrieben und darunter: *Ich gehöre niemandem!*

Dunkelrot waren die Buchstaben an der Wand, als hätte jemand Blut als Farbe verwendet. Sokjan konnte seinen Blick nicht davon lösen. Diese Worte schienen eine Art Bann zu weben. Sie strahlten Stärke aus. Und als er sie leise nachsprach, fühlte er sich weniger verletzlich. Aber zugleich war da auch ein leises Unbehagen in ihm.

Plötzlich zuckte Sokjan zusammen – hatte er da nicht eben ein Geräusch gehört? Er wandte sich um und versuchte, das Halbdunkel des Saals zu durchdringen. Das Spiel von Dunkelheit und Licht folgte einem seltsamen Muster. Während er die Schrift an der Wand deutlich erkennen konnte, blieben andere Bereiche, die eigentlich deutlicher vom herabfallenden Licht beschienen sein müssten, in den Schatten verborgen, als würden sie ein Eigenleben führen.

Nicht mehr als zwanzig Schritte entfernt glaubte er schemenhaft einen Treppenabsatz zu erkennen und ein Geländer. Ungefähr von dort war das Geräusch gekommen.

„Hallo, ist da jemand?"

Stille.

Vorsichtig näherte er sich der Stelle. Als er nur noch wenige Schritte vom Absatz entfernt war, zuckte er erschrocken zusammen. Etwas hatte sich bewegt!

Sokjan blieb stehen. „Hallo?", rief er erneut und hoffte dabei, dass man die Anspannung nicht aus seiner Stimme heraushören konnte. „Wer ist da?"

Wieder erklang das Geräusch. Diesmal erkannte er es. Spöttisches Wispern und ein leises Lachen, dann eine verstohlene Bewegung in den Schatten, leise Sohlen, die sich hastig entfernten. Jemand hatte ihn beobachtet!

„Halt!" Sokjan begann zu laufen. „Bleib stehen!" Ein Kribbeln prickelte auf seiner Haut, geboren aus Hoffnung und plötzlichem Zorn. So rasch er konnte, hastete er die Treppe nach oben.

Ein gedrungener Schatten verschwand um eine Ecke des Flures. Sokjans Tritte hallten laut auf den marmornen Fliesen wider. Nun wusste er, dass er nicht der einzige Bewohner dieser Festung war! Er musste Antworten finden. Sonst würde er unter all den Fragen, die auf ihn einstürzten, zugrunde gehen!

Er hetzte den Flur entlang und bog um die Ecke. Gerade noch konnte er sehen, wie eine Tür sich schloss. Sokjan warf sich dagegen und hielt sich dann die Schulter. Die Tür war verriegelt. Hinter den hell getünchten Holzbohlen konnte er ein Scheppern vernehmen. Er holte tief Luft. Das Wesen war kleinwüchsig gewesen und, soweit er in der Eile erkennen konnte, auch unbewaffnet.

„Mach auf!", forderte er mit ruhiger Stimme. „Sprich mit mir! Ich verspreche dir, dass ich dir nichts tun werde."

Stille.

Er bemühte sich, seiner Stimme einen freundlichen Klang zu geben: „Bitte, ich will nur ein paar Antworten auf meine Fragen!"

Schweigen.

Sokjan lauschte mit angehaltenem Atem. Er glaubte, so etwas wie ein leises Scharren zu vernehmen. Dann war alles ruhig.

„Was ist das hier für eine Festung?", fragte er. „Warum kann man sie nicht verlassen?"

Nichts rührte sich.

„Hast du diesen Spruch an die Wand geschrieben?"

Er wartete zehn Atemzüge, zwanzig ... Nichts geschah. „Rede mit mir, verdammt noch mal!" Wütend schlug er mit der Faust gegen die Tür.

Ein leises Klirren drang zu ihm heraus. Der Kerl war noch da. „Rede oder ich schlag die Tür ein!"

Eine volle Minute des Schweigens verging.

„Wie du willst!" Sokjan wich einen Schritt zurück und trat dann mit voller Wucht gegen die Tür. Er legte seine ganze Frustration und Angst in diesen Tritt. Es knackte. Ein Riss erschien neben dem Türschloss. Noch zweimal trat er zu, dann gab das

Holz mit lautem Knacken nach. Von seiner eigenen Wucht getragen, stolperte er in den Raum und stieß hart gegen einen Tisch.

Er hatte es seinen Reflexen zu verdanken, dass ihm die Eisenstange nicht den Kopf zertrümmerte. Aus den Augenwinkeln nahm er eine verschwommene Bewegung wahr und reagierte, ohne nachzudenken. Er duckte sich zur Seite. Ein schwerer Schürhaken prallte gegen den Tisch und fiel klirrend zu Boden.

Instinktiv sprang Sokjan vor und ging zum Gegenangriff über. Eine kleine, in ein fleckiges Gewand gekleidete Gestalt sprang auf, schlug einen Salto rückwärts und landete, mit den Armen rudernd, auf einem Stuhl, wobei sie gegen ein Regal stieß. Geschirr fiel scheppernd zu Boden und zersplitterte.

„He, warum so wütend, ich hab doch nur Spaß gemacht!"

Sokjan hielt inne und starrte die groteske Gestalt an. Es war ein in ein buntes Flickengewand gekleideter Zwerg.

„Spaß? Du hättest mir beinahe den Schädel eingeschlagen!"

Der Zwerg verzog das Gesicht. „Die Jahre in der Gruft waren deinem Humor nicht gerade zuträglich."

„Du weißt, dass ich in einer Gruft lag?", entfuhr es Sokjan.

„Natürlich, schließlich war ich dabei, als du zu Grabe getragen wurdest. Ich hatte dir zu Ehren sogar ein wunderbares Lied komponiert, tragisch und komisch zugleich. Willst du es hören?"

„Nein!"

Der Zwerg verzog schmollend die Lippen.

„Warum lag ich in dieser Gruft?"

„Ist das nicht offensichtlich?" Der Zwerg schüttelte den Kopf ob Sokjans Begriffsstutzigkeit. „Viel interessanter ist doch die Frage, warum du zurückgekehrt bist. Du hast doch alles erreicht, was du wolltest."

„Was ich wollte?", wiederholte Sokjan dumpf. Das Gebaren des verrückten Zwerges gab ihm das Gefühl, als wäre er selbst nicht ganz richtig im Kopf.

„Der Gefangene ist sicher verwahrt! Das lästige Geplärr ist verstummt und der Feind ist zurückgeschlagen." Der Zwerg stolzierte nun mit erhobenem Kinn und vor der Brust verschränkten Armen auf dem Tisch auf und ab. „Wir sind frei! Niemand kann uns sagen, was wir zu tun oder zu lassen haben." Um seine Worte zu unterstreichen, blieb er stehen und stieß mit dem Fuß ein paar Teller aus dem Regal. Sie zerbrachen scheppernd auf dem Boden.

„Ich ... verstehe nicht", entfuhr es Sokjan.

Der Zwerg zuckte die Achseln. „Bedauerlich, aber nach all der Zeit kein Wunder. Du musst ja inzwischen halb verwest sein."

Sokjan unterdrückte seinen Zorn und fragte: „Welcher Gefangene? Was für ein Geplärr? Meinst du vielleicht das Harfenspiel, das ich vernommen habe?"

Der Zwerg zuckte zusammen, seine Augen verengten sich. „Was ... sagst du da?!", fragte er mit schneidender Stimme.

„Ich war in einem der Lagerräume, als ich ganz leise so etwas wie Harfenspiel vernehmen konnte ..."

„Es gibt keinen Harfner!", unterbrach der Zwerg ihn. Sein Gesicht verfinsterte sich, aber in seiner Stimme schwang Furcht mit. Er verfiel in einen merkwürdigen Singsang:

„Es ist nur der Wind, der wispernde Wind,
sinnlos und leer, ein brabbelndes Kind."

Sokjan holte tief Atem und fragte leise: „Wer lebt noch in dieser Burg?"

„Man sagt ja, es gäbe keine dummen Fragen. Du bist der lebende ... na ja, teilweise lebende Beweis für das Gegenteil!", murrte der Zwerg. „Am besten, du kehrst dahin zurück, woher du gekommen bist!"

„Das reicht!" Sokjan ergriff den Schürhaken und ging auf die kleine Gestalt zu. Die Gesichtszüge des zerlumpten Gauklers erstarrten zu einer schwer deutbaren Grimasse.

„Ich will nur Antworten auf ein paar Fragen. Mehr nicht!", sagte Sokjan.

Der Zwerg bewegte den Kopf und Sokjan interpretierte das als Aufforderung. „Wer ist der Gefangene?"

Der Zwerg starrte an Sokjan vorbei in die Schatten. Dann verfiel er erneut in seinen merkwürdigen Singsang:

„Der Gefangene im Turm,
der singende Sturm.
Sie sind nur ein Trug,
ein nächtlicher Spuk."

Er wiederholte diese Worte immer und immer wieder.

Sokjan fröstelte. Der Gaukler war vollkommen wahnsinnig. „Schluss jetzt! Ich habe verstanden!"

Der Gesang des Zwergs brach abrupt ab. „Gar nichts hast du verstanden", murrte er.

„Wen fürchtest du?", hakte Sokjan nach.

Der Zwerg hob sein zerfurchtes Antlitz und starrte ihn an. „Ich ... fürchte niemanden." Plötzlich glitt sein Blick an Sokjan vorbei, seine Augen wurden groß.

Mit einem Fluch auf den Lippen wirbelte Sokjan herum. Ein kalter Hauch schien ihn zu streifen. Aber er sah niemanden, nur seinen eigenen Schatten, der sich im Licht des dämmernden

Morgens an der Wand abzeichnete. Dann hörte er ein heiseres Kichern. Ein Klirren ertönte hinter ihm. Sokjan fuhr herum. Der verrückte Kerl war aus dem Fenster gesprungen!

„Was ...?" Mit einem Satz war Sokjan an der zerborstenen Scheibe. Kalter Wind pfiff herein. Er blickte hinab und erwartete, dort unten eine reglose Gestalt zu sehen. Aber da war niemand. Ein Schauer lief Sokjan über den Rücken. Der Zwerg war verschwunden.

Alte Fotos und ein Sicherungskasten

„Ich suche meinen Bruder ...", sagte Jonathan.
„Name?", fragte der hünenhafte Sozialarbeiter barsch. Die hohe Stirn und der lange Zopf ließen ihn wie einen alternden Wrestler erscheinen.

„Äh, Täschner." Gerade noch war ihm eingefallen, dass sein Halbbruder den Geburtsnamen seiner Mutter beibehalten hatte. „Maik T-"

„Wohnt hier nicht!", erwiderte der Hüne und griff nach der Tür.

„Bitte warten Sie!" Jonathan trat rasch einen Schritt vor. Das Baumwollhemd des Sozialarbeiters roch nach kaltem Zigarettenrauch. „Vor einigen Tagen ist meine Mutter gestorben."

„Beileid", brummte der Mann.

„Nun versuche ich, meinen Bruder zu finden. Er ist vor fünfzehn Jahren in diese WG gezogen."

„Das ist verdammt lang her."

„Ich weiß. Aber vielleicht kennen Sie ja jemanden, der damals hier gearbeitet hat?"

Der Mann zog geräuschvoll die Nase hoch. „Tu ich. Kommen Sie rein."

„Vielen Dank!"

Der Hüne schloss die Tür. Jonathan folgte ihm einen schmalen Flur entlang. Die Dielen waren abgezogen. Eine Metallklappe in der Wand war mit einem Vorhängeschloss gesichert.

„Ein Tresor?", fragte Jonathan überrascht.

Der Mann schüttelte den Kopf. „Sicherungskasten."

An der vergilbten Raufasertapete hingen hier und da ein paar Bilder. Die meisten Türen waren mit Postern oder Graffiti geschmückt.

„Jeder darf die Tür seines Zimmers selbst gestalten", erklärte der Sozialarbeiter. „Das ist das Einführungsritual."

Aus einem der Zimmer dröhnte Hip-Hop-Musik. Routiniert hämmerte der Mann gegen die Tür. Dann brüllte er: „Leiser oder ich dreh dir den Saft ab!"

Ein gedämpfter Fluch war die Antwort, aber die Musik wurde leiser gedreht.

Zum Ende hin öffnete sich der lang gezogene Flur zu einer geräumigen Wohnküche. Ein riesiges braunes Sofa stand dort. Bunte Kissen verdeckten notdürftig die zerschlissenen Stellen. Der Sozialarbeiter bedeutete ihm mit einer Geste, sich zu setzen. „Kaffee?"

„Ja, gern, mit viel Milch bitte."

Der hünenhafte Mann grunzte irgendetwas von Blümchenkaffee. Dann goss er aus einer Glaskanne ein tintenschwarzes Gebräu in zwei mächtige Pötte und stellte sie in die Mikrowelle. Anschließend nahm er einen geöffneten Tetra Pak Milch aus dem Kühlschrank und stellte ihn vor Jonathan auf den Tisch.

„Danke."

Die Hip-Hop-Musik wurde wieder lauter. Der Sozialarbeiter verdrehte die Augen und stapfte hinaus. Kurz darauf brach die Musik abrupt ab.

„Was soll das, verdammte Scheiße?!", ertönte die sich überschlagende Stimme eines Jungen.

„Ich hatte dich gewarnt. Nun hast du genug Ruhe, um ein Buch zu lesen, zum Beispiel die Novelle für den Deutschunterricht."

„Bist du hirnamputiert, Mann?! Ich bin krank!"

„Ja, klar."

„Raus aus meinem Zimmer!"

„In einer Stunde hast du wieder Saft, bis dahin mach etwas Vernünftiges."

Eine Tür knallte. Kurz darauf kam der Sozialarbeiter wieder herein, nahm die zwei dampfenden Pötte aus der Mikrowelle und stellte sie auf den Tisch. Dann ließ er sich gegenüber von Jonathan in einen Sessel sinken. Das Möbel ächzte unter seinem Gewicht.

„Kein einfacher Job", eröffnete Jonathan die Konversation, während er den schwarzen Sud in seiner Tasse misstrauisch beäugte. Allein der Dampf, der ihm in die Nase stieg, enthielt wahrscheinlich schon seine übliche Tagesdosis Koffein.

Der Sozialarbeiter grinste schief und nahm, ohne mit der Wimper zu zucken, einen tiefen Schluck von dem Zeug aus seiner Tasse. „Besser als Proktologe, sag ich immer."

Jonathan lächelte schmallippig. *Proktologe, was zum Henker war denn ein Proktologe?* Er goss sich so viel Milch ein, wie noch in die Tasse passte, und nippte vorsichtig an dem Gebräu. Es schmeckte bitter wie Gallseife. „Verraten Sie mir, wer vor fünfzehn Jahren hier gearbeitet hat?"

„Ja." Der Hüne nahm erneut einen großen Schluck. „Ich."

„Oh, dann müssten Sie sich ja an meinen Bruder erinnern?"

„Eigentlich schon, aber ich habe ein lausiges Namensgedächtnis. Haben Sie ein Foto dabei?"

„Tut mir leid, daran hatte ich nicht gedacht."

„Warten Sie." Der Mann erhob sich und holte ein paar alte Ordner aus dem Regal. „In den ersten Jahren hat meine damalige Kollegin eine Menge Fotos gemacht. Sie war hochengagiert, ständig musste irgendetwas geplant werden: Projekte, Feste, Ausflüge, all so'n Zeug." Er ließ die Ordner auf den Tisch plumpsen und Jonathans Kaffee schwappte über. „Nach fünf Jahren war sie ein Wrack. Hat sich sogar für drei Monate in eine psychiatrische Einrichtung einweisen lassen." Er kicherte humorlos. „Suchen Sie einfach in den Ordnern nach dem Gesicht Ihres Bruders."

Jonathan blätterte durch die in Folien einsortierten Bilder. Einige waren zu Collagen gestaltet und mit handschriftlichen Kommentaren versehen. *Sommerausflug in den Heidepark. Übernachtungswochenende Burg Rabenstein* – die Leute hatten sich etwas einfallen lassen. Die Farben der Bilder waren zum Teil schon verblasst, und die Qualität war nicht besonders gut, aber schließlich entdeckte Jonathan das Foto eines drahtigen Jungen mit nacktem Oberkörper. Er hockte rauchend auf einem Bootssteg und grinste in die Kamera. Das Grinsen erinnerte Jonathan an den zahnlückigen Jungen aus seiner frühen Kindheit, aber etwas an diesem Gesicht war dennoch fremd. Etwas fehlte, etwas, das der Junge noch gehabt hatte. „Das ist er!", sagte Jonathan und tippte auf das Bild. „Das ist Maik."

Der Sozialarbeiter zog den Ordner zu sich herüber und betrachtete stirnrunzelnd das Foto. „Ich erinnere mich. Mecklenburgische Seenplatte, Dreitagesausflug, der blanke Horror. Es gab eine Anzeige wegen sexueller Belästigung und Dutzende Beschwerden wegen Hausfriedensbruch und Ruhestörung."

„Was wissen Sie über Maik?"

„Hm ..."

Das Tappen nackter Füße war vom Flur her zu vernehmen. Jonathan blickte auf.

Ein junges Mädchen in einem ultrakurzen Rock und einem hautengen Top schlurfte vorbei. Ihr Gesicht hatte sie gut hinter einem großflächigen Tattoo und Dutzenden Piercings verborgen. Wasserdampf folgte ihr wie ein wabernder Schleier.

Der Sozialarbeiter sprang auf. „Julia, was zur Hölle tust du hier?!"

Das Mädchen tappte wortlos weiter.

„Ich hab dich etwas gefragt, Julia!"

„Juli", erwiderte die junge Frau gelangweilt.

„Was?"

„Mein Name ist Juli."

Der Sozialarbeiter seufzte. „Okay, Juli, was machst du noch hier?"

„Ich gehe den Flur entlang?"

„Du müsstest längst bei deinem Vorstellungsgespräch sein!"

„Wir leben in einem freien Land. Ich muss gar nichts!"

„Verdammt, Juli, das ist eine Chance für dich, vielleicht sogar eine einmalige Chance ..."

„Ich hab kein Bock, Mann."

„Ich denke, es ist dein Traum, Friseuse zu werden ..."

„Bullshit. Das habe ich doch nur gesagt, weil ihr es hören wolltet. Ich will nicht irgendwelchen verlausten alten Säcken die Haare scheiden. Ich will Visagistin werden, beim Film."

„Und wie willst du das erreichen?"

Sie zuckte mit den Achseln und schlenderte weiter.

Der Hüne hastete ihr hinterher. Jonathan hörte, dass er zischend etwas zu ihr sagte, aber die Worte verstand er nicht. Die Antwort des Mädchens hingegen war deutlich genug. „Leck mich!" Eine Tür fiel krachend ins Schloss.

Als der Hüne wenig später zurückkam, war seinem Gesicht keine Regung anzusehen. Aber Jonathan fielen die dunklen Schatten unter seinen Augen auf.

„Es tut mir leid, ich habe keine Zeit mehr. Sie sehen ja, was hier los ist."

„Natürlich, ich verstehe. Aber können Sie mir noch kurz mitteilen, was aus Maik geworden ist?"

Der Hüne schürzte die Lippen. „Es war wie bei der Hälfte unserer Leute: Irgendwann war er einfach verschwunden."

„Raus aus der Stadt?"

Der Mann zuckte die Achseln. „Es hieß, er sei ins Ausland gegangen. Irgendjemand behauptete sogar, es habe ihn zur Fremdenlegion verschlagen. Angeblich wäre er irgendwo im Nahen Osten in Gefangenschaft geraten. Aber solche abenteuerlichen Geschichten hören wir hier ständig. Unsere Erfahrung ist eine ganz andere ..."

„Und zwar?"

„Die meisten, die abhauen, verlassen die Stadt nie. Sie rutschen einfach ins Milieu ab. Es tut mir leid, aber ich fürchte, auch Maik gehört eher zu dieser Sorte ehemaliger Bewohner. Wir hatten ihn damals des Öfteren mit Drogen erwischt. Zuerst nur leichte Sachen, Ecstasy, Gras und so. Aber zum Schluss fanden wir auch LSD. Ich bin mir ziemlich sicher, dass ich ihn auch mal vor einem Nachtclub gesehen habe. Wegen der Typen, mit denen er dort rumhing, können Sie davon ausgehen, dass er Drogen vertickt hat."

Jonathan schluckte. „Er hat gedealt?"

„Ja, aber wie gesagt, das ist schon ewig her."
„Was bedeutet das?"
„Alles ist möglich. Vielleicht sitzt er im Knast oder in der Psychiatrie." Der Hüne zuckte mit den Achseln. „Vielleicht ist er auch ausgestiegen ..."

Oder er ist tot, vervollständigte Jonathan den Satz in Gedanken. Er schluckte.

„Möglich wäre auch, dass er Karriere gemacht hat", fuhr der Sozialarbeiter nach einer Pause fort. „Wenn Sie verstehen, was ich meine. Nur die kleinen Dealer sieht man auf der Straße."

Laute Punkmusik dröhnte aus einem der Zimmer.

„Julia, mach leise! Letzte Warnung!", brüllte der Mann.

„Juli", korrigierte Jonathan instinktiv, aber so leise, dass ihn der andere nicht hörte. Deutlich lauter fragte er: „Wo sollte ich nach ihm suchen?"

„Gehen Sie zur Stadtmission am Bahnhof Zoo und sprechen Sie mit Schwester Maggy. Sie arbeitet seit zwanzig Jahren mit den Junkies. Sie kennt alles und jeden. Richten Sie ihr schöne Grüße von Ratze aus."

„Mach ich. Vielen Dank!" Jonathan erhob sich. „Und danke auch für den Kaffee."

„Kein Problem." Der Sozialarbeiter zog einen Schlüssel aus der Tasche und stapfte auf die verschlossene Metallklappe zu.

Jonathan zwängte sich an ihm vorbei und ging zur Wohnungstür. Als er sie öffnete, verstummte die Musik abrupt.

Ein unartikulierter Schrei erscholl hinter ihm. Jonathan schlüpfte rasch durch die Tür. Sie fiel ins Schloss und dämpfte den Schwall obszöner Schimpfworte, der dem Aufschrei unmittelbar folgte.

„Hm ... Proktologe – muss ich mal googeln", murmelte Jonathan, als er die Stufen des Treppenhauses hinabstieg.

Der Gefangene

Sokjans Schritte hallten laut in den leeren Gängen wider. Das dumpfe Gefühl einer drohenden Gefahr begleitete ihn bei jedem Schritt. Unbewusst hielt seine Hand den Schürhaken fest umklammert, den er aus der Küche mitgenommen hatte. Staub lag auf dem Boden. Nur durch ein paar schmale Schießscharten fiel etwas Licht herein. Die Schatten in den Ecken und Winkeln des düsteren Gemäuers flüsterten ihm unverständliche Warnungen zu.

In seinem Inneren hallten die Worte des Zwergs wider: *Der Gefangene im Turm, der singende Sturm. Sie sind nur ein Trug, ein nächtlicher Spuk.*

Der Singsang eines Wahnsinnigen war nun das glimmende Licht der Hoffnung, das ihn vorantrieb. Wenn er verstehen wollte, was hier vor sich ging, musste er diesen mysteriösen Gefangenen finden.

Sokjan befand sich im Westflügel des Hauptgebäudes, das an irgendeiner Stelle mit dem breiten, noch gut erhaltenen Bergfried der Festung verbunden war. Er spürte, dass er seinem Ziel näher kam. Die Schatten in den Winkeln und staubigen Gängen schienen düsterer zu werden.

Eine diffuse Bedrohung stemmte sich gegen ihn wie eine unsichtbare Mauer. Die Luft schien sich zu verdichten. Das Atmen bereitete ihm Mühe. Alles um ihn herum schien lautlos zu warnen: *„Geh nicht weiter! Kehr um! Kehr um, bevor es zu spät ist!"*

Doch etwas tief in ihm, etwas, das er nicht fassen konnte, ließ ihn weitergehen, Schritt für Schritt.

Dann stand er vor einer Tür, die mit einem schweren eisernen Riegel verschlossen war. Wer auch immer sie da angebracht hatte, schien große Furcht davor zu haben, dass etwas herausgelangen könnte.

„Kehr um!", schrie es aus den Schatten.

Sokjan hob die Hand. Mit zitternden Fingern griff er nach dem Riegel und schob ihn zurück. *Poch*, hallte es laut durch die leeren Gänge. „Wovor fürchtest du dich so sehr?", flüsterte er. Dann drückte er die Klinke herunter. Ein heißer Windhauch schlug ihm entgegen, als die Tür sich einen Spaltbreit öffnete.

Sokjan hatte das Gefühl, als würden sich die Schatten hinter ihm voller Zorn zusammenballen. Er trat durch die Tür und das Wispern verstummte.

Holz ächzte und knarrte, als er nach oben ging. Die Stufen waren ausgetreten und hatten sich im Laufe der Zeit verzogen. Durch die schießschartenartigen Öffnungen drang nur spärliches Licht. Sokjan stieg die schmale Wendeltreppe empor, die ihn Stockwerk für Stockwerk nach oben führte. Feine Staubkörnchen tanzten in den schmalen Lichtkegeln. Plötzlich entdeckte er etwas Buntes, das flatternd an ihm vorüberzog. Ein Schmetterling? Irritiert hielt er inne. Hier mitten in der Wüste? Mit offenem Mund staunend, verfolgte er den Flug des kleinen Wesens, bis es durch eine Schießscharte hindurch nach draußen verschwand.

Plötzlich wurde ihm bewusst, dass er erneut das Spiel einer Harfe vernahm, leise zwar, aber doch deutlich wahrnehmbar. Was hatte das zu bedeuten?

Ob es etwas mit dem Gefangenen zu tun hatte? Unwillkürlich beschleunigten sich seine Schritte.

Das oberste Stockwerk bestand aus einem kleinen Flur mit einigen leeren Räumen. Mit einer Ausnahme: Eine der Türen war verschlossen. Man hatte sie mit stählernen Beschlägen verstärkt und mit Riegeln gesichert. Es gab eine metallene Klappe in Augenhöhe – unverkennbar die Tür einer Zelle. Der Klang der Harfe war nun unendlich leise, kaum mehr eine Erinnerung.

Sokjans Zögern währte nur wenige Herzschläge. Dann trat er vor und schob entschlossen die Klappe beiseite. Der widerliche Gestank nach Exkrementen und ungewaschener Haut schlug ihm entgegen. Sokjan hielt sich den Ärmel vor die Nase, trat einen weiteren Schritt näher und lugte hinein.

Es dauerte einen Moment, bis seine Augen sich an das düstere Licht in der Zelle gewöhnt hatten. Eine magere Gestalt hockte auf dem Boden, den Rücken an die Wand gelehnt, den Kopf gesenkt. Sie war außergewöhnlich klein und sehr schmächtig und sie schien zu schlafen. Verwundert schüttelte er den Kopf. Dies also war das gefährliche Wesen, vor dem man sich durch schwere Türen und eiserne Riegel zu schützen versuchte?

„Wer bist du?", murmelte Sokjan.

Das Wesen hob so unvermittelt den Kopf, dass Sokjan erschrocken zusammenzuckte. In der Düsternis war vom Gesicht des Gefangenen kaum mehr als ein schmutzig grauer Schemen zu erkennen.

Sokjan schluckte trocken.

Langsam und mit steifen Bewegungen erhob sich die kleine Gestalt. Ketten klirrten.

„Hallo!", sagte das Wesen mit heller, wenn auch etwas heiserer Stimme.

Das klang nicht sonderlich bedrohlich. Spätestens jetzt wurde Sokjans anfänglicher Verdacht zur Gewissheit. So erstaunlich es schien, aber bei dem Gefangenen, der verwahrt und gesichert wurde wie ein Monster, handelte es sich um ein Kind – um einen Jungen, der nicht viel älter als zehn Jahre sein mochte.

Sokjan starrte ihn an. „Warum hat man dich hier eingesperrt?"

Die Antwort war einigermaßen verblüffend.

„Das müsstest *du* eigentlich am besten wissen", erwiderte der Junge, während er ungeniert mit dem Finger in der Nase bohrte. Die Ketten an seinen Handgelenken klirrten leise. „Schließlich hast du mich hier einsperren lassen."

„Ich?!" Sokjan starrte den Jungen an. Er wirkte so harmlos, wie ein völlig verdrecktes, abgemagertes Kind nur wirken konnte. Sein Gesicht war unter all dem Schmutz kaum zu erkennen. Sokjan versuchte, irgendeine Erinnerung wachzurufen, die seine unglaubliche Aussage bestätigte – vergeblich. Alles blieb fragmentarisch und nebulös. „Warum sollte ich ein Kind einsperren lassen?"

Der Junge zuckte die Achseln. „Du warst sehr krank, todkrank sozusagen, und du hattest Angst ..."

„Angst wovor?"

„Vor mir", erwiderte der Gefangene und kratzte sich unter der Achsel.

Unwillkürlich trat Sokjan einen Schritt zurück. Nicht nur die Worte, sondern auch die Art und Weise, in der der Junge sprach, verursachte ihm eine Gänsehaut. Es lag etwas darin, das nicht zu einem Kind passte. „Wer bist du?", fragte er.

„Ich bin Faith."

„Und ... wer bin ich?" Die Frage kam ihm über die Lippen, ehe er sich dessen bewusst wurde.

Das verkrustete Gesicht des Jungen verzog sich zu einem strahlenden Lächeln: „Willkommen zurück, Sokjan, mein Bruder!"

„Wir sind Brüder?", stotterte Sokjan.

„In gewisser Weise", erwiderte Faith ungerührt. „Man könnte sogar sagen, wir sind Zwillingsbrüder."

„Aber ... aber du bist ein Kind!"

Faith zuckte die Achseln. „Ich war Jahre in diesem Turm eingesperrt – was hast du erwartet?"

„Ich habe überhaupt nichts erwartet!", entfuhr es Sokjan. „Ich kann mich an nichts erinnern, nicht mal an meinen Namen. Ich bin in einer Gruft erwacht und seitdem wandere ich durch einen Albtraum!"

Faith nickte mit kindlichem Ernst. „Du warst tot ... Das ist bestimmt nicht einfach für dich."

Sokjan erwiderte nichts. Er war kurz davor, in ein irrsinniges Gelächter auszubrechen.

„Aber du hast nicht viel Zeit, um wieder ganz lebendig zu werden", fuhr Faith fort.

„Was willst du damit sagen?"

„Lass mich raus", bat der Junge. „Es ist wohl am besten, ich zeige es dir."

Misstrauisch blickte Sokjan auf die schmächtige, verdreckte Gestalt hinab. Ein Kind, das nicht sprach wie ein Kind, das behauptete, sein Zwillingsbruder zu sein, und das eindeutig zu viel wusste.

Faith hob die schmutzigen Brauen. „Hast du immer noch Angst ...?"

„Schon gut", sagte Sokjan. Er hatte seinen Entschluss gefasst. „Warte einen Moment." Er schob die Riegel zurück, zog den Schürhaken aus seinem Gürtel und öffnete die Tür.

Ein Schwall übel riechender Luft schlug ihm entgegen.

Faith grinste. „Darf ich jetzt rauskommen?"

Sokjan nickte, hielt aber die Eisenstange fest umklammert. Der Junge erweckte zwar keinen gefährlichen Eindruck. Aber wer wusste das schon, an diesem seltsamen Ort?

„Komm", sagte Faith. „Wir steigen auf den Turm hinauf."

„Geh vor!", befahl Sokjan.

Die Ketten klirrten rhythmisch, als die nackten Füße des Jungen Stufe für Stufe die Treppe erklommen. Unter seinen zerfetzten Beinkleidern ragten die dürren Muskeln seiner Waden hervor. Die Kette, die seine Fußgelenke miteinander verband, gab ihm gerade genug Freiraum, um die Stufen zu erklimmen. Sokjan schämte sich, mit einer Waffe in der Hand hinter dem gefesselten und sichtlich geschwächten Jungen herzulaufen. Aber sein Misstrauen blieb wach! Faith war nur dem Anschein nach ein Kind ... Es war besser, vorsichtig zu sein.

Das Stockwerk direkt unter der Plattform schien schon seit Ewigkeiten nicht mehr betreten worden zu sein. Staub bedeckte fingerdick die alten Dielen. Keine menschlichen Spuren waren zu erkennen.

„Hilf mir!", bat Faith. Gemeinsam stemmten sie sich gegen die schwere Dachluke. Sie bewegte sich quietschend in den Angeln und schlug schließlich krachend auf. Grelles Licht durchschnitt die stumpfe Dämmerung des Turms. Mit zusammengekniffenen Augen stolperten die beiden die Stufen nach oben. Heißer Wind zerrte an ihren Kleidern.

Es dauerte eine ganze Weile, bis Sokjan sich an das grelle Licht gewöhnt hatte.

„Dort", sagte Faith und wies über die Zinnen hinweg in die Wüste.

Sokjan blinzelte. Er fragte sich, wie so etwas möglich sein konnte. Die dunkle Masse am Horizont, die er zuerst für einen Gebirgszug gehalten hatte, war näher gekommen. Die Sonne sandte ihre grellen Strahlen herab, aber über dem Wüstensand waberte eine formlose Masse aus undurchdringlicher Schwärze. Bei Nacht hätte man es für dichten Nebel halten können, aber nun am hellen Tage offenbarte sich seine abstoßende Widernatürlichkeit.

„Was ... ist das?"

„Der Tod", sagte Faith.

Mit weit aufgerissenen Augen starrte Sokjan auf die finstere Masse, die sich wie öliger Nebel in Richtung Festung wand. Er ließ seinen Blick schweifen. Die schwarze Masse war überall. Sie hatte die Mauern vollkommen umschlossen. „Der Tod ...?", stammelte Sokjan. „Aber ... warum?"

„Er wurde gerufen", erwiderte Faith traurig. „Und nun wartet er auf die Nacht."

„Er wurden gerufen?", fragte Sokjan verwundert. „Von wem?"

Faith drehte sich um und blickte zu ihm auf. Traurigkeit lag in seinen Augen. „Von unserem Bruder."

Die Visite

Müde fuhr sich Mara über die Augen. Ein permanenter Schmerz pochte in ihren Schläfen. Sie nahm zwei Ibuprofen und spülte sie mit Kaffee hinunter.

Alles war wieder so nah. Immer wieder sah sie unvermittelt die Bilder jener Nacht vor sich. Und selbst in den kurzen Zeiten des Schlafs suchten sie Mara in ihren Träumen heim. Ihr Vorhaben kostete sie mehr Kraft, als sie sich vorgestellt hatte. Und heute hatte sie ihren ersten Fehler begangen ...

Sie musste kurz am Bett des Patienten eingenickt sein, als Schritte vor der Tür sie aufschrecken ließen. Die Visite! Ihr Herz begann zu klopfen, hastig richtete sie sich auf und strich ihren Kittel glatt. Mara stellte ihren Stuhl in dem Moment beiseite, als der Chefarzt eintrat, vier Studenten und die Oberschwester im Gefolge. Die Gruppe verstellte den Ausgang. Mara drückte sich möglichst unauffällig in der hinteren Ecke des Zimmers herum und machte sich an Verbandszeug zu schaffen. Der Arzt und die Studenten schenkten ihr keinerlei Beachtung. Sorgfältig studierte einer der jungen Männer die Krankenakte. „Die retroperitonealen Hämatome scheinen sich langsam zurückzubilden", meinte der Student.

„Die inneren Verletzungen heilen allmählich ab", bestätigte der Arzt. „Auch die Subduralblutungen sind nicht mehr akut. Durch die Drainage konnte der Hirndruck stabilisiert werden."

„Aber der Patient liegt weiterhin im Koma?", fragte einer der Studenten.

„Ohne Einsatz von Sedativa", bestätigte der Arzt, „die wären aufgrund des eigentlich positiven Verlaufs auch gar nicht nötig." Der Arzt tippte sich nachdenklich mit dem Finger an die Oberlippe.

Zwei der Studenten tuschelten leise miteinander. Die Oberschwester warf den beiden Störenfrieden grimmige Blicke zu, und Mara wollte die beginnende Unruhe nutzen, um unauffällig den Raum zu verlassen.

„Ruhe bitte!", sagte der Arzt streng.

Mara blieb stehen.

„Wir haben hier einen sehr außergewöhnlichen Fall mit einem geradezu paradoxen Krankheitsverlauf", fuhr der Arzt fort. „Die Heilung schreitet beständig voran. Dennoch zeigt der Patient die Symptome eines Komas vierten Grades." Der Arzt machte eine bedeutungsvolle Pause: „Und nun sehen Sie sich mal das letzte EEG an."

Der Student blätterte in der Akte, während ihm seine Kommilitonen über die Schulter blickten. „Oh!", meinte er dann.

Der Arzt nickte. „Eine solch rege Hirnaktivität ist angesichts der sonstigen Symptome eigentlich unmöglich."

Schritt für Schritt bewegte sich Mara auf den Ausgang zu. Niemand achtete auf sie. Bis sie mit dem Hacken versehentlich gegen den Rollwagen stieß. *Mist!*

Die Oberschwester warf ihr einen ärgerlichen Blick zu. Dann runzelte sie die Stirn. „Was machen Sie denn hier?", zischte sie.

„Ist Schwester Katharina im Dienst?", fragte Mara hastig und hoffte, dass man ihr die Nervosität nicht ansah.

Der Blick der Oberschwester verfinsterte sich zusehends. „Sie wissen, dass Sie hier überhaupt nichts zu suchen haben!"

„Was ist denn das für eine Unruhe hier?!", drang die verärgerte Stimme des Arztes zu ihnen herüber.

„Verschwinden Sie", zischte die Oberschwester Mara zu. „Katharina hat heute frei."

Während sie eilig den Raum verließ, konnte sie gerade noch hören, wie der Oberarzt meinte: „Ich möchte, dass dieser Patient unter sorgfältiger Beobachtung steht. Sie kümmern sich darum ..."

Mara spülte die Kaffeetasse ab und stellte sie zurück in den Schrank. Dann verließ sie das Schwesternzimmer und machte sich daran, ihren Spätdienst anzutreten.

Gleich einem blassen Schemen ging sie lautlos durch die kargen, nach Zitrone und Desinfektionsmittel riechenden Gänge. Durch die Fenster fiel spärlich das graue Licht der Dämmerung. „Bitte!", betete sie lautlos. „Bitte lass das alles nicht umsonst gewesen sein!"

Schwester Maggy

Die Neonlampe flackerte und ließ das düstere Graffito auf den gelben Fliesen noch bizarrer erscheinen. Jonathan stieg die Stufen zum Ausgang empor. In diesem Teil des Bahnhofs war er noch nie gewesen. Der warme Wind, der ihm entgegenblies, trug den Geruch von Urin und ungewaschenen Körpern in sich.

Ein Kribbeln wanderte seinen Rücken hinab. Vielleicht lag es an der ungewohnten Umgebung. Aber irgendwie hatte er das Gefühl, beobachtet zu werden. Er wandte sich unauffällig um, konnte aber niemanden entdecken.

Dennoch beschleunigte er seine Schritte und wäre beinahe gegen eine Gestalt gestoßen, die hinter einer Biegung auf den Stufen hockte und ins Nichts starrte.

Er lief weiter bis zum Ausgang, drückte die Tür auf und trat hinaus auf die Straße. Schwülwarme Luft lag drückend auf der ganzen Stadt. Hier in den Betonschluchten der Innenstadt wehte nicht das leiseste Lüftchen. Jonathan wandte sich nach links auf das schwach erleuchtete Schild der Bahnhofsmission zu. Der Geruch nach menschlichem Urin und Hundekot mischte sich mit dem Duft von Erbsensuppe.

Zwei Dutzend Gestalten warteten vor einem unscheinbaren Eingang. Einige von ihnen waren unverkennbar Alkoholiker oder Junkies, aber er sah auch eine junge Mutter mit einem Kind an der Hand, das viel zu klein schien, um zu dieser Zeit noch auf der Straße zu sein.

Jonathan stellte sich an das Ende der Schlange hinter einen kräftigen Mann, der einige Mühe hatte, das Gleichgewicht zu halten. *Was mache ich hier?*, ging ihm durch den Kopf.

Die Schlange bewegte sich langsam vorwärts. Der kräftige Mann vor ihm taumelte und machte einen Schritt zurück statt vorwärts. Sein Hacken bohrte sich in Jonathans weiche Turnschuhe und quetschte ihm den großen Zeh. „Au!"

„*Izvinite*", brummte der Mann. Er wandte sich um, verzog sein von Aknenarben gezeichnetes Gesicht zu einem entschuldigenden Lächeln. „Seit Schlaganfall ich nicht mehr kann gut gehen", nuschelte er mit starkem russischen Akzent.

„Schon okay", erwiderte Jonathan, „ist ja nichts passiert." Beschämt stellte er fest, dass er den Mann zu Unrecht als Betrunkenen abgestempelt hatte.

Langsam bewegten sich die Leute vorwärts. „Wissen Sie zufällig, ob ich Schwester Maggy hier finden kann?"

„Fast immer hier", erwiderte der Mann. Er schwankte, als er die Stufen zum Eingang hinaufstieg, und Jonathan stützte ihn.

„*Spasibo*."

Der Raum war voller Menschen und die Luft zum Schneiden dick. Jonathan bekam eine Ahnung davon, wie sich ein Stück Speck in Sülze fühlen musste.

An einem langen Tisch wurde Suppe ausgeteilt. Es war kein Gericht für einen so heißen Tag wie diesem, doch die Leute hatten Hunger, und die Helfer drückten jedem ihrer Gäste eine Flasche Wasser in die Hand. Es waren überwiegend Frauen, die hier arbeiteten. Sie trugen blaue Westen mit dem Emblem der Bahnhofsmission. Jonathan brauchte nicht lange, um Schwester Maggy zu entdecken – eine zierliche, gebeugt dastehende Frau, die kaum über die Tischkante gucken konnte und jeden der Wartenden mit einem faltigen Lächeln begrüßte. Er schätzte, dass sie den Altersdurchschnitt des Helferteams um die Hälfte anhob.

Sie war gekleidet, als käme sie aus einer anderen Zeit. Über dem knöchellangen, bis oben hin zugeknöpften dunkelblauen Kleid mit weißem Hemdkragen trug sie eine weiße Schürze. Am skurrilsten war jedoch das gestärkte weiße Häubchen, das ihr graues Haar verdeckte. Mit einer riesigen Schleife war es unter ihrem Kinn befestigt. Die Kleidung erinnerte an eine Nonne, aber das konnte ja nicht sein, schließlich war die Bahnhofsmission eine evangelische Organisation.

„Herzlich willkommen!" Ein faltiges Lächeln zeigte sich auf ihrem vom strengen Häubchen eingequetschten Gesicht.

„Äh ... danke ..."

Sie reichte ihm einen Teller mit Suppe.

„Nein danke!" Jonathan hob abwehrend die Hände.

„Tja, das Himbeersorbet ist alle", erwiderte sie augenzwinkernd. „Da bleibt nur die Wahl zwischen Gericht 1 und Gericht 1."

„So meine ich das nicht", sagte er rasch. „Ich hab keinen Hunger."

„Oh ..." Die alte Dame runzelte die Stirn. „Und warum stellen Sie sich dann zum Essen an?"

„Sind Sie Schwester Maggy?"

„Ja."

„Ich hätte da ein paar Fragen an Sie."

„Gern. Sobald meine Schicht vorbei ist."

„Und wie lange dauert das so?"

„Je mehr Helfer wir haben, desto schneller geht's. Ich glaube, beim Abwasch können wir noch Unterstützung gebrauchen."

Jonathan fühlte sich in gewisser Weise überrumpelt, als er sich eine halbe Minute später in einer Spülküche wiederfand, in der das Klima einer finnischen Hochleistungssauna herrschte.

Eine resolute Dame mit Hängebacken und Mundwinkeln, die besonders anfällig für die Schwerkraft zu sein schienen, übernahm die Einweisung, während zwei kichernde junge Mädchen, die offenbar nur Französisch sprachen, eifrig um ihn herumwuselten und lautstark mit Geschirr und Besteck hantierten.

Bereits nach zwei Minuten klebte sein T-Shirt an ihm, als käme er direkt aus der Dusche. Nur ganz so frisch fühlte er sich nicht.

Zwei Stunden später landeten die letzten Teller in der Spüle. Es kam Jonathan so vor, als habe er gerade am Äquator einen Halbmarathon hinter sich gebracht. Die beiden Mädchen hatten vor etwa einer halben Stunde die Küche verlassen, ohne jemals mit dem Kichern aufzuhören. Frau Mundwinkel schob den leeren Speisewagen in eine Ecke und griff nach einem Handtuch.

„Ach, lassen Sie nur", sagte Jonathan. „Den Rest erledige ich allein."

Sie warf ihm einen langen Blick zu, bevor sie langsam nickte, den Neigungswinkel ihrer Mundwinkel geringfügig nach oben korrigierte und sich dann abwandte, um einen Müllbeutel nach draußen zu bringen. Jonathan interpretierte das als Dankeschön.

Er war fast fertig, als es passierte. Der vorletzte Teller rutschte ihm aus den Fingern. Er griff hastig zu, um ihn aufzufangen, doch es war zu spät. Der Teller zerbarst am Spülbeckenrand. Jonathan merkte, dass er sich geschnitten hatte, als das Spülwasser, in dem er nach den Scherben tastete, sich rot färbte. „Verdammt!" Hastig zog er die Hand heraus. Blut rann aus einem tiefen Schnitt zwischen Daumen und Zeigefinger.

„Ach, du meine Güte, das sieht nicht gut aus!", meldete sich eine freundliche Stimme, die sich in etwa auf Höhe seines Bauchnabels befinden musste. Er senkte den Blick und erkannte durch die Dampfschwaden in der Küche Schwester Maggy, die besorgt zu ihm aufblickte. „Warten Sie, ich hole den Verbandskasten."

Sie verschwand, und Jonathan blieb nichts anderes übrig, als abzuwarten und zuzusehen, wie das Blut ins Spülwasser tropfte.

„Es tut mir schrecklich leid." Die alte Frau kam mit einem Blechkasten unter dem Arm zurück.

„Das muss es nicht. Ich gehe davon aus, dass Sie nicht geplant hatten, mich mit einem Suppentellersplitter aufzuschlitzen und über dem Spülbecken ausbluten zu lassen."

„Wo denken Sie hin? Ich riskiere es doch nicht, einen erstklassigen Tellerwäscher gleich am ersten Tag zu verlieren." Schwester Maggy kramte einen Verband hervor, der Jonathan etwas überdimensioniert erschien. „So, das haben wir gleich! Schön stillhalten!", befahl sie. Dann beugte sie sich über die Wunde. Was genau sie tat, konnte er nicht erkennen. Das Schwesternhäubchen verdeckte ihm die Sicht. Er spürte nur einen leichten Druck um seine Hand und kam sich vor wie ein verspäteter Weltkriegsversehrter.

„So, das müsste erst mal halten!", sagte sie schließlich.

Stirnrunzelnd betrachtete Jonathan seine dick bandagierte Hand. „Finden Sie das nicht ein wenig üppig?"

„Der Schnitt ist ziemlich tief. Da sollte besser noch eine Fachkraft draufschauen."

„Ach was, das geht schon." Er winkte ab.

„Keine Widerrede, sehen Sie da. Es blutet schon durch."

Tatsächlich konnte Jonathan einen kleinen roten Punkt auf dem Verband erkennen.

„Hier, trinken Sie einen Schluck, und dann machen wir einen kleinen Spaziergang zu einer guten Freundin." Sie reichte ihm eine Wasserflasche.

„Danke!" Erst jetzt wurde Jonathan bewusst, wie durstig er war. Nach zwei langen Zügen hatte er sie geleert.

„Ach, du meine Güte!" Die alte Frau kicherte.

Verlegen reichte Jonathan ihr die leere Flasche zurück.

Schwester Maggy entsorgte sie in einem Plastikbeutel. „Kommen Sie, wir gehen ein Stückchen."

Als sie auf die Straße traten, blies ihnen ein angenehm kühler Wind entgegen. Der Himmel begann, sich von Norden her zuzuziehen. Vielleicht würde es ein Gewitter geben.

„Danke, dass Sie sich Zeit für mich nehmen", sagte Jonathan.

„Ich habe *Ihnen* zu danken", erwiderte Schwester Maggy. „Es war sehr freundlich, dass Sie uns geholfen haben." Sie ging gebeugt, hatte aber einen flotten Schritt. „Und Sie können sich sicher sein, nicht nur wir und unsere Gäste haben Ihre Hilfe wahrgenommen. Auch Gott war da an diesem Abend."

„Ich hoffe, Sie nehmen mir das nicht übel, aber ich bin kein religiöser Mensch."

„Wie könnte ich Ihnen das übel nehmen?! Nach meiner Erfahrung ist Gott auch nicht besonders religiös. Er lässt sich weder in eine Kirche einsperren noch durch irgendwelche Rituale manipulieren oder in seiner Entscheidungsfreiheit begrenzen. Man könnte also sagen, Sie haben etwas gemeinsam." Schwester Maggy lächelte. „Sie sind gekommen, um mit mir zu sprechen. Also, was kann ich für Sie tun?"

„Ich suche meinen Bruder."

Die alte Dame blickte fragend zu ihm auf.

„Übrigens soll ich Ihnen schöne Grüße von Ratze ausrichten."

„Oh, vielen Dank! Er ist ein netter Junge, aber ich fürchte, mittlerweile ist er zu lange am selben Ort im Einsatz, das tut ihm nicht gut." Sie seufzte. „Wie auch immer, ich gehe davon aus, dass Ihr Bruder in der Thorstraße gewohnt hat?"

„Ja, aber das ist schon viele Jahre her. Ratze ... was ist das eigentlich für ein merkwürdiger Name?"

„Eigentlich heißt er Klaus Ratzkowski, aber solange ich ihn kenne, nennen ihn alle Ratze."

„Verstehe, er meinte, dass Maik möglicherweise ... also es könnte sein, dass er mit Drogen dealt."

Mitfühlend legte sie ihm die Hand auf den Arm. „Der Name ‚Maik' sagt mir nichts", erwiderte Schwester Maggy. „Aber das muss nichts heißen. Kaum jemand in der Szene verwendet seinen richtigen Namen. Haben Sie ein Foto dabei?"

„Tut mir leid." Jonathan schüttelte den Kopf. Er ärgerte sich, dass er den Sozialarbeiter nicht um das Foto von Maik gebeten hatte. „Wir haben uns seit Jahren nicht gesehen ...", fügte er erklärend hinzu.

Die alte Frau betrachtete ihn aufmerksam. „Ich verstehe. Und nun fällt Ihnen auf, dass er Ihnen fehlt?"

„Mir fehlt? Wie kommen Sie ...", setzte Jonathan an, doch dann geriet er ins Stocken. Vermisste er Maik? Vielleicht? Vor allem aber verspürte er ein schlechtes Gewissen. Und gleichzeitig ärgerte er sich darüber. Denn schließlich war nicht *er* es gewesen, der die Familie im Stich gelassen hatte und auf die schiefe Bahn geraten war. Er schluckte und warf einen Blick auf die kleine alte Frau „Können Sie mir helfen, ihn zu finden?"

Schwester Maggy warf ihm einen schwer zu deutenden Blick zu. Dann nickte sie. „Ich werde es versuchen. Aber es würde die Sache erleichtern, wenn Sie noch irgendeinen Hinweis für mich hätten."

„Einen Hinweis ...", murmelte Jonathan nachdenklich. „Warten Sie. Ich habe da tatsächlich etwas." Er zog das Foto des Fremden aus der Hosentasche. „Ich vermute, dass mein Bruder irgendetwas mit diesem Mann zu tun hat."

Die alte Frau betrachtete das Foto einen Moment. „Oh ...", entfuhr es ihr.

„Sie kennen ihn?"

Sie wiegte nachdenklich den Kopf hin und her.

„Wer ist das?"

„Das weiß niemand so genau ..." Etwas leiser fügte sie hinzu: „Vielleicht nicht einmal er selbst."

„Wie meinen Sie das?"

„Er ist eine verkümmerte Seele", erwiderte sie traurig, „und ein sehr gefährlicher Mann. Wenn Ihr Bruder in seine Fänge geraten ist, wird es nicht einfach werden, an ihn heranzukommen."

„Ich fürchte, mir bleibt keine andere Wahl."

Wieder betrachtete sie ihn mit diesem seltsamen Blick. Dann sagte sie: „Versuchen Sie doch mal, ein einigermaßen aktuelles Bild Ihres Bruders aufzutreiben. Das würde uns sehr weiterhelfen."

„Danke!"

Jonathan hatte wenig auf ihren Weg geachtet, doch nun sah er die ehrwürdigen Tore des Melanchthon-Klinikums vor sich aufragen. Schwester Maggy steuerte direkt darauf zu.

„He, Moment. Es war nicht die Rede davon, dass wir ins Krankenhaus gehen!"

„Ich fürchte, uns bleibt gar nichts anderes übrig. Die Freundin, von der ich sprach, arbeitet nun mal in diesem Krankenhaus."

Jonathan kniff die Augen zusammen. „Sie haben mich ausgetrickst!"

„Aber nur ein bisschen", erwiderte Schwester Maggy. Ein Windstoß ließ ihre Schwesterntracht flattern. Sie lächelte. „Könnten Sie die Tür für mich aufmachen, sie ist ein wenig schwergängig."

Die Festung

Als Sokjan die Tür des Bergfrieds aufstieß, strömten grelles Licht und sengende Hitze herein. Faith schlüpfte an ihm vorbei und trat hinaus auf den Hof. Rötlicher Staub umwirbelte seine nackten Füße, und die eiserne Kette, mit der er noch immer gefesselt war, klirrte leise.

„Siehst du, wie alles funkelt?", rief er und deutete auf den rötlichen Sand, der die Strahlen der Sonne reflektierte.

Irgendwo im Hintergrund konnte Sokjan den Harfner spielen hören, doch so leise, dass er nicht sicher war, ob er es sich nur einbildete.

Der Junge sah erbärmlich aus: Er trug kaum mehr als Fetzen auf dem Leib und die Knochen unter seiner blassen Haut traten deutlich hervor. Faiths Grinsen erschien Sokjan angesichts der trostlosen Atmosphäre der leeren Festung und der dunklen Bedrohung, die sie umgab, völlig fehl am Platz zu sein.

„Als Erstes musst du diese Dinger da loswerden." Sokjan deutete auf die Ketten. „Diese Festung ist riesig. Hier muss es doch irgendwo noch Werkzeug geben." Er packte den Jungen am Arm und zog ihn zu einem der Gebäude, die sich an die Festungsmauer schmiegten.

Faith warf ihm einen irritierten Blick zu, ließ sich aber widerstandslos mitführen.

Sokjan durchsuchte einen Lagerraum nach dem anderen. Doch er fand nichts außer dem rötlichen Sand, der sich in jede noch so kleine Kammer gezwängt hatte. Frustriert trat er in den Staub und ließ eine Fontäne aufwirbeln. „Das kann doch nicht sein! Ist hier denn alles wie verhext?"

„Was meinst du damit?", fragte Faith.

„Ich meine ... es muss hier doch mehr geben als Stein und Sand. Irgendwann haben hier doch Leute gelebt."

„Ja."

„Warum findet sich dann keine Spur mehr von ihnen? Hier gibt es keine Möbel, kein Werkzeug ... einfach nichts."

„Hm ..." Faith nagte an der Unterlippe. „Vielleicht sind wir zu sehr an der Oberfläche. Wir müssen tiefer gehen."

Sokjan fuhr herum und starrte auf den Jungen hinab.

Faith erwiderte seinen Blick, während er zugleich mit seinem schmutzigen Zeigefinger konzentriert in der Nase bohrte.

„Was willst du damit sagen?", fuhr Sokjan ihn an.

„Hier werden wir nichts finden. Unser Bruder hat kein Interesse an solchen Dingen. Er will weder bauen noch befreien."

„Du machst mich wahnsinnig", stöhnte Sokjan.

Faith erwiderte nichts. Stattdessen zog er den Übeltäter, nach dem er so intensiv gesucht hatte, aus dem Nasenloch und schnippte ihn in den Sand.

„Also gut." Sokjan zuckte die Achseln. „Bitte, wie du willst. Und wo ist ‚tiefer'?"

Ein Grinsen breitete sich auf dem schmalen Gesicht des Jungen aus. „Also, das ist jetzt wirklich nicht schwer!"

Sokjan schloss die Augen und atmete einmal tief durch. Dann kniete er nieder und fing an, mit beiden Händen den

Sand beiseitezuschaufeln, der den gesamten Hof bedeckte und in alle Nebengebäude eingedrungen war.

Faith betrachtete ihn interessiert.

„Würdest du vielleicht die Güte haben, mir zu helfen?", knurrte Sokjan gereizt.

„Na klar." Der Junge ließ sich auf die Knie fallen und begann zu buddeln wie ein kleiner Hund. Fontänen aus rotem Sand spritzten auf.

Nach einer Weile stieß Sokjan auf Widerstand. Irgendein nachgiebiges, aber dennoch festes Material befand sich dort im Sand. „Ich hab hier was!", rief er. Wenig später zog er ein Buch aus dem Sand. Es war ein zerfleddertes Exemplar von „Der König von Narnia". Ein seltsames Gefühl streifte Sokjan. Vor seinem inneren Auge sah er, wie zwei schmutzige Kinderhände dieses Buch hielten. Die Sonne schien auf grünes Gras, ein sanfter Wind spielte mit den Blättern der Bäume, und hauchzart war da eine Melodie ... Sokjan schloss die Augen, versuchte, sich zu konzentrieren. Aber die Bilder verblassten und die Melodie verklang. Sie schwanden aus seinem Kopf wie Traumgespinste am Morgen.

„Wollen wir es lesen?", fragte Faith.

„Nein! Ganz bestimmt nicht!" Sokjan warf das Buch beiseite und sie gruben weiter.

„Guck mal, ein Zinnsoldat!", rief Faith.

„Großartig", brummte Sokjan. Wenig später rief er: „Ich hab hier was!" Er war auf ein Brett gestoßen. Vielleicht eine Kiste? „Hilf mir mal!"

Faith sprang ihm bei und gemeinsam befreiten sie ein Holzbrett vom Sand. „Was ist das denn?", brummte Sokjan und zog die Augenbrauen zusammen.

„Zieh es raus!"

An dem Brett waren weitere befestigt, einige waren geborsten. „Ein Bücherregal?", entfuhr es ihm. Wieder streifte ihn der Hauch einer Erinnerung. Er spürte Traurigkeit und Wut. Doch die Empfindungen schwanden so rasch, wie sie gekommen waren.

„... sieht eigentlich noch ganz gut aus", bemerkte Faith.

„Lass uns weitergraben", murmelte Sokjan.

Schließlich rief Faith: „Hier ist was!" Triumphierend hielt er einen glänzenden Gegenstand in die Höhe. Es war eine kleine Kinderfeile, wie man sie in Spielzeugbaukästen findet.

„Gib mal her." Skeptisch griff Sokjan nach dem winzigen Werkzeug und begann die eisernen Fesseln zu bearbeiten. Zu seiner Verblüffung stellte er fest, dass die Feile tatsächlich funktionierte. Es war mühsam, aber nach einigen Minuten schon hatte er eine ansehnliche Kerbe in das Metall getrieben. Als die eine Fußschelle halb durch war, hatte er dicke Blasen an den Fingern.

„Warte, ich löse dich ab", sagte Faith.

„Okay. Ich kann eine Pause gebrauchen."

Während der Junge eifrig an seinen Fesseln feilte, stand Sokjan auf und streckte sich. „Dieser Ort ist ein einziges Rätsel", entfuhr es ihm. „Es ist, als würde man durch dichten Nebel wandern – alles ist nur schemenhaft zu erkennen."

Faith grinste zufrieden, als die erste Fessel durchtrennt war. Mühsam gelang es Sokjan, sie aufzubiegen. Der Metallring rieb über Faiths wund gescheuerte Fußgelenke. Es musste wehtun, doch der Junge verzog lediglich das Gesicht und machte sich gleich daran, die zweite Schelle zu bearbeiten.

Sokjan blieb neben ihm im Sand knien. „Ich weiß nicht, wo ich bin", sagte er leise. „Schlimmer noch: Ich weiß ja nicht einmal, *wer* ich bin!"

„Wir sind die Burg", erwiderte Faith. Er hatte die Zungenspitze zwischen die Lippen geschoben und bearbeitete eifrig das rostige Eisen seiner Fesseln.

„Wir sind die Burg?", wiederholte Sokjan verständnislos.

„Ja ... du und ich und ... unser Bruder."

Sokjan starrte ihn an. „Du meinst, wir sind die *Herren* dieser Burg?"

„Wenn du willst, kannst du es auch so nennen", sagte Faith. „Obwohl es nicht ganz richtig ist."

„Was willst du damit sagen?"

„Hast du schon einmal versucht, die Burg zu verlassen?"

„Ja, aber es ging nicht. Da war so eine Art ... unsichtbare Barriere."

„Wir sind die Burg", stellte Faith fest.

„Weil eine unsichtbare Barriere uns daran hindert, sie zu verlassen?", fragte Sokjan skeptisch. Die mystischen Worte des Jungen ergaben für ihn wenig Sinn. „Das klingt ziemlich abgedreht."

Faith wirkte erschöpft und Sokjan löste ihn ab.

„Es ist, wie es ist", erwiderte der Junge schnaufend. „Das alles wird erst enden, wenn die Zeit dafür gekommen ist."

„Und wann wird das sein?"

Faith zuckte die mageren Schultern. „Das weiß niemand, zumindest niemand, der in diesen Mauern wohnt." Nachdenklich fügte er hinzu: „Vielleicht hat das unserem Bruder nicht gefallen ... es würde zu ihm passen."

Sokjan fuhr sich durch die Haare. „Du sprichst in Rätseln. Mit jedem Wort, das über deine Lippen kommt, wird die Sache verworrener ..."

Faith strahlte ihn an.

„Das war kein Kompliment", schnaufte Sokjan. Wider Willen spürte er, dass er dieses rätselhafte kleine Wesen mochte, das wie ein Kind aussah und doch keines war. Dann kniff er nachdenklich die Lippen zusammen. „Du sprichst immer von unserem Bruder ... Wer ist er? Wie muss ich ihn mir vorstellen?"

„Er hat sich mir nie gezeigt", erwiderte Faith. „Ich glaube, er fürchtet mich. Sein Name ist Fastus. Aber wenn die Bewohner der Festung sich unbeobachtet wähnten, wenn sie flüsternd und tuschelnd in den Ecken standen, dann nannten sie ihn anders."

„Du kanntest die Bewohner dieser Burg?"

„Natürlich."

„Natürlich ...", murmelte Sokjan sarkastisch. „Nun gut. Also, wie haben sie diesen Fastus denn noch genannt?"

„Die Bestie."

Sokjan unterdrückte ein Frösteln. „Und wo sind die alle hin, die Bewohner dieser Festung?"

„Weißt du es wirklich nicht?"

„Nein! Woher sollte ich?"

„Ich kann es dir zeigen."

„Na gut, aber erst befreien wir dich von den Fesseln."

Etwa zehn Minuten später konnte Sokjan die Schelle aufbiegen, sodass Faith seinen Fuß herausziehen konnte.

„Danke." Der Junge stand auf. „Komm mit."

Sokjan folgte dem Kleinen, und irgendwann erkannte er, wohin dieser ihn führte. Er schauderte, als sie den vertrockneten Garten durchquerten.

Faith hielt plötzlich inne. „Hier!", sagte er und deutete mit einer ausladenden Handbewegung auf unzählige steinerne Tafeln, die halb vom Sand verschüttet waren.

„Ein Friedhof", krächzte Sokjan. „Er hat sie umgebracht."

Faith nickte traurig. „Ja."

Die steinernen Grabtafeln verschwammen vor Sokjans Augen. Eine Erinnerung streifte ihn. Verschwommen sah er ausgemergelte Gestalten, die zu Boden sanken. Er sah Augen, die ihn anstarrten, während das Leben aus ihnen wich, und er erinnerte sich an eine Stille, die sich mehr und mehr ausbreitete, während ein entsetzliches Gefühl der Leere von ihm Besitz ergriff.

Die Vision verschwand so rasch und unvermittelt, wie sie gekommen war.

Als Sokjan die Augen aufschlug, fand er sich auf den Knien wieder, wenige Schritte vor ihm ragte ein Grabstein aus dem Sand hervor. Das Licht der Sonne ließ den schlichten roten Sandstein funkeln wie einen Edelstein. Er trug keine Daten, nur ein Name stand darauf: *Joy*. Unwillkürlich streckte Sokjan seine Hand aus und berührte den Grabstein. Er fühlte sich warm an, und es schien, als würde irgendetwas tief in ihm schwach pulsieren.

„Es ... ist nicht richtig", keuchte Sokjan.

„Was?", fragte Faith.

„Dass all diese Toten hier liegen", stammelte Sokjan. „Es ist falsch. Der Tod selber ist falsch."

Keuchend schnappte er nach Luft. Der Harfner – mit einem Mal konnte er ihn wieder hören. Es war eine Melodie voller Schmerz und tiefer Schönheit. Sie raubte ihm den Atem und presste ihm das Herz zusammen, sodass er glaubte, schreien zu müssen. Stattdessen entrang sich seiner Kehle jedoch ein leises Stöhnen. Tränen rannen ihm über das Gesicht!

Eine schmale Hand legte sich auf seine Schulter.

„Hörst du es auch?", fragte Sokjan.

Faith nickte.

Die Melodie wurde leiser und Sokjan spürte, wie Traurigkeit ihn erfasste. „Du hast feinere Ohren als ich, nicht wahr?"

Faith zuckte die Achseln.

„Kannst du ihn immer hören, zu jeder Zeit?"

„Nein."

„Also ist er nicht immer da?"

„Das habe ich nicht gesagt."

Sokjan erhob sich. Die Klänge wurden leiser. Suchend blickte er sich um. Aber da war nichts. „Hast du ihn jemals gesehen?", fragte er Faith.

„Nein."

„Was bedeutet das? Warum können wir den Harfner mal hören und mal nicht? Und warum bekommen wir ihn nie zu Gesicht?"

„Das ist eine gute Frage", erwiderte Faith. „Du hast sie mir schon einmal gestellt."

„Oh, tatsächlich?", entfuhr es Sokjan. „Und was hast du geantwortet?"

Faith grinste. „Hör nicht auf zu fragen."

Sokjan seufzte und wischte sich die Tränen aus dem Gesicht. Es war offensichtlich, dass Faith die Suche nach Antworten nicht als sein Aufgabengebiet betrachtete. „Wer oder was entscheidet darüber, ob er spielt?"

„Wir sind es jedenfalls nicht", bemerkte Faith. „Man kann sein Spiel nicht erzwingen."

„Die Situationen, in denen ich den Harfner hörte, waren vollkommen unterschiedlich, mal spielte er bei einem Rinnsal, dann war es ein Schmetterling und nun der Anblick eines Grabsteins. Ich erkenne da keinen Zusammenhang."

„Nicht?", fragte Faith überrascht. „Aber –"

„Warte. Sag nichts." Sokjan hob die Hand und runzelte nachdenklich die Stirn. Die Situationen waren nicht die gleichen, aber das Gefühl, das der Harfner mit seinem Spiel in ihm weckte, schon. Es tat weh, aber es war ein Schmerz der Schönheit.

So etwas wie eine ferne Erinnerung ... „Sehnsucht!", entfuhr es Sokjan. „Das ist allen Momenten gleich."

Faith strahlte. „Ich glaube, er erinnert uns daran, dass wir noch nicht sind, was wir sein sollen."

„Was auch immer das bedeuten mag." Sokjan ließ einen traurigen Blick über die Gräber schweifen und wandte sich dann ab.

„Lass uns gehen. Du brauchst dringend etwas zu trinken."

Alte und neue Wunden

Jonathan hielt die Tür auf und folgte dann Schwester Maggy in den Krankenhausflur. Das Linoleum quietschte unter den Sohlen seiner Turnschuhe. Der typische Geruch nach Reinigungs- und Desinfektionsmitteln lag in der Luft – ein Duft, mit dem die wenigsten positive Assoziationen verbanden.

Jonathan hatte Krankenhäuser noch nie gemocht. Zu viel Zeit hatte er hier mit Besuchen bei seinem langsam dahinsiechenden Vater verbracht. Vielleicht sollte er sich jetzt lieber unauffällig verabschieden?

Die alte Frau schien sein Zögern nicht zu bemerken. Zielstrebig ging sie den Flur entlang.

Jonathan sah ihr hinterher. Schwester Maggy war bislang seine einzige Spur zu Maik. Es wäre nicht klug, sie jetzt wegen einiger unangenehmer Erinnerungen ziehen zu lassen.

In diesem Moment warf ihm die Diakonisse einen Blick über die Schulter zu. „Kommen Sie, es ist nicht weit."

Jonathan seufzte leise, dann folgte er ihr rasch. „Ich bin nicht besonders gern in Krankenhäusern", sagte er.

„Vielen Dank! Ich kann Sie verstehen, auch ich habe hier schon schreckliche Dinge gesehen."

Jonathan nickte und hoffte, dass sie ihn nicht nach seinen Erfahrungen fragen würde.

Stattdessen lächelte die alte Dame nachdenklich. „Es scheint typisch menschlich zu sein, dass wir Orte der Heilung meiden, weil sie uns an unsere Krankheiten erinnern. Menschlich, aber nicht besonders ... logisch, oder?"

Jonathan ahnte, dass sie nicht nur auf körperliche Leiden anspielte. Aber er wollte das Gespräch lieber nicht vertiefen. „Darüber habe ich noch nie nachgedacht", erwiderte er.

Schweigend gingen sie den Flur entlang. „Innere Medizin" stand auf einem Schild. Sie betraten die Station.

„Dort drüben ist es."

Jonathan folgte der alten Frau, die leise an das Schwesternzimmer klopfte und dann eintrat. Eine schlanke junge Frau stand am Fenster. Einige Sonnenstrahlen hatten sich durch die Wolkendecke geschummelt und ließen das Weiß ihres Schwesternhäubchens heller strahlen.

„Mara, ich hoffe, wir stören nicht?", sagte die alte Frau.

Die junge Frau wandte sich um. „Schwester Maggy!" Lächelnd wandte sie sich um.

Ihr Lächeln war so einladend, dass Jonathan es unwillkürlich erwidern musste. Dann sah er die rote Narbe, die sich quer über ihre linke Gesichtshälfte zog. Ohne es zu wollen, starrte er sie an.

Das Lächeln der jungen Frau verlor sein Strahlen. „Wie schön, dich zu sehen!" Sie umarmte die Diakonisse. „Du hast Besuch mitgebracht?"

„Ja. Jonathan hat uns den ganzen Tag in der Küche geholfen und sich dort an einem Teller geschnitten. Nun musste ich sicherstellen, dass jemand einen fachkundigen Blick daraufwirft. Hast du einen Moment Zeit?"

„Ja, aber nicht lange. Ich muss gleich noch meine Runde machen."

„Ich ... möchte wirklich nicht stören ...", sagte Jonathan rasch.

„Zu spät", meinte Mara. Aber ihr freundliches Lächeln nahm ihren Worten die Schärfe. „Sie engagieren sich in der Suppenküche?", fragte sie, während sie ihm die Hand reichte.

„Na ja ... also eigentlich wollte ich nur Schwester Maggy sprechen, aber sie hat mich gleich für den Küchendienst rekrutiert."

Mara lachte, und Jonathan stellte fest, dass ihm der Klang ihrer Stimme gefiel. „Setzen Sie sich." Sie deutete auf einen Stuhl am Schwesterntisch. „Ich sehe mir das gleich an."

Jonathan nahm Platz, während sich Mara die Hände wusch. Dann nahm sie frisches Verbandszeug und setzte sich ihm gegenüber.

Behutsam begann sie, seinen Verband zu lösen. „Sagen Sie mir Bescheid, wenn ich Ihnen wehtue."

Jonathan betrachtete ihre schlanken Finger, die geschickt den Mullverband abrollten. Sie hielt den Kopf so, dass er ihre linke Gesichtshälfte nicht sehen konnte. Ihre Haut war sehr blass, so als würde sie sich nicht gern draußen aufhalten. Ihm fiel auf, dass sich genau dort, wo die Narbe verlief, eine Haarsträhne gelöst hatte und über ihr Gesicht fiel. Ob das Zufall war?

Nun hatte sie den Verband vollständig gelöst. „Hm." Sie biss sich auf die Lippen.

„Was ist?"

„So richtig gut sieht das nicht aus." Sie stand auf und holte weiteres Material aus der Schublade. „Es könnte jetzt etwas wehtun."

„Äh ... was haben Sie denn vor?", fragte er.

„Wir müssen die Wunde reinigen." Sie setzte sich ihm gegenüber und beugte sich vor. Ihr altmodisches Schwesternhäubchen verdeckte ihm die Sicht. Gerade als er sich fragte, ob sie diese Kleidung tragen musste oder es freiwillig tat, spürte er einen scharfen Schmerz. Unwillkürlich sog er die Luft ein.

„Es ist gleich vorbei", sagte Mara. „Da hatte sich etwas Dreck festgesetzt." Sie wischte Blut von seiner Hand und betupfte die Wunde mit einer Flüssigkeit. Anschließend legte sie ihm einen neuen Verband an.

„So, das war's." Sie stand auf und räumte das restliche Verbandszeug weg.

„Vielen Dank! Sieht toll aus."

„Wenn es nicht besser wird, müssen Sie zum Arzt gehen. Möglicherweise brauchen Sie ein Antibiotikum."

„Sie sollten auf sie hören, Jonathan", meldete sich Schwester Maggy zu Wort. „Sie kennt sich gut mit Wunden aus."

Jonathan nickte stumm.

Mara wandte sich der alten Frau zu. „Es tut mir leid, Schwester Maggy, ich muss jetzt meine Runde machen."

„Natürlich, vielen Dank, dass du dir Zeit genommen hast." Die beiden Frauen umarmten sich, und Jonathan konnte hören, wie Schwester Maggy leise fragte: „Und wie geht es *deiner* Wunde?"

Die junge Frau zögerte einen Moment. Dann sagte sie: „Ich habe den Eindruck, dass gerade jetzt wichtige Dinge geschehen. Und vielleicht wird dann ja auch der Schmerz verschwinden."

Die alte Frau warf Mara einen prüfenden Blick zu.

Schließlich wandte die junge Frau sich ab. „Ihr solltet euch besser beeilen." Sie deutete zum Fenster. „Es scheint ungemütlich zu werden."

Die Schrift an der Wand

Sokjan und Faith ließen den Friedhof hinter sich. Schweigend gingen sie den Weg zurück und überquerten den menschenleeren Hof.

„Du wusstest die ganze Zeit, dass die Bestie für den Tod all dieser Leute verantwortlich ist", sagte Sokjan schließlich. „Warum hast du es mir nicht gesagt?"

Faith blickte mit großen Augen zu ihm auf. „Du hast mich nicht gefragt."

„Aber diese Information ist wichtig!" Sokjan spürte Zorn in sich aufsteigen. „Welche Geheimnisse verbirgst du noch vor mir?", fuhr er Faith an.

Der Junge zuckte die Achseln. „Wir sind Brüder! Wir gehören zusammen. Aber ich bin, was ich bin, und du bist, was du bist."

„Das heißt, du wirst mir nichts sagen, solange ich nicht danach frage?"

Faith kratzte sich am Kopf. „So habe ich die Sache noch nie betrachtet."

Sokjan schnaubte. „Ich beginne allmählich, großes Verständnis für mein Handeln zu entwickeln. Wer länger als einen Tag mit dir unterwegs ist, muss irgendwann den Drang verspüren, dich in eine Zelle zu sperren." Nach einer kurzen Pause hakte er nach: „Aber ich vermute, das war nicht der Grund, warum ich dich einsperren ließ, oder?" Irgendwie war es eine frustrierende Erfahrung, jemand anderen nach den eigenen Motiven fragen zu müssen.

„Du warst wütend auf mich."

Sokjan nickte. „Das klingt nachvollziehbar. Gab es einen konkreten Anlass?"

„Anfangs waren wir unzertrennlich, du und ich! Wir durchstreiften die Burg, und wir lauschten dem Harfner, der damals an fast jedem Ort hier zu vernehmen war, wenn auch zu verschiedenen Zeiten. Doch begannen wir zunehmend, getrennte Wege zu gehen. Ich blieb hier draußen und du kamst nur noch selten vorbei. Schon bald konntest du den Harfner kaum noch hören."

„Das war alles?", fragte Sokjan verblüfft.

„Nein. Dann geschah das Schreckliche."

„Das Schreckliche?" Sokjan runzelte die Stirn. „Was meinst du damit?"

Der Junge zuckte die Achseln. „Ich weiß es nicht. Ich war nicht dabei!"

„Wurden wir angegriffen?"

Wieder zuckte der Junge die Achseln.

Sokjan seufzte. „Okay, lassen wir das so stehen. Etwas Schreckliches geschah. Und danach? Was geschah dann?"

„Du hattest Angst und warst wütend", fuhr Faith fort. „Vielleicht war das der Grund, warum du die Klänge der Harfe fast nicht mehr hören konntest. Jedenfalls hast du eines Tages angefangen, die Existenz des Harfners zu leugnen. Ein ‚kindisches Spiel' hast du die Zeiten genannt, in denen wir zusammen unterwegs gewesen waren." Leise meinte er: „Damals warst du schon recht schwach. Immer öfter hast du in den Spiegeln nach Antworten gesucht." Er lächelte traurig. „Dort wurde unser Bruder geboren und kurz darauf hast du mich in den Turm gesperrt."

„Ich verstehe kein Wort. Was heißt das: ‚Unser Bruder wurde dort geboren'?"

„Er kam aus den Spiegeln."

Sokjan seufzte. „Du bist ein wandelndes Rätsel, Junge. Welche Spiegel?"

Faith zuckte die Achseln. „Du bist doch hier der Suchende", meinte er lächelnd. „Ich habe sie nie zu Gesicht bekommen."

Sokjan führte den Jungen in den leeren Lagerraum. Erleichtert stellte er fest, dass noch immer Wasser von der Mauer herabrann. Nachdem sie ihren Durst gestillt hatten, starrte Sokjan kopfschüttelnd auf die Mauer. „Ich frage mich, wo das Wasser herkommt."

Faith kratzte sich am Kinn. „Ich vermute, irgendwo dort oben ist ein Loch in der Mauer."

Sokjan schnaubte spöttisch. „Du bist ja ein ganz Schlauer. Mag sein, dass dort ein Loch ist. Aber es erklärt nicht, wo das Wasser herkommt. Wir sind hier in der Wüste – schon vergessen?!"

„Hier ist Wüste", bestätigte Faith. „Aber innen und außen sind zwei völlig verschiedene Dinge."

Sokjan seufzte. „Faith, du selbst warst mit mir auf dem Turm. Du hast doch gesehen, dass auch außerhalb der Burg nichts als Wüste ist. Wüste, Sonne und ... der Tod. Also, wo kommt das Wasser her?"

„Genau das ist die Frage!", sagte Faith fröhlich.

„Du machst mich wahnsinnig!"

Der Junge lächelte.

Sokjan schnaubte genervt. „Darf ich fragen, was dich bei dieser Angelegenheit so außerordentlich fröhlich stimmt?"

„Ich habe dich wirklich vermisst", erwiderte Faith, „dich, deine Fragen ... und deine Vorwürfe."

Kopfschüttelnd blickte Sokjan auf den mageren und zerlumpten Jungen hinab. Dann beschloss er, das Thema zu wechseln. „Etwas zu essen und neue Kleidung wären keine schlechte Idee. Lass uns sehen, ob wir im Hauptgebäude etwas Passendes finden."

„Wir können es gern versuchen", erwiderte Faith. Er schien das Vorhaben für sinnlos zu halten, wirkte aber trotz seines erbärmlichen Zustandes nicht sonderlich bekümmert.

Sie traten wieder hinaus auf den Hof. Sokjan stellte fest, dass die Schatten länger wurden. Die Sonne hatte ihren höchsten Stand bereits hinter sich gelassen. Die verlassenen Gebäude wirkten trostlos und die Stille war erdrückend.

Sokjan stieß die Tür auf und sie betraten das Hauptgebäude. Ein kalter Hauch streifte sein Gesicht und er fröstelte.

„Komm", sagte Sokjan.

Faith rührte sich nicht. Er starrte auf die blutige Schrift an der Wand. Sokjan folgte seinem Blick und erstarrte.

Jemand hatte die Zeilen geändert.

Die Lüge wandelt umher und kleidet sich in Unschuld.
Töte sie, ehe sie ihren Bann um dich webt.

Sokjan schluckte. Er blickte zu dem schweigend dastehenden Jungen hinab. „Warum fürchtet die Bestie dich?", fragte er und versuchte, alle Schärfe aus seiner Stimme herauszuhalten.

Faith blickte zu ihm auf. „Wo ich bin, kann sie nicht herrschen."

Die blasse, weiche Haut des Jungen, seine langen Wimpern, sein offener Blick – all dies war ein Bild der Unschuld. Und doch war er auch unergründlich und voller Mysterien. Konnte Sokjan überhaupt jemandem trauen?

„Sagtest du nicht, sie wäre ein Teil von uns? Gehören wir nicht zusammen?"

„Ja, solange noch Hoffnung auf Heilung besteht ..."

Ein plötzliches Geräusch ließ Sokjan herumfahren. Mit einem Mal waren all seine Sinne hellwach. „Still", flüsterte er. „Hier stimmt etwas nicht." Er zog den Schürhaken aus seinem Gürtel.

Faith antwortete nicht. Sein Blick war auf etwas gerichtet, das sich in den Schatten hielt.

„Was siehst du?", flüsterte Sokjan. Er folgte dem Blick des Jungen und einen Herzschlag später sah er es auch. In der Düsternis unter den Treppenaufgängen war eine Bewegung auszumachen. Der Raum schien an dieser Stelle auf bizarre Weise verformt, als würde er sich irgendwie in die Länge dehnen.

„Wer ist da?", rief Sokjan und bemühte sich, seiner Stimme einen festen Klang zu geben.

Schweigen. Aber der wartenden Stille haftete etwas Spöttisches an.

„Er ist hier", sagte Faith tonlos.

Der Flussmann

Der Patient stöhnte leise. Mara betrachtete sein geschwollenes, von Hämatomen gezeichnetes Gesicht. War sein Stöhnen ein Ausdruck von Schmerz oder reagierte er auf seine Umwelt? Spürte er, wie nah sie ihm war, konnte er sie hören?

Auf dem Gang waren Stimmen zu vernehmen und rasche Schritte. Maras Herz klopfte. Wenn jemand jetzt das Krankenzimmer betrat, würde sie das in erhebliche Erklärungsnot bringen. Ihr Dienst war vorüber und in dieser Abteilung hatte sie ohnehin nichts zu suchen. Bang starrte sie auf die Zimmertür. Doch niemand öffnete. Die Schritte gingen vorüber.

Kurz fragte sie sich, ob es nicht besser gewesen wäre, zusammen mit Schwester Maggy und diesem Jonathan das Krankenhaus zu verlassen. Er war sehr nett gewesen und ziemlich attraktiv. Seine Augen hatten etwas an sich, das sie irritierte und zugleich anzog.

Unwillkürlich spielte sie mit der Haarlocke, die ihre vernarbte Wange kitzelte. Sie sollte nicht hier sein, aber sie konnte nicht anders. Ihr Blick wanderte zurück zu dem Patienten.

Der Flussmann – so nannten sie ihn auf der Station. In einer zwölfstündigen Notoperation war es dank modernster

Medizintechnik gelungen, ihn am Leben zu erhalten. Viel Aufwand für einen Mann, der vielleicht sterben wollte. Zwar wusste niemand, wie er schwer verletzt an das Flussufer gekommen war. Angesichts der hohen Dosis an synthetischen Drogen in seinem Blut hielt man es allerdings nicht für unwahrscheinlich, dass er irgendwo weiter flussaufwärts freiwillig ins Wasser gesprungen war.

Zu anderen Zeiten wäre der Fall wohl spektakulär genug gewesen, um auch in den größeren Boulevardzeitungen Erwähnung zu finden. Aber aufgrund des großen Brandunglücks hatte kaum jemand von dem unbekannten Verletzten Notiz genommen. Auch die Polizei schien mit anderen Dingen beschäftigt zu sein. Ein überfordert wirkender junger Beamter hatte kurz vorbeigeschaut. Mara hatte sich unauffällig in der Nähe gehalten. Angesichts der Überdosis Drogen im Blut des Verletzten hatte der Polizist sich rasch auf einen Suizidversuch als wahrscheinlichste Hypothese festgelegt und kaum Fragen gestellt. „Solange er im Koma liegt, können wir ohnehin nicht viel machen. Geben Sie mir Bescheid, sobald er aufwacht."

Mara ließ ihren Blick zu dem Muttermal auf dem Unterarm gleiten und dann wieder hinauf zum reglosen Gesicht des Patienten. Der Flussmann stand auf der Brücke zwischen Leben und Tod und niemand schien ihn zu vermissen. Es gab keine besorgten Anrufe von Angehörigen im Krankenhaus. Der Name des Patienten blieb unbekannt. Niemand wusste, wer der Flussmann war, niemand außer Mara. Und sie würde es nicht verraten.

Ein winziges Lächeln verzog ihr vernarbtes Gesicht, als sie erneut Schwester Maggys Stimme in sich vernahm:

„Für die Sünde Luzifers gibt es nur ein Heilmittel..."

Ein Speichelfaden rann aus dem Mund des Schwerverletzten. Sie wischte ihn mit einem weichen Tuch fort. Dann nahm sie die bleiche Hand des Mannes, der Totenschädel auf dem Unterarm grinste sie an. Sie flüsterte die Worte, die sie schon so oft gesagt hatte.

Und plötzlich, so abrupt, als erwache er aus einem alltäglichen Schlaf, riss der Mann die Augen auf.

Mara keuchte und presste hastig die geballte Faust an die Lippen. Sie erkannte sie wieder, diese graublauen Augen. Die Augen eines Mörders!

Der Mann bewegte sich nicht. Sie holte tief Atem und beugte sich vor. Die Pupillen des Mannes weiteten sich. Sah er sie?!

Sie bewegte die Hand vor seinem Gesicht hin und her – keine Reaktion. Der Blick blieb starr. Rasch zog sie einen Gummihandschuh an, griff nach der Nadel in seiner Vene und zog sie ruckartig zur Seite. Etwas Blut trat aus, sie wischte es sorgsam weg. Der Verletzte hatte keinerlei Schmerzensreaktion gezeigt.

Ihr medizinisches Fachwissen deutete sofort die Symptome: apallisches Syndrom – Wachkoma. Der Patient hatte die Augen geöffnet, aber er spürte und sah nichts. Nach weitverbreiteter Auffassung bekam er so gut wie nichts von seiner Außenwelt mit. Aus medizinischer Sicht würde er wohlmöglich sterben, ohne das Bewusstsein wiederzuerlangen. Aber das war nicht das, was sie wollte!

Sie warf einen kurzen Blick auf die Uhr. Ihr blieben noch zehn Minuten bis zur Abendvisite.

Mara überprüfte den Tropf und korrigierte das Ventil um eine Winzigkeit. Dann setzte sie sich neben den Patienten und griff seine kalte, kraftlose Hand. Leise flüsterte sie erneut die Worte, die sie schon so oft wiederholt hatte.

Die weiße Frau

Licht flammte auf. Sokjan fuhr herum. Er sah eine gewundene Treppe, die in die Tiefe führte. In einer Halterung an der Wand brannte eine Fackel. Irgendjemand musste sie entzündet haben. Sokjan trat ein paar Schritte vor und starrte die Treppe hinab. Da war jemand! Genau dort, wo das Licht zu schwach wurde, um das Dunkel zu erhellen. Im Grau der wabernden Schatten schien sich eine Gestalt abzuzeichnen.

Er spürte, wie der Junge neben ihm zu zittern begann.

Sokjan packte den Schürhaken fester und trat vor. „Hab keine Angst!", wisperte er Faith zu. Und an die Schwärze in den Schatten gewandt, rief er: „Bist du das ... Bruder?"

Ein leises Lachen war die Antwort.

„Komm heraus! Oder fürchtest du dich?"

Die Schwärze verdichtete sich und formte sich zu einer menschlichen Silhouette. „Ich fürchte niemanden!", erklang eine sonore Stimme. „Aber du hast das Kind der Angst an deiner Seite, wie ich sehe."

Sokjan warf einen raschen Blick auf Faith. Der Junge war in die Knie gegangen, als würde eine schwere Last ihn zu Boden drücken. Tränen rannen ihm über die Wangen.

„Was tust du mit ihm?", schrie er dem Schatten zu. „Lass ihn in Ruhe!"

Wieder ertönte das leise Lachen. Doch dieses Mal lag eine Färbung darin, die Sokjan nicht zuordnen konnte. Er trat einen Schritt vor, die behelfsmäßige Waffe auf den Schatten gerichtet.

„Ich tue gar nichts. Es ist seine eigene Natur, die ihn in die Knie zwingt."

„Und was ist deine Natur ... Bruder?", fragte Sokjan.

Der Schatten schien zu wachsen. In einer anmutigen Bewegung breitete er die Arme aus. „Ich bin, der ich bin!", erwiderte er.

Ein Schauer lief Sokjan über den Rücken. Er hatte das Gefühl, an einem bodenlosen Abgrund entlangzulaufen, ohne konkret benennen zu können, was ihm dieses Gefühl vermittelte. „Wie sind wir in diese Burg gekommen?", fragte er.

„Ist das wichtig?", erwiderte der Schatten.

„Nun", Sokjan fühlte sich überrumpelt, „selbstverständlich ist das wichtig. Woher wir kommen, hilft uns zu verstehen, wer wir sind."

„Wer sagt, dass ich das nötig hätte?"

„Aber interessiert dich überhaupt nicht, warum wir hier mitten in der Wüste sind und diese Festung nicht verlassen können?"

„Oh, ich weiß, warum wir hier sind", entgegnete der Schatten. „Was treibt einen wohl in die Wüste? Warum verschanzt man sich hinter hohen Mauern?"

„Weil man bedroht wird?", mutmaßte Sokjan. „Du meinst, ein Feind hat uns hierhergetrieben?"

„Alles andere erscheint wenig logisch, oder?"

„Von welchem Feind sprichst du?"

Inzwischen war die Gestalt so nahe gekommen, dass Sokjan sie fast erkennen konnte. „Von jemandem, der uns zerstören will", zischte die Gestalt. „Und dieser Schwächling dort arbeitet mit ihm zusammen!"

Sokjan spürte, wie eine Gänsehaut über seinen Körper lief. Er warf einen Blick auf den mageren Jungen. *Faith – ein Verräter?*

„Sei ehrlich", sagte der Schatten. „Du misstraust ihm, genauso wie du mir misstraust."

„Warum hasst du ihn?", fragte Sokjan leise und deutete auf den knienden Jungen.

„Hassen?" Der Schatten gab ein Geräusch von sich, das einem Lachen nicht unähnlich war. „Hassen kann man nur, was man fürchtet. Aber es ist nichts an ihm, was zu fürchten wäre. Sieh ihn doch nur an!"

In der Tat machte der kniende und zerlumpte Junge einen erbärmlichen Eindruck. Sokjan blickte wieder auf und versuchte, die Schatten zu durchdringen. „Warum verbirgst du dich?"

Der Schatten lachte leise. „Ich verberge mich nicht, Bruder. Ganz im Gegenteil. Dass du mich nicht siehst, wie ich bin, liegt daran, dass du es nicht willst. Der Schatten liegt nicht über mir, sondern über deinen Augen."

„Warum sollte ich dir glauben?"

„Weil du eine Sehnsucht nach Freiheit in dir trägst!", erwiderte die Stimme.

Sokjan spürte, wie sein Herz schneller schlug. „Wer möchte nicht frei sein?", erwiderte er. „Aber das ist keine Antwort auf meine Frage." Vorsichtig trat er ein paar Schritte näher.

Der Schatten schien zu wachsen, seine Konturen wurden deutlicher.

„Oh doch, wenn du ganz ehrlich bist, dann spürst du tief in deinem Inneren, dass ich die Antwort auf deine Fragen bin."

Sokjan schluckte. „Noch einmal: Warum sollte ich dir trauen?"

Nur noch ein einziger Schritt trennte ihn von dem Schatten. „Warum solltest du *ihm* trauen?", flüsterte Fastus. „Wer sagt dir, dass *er* die Wahrheit spricht? Woher weißt du, dass er uns nicht alle betrügt?"

Erneut fiel Sokjans Blick auf den am Boden knienden Faith. Der Junge starrte an ihm vorbei auf die Wand. In seinen Augen glänzten Tränen.

Ein Geräusch ließ Sokjan herumfahren. Es war der Klang einer Stimme. Steine knirschten und polterten zu Boden. Dort, wo die Schrift an die Mauer geschrieben stand, verformte sich das Gestein. Gleißend helles Licht drang herein. Halb geborstene Steine wurden zum Leben erweckt. Sie bewegten sich, verformten sich und nahmen allmählich die Züge eines Gesichts an.

„Die weiße Frau!", zischte der Schatten.

Sokjan stand wie erstarrt. Das Gesicht rührte eine verschüttete Erinnerung an. Er konnte sie nicht zuordnen, aber er spürte, wie Angst ihm die Kehle zuschnürte.

Die steinernen Augen der Frau richteten sich auf die kniende Gestalt des Jungen. Steinerne Lippen bewegten sich, flüsterten etwas, das Sokjan nicht verstehen konnte.

„Der Junge bringt uns um!", schrie der Schatten. „Siehst du nicht, dass er uns alle vernichten wird?!"

Sokjan wirbelte herum. Er drückte den Schürhaken gegen Faiths Kehle. „Hör auf!", zischte er. „Was auch immer du tust, hör sofort auf damit!"

Tränen rannen über das Gesicht des Jungen, wie Blut, das aus tiefen Wunden quillt.

„Hör auf!", brüllte Sokjan.

Faith blinzelte. In seinen Augen lag eine grenzenlose Traurigkeit. Sie schwemmte allen Zorn hinweg, den Sokjan eben noch verspürt hatte. „Faith!", flüsterte er heiser. „Bitte!"

Der Junge senkte den Kopf.

Das Licht verschwand so rasch, wie es gekommen war. Wie ein Mantel legte sich Düsternis über den Raum.

Schwer atmend blickte Sokjan auf den in sich zusammengesunkenen Jungen hinab.

Aus den Schatten sagte die Stimme: „Es wird Zeit, dass du dich der Wahrheit stellst, Bruder!" Dann vernahm er ein helles Klingen und sich entfernende Schritte.

Als Sokjan sich umwandte, zuckte er erschrocken zusammen. Dort, wo eben noch die geheimnisvolle weiße Frau durch die Mauern gebrochen war, erblickte er nun die Gestalt eines Mannes, zu dessen Füßen ein magerer Junge kniete.

Vorsichtig trat er einen Schritt näher und hob die Hand. Der Mann gegenüber tat es ihm nach. Als ihre beiden Hände sich berührten, spürte Sokjan kühles Glas. Es war ein Spiegel.

Überholmanöver

Der Himmel hatte sich verdunkelt und ein starker Wind blies Jonathan entgegen. Schwester Maggy hielt ihr Häubchen fest und stemmte sich gegen den Sturm. Es fing an zu nieseln.

Jonathan fragte sich, von welcher Wunde die alte Diakonisse gesprochen hatte. War Maras Narbe gemeint gewesen? Oder hatte das Ganze überhaupt nichts damit zu tun? In jedem Fall schien irgendein Geheimnis diese beiden Frauen zu umgeben. Offenbar hatten sie mehr gemeinsam als ein Faible für merkwürdige Kluft.

„Wo müssen Sie eigentlich hin?", fragte Jonathan.

„Zur U-Bahn."

„Ich begleite Sie noch ein Stück."

„Danke, das ist sehr reizend." Sie hakte sich bei ihm unter.

„Mir ist aufgefallen, dass ... äh ... Schwester Mara so ähnliche Kleidung trägt wie Sie. Gehören Sie demselben Orden an?"

Die alte Frau lachte. „Orden sind katholische Institutionen", erwiderte sie. „Ich bin evangelische Diakonisse."

„Aha, und wo ist der Unterschied?"

„Das ist eine gute Frage. Sagen wir mal so: Wenn es so läuft, wie es gedacht ist, haben sowohl katholische Ordensschwestern als auch evangelische Diakonissen ihr Leben der Hingabe an Gott und dem Dienst an anderen Menschen gewidmet."

„Gehört dazu auch das ... Zölibat?"

„Ja, der freiwillige Verzicht auf eine Partnerschaft ist Bestandteil unserer Lebensweise."

„Ist das nicht ein wenig ... nun ja ..."

„Antiquiert?", fragte Schwester Maggy.

„Ich wollte eigentlich sagen: schwierig. Ein Leben ohne Partnerschaft kann ich mir nur schwer vorstellen."

„Für einige wenige ist dies der passende Weg. Für die meisten nicht."

„Und für Mara?"

„Mara ist Diakonieschwester. Ob sie sich später einmal für den Weg einer Diakonisse entscheiden wird, weiß nur Jesus." Ein plötzlicher Windhauch riss ihr fast das Häubchen vom Kopf. „Huch!" Sie hielt das altertümliche Kleidungsstück fest und kicherte. Der Regen wurde stärker. Sie bogen in eine schmale Einbahnstraße, um den Weg zur U-Bahn abzukürzen.

Die alte Diakonisse öffnete Jonathan das Tor zu einer befremdlichen Welt. Aber sie wirkte keineswegs wie ein mittelalterlich denkender Mensch, der irgendwie ins 21. Jahrhundert katapultiert worden war. Sie war anders, ohne Frage. Aber selten hatte Jonathan jemanden getroffen, der so viel Lebensfreude ausstrahlte wie sie.

Ein Auto brauste durch eine tiefe Pfütze und ließ einen Schwall schmutzigen Wassers über den Bürgersteig schwappen. Schwester Maggy versuchte, sich mit einem gewagten Sprung in Sicherheit zu bringen, doch die Schmutzwasserflut erwischte sie dennoch beide.

„Arschloch!", schimpfte Jonathan. Er blickte dem Wagen hinterher und stellte fest, dass er auch einen weiteren Passanten mit einer unfreiwilligen Dusche bedachte. Der andere scherte sich offenbar nicht viel darum, dass er nasse Füße bekam. Ohnehin schien er ein sehr entspanntes Verhältnis zu kaltem Regenwasser zu haben. Er hatte weder eine Mütze noch einen Schirm, betrachtete aber dennoch sehr interessiert das Schaufenster eines Antiquariats. Kopfschüttelnd wandte Jonathan sich um. Seine Schuhe quietschten vor Nässe, als er weiterging.

„Mist!", knurrte er.

„Ärgern Sie sich nicht", sagte die alte Dame. „Es ist physikalisch unmöglich, durch den Ausstoß von Adrenalin und Testosteron trockener zu werden."

Jonathan schnaubte, musste dann aber doch grinsen, als die alte Dame ihm listig zuzwinkerte.

Sie erreichten die U-Bahn-Station.

„Vielen Dank, dass Sie mich ein Stück begleitet haben." Schwester Maggy erfasste seine Hand mit beiden Händen.

„Gern geschehen." Jonathan wollte seine Hand lösen, doch die alte Dame hielt sie fest. Ihr Blick wurde ernst. „Darf ich Sie um einen Gefallen bitten?"

„Klar", erwiderte Jonathan etwas irritiert.

„Versuchen Sie nicht, mehr über diesen Mann auf dem Foto herauszufinden!"

„Aber –"

„Bitte vertrauen Sie mir!", unterbrach die alte Dame ihn. „Überlassen Sie es mir, in dieser Sache Nachforschungen anzustellen. Ich werde alles tun, um in Erfahrung zu bringen, was mit Ihrem Bruder geschehen ist. Das verspreche ich Ihnen."

Jonathan betrachtete sie nachdenklich.

„Bitte!", beharrte die alte Dame.

„In Ordnung." Jonathan kramte in seiner Tasche. „Hier ist meine Karte. Rufen Sie mich an, wenn Sie etwas herausgefunden haben?"

Schwester Maggy steckte die Karte ein. Dann schielte sie hinauf in den von düsteren Wolken verhangenen Himmel. „Sie sollten sich beeilen. Das sieht ganz nach einem Wolkenbruch aus."

Sie verabschiedeten sich und Jonathan machte sich auf den Weg zur Bushaltestelle.

Leider sollte die alte Frau recht behalten. Nur zwei Minuten später prasselte der Regen in dicken Tropfen auf die Erde. Ein Blitz warf sein Licht auf die grauen Hausfassaden und wenig später krachte der Donner herab. Jonathan fing an zu laufen. Regenwasser lief ihm über das Gesicht und rann seinen Nacken hinab. Bis zur Bushaltestelle waren es nur zwei Querstraßen. Doch bis dahin wäre er nass bis auf die Haut. Hastig sprang er in einen Hauseingang. Obwohl er sich so dicht wie möglich an die Tür presste, trieben Windböen ihm den Regen ins Gesicht. Aus den Augenwinkeln sah er, wie ein Mann zu einem Taxi rannte.

„Was für ein Mistwetter!" Das herabprasselnde Wasser schlug Blasen auf dem überschwemmten Asphalt.

Plötzlich traf ihn ein greller Lichtschein. Er kniff die Augen zusammen.

„Hey!", drang eine Stimme an sein Ohr.

Er blinzelte in das Licht eines Scheinwerfers.

„Hey!"

Es war die Stimme einer Frau.

„Schwester Mara, sind Sie das?"

„Ja." Nun erkannte er eine schlanke Gestalt, die ihm aus der offenen Wagentür eines verbeulten alten Ford zuwinkte. „Soll ich Sie ein Stück mitnehmen?"

Zwei Sekunden später saß Jonathan im Auto und schlug die Tür hinter sich zu. „Vielen Dank!" Er strich sich die nassen Haare aus dem Gesicht. Und hob überrascht die Brauen, als er sich der jungen Frau zuwandte.

Mara hatte ihre altmodische Kluft abgelegt und trug stattdessen Jeans und T-Shirt. Ihre braunen Haare fielen in Wellen auf ihre Schultern und im Halbdunkel des Wagenfonds wirkten ihre Züge sehr weich. Ein Lächeln lag auf ihren Lippen.

Jonathan schluckte. Er hätte jetzt gern etwas Charmantes gesagt oder zumindest etwas Intelligentes, doch leider fiel ihm nichts ein, und so stieß er lediglich ein „Danke!" hervor.

„Kein Problem. Ich konnte Sie unmöglich dort draußen in diesem Unwetter stehen lassen."

Sie legte den Rückwärtsgang ein und wendete umständlich. Als sie nach hinten blickte, konnte er die lange Narbe sehen, die sich von ihrer Schläfe bis hinab auf die Wange zog.

„Ich hoffe, es stört Sie nicht, dass Sie danach Ihren Sitz auswringen müssen."

Mara wandte sich ihm zu und lächelte.

Jonathan stellte fest, dass er sie gern lächeln sah.

„Der Wagen hat schon Schlimmeres hinter sich", sagte Mara. „Einmal war ich bei Dauerregen auf dem Weg zu meinen Eltern in Wolfsburg. Auf der Autobahn rutschte auf einmal die Seitenscheibe herunter. Die Mechanik hatte den Geist aufgegeben. Ich fuhr eine Stunde lang bei offenem Fenster. Als ich ankam, stand das Wasser knöchelhoch im Wagen."

Jonathan lachte. „So schlimm wird es heute hoffentlich nicht werden."

Mara gab vorsichtig Gas. „Ich fahre Sie nach Hause. Wo müssen Sie denn hin?"

Jonathan nannte ihr seine Adresse.

Die Scheibenwischer kämpften mit den Wasserfluten. Mara linste angestrengt durch die Scheibe und fuhr mit Tempo dreißig durch die Straßen.

Jonathan räusperte sich. „Warum sind Sie eigentlich Krankenschwester geworden?"

„Dafür gibt es viele Gründe."

Die junge Frau verstummte, und Jonathan hatte das Gefühl, in ein Fettnäpfchen getreten zu sein.

„Aber der Hauptgrund ist", fuhr Mara nach einer Weile leise fort, „ich wollte mich nicht mehr hilflos fühlen."

„Verstehe ...", murmelte er.

„Es ist furchtbar, wenn ... man nichts tun kann." Sie warf ihm einen kurzen Blick zu. „Und was machen Sie beruflich?"

„Ich?", entfuhr es Jonathan. „Ich äh ... ich betreibe eine Literaturagentur ... zusammen mit meiner Partner-, äh, Kollegin."

Sie warf ihm einen kurzen Blick zu. „Das klingt spannend. Eine Agentur entdeckt doch neue Schriftsteller und vermittelt sie an Verlage, richtig?"

„So ungefähr."

„Und haben Sie schon einen Bestsellerautor unter Vertrag?"

„Vielleicht", erwiderte Jonathan schmunzelnd. „Das wird die Zukunft zeigen. Lesen Sie gern?"

„Ich liebe Bücher!" Erneut legte sich dieses Lächeln auf ihre Lippen. „Würde man mich versehentlich übers Wochenende in eine Bibliothek einschließen, würde ich das wahrscheinlich gar nicht bemerken. Meine Mutter schimpfte immer: ‚Du verhungerst noch, Kind!', wenn sie mich vergeblich zum Essen rief und schließlich lesend in meinem Zimmer fand."

„So ähnlich ging's mir auch. Als ‚Harry Potter und die Kammer des Schreckens' herauskam, las ich den ganzen Band in einer Nacht durch. Am nächsten Morgen torkelte ich dann wie ein Zombie zur Schule und schrieb die schlechteste Matheklausur meines Lebens. Was war Ihr Lieblingsbuch?"

„Das kann ich so pauschal gar nicht beantworten. Meine Eltern lasen uns Astrid Lindgren vor. Später entdeckte ich Cornelia Funke und ihre ‚Tintenherz'-Reihe. Und die ‚Narnia-Chroniken' habe ich geliebt."

„Ich auch!", entfuhr es Jonathan.

„Ehrlich?"

„Natürlich. Sie sind ein Klassiker der englischen Kinderliteratur. Es gab eine Zeit, da hätte ich mir nichts sehnlicher gewünscht, als einen Löwen Aslan an meiner Seite zu haben, der den Tyrannen auf dem Schulhof einen ordentlichen Schrecken einjagt."

„Verrückt, ich kenne sonst niemanden, der ‚Narnia' mag."

„Das kann ich gar nicht verstehen."

Unwillkürlich musste Jonathan lächeln. Die Augen der jungen Frau funkelten. Sie wirkte nun ganz anders als im Krankenhaus, ganz ungezwungen und lebendig.

„Wollen wir nicht zum Du übergehen?", platzte es aus Jonathan heraus. „Ich meine, als ‚Narnia'-Fans sind wir doch gewissermaßen Weggefährten ..."

„Überredet!" Sie nahm die Hand vom Steuer und reichte sie ihm. „Ich bin Mara."

„Jonathan." Er ergriff ihre Hand und drückte sie feierlich. „Und wer ist derzeit dein Lieblingsschriftsteller?", fragte er.

„Das hängt ein wenig vom Genre ab. Aber ich würde sagen, der Autor, der mich im Moment am meisten bewegt, ist Dietrich Bonhoeffer."

„Den Namen habe ich schon mal gehört."

„Vielleicht im Geschichtsunterricht. Bonhoeffer gehörte zur Zeit der Nazidiktatur zur Widerstandsgruppe um Stauffenberg."

„Ich nehme an, er hat keine Romane geschrieben."

„Er hat tatsächlich an einer Romanidee gearbeitet. Aber vor allem war er Theologe und setzte sich intensiv damit auseinander, ob man sich als gläubiger Christ an einem Attentat auf Hitler beteiligen dürfe. Er machte sich die Sache nicht leicht, aber er kam auch zu dem Schluss, dass es erstens unmöglich und zweitens auch nicht im Sinne von Jesus ist, in allen Lebenslagen eine reine Weste zu behalten. Manchmal haben wir nur die Wahl zwischen Schuld und Schuld und dann müssen wir Verantwortung übernehmen. Er sagte: Es reicht nicht, die Opfer unter dem Rad zu verbinden. Man muss dem Rad selbst in die Speichen fallen!"

„Krass ..."

„Entschuldige!", sagte Mara hastig. „Ich wollte dich nicht mit theologischen Gedankengängen langweilen. Aber du bist selbst schuld. Schließlich hast du mich gefragt."

„Hey, bleib locker", erwiderte Jonathan lachend. „Du hast mich nicht gelangweilt, ganz im Gegenteil. Ich bin echt beeindruckt, mit welchen Gedanken du dich beschäftigst."

„Na ja ...", murmelte Mara.

„Du musst hier rechts abbiegen."

„Okay."

„Ehrlich gesagt würde ich es ein bisschen schade finden, wenn unser Gespräch hier enden würde ..." Er warf Mara einen raschen Seitenblick zu. Ihre Wangen hatten sich leicht gerötet, aber sie wirkte nicht, als würden seine Worte sie abschrecken.

„Außerdem hast du mich heute schon zweimal gerettet", fuhr er fort. „Wärst du damit einverstanden, wenn ich mich mit einem Essen bei dir bedanke?"

Ein winziges Lächeln kräuselte Maras Lippen. Im nächsten Moment riss sie entsetzt die Augen auf und trat mit voller Wucht auf die Bremse.

Jonathan wurde nach vorn geschleudert, der Gurt presste sich gegen seine Brust. Ein Auto hatte ausgeschert, um einen Lieferwagen zu überholen. Offenbar hatte der Fahrer nicht auf den Gegenverkehr geachtet, doch statt nun abzubremsen, gab er noch mehr Gas und raste direkt auf sie zu. Die blockierten Reifen von Maras Auto schlitterten unkontrolliert über den regennassen Asphalt. Der Wagen driftete nach links.

Das entgegenkommende Auto hupte und blendete die Scheinwerfer auf.

„Hör auf zu bremsen!", schrie Jonathan.

Doch Mara war wie erstarrt.

Der andere war am Lieferwagen vorbei und zog zurück auf seine Spur. Maras Wagen driftete weiter direkt auf ihn zu.

„Weich aus!", rief Jonathan. Gleichzeitig packte er Maras Bein und zog ihren Fuß von der Bremse. Sobald die Räder nicht mehr blockierten, riss er das Steuer nach rechts. Im Abstand von wenigen Millimetern rauschten die beiden Autos aneinander vorbei. Wie in Zeitlupe sah Jonathan das wütende Gesicht des anderen Fahrers hinter der Scheibe, während er ihnen den Mittelfinger zeigte. Jonathan spürte, dass sie zu weit nach rechts zogen, und drückte das Lenkrad gegen den verkrampften Druck von Mara zurück nach links. Sie touchierten den Bordstein und kamen wenige Meter später zum Halt, weil Mara erneut auf die Bremse trat. Ein Ruck ging durch den Wagen und der Motor ging aus.

Mit weit aufgerissenen Augen und schreckensbleichem Gesicht starrte die junge Frau durch die Windschutzscheibe.

„Mara?", fragte er sanft.

Ihr keuchender Atem und das Trommeln des Regens auf das Autodach waren die einzige Antwort.

„Alles in Ordnung?" Vorsichtig legte er seine Hand auf ihre Schulter.

Sie zuckte zusammen.

Rasch zog er sie wieder zurück. „Ist alles in Ordnung mit dir?"

„Ja, alles okay." Sie startete den Motor neu. „Welche Hausnummer?"

„93, gleich dort drüben. Aber du musst nicht –"

„Doch, kein Problem."

Sie fuhr ihn bis vor die Haustür. Der Wagen hielt in zweiter Reihe.

„Mara, ich –"

„Besser, du steigst aus. Ich kann hier nicht lange halten."

„Das war ein ziemlicher Schock eben, willst du nicht lieber eine Pause machen, ehe –"

„Nein", unterbrach sie ihn. Ihr Gesicht war ausdruckslos und ihre Augen schienen durch ihn hindurchzublicken. „Bitte, ich will jetzt einfach nur nach Hause."

„Natürlich." Jonathan löste den Gurt und stieg aus dem Wagen. Der Regen bereitete ihm ein nasskaltes Willkommen.

„Vielen Dank noch mal!" Er schlug die Tür zu.

Mara nickte und fuhr los.

„Mist!", murmelte Jonathan, während er ihr hinterhersah, bis sie um die Ecke gebogen war.

Das Wasser lief ihm in Bächen den Rücken hinab, als er die Haustür aufschloss. Noch immer hatte er das schreckensbleiche

Gesicht Maras vor Augen. Und so achtete er nicht weiter auf das Taxi, aus dem ein völlig durchnässter Mann ausstieg, der sich in den gegenüberliegenden Hauseingang stellte.

Leere

Er lag im Bett, den Kopf auf das weiche Kissen gebettet. Sein Herz klopfte und die Angst schnürte ihm die Kehle zu. Er wusste, was nun kommen würde.

Die Poster an den Wänden waren nur düstere Flecken auf der hellblauen Tapete. Das winzige Nachtlicht reichte nicht aus, sie zu erhellen, und so glichen sie kantigen Mäulern, hinter denen die Schwärze lauerte.

Jonathan wusste, was geschehen würde, und dennoch erzitterte er, als der Schrei ertönte, dieser schreckliche Schrei, der alles veränderte.

„Papa?"

Keine Antwort, nur ein leises Wispern.

„Mama?"

Das Wispern hinter der Tür wurde lauter, steigerte sich zu einem unverständlichen Zischeln.

Langsam richtete Jonathan sich auf und schob die Decke beiseite. Er wollte es nicht, aber er konnte nicht anders und schwang die Beine über die Bettkante. Seine nackten Füße berührten flauschigen Teppich. Furcht krampfte ihm den Magen zusammen, aber der Sog war zu groß. Er musste dort hinaus, mit der gleichen

Zwangsläufigkeit, mit der ein Glas zu Boden fällt, wenn man es über die Tischkante stößt.

Seine Finger umschlossen die Klinke und er öffnete die Tür.

Der Flur war leer, ein grauer, kahler Schlauch. Aber aus dem Wohnzimmer flimmerte gelbliches Licht.

Jonathan ging den Flur entlang, langsam, mechanisch, und trat in den Türrahmen.

Die Stehlampe im Wohnzimmer brannte, doch ihr Schein war zu schwach, um den schwarzen Mahlstrom zu vertreiben, der dort wütete und nach und nach alles verschlang.

Inmitten dieses lautlos tosenden Wirbels standen seine Eltern. Papa sah aus wie eine Leiche. Es war schrecklich, als er ihm das Gesicht zuwandte. Die Augen in seinem fahlen Gesicht hatten jede Lebendigkeit verloren, wie matte Glaskugeln spiegelten sie den sterbenden Lichtschein und nahmen nichts mehr wahr.

Mama redete leise auf ihn ein. Schließlich wandte sie ruckartig den Kopf und zischte Jonathan an. „Was willst du hier? Verschwinde!"

Kommt weg da, wollte Jonathan sagen. Aber er brachte kein Wort über die Lippen. Stumm sah er zu, wie sein Vater sich langsam umwandte und mit ungelenken Bewegungen direkt in den schwarzen Mahlstrom hineinwankte ... und verschwand.

„Mama, nicht!", schrie Jonathan, doch es war zu spät. Nur einen Atemzug später war auch sie in den schwarzen Wirbeln verschwunden.

Wie ein Feuer, das neue Nahrung bekommt, loderte die Finsternis auf und verschlang das, was bisher sein Zuhause gewesen war. Schwarze Flammenzungen leckten die Fotos gemeinsamer Urlaube von den Wänden. Das Sofa verschwand ebenso wie die schützenden Wände und schließlich auch der Boden unter seinen Füßen. Alles Licht erlosch.

Jonathan war allein, vollkommen allein im diffusen Grau des Nichts. Er spürte, wie er davongesogen wurde, immer tiefer hinein in die unendliche Leere.

„Nein!" Jonathan schreckte hoch. Schmale Lichtstreifen drangen durch die Jalousie und ließen die winzigen Staubkörnchen in der Luft funkeln. Langsam beruhigte sich sein hektischer Atem. „O Mann." Diesen Albtraum hatte er schon seit Jahren nicht mehr gehabt. Er ließ seinen Blick über die Bücherregale, den unaufgeräumten Schreibtisch und den Stuhl gleiten, auf dem sich die Klamotten stapelten. „Krass", murmelte er leise, „echt krass!"

Jonathan schlug die dünne Bettdecke beiseite. Sein T-Shirt und seine Boxershorts waren schweißnass. Er hatte gedacht, diese Ängste hinter sich gelassen zu haben, als er erwachsen geworden war. Doch offenbar waren sie noch da und hatten irgendwo in den Schatten seines Unterbewusstseins darauf gewartet, wieder hervorzutreten.

Er stand auf und schlurfte hinüber ins Bad. Als er wenig später unter der Dusche stand und die warmen Tropfen auf ihn herabprasselten, kamen die alten Erinnerungen wieder in ihm hoch.

Jonathan war elf Jahre alt gewesen, als es passiert war. Sein Vater und Maik hatten sich wieder einmal gestritten, aber dieses Mal war es schlimmer als sonst. Maik war irgendwann mitten in der Nacht nach Hause gekommen, polternd und grölend. Jonathans Vater hatte ihn zur Rede gestellt.

Irgendwann hatte Maik gebrüllt: „Halt die Fresse, Alter, du hast mir gar nichts zu sagen!"

Als Jürgen ihn daraufhin am Kragen packen wollte, hatte Maik nach ihm getreten. Voller Wut hatte sein Vater zugeschlagen. Maik war mit blutender Nase zu Boden gegangen.

Jürgen hatte über ihm gestanden und gelacht. Dann hatte er mit dem Finger auf Maik gezeigt und gesagt: „Weißt du, was du bist, Junge? Ich sag's dir: Du bist ein Versager."

Maik stieß einen unartikulierten Schrei aus und wollte sich auf Jonathans Vater stürzen, doch dieser lachte nur und stieß ihn erneut zu Boden.

„Es reicht, Jürgen", mischte sich nun Mama zum ersten Mal ein.

Maik sprang auf und stürmte zur Haustür.

„Ja, lauf nur. Lauf, Arschloch!", rief Jonathans Vater. „Und lass dich nie wieder hier blicken!"

„Jürgen, hör auf!", rief Mama.

Doch da war Maik schon zur Tür hinaus.

Mitten in der Nacht kam dann der Anruf. Es war die Polizei. Der Mann fragte, ob Herr Brendel am Apparat sei.

Als sein Vater bejahte, berichtete der Polizist: Das Autohaus wäre ausgebrannt, von den 30 Luxuswagen, die dort standen, wären 27 ein Opfer der Flammen geworden. Ein Wagen wäre gestohlen worden. Der Fahrer hätte einen schweren Unfall verursacht und anschließend Fahrerflucht begangen. Mehreren Streifenwagen wäre es dann gelungen, den Wagen zu stoppen und den alkoholisierten jugendlichen Fahrer festzunehmen. Sein Name sei Maik Täschner.

Jonathans Welt war dem Untergang geweiht. Auch wenn ihm das in diesem Moment noch nicht so klar gewesen war.

Jonathan hatte seinen Bruder seit diesem Tag nie wieder gesehen. Auch für Jürgen Brendel begann ein Albtraum. Zuerst weigerte sich die Versicherung, die Kosten zu übernehmen. Die Rechtsabteilung der Versicherung unterstellte ihm einen Betrug und behauptete, er habe seinen Stiefsohn dazu angestiftet, das Haus niederzubrennen, um mit der

Versicherungssumme seine Schulden zu tilgen. Das konnte zwar nicht nachgewiesen werden, aber es kam zu einem langen juristischen Streit. Irgendwann wurde ein Kompromiss erzielt, demzufolge die Versicherung einen Teil der Kosten übernahm. Aber zu diesem Zeitpunkt war Jürgen Brendel längst ruiniert und alkoholabhängig.

Es dauerte fast zwei Jahre, ehe Maik der Prozess gemacht wurde. Die Brandstiftung konnte ihm nie zweifelsfrei nachgewiesen werden. Er behauptete, er sei nur am Tatort gewesen, weil er sich ein Auto hatte ausborgen wollen, um eine kleine Spritztour zu unternehmen. Er wisse, dass dies eine Schnapsidee gewesen sei, und es tue ihm leid. Mit dem Brand habe er nichts zu tun. Er habe allerdings zwei Gestalten am Tatort gesehen und Angst bekommen. Dann sei er losgebraust und habe die Kontrolle über den Wagen verloren. An den Unfall könne er sich nicht mehr erinnern. Er wisse nur noch, dass irgendwann überall Blaulicht gewesen sei und mehrere Männer ihn aus dem Auto gezerrt hätten.

Die Richterin kam zu der Einschätzung, dass Maik sich aufgrund des Alkoholeinflusses der Folgen seiner Handlung nicht ausreichend bewusst gewesen sei. Zudem wurde berücksichtigt, dass er bislang noch nicht strafrechtlich relevant auffällig geworden war. Daher wurde er zu Jugendarrest und einem Jahr auf Bewährung verurteilt.

Jonathan stellte die Dusche ab. Dampfschwaden waberten durch das kleine Bad. Er stieg aus der Duschwanne und trocknete sich ab.

Seine Albträume hatten kurz nach dem Anruf der Polizei eingesetzt. Anfangs hatte er sie fast jede Nacht gehabt, später dann nur noch ein- oder zweimal im Monat. Als sein Vater drei Jahre nach Prozessende an einem Leberkarzinom starb, war es noch einmal schlimmer geworden. Aber nach und nach hatte Jonathan sich im Leben zurechtgefunden. Seine Leidenschaft für Geschichten hatte ihm Halt gegeben – oder auch die Flucht aus der kalten Realität ermöglicht, je nachdem, wie man es interpretieren wollte.

Jonathan schlang sich das Handtuch um die Hüften und ging zurück in sein Zimmer. Er zog die Jalousien hoch und öffnete das Fenster. Sein Bad hatte kein eigenes Fenster, und die winzige Entlüftungsanlage war zu schwach, um die Feuchtigkeit aus dem Raum zu bekommen.

Die Sonne schien warm herein. Nur wenige Menschen waren in der engen Straße zu sehen. Ein Cabrio hielt in zweiter Spur und blinkte. Jonathan fragte sich, warum es nicht weiterfuhr, bis ihm auffiel, dass in einer parkenden dunklen Limousine zwei Typen saßen. Aber offenbar hatten sie nicht vor auszusteigen. Der Cabriofahrer hoffte vergeblich auf eine frei werdende Parklücke und fuhr schimpfend weiter.

Achselzuckend ließ sich Jonathan auf den Stuhl fallen. Während des Studiums hatte seine familiäre Vergangenheit kaum eine Rolle gespielt. Er war dabei, sein Hobby zum Beruf zu machen. Das Geld war knapp, aber es ging ihm nicht schlecht. Warum kehrten ausgerechnet jetzt die Albträume zurück? Lag es daran, dass er sich wieder mit Maik auseinandersetzen musste, oder war es der Tod seiner Mutter, der ihn erneut diese schreckliche Verlorenheit spüren ließ? Denn nichts anderes waren diese Träume: ein Bild für das entsetzliche Gefühl, verlassen und letztlich vollkommen allein zu sein in der unendlichen Leere dieses Universums.

Er warf einen Blick auf die noch ungeprüften Manuskripte, die er mit nach Hause genommen hatte und die sich nun auf seinem Schreibtisch stapelten. Vielleicht war es an der Zeit, sich wieder in andere Welten zu flüchten. Träge nahm er einen der dicken Stapel zur Hand:

Schwarzschwinge – ein Vampirroman

Ob das der richtige Text war?
 Achselzuckend begann er zu lesen. Er war kaum über den ersten Absatz hinausgekommen, als es an der Tür klingelte.
 Verwundert öffnete er.
 „Du bist nicht im Büro, du gehst nicht an dein Handy – was ist los?" Unter einer roten Haarmähne blitzten ihn zwei grüne Augen wütend an.
 „Hallo, Jenny."
 Sie ließ ihren Blick langsam von seinen feuchten Haaren bis zu seinen nackten Füßen gleiten und hob eine Braue. „Hab ich dich bei irgendetwas erwischt?", fragte sie.
 „Ja. Beim Arbeiten", erwiderte Jonathan.
 „Schon klar. Was dagegen, wenn ich kurz reinkomme?"
 „Na ja ..."
 Ungeniert trat sie ein. Ihr Blick huschte über das ungemachte Bett, die Papierstapel auf dem Schreibtisch und das geöffnete Bad. Dann wanderte ihr Blick zurück zu Jonathans Handtuch. Sie lächelte. „Ist das bei dir zu Hause die übliche Kleiderordnung?"
 „Schon mal was von Privatsphäre gehört?"
 „Oh, da gibt es nichts, das ich nicht schon mal gesehen hätte", erwiderte sie spitzbübisch. „Soll ich mir die Schuhe ausziehen?"
 Unwillkürlich wanderte Jonathans Blick ihre schlanken Beine hinab zu ihren High Heels.
 Er schluckte. „Ja, bitte. Ist besser fürs Laminat."

Sie beugte sich vor und Jonathan wandte sich rasch ab.

„Was machst du überhaupt hier?", fragte er und ging hinüber zum Kleiderschrank.

„Wir haben einen Termin."

„Warum weiß ich davon nichts?" Er kramte frische Unterwäsche und ein helles T-Shirt hervor.

„Ich habe kurzfristig entschieden, dass du bei einem Geschäftsessen dabei sein solltest, falls inhaltliche Aspekte zur Sprache kommen."

„Aha", sagte Jonathan und beschloss, das T-Shirt gegen ein kurzärmliges Hemd auszutauschen. „Und um wen geht es?"

„Theo Nielsen."

„Den genialen Thrillerautor? Aber ich dachte, der stünde längst bei Seiwert & Graf unter Vertrag?"

„Noch nicht!"

„Aber das ist eine der renommiertesten Agenturen Deutschlands. Wenn er dort unterschreibt, hat er den Verlagsvertrag so gut wie in der Tasche."

„Mag sein, aber das weiß er ja nicht."

„Du willst es ihm ausreden?" Verdutzt starrte er Jenny an.

Seine Partnerin verschränkte die Arme vor der Brust. „Was heißt hier ‚ausreden'? Ich will ihn nur davon überzeugen, dass wir besser sind."

„Aber wir haben doch gar nicht die Kontakte, über die Seiwert & Graf verfügen."

„Aber wir haben andere Qualitäten." Jenny hob eine Braue. „Willst du dir nicht mal etwas anziehen?"

„Könntest du dich bitte umdrehen?"

Jenny lächelte. „Könnte ich."

Jonathan verzog das Gesicht, dann drehte er sich selbst um und zog sich rasch Unterwäsche und Jeans über.

„Du hast gar keinen Grund, so schüchtern zu sein", sagte Jenny.

Jonathan zog sich das Hemd über. „Ich weiß nicht, ob ich das fair finde."

„Was?"

„Theo Nielsen abzuwerben."

Jenny schnaubte. „Rede nicht so einen Blödsinn! Erstens hat er noch nicht unterschrieben, und zweitens wollen wir nicht irgendeinen Fair-Trade-Preis gewinnen, wir wollen als Agentur Erfolg haben, und das geht nur, wenn wir es schaffen, Bestsellerautoren unter Vertrag zu nehmen. Solange du dein Erbe nicht hast, ist Theo Nielsen unsere beste Chance."

Jonathan wollte etwas erwidern, aber Jenny war noch nicht fertig. „Außerdem ist es ja nicht so, dass wir ihn übers Ohr hauen wollen. Wenn er bei uns ist, werden wir alles dafür tun, einen hervorragenden Vertrag für ihn auszuhandeln. Wenn du nicht an uns glaubst, können wir die Agentur auch gleich in den Wind schießen!"

„So habe ich das nicht gemeint."

„Dann schieb dir dein schlechtes Gewissen in den Allerwertesten, und hilf mir, diesen Klienten an Land zu ziehen!"

Jonathan rubbelte sich die Haare trocken. Aus irgendeinem Grund war er erleichtert, dass Jennys charmantes Lächeln wutblitzenden Augen gewichen war.

Als sie wenig später in einem der aktuell angesagten Szenelokale in Berlin-Mitte saßen, hatte sie dieses Lächeln jedoch wieder angeknipst.

Theo Nielsen war ein übergewichtiger, unsicherer Mensch mit einem Hang zu grauen Strickpullundern und der Gabe, Thriller von nervenzerfetzender Spannung zu schreiben. Der Mann war ein Genie, ein absolutes Naturtalent. Wenn dieser

Typ nicht auf der *Spiegel*-Bestsellerliste landete, dann stimmte irgendetwas nicht mit dieser Welt.

Vier Bücher hatte der Mann geschrieben, bevor er es gewagt hatte, eine Handvoll Agenturen anzuschreiben. Und jedes dieser Bücher war ein Meisterwerk.

Jonathan hatte ihn freudig begrüßt und ihm seine aufrichtige Bewunderung ausgesprochen.

„Vielen Dank, Herr Brendel."

„Möchten Sie etwas trinken?", fragte Jenny. Während sie sich setzte, gestattete sie Theo Nielsen einen großzügigen Einblick in ihr Dekolleté.

Der übergewichtige Autor räusperte sich. „Ein Glas Wasser, bitte."

Der Kellner brachte die Speisekarte und Jenny bestellte die Getränke.

„Ich kann Ihnen die in Sake eingelegte Seeteufelleber empfehlen."

„Äh, tatsächlich? Nun gut, dann nehme ich die."

Jenny zeigte ein bezauberndes Lächeln. „Ich auch."

Da Jonathan über den derzeitigen Kontostand der Agentur bestens informiert war, bestellte er lediglich ein paar kandierte Walnüsse. „Um diese Zeit bin ich nicht so hungrig", erklärte er.

Nachdem sie ihre Bestellung aufgegeben hatten, faltete Theo Nielsen seine dicken Wurstfinger und sagte: „Ich will ganz ehrlich zu Ihnen sein. Alle raten mir, das Angebot von Seiwert & Graf anzunehmen. Ich habe mich eigentlich nur zu diesem Treffen entschlossen, weil Sie die Ersten waren, die auf mein Schreiben reagiert haben, und ich es unhöflich fand, Sie gar nicht erst anzuhören ..."

Jennys Lächeln wurde noch lieblicher. „Wer sind ‚alle'?"

„Äh ... wie bitte?"

Jenny beugte sich zu ihm hinüber. „Darf ich fragen, wer Ihnen dazu geraten hat?"

„Nun ja ... meine Familie, also meine Mutter, um genau zu sein." Er lachte nervös. „Und dann Freunde ... eben. Also mein Nachbar und ein Kollege. Wir gehen hin und wieder gemeinsam angeln."

„Wer von diesen drei Menschen arbeitet im Literaturbetrieb?"

„Keiner natürlich. Aber ..." Wieder räusperte er sich. „Nun ja, ich will Ihnen nicht zu nahe treten, aber Seiwert & Graf hat Dutzende von Bestsellerautoren unter Vertrag. Sie gehören zu den erfolgreichsten Agenturen Deutschlands."

„Das ist richtig", erwiderte Jenny, „und damit machen sie auch gern Werbung. Allerdings verschweigen sie dabei, wie viele Autoren sie nicht vermitteln und wie viele großartige Manuskripte ungelesen in ihren Schubladen verstauben."

Das verraten wir ja auch nicht, dachte Jonathan. Aber er behielt es lieber für sich.

Jenny legte ihre schlanken Finger auf Theo Nielsens plumpe Hände. „Sie haben eine außergewöhnliche Begabung. Wir sind beide absolut überzeugt von Ihrem Talent!" Unter dem Tisch stieß sie Jonathan an.

„Das stimmt", sagte dieser rasch. „In ‚Cyberwyrm' beispielsweise gelingt es Ihnen, das an sich harmlose Abschicken einer E-Mail so spannend und geheimnisvoll zu beschreiben, dass man als Leser vollkommen gefesselt ist. Und die Figur, die Sie zum Helden der Geschichte machen, hätte sonst wohl niemand ausgewählt."

Theo Nielsen hörte ihm aufmerksam zu.

Mithilfe ihrer High Heels gab Jenny ihm unter dem Tisch zu verstehen, dass Jonathan weitermachen solle.

„Ein rheumakranker Postbeamter ist wahrlich nicht das, was man sich unter dem Helden eines spannenden Thrillers vorstellt. Aber Sie machen das so genial, dass man einfach mitfiebern muss."

Ein kleines, glückliches Lächeln zeigte sich auf den wulstigen Lippen des Autors.

Es fiel Jonathan nicht schwer, weiter von der Geschichte zu schwärmen. Auch während des Essens sprach er über die faszinierenden Ideen des Mannes. Irgendwann unterbrach Jenny ihn und wandte sich mit begeistertem Lächeln an Theo Nielsen: „Für uns wären Sie nicht nur ein Autor unter vielen. Sie wären nicht nur ein Produkt, das Geld einbringen soll." Sie drückte sanft seine Hände. „Wir glauben an Sie und Ihre Fähigkeit, Geschichten auf unverwechselbare Art und Weise zu erzählen. Wir glauben, dass die Menschen auf Ihre Geschichten warten. Vertrauen Sie uns. Die Menschen werden Sie lieben!"

Jonathan fand, dass Jenny etwas zu dick auftrug. Aber Theo Nielsen blickte verträumt in ihr schönes Gesicht. Sein Kehlkopf hüpfte. „Das klingt wirklich ... gut."

Jenny lachte. „Es klingt nicht nur so." Sie schaute auf ihre Uhr und warf Jonathan einen kurzen Blick zu. „Leider hat mein Kollege einen wichtigen Verlagstermin und muss uns jetzt verlassen."

Auch ohne einen auffordernden Tritt hätte Jonathan sie verstanden. Er erhob sich und widerstand der Versuchung, sich das malträtierte Schienbein zu reiben. „Es hat mich sehr gefreut, Sie kennenzulernen."

Theo Nielsen schüttelte ihm geistesabwesend die Hand. Dann wandte er sich wieder der bezaubernd lächelnden Jenny zu.

Als Jonathan ging, hörte er, wie diese weiter auf den Mann einredete. „Ich habe mir den Nachmittag für Sie frei gehalten. Wenn Sie möchten, können wir nachher bei einem kleinen Spaziergang die konkreteren Details des Vertrags besprechen. Aber zuvor müssen Sie unbedingt das Ninyo Yaki mit Schokolade und Ingwer probieren ..."

Jonathan fühlte sich schlecht, als er auf die belebte Straße trat. Dabei hatte er jedes Wort ernst gemeint, das er gesagt hatte. Er war aufrichtig begeistert vom Talent dieses Mannes. Ein Vertrag wäre wirklich großartig, und doch kam ihm das Ganze irgendwie nicht richtig vor.

Er fuhr mit der Straßenbahn zurück nach Hause und empfand trotz all der Menschen um sich eine große Einsamkeit. Zu Hause würden ihn viel Arbeit und Schweigen erwarten. Es wäre schön, mit jemandem reden zu können.

Jonathan schlenderte die schmale Straße entlang, in der er wohnte. Vor seinem Haus blieb er nachdenklich stehen. Dann zog er sein Handy aus der Tasche und wählte eine Nummer.

„Ja, Schwester Betty am Apparat."

„Hallo, hier ist Jonathan Brendel, könnte ich bitte Schwester Mara sprechen?"

„Schwester Mara?" Die Stimme klang irritiert.

„Ja. Hat sie Dienst?"

„Einen Augenblick bitte."

Wenig später meldete sich Maras leise Stimme. „Ja."

„Hallo, Mara, ich bin's, Jonathan. Wie, äh, geht es dir?" Er biss sich auf die Lippen. Wie dämlich war das denn?

„Gut. Aber ich bin hier im Dienst ..."

„Ja, ich versteh. Ich will dich nicht lange aufhalten. Es tut mir nur so leid, dass unser letztes Gespräch so abrupt endete ... und ich schulde dir noch ein Essen."

Leises Atmen war zu hören. „Du schuldest mir gar nichts."
„Darf ich dich trotzdem zum Essen einladen?"
„Eigentlich ... nun ... ich glaube nicht."
Jonathans Mut sank. Er räusperte sich. „Du isst nicht gern?", fragte er.
Mara kicherte leise und Jonathans Herz machte einen Sprung. „Ich geh nicht gern in Restaurants."
„Oh ..."
„Weißt du ... ich hasse es, wenn die Leute mich anstarren."
Jonathan biss sich auf die Lippen. Es war schlimm, sie das sagen zu hören. Aber er wollte auch keine plumpe Antwort geben. Da kam ihm plötzlich ein Gedanke. „Und ... wenn ich dir verspreche, dass niemand dich anstarren wird, absolut niemand. Würdest du dann mitkommen?"
Eine lange Pause entstand. „Ja."
„Das ist großartig. Wann?"
„Ich muss jetzt Schluss machen. Ich melde mich nach dem Dienst bei dir."
„Meine Nummer ..."
„Habe ich vom Display abgeschrieben."
„Super! Bis später!"
„Bis dann."
Sie legte auf und Jonathans Lippen verzogen sich zu einem breiten Lächeln.

Der Spiegel

Sokjan blickte sich um. Fastus war verschwunden, Faith kniete noch immer auf dem Boden, und statt der weißen Frau war nun dieser seltsame Spiegel an der Wand zu sehen. Vorsichtig trat Sokjan näher. Das reflektierende Material verdeckte die Stelle, an der sich das Gestein zu einem Gesicht verformt hatte. Es schloss sich so nahtlos an das Mauerwerk an, als wäre es wie durchsichtiges Magma direkt aus den Steinen geflossen. Sokjan streckte die Hand aus.

„Nicht berühren!"

Erschrocken zuckte er zusammen. „Was soll das?", fuhr er Faith an.

Der Junge war aufgestanden und betrachtete den Spiegel misstrauisch. „Fass ihn lieber nicht an …"

„Sag du mir nicht, was ich zu tun habe", unterbrach Sokjan ihn. Er spürte, wie sein anfängliches Erschrecken sich allmählich in Wut verwandelte. „Erkläre mir lieber, woher diese weiße Frau auf einmal gekommen ist."

„Na, von draußen", erwiderte Faith.

„Was du nicht sagst", schnaufte Sokjan. „Und wer oder was ist sie?"

„Ich ... weiß nicht." Der Junge senkte nachdenklich den Kopf. „Ich konnte sie nicht erkennen. Der Stein war im Weg ..."

„Der Stein war im Weg?", platzte es aus Sokjan heraus. „Wir befinden uns mitten im massivsten Gebäude der ganzen Burg. Hier ist alles von Stein umgeben, wie kannst du da sagen, er wäre im Weg? Ohne Steine gäbe es diese Burg überhaupt nicht!"

Faith zuckte die Achseln. „Ohne den Stein hätte ich sie vielleicht erkannt."

Sokjan wurde hellhörig. „Warum? Kam dir irgendetwas vertraut vor?"

„Ja", Faith nickte langsam. „Der Schmerz."

Sokjan seufzte. „Geht das auch etwas ... genauer? Was für ein Schmerz?"

„Es sticht hier!" Faith deutete auf seinen Magen. „Und hier wird es ganz eng!" Er wies mit beiden Händen auf seine Brust.

Sokjan massierte sich die Schläfen und atmete tief durch. „Also gut, diese Frau erinnert dich an etwas oder jemanden, richtig?"

Faith nickte.

„Glaubst du, sie ist Teil dieser Burg?"

Der Junge schüttelte vehement den Kopf.

Intuitiv stimmte Sokjan ihm zu. Auch sein Gefühl sagte ihm, dass sie von draußen – wo auch immer „draußen" war – hier eingedrungen sein musste. „Aber die Burg ist riesig", fasste er seine Gedanken laut in Worte. „Wie konnte sie uns dann ausgerechnet hier finden?" Er warf Faith einen prüfenden Blick zu. „Hast du sie gerufen?"

„Nein." Faith blickte nachdenklich durch ihn hindurch. „Ich glaube eher, sie hat uns gerufen."

„Weißt du eigentlich, wie paradox das klingt?"

Faith kratzte sich am Kopf. „Ich kenne das Wort nicht. Ist das was Gutes?"

„Vergiss es." Sokjan winkte ab. „Konntest du etwas von dem verstehen, was sie sagte?"

„Fast", erwiderte Faith. „Ich war ganz kurz davor, aber der Stein –"

„– war im Weg", vervollständigte Sokjan genervt seinen Satz. Er wandte sich ab und betrachtete den Spiegel genauer. Seine Oberfläche war vollkommen glatt, wie das Eis auf einem gefrorenen See. Es war schon sehr verwunderlich, wie sich etwas so vollkommen Symmetrisches spontan aus verformtem, flüssigem Stein bilden konnte.

Nachdenklich trat er einen Schritt zurück und betrachtete sein eigenes Spiegelbild. Zum ersten Mal, seit er die Gruft verlassen hatte, sah er sich selbst. Er blickte in ein ernstes Gesicht. Dunkle glatte Haare fielen ihm in die Stirn und blaue Augen sahen ihn fragend an.

„Nicht!", erklang eine helle Stimme. Etwas Bleiches, Klauenartiges näherte sich ihm, wollte nach seiner Schulter greifen.

Er schlug das Ding beiseite und fuhr mit erhobenem Schürhaken herum ... Verblüfft blickte er in das erschrockene Gesicht von Faith, der mit großen Augen zu ihm aufsah und sich den schmerzenden Arm rieb. Sokjan ließ den Schürhaken sinken. Er hatte keine Klaue gesehen, nur eine schmutzige Kinderhand.

„Was fällt dir ein, mir so einen Schrecken einzujagen?", herrschte er den Jungen an.

„Sieh lieber nicht hinein", sagte Faith.

„Ach, und warum nicht?", fragte Sokjan.

„Das Ding ist böse!" Faith verzog das Gesicht. „Ich mag es nicht!"

Stirnrunzelnd warf Sokjan erneut einen Blick auf die blank polierte Fläche. Er sah eine hochgewachsene Gestalt mit ernstem Blick, das Spiel der Unterarmmuskulatur, als er den Schürhaken zurück in den Gürtel steckte. Nichts an diesem Bild war Furcht einflößend. Dennoch hatte Faith sich hinter seinem Rücken versteckt und weigerte sich, einen Blick in den Spiegel zu werfen.

„Komm weg!" Faith zupfte Sokjan am Ärmel. „Unser Bruder kam aus den Spiegeln, hast du das schon vergessen?"

Sokjan wandte sich um und blickte in das schmutzige Gesicht des Jungen. Dass Fastus aus den Spiegeln gekommen war, hatte Faith ihm erzählt. Ein Kind, das am anderen Ende der Burg in einem Turmzimmer eingesperrt gewesen war. Sokjan war der Ansicht, dass Zweifel an dieser Stelle durchaus berechtigt waren.

„Dieser Spiegel ist gefährlich", fuhr der Junge ernst fort. „Wir sollten ihn nicht berühren oder hineinsehen."

Sokjan runzelte die Stirn. Es widerstrebte ihm, dem Jungen die Führung zu überlassen. Andererseits hatte Faith vielleicht nicht unrecht. Dieses Ding war erst entstanden, nachdem die weiße Frau auf so beängstigende Art und Weise erschienen war. Hatte sie es dort hinterlassen? Konnte sie vielleicht durch diese Scheibe hindurchblicken? Unwillkürlich wich er zur Seite. „Vielleicht hast du wirklich recht. Solange wir nicht wissen, woher dieser Spiegel kommt, sollten wir vorsichtig sein."

Ein heiseres Kichern ließ ihn herumfahren.

In dem Gang, der tiefer in die Burg hineinführte, war eine Bewegung wahrzunehmen. Jemand kam die Stufen empor. „Hast du etwa Angst vor einem Spiegel?", fragte eine spöttische Stimme.

Die Gestalt, die sich langsam aus der Dunkelheit schälte, war klein gewachsen, nicht größer als Faith, aber deutlich kräftiger.

„Du?", entfuhr es Sokjan.

Es war der Zwerg, der in den Lichtschein trat. Er verbeugte sich spöttisch. „Stets zu Diensten." Dann sah er ihn grinsend an und meinte: „Du bist zwar nicht so gut aussehend wie ich, aber Angst vor einem Spiegel brauchst du dennoch nicht zu haben."

„Wo kommst du auf einmal her?", fuhr Sokjan ihn an.

Der Zwerg wies mit dem Daumen über die Schulter. „Von da!"

„Wo ist ... Fastus?"

„Wer?"

Sokjan kniff die Lippen zusammen. Es war dumm, von diesem Kerl vernünftige Antworten zu erwarten. Dennoch konnte er sich auch die nächste Frage nicht verkneifen: „Wer ist die weiße Frau?"

„Gute Frage." Der Zwerg machte ein listiges Gesicht. „Ich fand es ziemlich unhöflich von ihr, einfach hier aufzutauchen, und das, ohne vorher anzuklopfen. Nun ja, besonders hübsch war sie auch nicht, dieser graue Teint und dann der ganze Mörtel im Gesicht." Er kicherte.

„Dann hast du sie also gesehen, ja?", fragte Sokjan. „Merkwürdig, dass ich *dich* nicht gesehen habe."

Der Zwerg ignorierte seinen Einwand. „Außerdem hat sie diese Mauer beinahe zerstört – eine Grundmauer übrigens, nebenbei bemerkt. Sie hätte fast den ganzen Palast über unseren Köpfen zusammenstürzen lassen." Er schürzte die Lippen. „Wenn ich das Ganze kurz zusammenfassen sollte, würde ich sagen: Ich mag sie nicht." Er blickte zu Sokjan auf. „Wie siehst du das?"

Sokjan schwieg nachdenklich.

„Welche Gefühle hat sie in dir ausgelöst?", wollte der Zwerg wissen.

Angst, dachte Sokjan, wenn er ehrlich war, sogar panische Angst.

„Man sollte immer auf seine Gefühle hören", bemerkte der Zwerg, als hätte er Sokjans Gedanken gelesen.

„Sie hat mich traurig gemacht", sagte Faith leise. Er senkte den Kopf, und in die darauffolgende Stille hinein vernahm Sokjan einen Klang, kaum kräftiger als ein Atemzug: das unendlich ferne Spiel einer Harfe. Es war so leise, dass er nicht sicher war, ob er es wirklich hörte oder ob es nur eine Erinnerung war.

„Wen interessiert schon, was der Knirps sagt?", blaffte der Zwerg.

Sokjan zuckte zusammen. Diese plötzliche Aggression irritierte ihn. Und offenbar konnte man das auch seinem Gesicht ansehen.

„Hey ..." Der Zwerg wedelte beschwichtigend mit den Armen. „Ich habe nichts gegen Kinder, wirklich nicht." Er kniff ein Auge zusammen und brummte: „Ich bin mir nur nicht sicher, ob man ihnen die Führung überlassen sollte. Wenn ich mich nicht irre, bist du der Sucher und nicht er, oder?"

Ein Seitenblick auf den Jungen verriet ihm, dass dieser auf dem Boden kniete und mit seinen Fingernägeln auf dem steinernen Boden herumscharrte. Er schüttelte kurz den Kopf und wandte sich wieder dem Zwerg zu. Hatte der verrückte Gnom recht? Es war sicher nicht ganz falsch, dass Faith durch seine seltsame Art und seine Antworten Sokjans Entscheidungen beeinflusst hatte. Andererseits fiel ihm spontan kein Grund ein, dem Zwerg mehr zu vertrauen.

„Warum bist du hier?", fragte er.

Der Zwerg starrte ihn an. „Bist du schon mal auf den Gedanken gekommen, dass ich dir helfen möchte?"

„Ehrlich gesagt: nein", erwiderte Sokjan.

„Also das ist jetzt wirklich verletzend."

Sokjan machte einen Schritt auf den Zwerg zu und dieser wich ein Stück zurück. „He, ganz ruhig, ja? Ich hab nichts Schlimmes getan!"

„Was willst du wirklich?"

„Schon gut ..." Der Zwerg hob beschwichtigend die Arme. „Ich bin nicht nur wegen dir hier, obwohl ich dich wirklich mag ... so ein bisschen zumindest."

„Beantworte meine Frage!"

„So schwer ist das gar nicht", erwiderte der Zwerg und duckte sich tiefer in die Schatten. „Der da", er wies anklagend auf Faith, „wird uns noch alle umbringen! Ich will nicht, dass diese Burg zusammenbricht und tausend Tonnen Gestein mich zerquetschen. Findest du nicht, dass dies eine nachvollziehbare Motivation ist?"

„Durchaus. Aber aus welchem Grund tauchst du gerade jetzt hier auf?"

„Warum nicht?", erwiderte der Zwerg trotzig und wich zugleich einen weiteren Schritt zurück. „Ich hätte mehr recht, diese Frage dir zu stellen. Schließlich war ich im Gegensatz zu dir nicht tot und –"

„Er lügt!", unterbrach eine helle Stimme die Rede des Zwergs. Verdutzt blickte Sokjan zu Faith hinab. Der Junge hatte sich erhoben und hielt irgendetwas in der Hand. „Er ist längst tot! Schon seit vielen Jahren!"

Der Zwerg lachte schrill auf.

Im gleichen Moment bewegte sich Faith mit verblüffender Geschwindigkeit. Ehe Sokjan reagieren konnte, ließ der Junge seinen Arm vorschnellen und schleuderte etwas auf den Zwerg. Ein faustgroßer Stein traf das lachende Gesicht und im nächsten Moment verschwand es. Der Zwerg zerfloss zu wabernder Schwärze und sank zu Boden. Dort formte sie einen Schatten, der immer weiter zurückwich und schließlich die Gestalt eines schlanken, hochgewachsenen Mannes annahm.

„Klug, aber nicht klug genug", drang eine Stimme aus den Schatten, die Sokjan als die Stimme seines Bruders erkannte.

Verblüfft blickte er der Gestalt hinterher, die geschmeidig die Treppen hinab in die Tiefe stieg und mit der Dunkelheit verschmolz.

Sokjan sah zurück zu Faith, der sich die Hände abklopfte und mit den Füßen Staub in das Loch schob, aus dem er den Stein gezogen hatte.

„Diese Burg ist nicht so stabil, wie es scheint", sagte er.

Sokjan kratzte sich am Kinn. „Der Zwerg sollte uns aufhalten."

„Ja", sagte Faith.

„Fragt sich nur, warum?"

„Tja ..." Faith zuckte die Achseln und blickte in den Gang hinab.

„Die Antwort liegt wohl da unten." Sokjan sprach aus, was der Junge dachte.

„Gehen wir?"

Sokjan nickte. Er nahm die Fackel aus der Halterung. „Lass mich vorangehen!", sagte er. Doch Faith sprang vor ihm die Stufen hinab.

Kopfschüttelnd folgte Sokjan ihm. Das flackernde Licht seiner Fackel ließ die Schatten tanzen. Er setzte einen Fuß vorsichtig vor den anderen. Ein Sturz auf der steilen Treppe konnte unangenehme Folgen haben.

Faith pfiff ein Lied. Die Unbekümmertheit des Jungen war immer wieder irritierend.

„Woher willst du wissen, dass dies keine Falle ist?", fragte Sokjan nach einer Weile.

Faith warf ihm einen Blick über die Schulter zu und grinste. „Es ist eine Falle!"

Ein winziges Lächeln legte sich auf Sokjans Lippen. Der Junge hatte recht. Unheil lag wie ein Pesthauch über dieser Burg. Es gab keine Möglichkeit, dem auszuweichen. Sie mussten den Ort aufsuchen, an dem es geboren wurde. Sie mussten dorthin, wo das Dunkel am mächtigsten war. Nur dort würde es eine Antwort auf Sokjans Fragen geben.

Gefährliche Fragen

„Bitte sehr, ich wünsche guten Appetit. Sie benötigen den großen Löffel auf zwölf Uhr."

„Vielen Dank." Jonathan tastete nach dem Besteck.

Mara kicherte. „Ich komme mir vor wie in einem Agentenfilm: Feind auf 12 Uhr."

Er pustete vorsichtig und kostete etwas von der cremigen Flüssigkeit. „Also, mir schmeckt's. Und, wie findest du es?"

„Hm, eine Menge Sahne. Das geht auf die Hüften. Aber wenn wir einfach hier sitzen bleiben, fällt es gar nicht auf."

Angesichts von Maras schlanker Figur hätte Jonathan gern ein Kompliment gemacht, aber ihm fiel nichts Gescheites ein. Aus der Dunkelheit erklang das Klappern von Besteck.

„Was genau esse ich hier eigentlich?", erkundigte sich Mara.

„Warte mal, ich hab's gleich: *In wärmender Quelle badet der zarte Leib in weißem Schaum, umringt von italienischen Begleitern*", zitierte er die Speisekarte.

„Wow, du hast das auswendig gelernt?"

„Nur die Vorspeise", gab Jonathan zu.

„Ich würde sagen, Pilze in Sahnesauce mit italienischen Kräutern."

„Könnte passen."

Eine Pause entstand.

„Ich bin fertig", sagte Jonathan.

„Ich auch. Das war sehr lecker."

„Darf ich Ihnen den zweiten Gang servieren?", meldete sich der Kellner, der offenbar ganz in der Nähe gewartet hatte.

„Sehr gern."

Geschirr klapperte, als der Kellner abräumte.

„Ist er weg?", flüsterte Mara nach einer Weile.

„Ich glaube schon."

„Beeindruckend, wie der Mann das hinbekommt."

„Hier sind alle Kellner blind", erwiderte Jonathan. „Die sind es gewohnt, ohne ihren Sehsinn zurechtzukommen."

„Normalerweise gewöhnen sich die Augen ja an das Dunkel, weil irgendwo doch noch ein bisschen Licht herkommt, aber hier kann ich absolut nichts sehen. Du hast wirklich nicht zu viel versprochen." Leise fügte sie hinzu: „Hier starrt mich niemand an. Dieses Dunkelrestaurant muss ich mir merken."

„Mara", Jonathan schluckte, „wenn die Leute dich anstarren würden, dann deshalb, weil du eine schöne Frau bist, und nicht wegen dieser Narbe."

Mara schwieg eine Weile.

Jonathan spürte, wie er rot wurde. War er zu direkt gewesen? Die Worte waren ihm einfach entschlüpft. Als er sie vom Bahnhof abgeholt hatte, hatte er sie einen Moment lang mit offenem Mund angestarrt. Das grüne, figurbetonte Kleid, die offenen Haare – sie wirkte gänzlich anders als in ihrer Tracht. Hoffentlich hielt sie seine Worte nicht für plumpe Anmache. Zum Glück konnte sie nicht sehen, wie er sich wand.

„Das ist sehr lieb von dir", sagte Mara mit leiser Stimme. „Aber ... du kennst die Menschen nicht besonders gut."

Jonathan spürte den Schmerz in ihren Worten. Ehe er etwas sagen konnte, kündeten Schritte und das Klappern von Geschirr vom Kommen des Kellners. „Bitte sehr. Sie benötigen nun die Gabel auf drei Uhr. Ich wünsche Ihnen einen guten Appetit."

„Vielen Dank."

Sie warteten, bis der Kellner sich wieder entfernt hatte.

„Was essen wir jetzt eigentlich?", fragte Mara.

„Ich hab's vergessen. Irgendetwas mit ‚goldgelb ummantelten Schätzen', glaube ich."

„Oh, kleine Teigtaschen. Schmeckt ein bisschen wie Frühlingsrolle."

Jonathan räusperte sich. „Mara, es macht mich wütend, wenn du so etwas sagst."

„Oh, du hast eine Aversion gegen Frühlingsrollen?"

Jonathan musste schmunzeln. „Ich meinte das, was du vorher gesagt hast. Vielleicht … vielleicht hast du recht und ich kenne die Menschen wirklich nicht besonders gut. Aber mit Schönheit kenne ich mich aus! Ich bemerke sie sofort, wenn ich ihr begegne."

„Tatsächlich?", fragte Mara. Ihre Stimme klang scherzhaft, und zugleich spürte er, dass darin noch etwas Tieferes mitschwang. Etwas, das bis auf den Grund ihrer Seele reichte.

„Ja", erwiderte er. „Stell mich auf die Probe."

„Also gut …"

Jonathan konnte hören, wie sie ihre Gabel auf dem Teller ablegte.

„Was ist Schönheit?", fragte Mara.

„Au Backe … das ist aber eine sehr philosophische Frage."

„Dir als Experten sollte die Antwort eigentlich nicht schwerfallen", neckte Mara ihn.

Im ersten Moment war Jonathan versucht, die Gelegenheit für ein weiteres Kompliment zu nutzen, aber dann wurde ihm bewusst, dass er Mara damit enttäuschen würde. Er lehnte sich zurück und dachte nach. „Schönheit geschieht dann ... wenn ich etwas lese, das mein tiefstes Inneres berührt, etwas, das ein Bild in mich hineinmalt von Dingen, die ich schon immer gespürt habe, ohne sie begreifen zu können. Schönheit finde ich in den Worten, die ich schon immer sagen wollte und doch nie fand." Er verstummte, lauschte in die Dunkelheit und glaubte, Maras leises Atmen über die gedämpften Gespräche an den Nachbartischen hinweg hören zu können.

„Schönheit ist wie eine Raubkatze, sie pirscht sich an mich heran, wenn ich völlig ahnungslos bin, und überfällt mich ganz plötzlich, ohne Vorwarnung. Ich gehe eine Straße entlang, die ich schon tausendmal durchschritten habe, und plötzlich gibt es einen ganz besonderen Moment: Morgenlicht auf Tautropfen, ein Vogel, der mich mit seinem Gesang überrascht, oder der Wind, der einen dicht belaubten Baum dazu bringt, sich leise hin und her zu wiegen." Von Maras Schweigen ermutigt, fuhr er fort. „Schönheit tut weh. Ich weiß noch genau, wie ich mal an einem Herbstabend am Meer spazieren gegangen bin. Es war windig. Die Wellen wogten an den Strand, kein Mensch war in der Nähe. Nur die Möwen sangen heiser ihre Lieder. Ich sah am Horizont die Sonne untergehen, und für einen kurzen Moment hatte ich das Gefühl, Raum und Zeit würden wie ein Vorhang zur Seite geschoben und eine viel tiefere Wirklichkeit würde mich berühren. Wie ein Lichtstrahl, der durch einen winzigen Türspalt dringt und gleich darauf wieder verschwindet. Und das wirklich Seltsame war, dass ich auf der Höhe dieses Moments, noch bevor er verging, ein schmerzhaftes Gefühl der Sehnsucht verspürte. Ich war noch oft am Meer. Aber dieser Moment kam nie wieder." Er verstummte.

Jonathan spürte, wie warme, weiche Finger seine Hand berührten und sanft drückten.

„Wie Heimweh", sagte Mara leise.

„Ja. Wie Heimweh. Das Verrückte dabei ist allerdings, dass man diese Heimat gar nicht kennt."

„Ja", bestätigte Mara. „Komisch, nicht wahr? Wir suchen die Schönheit und sie löst Sehnsucht in uns aus."

Schritte näherten sich.

Mara zog ihre Hand zurück und Jonathan spürte einen Stich des Bedauerns.

„Darf ich Ihnen nun den Hauptgang servieren?"

„Äh ... ja. Natürlich, gern", sagte Jonathan.

Lautes Lachen drang vom Nachbartisch herüber.

Der Kellner brachte das Essen. Jonathan meinte sich an einen italienischen Gentleman erinnern zu können, der sich mit zierlichen Gefährtinnen umgab. Auf jeden Fall waren Nudeln dabei.

Der Hauptgang schmeckte wirklich lecker, aber das Gespräch wandte sich nun wieder oberflächlicheren Dingen zu. Der kurze Moment intensiver Nähe war vorüber, wie Jonathan mit Bedauern feststellte. Dennoch, es fühlte sich so ungewohnt richtig an, in Maras Nähe zu sein.

Viel zu schnell gingen die zwei Stunden im Restaurant vorüber.

Obwohl der Abend bereits dämmerte, schien es draußen unglaublich hell. Sie blickten sich mit zusammengekniffenen Augen an und mussten beide lachen.

„Wollen wir noch etwas trinken gehen?", fragte Jonathan. „Ich kenne da eine nette kleine Bar, nicht weit weg von hier."

Maras Lächeln verblasste. Sie schüttelte den Kopf. „Ich muss zurück in die Klinik."

„Schon wieder?", fragte Jonathan. Er bemühte sich, seine Enttäuschung zu verbergen.

„Ich habe einen Patienten, bei dem ... sich ein Durchbruch andeutet."

„Oh, was hat er denn?"

Ein Lächeln huschte über ihre Züge. „Nicht nur Ärzte haben Schweigepflicht."

„Entschuldige, ich wundere mich nur, dass sie dich dafür so einspannen."

„Es ... ist mir wichtig", sagte Mara. Sie trat vor und umarmte ihn flüchtig. „Vielen Dank für dieses wunderbare Erlebnis."

„Ich fand es auch sehr schön", sagte Jonathan, und gleichzeitig spürte er, wie sich Mara innerlich zurückzog. „Können wir das wiederholen?", fragte er rasch.

„Das Dunkelrestaurant?"

„Das Abendessen."

„Vielleicht." Sie lächelte flüchtig. „Auf Wiedersehen, Jonathan." Sie wandte sich ab.

„Auf Wiedersehen, Mara." Er blickte ihrer schlanken Gestalt hinterher, bis sie um die nächste Ecke verschwunden war.

Nachdenklich kratzte er sich am Kopf. Hatte er etwas falsch gemacht? Auszuschließen war das keineswegs. Frauen waren ein Mysterium – man konnte jederzeit in irgendein Fettnäpfchen treten, das kurz zuvor noch gar nicht da gewesen war.

Wie auch immer, er wandte sich ab und schlenderte die Straße entlang. Dieser Moment der Begegnung war real gewesen und gut, das würde er sich auch von seiner Enttäuschung nicht ausreden lassen.

Vielleicht lag es ja gar nicht an ihm. Vielleicht war es die Angst, wieder angestarrt zu werden, die sie so zögerlich erscheinen ließ? Auch wenn er selbst ihre Sorgen nach wie vor unbegründet fand, wäre es arrogant, von ihr zu verlangen, sich einer Situation auszusetzen, die sie als unangenehm empfand.

Er blieb stehen, starrte in das Schaufenster einer Drogeriekette und hatte plötzlich einen Einfall. *Warum nicht?*, sprach er sich selbst Mut zu. Außerdem konnte er so zwei Fliegen mit einer Klappe schlagen.

Wenig später klingelte er an der schäbigen Tür einer Altbauwohnung. Wobei er den kurzen Moment abwartete, in dem die dröhnende Hip-Hop-Musik verstummte, bevor sie gleich darauf neu einsetzte.

Die Tür wurde geöffnet. „Ja?", fragte eine müde Stimme.

„Hallo, Ratze, ich bin's, Jonathan. Erinnern Sie sich noch an mich?"

„Klar, Gesichter vergesse ich nicht. Was wollen Sie?"

„Ich hätte zwei Wünsche. Darf ich kurz reinkommen?"

„Meinetwegen." Der Hüne ließ die Tür offen und ging in Richtung Küche. Jonathan folgte ihm. Im Vorbeigehen hämmerte Ratze gegen eine Zimmertür. „Mach leiser oder du bist für 'ne Stunde den Saft los!"

„Arschloch", kam es verhalten durch die Tür. Die Musik wurde zumindest so weit gedämpft, dass Jonathan nicht mehr schreien musste, um sich einigermaßen vernünftig zu verständigen.

„Kaffee?", fragte der Sozialarbeiter.

Jonathan schüttelte hastig den Kopf, als er sich an die teerartige Brühe erinnerte, die der Mann ihm das letzte Mal angeboten hatte. „Nein danke!"

Ratze zuckte mit den Achseln und goss sich selbst großzügig ein.

„Viele Grüße übrigens von Schwester Maggy", sagte Jonathan, „Ich habe sie mittlerweile getroffen."

„Danke. Konnte sie weiterhelfen?"

„Nicht wirklich. Deshalb bin ich hier. Dürfte ich mir vielleicht das Foto von meinem Bruder abfotografieren, das Sie mir gezeigt haben?"

„Eigentlich darf ich das nicht. Datenschutz, Sie verstehen?"

„Bitte. Ich brauche es, um ihn wiederzufinden. Ich verspreche, dass ich es nicht in irgendwelchen sozialen Netzwerken posten oder anderweitig veröffentlichen werde."

Ratze nahm einen Schluck von dem schwarzen Gebräu, das er Kaffee nannte.

„Ich bin mir sicher, dass Maik nichts dagegen hätte."

Der Hüne schnäuzte sich. „Na gut." Er griff nach dem Album, das noch immer auf dem unaufgeräumten Wohnzimmertisch lag, und reichte es Jonathan. „Suchen Sie es sich raus. Sie können es mitnehmen."

„Vielen Dank!", erwiderte Jonathan und blätterte es rasch durch.

„Und der zweite Wunsch?"

Jonathan fand das Bild und löste es vorsichtig ab. „Ist Juli da?"

Der Hüne runzelte die Stirn. „Was wollen Sie von ihr?"

„Ich hätte einen Job für sie."

„Aha", bemerkte der Hüne kühl.

Jonathan fragte sich, was dem Mann durch den Kopf ging, und stellte gleich darauf fest, dass er es lieber nicht wissen wollte. Wer konnte sagen, was die Kids hier schon alles erlebt hatten. „Eine Freundin von mir ... ich möchte ihr ein ... äh,

Styling schenken. Wir würden dann hierherkommen, wenn es recht ist."

Ratze schürzte die Lippen. „Gut, wenn sie einverstanden ist."

„Danke."

„Ist sie zu Hause?"

„Links in den Flur, zweite Tür rechts."

„Danke."

Jonathan steckte das Foto ein und klopfte dann an Julis Tür. Sie war mit Aufklebern übersät, aus denen ein überdimensionierter Mittelfinger prägnant herausragte.

„Verpiss dich!", kam die wenig einladende Antwort.

„Hallo. Mein Name ist Jonathan. Ich war neulich schon mal hier. Vielleicht erinnerst du dich. Ich würde dir gern einen Job anbieten."

„Hä?"

„Ich hab einen JOB FÜR DICH!"

Die Tür öffnete sich und zwei mit schwarzem Kajal umrandete Augen blickten misstrauisch zu ihm auf. Julis Lippen waren grün geschminkt und ihr Haar war auf der einen Seite des Kopfes abrasiert und auf der anderen beinahe hüftlang und leuchtend orange gefärbt. Jonathan fragte sich, ob er nicht möglicherweise einen Fehler machte. Er räusperte sich. „Ich würde dir gern einen Job anbieten."

Sie ließ ihren Blick von seinem Kopf bis zu den Füßen wandern. „Was für 'n Job soll das sein?"

„Ich möchte einer Freundin ein Styling schenken."

Ihre Brauen hoben sich. Für einen kurzen Moment wirkte sie verblüfft. Dann nickte sie. „Komm rein."

Er betrat ein Mädchenzimmer, das von herumliegenden Klamotten übersät war. An den Wänden hingen Poster von

Metallbands, und in einer Ecke stand eine Schaufensterpuppe, die einen Totenschädel auf den Schultern trug.

„Äh ... schön hast du's hier", murmelte Jonathan.

„Sehr witzig. Was für 'n Styling soll das sein?"

„Ich kenne mich da nicht so aus. Aber ich denke, vom Typ her bevorzugt sie es eher ... dezent."

„Für 'n bisschen Lippenstift und Wimperntusche braucht sie nicht herzukommen."

„Sie hat ... eine Narbe im Gesicht."

Die Augen der jungen Frau verengten sich. „Und du willst, dass ich die wegmache?" Sie hob herausfordernd das Kinn. „Warum?"

Jonathan lächelte. Er stellte fest, dass er dieses zornige junge Mädchen mochte. „Für mich spielt ihre Narbe keine Rolle."

„Aber?"

„Aber ... meine Freundin leidet darunter, wie andere sie anstarren. Und das möchte ich nicht."

Das Mädchen nickte langsam „Biste verknallt?"

„Das ist eine sehr persönliche Frage, findest du nicht?"

„Alles klar." Sie lächelte schelmisch und sah mit einem Mal richtig hübsch aus. „Ich bin aber nicht billig."

„Und ich bin nicht reich."

Sie maßen einander mit Blicken.

„Dreißig Euro – wenn sie mit dem Ergebnis glücklich ist", sagte Juli.

„Und wenn nicht?"

„Dann will ich auch kein Geld haben."

„Abgemacht!" Sie gaben sich die Hand.

Zufrieden mit sich selbst ließ Jonathan die WG samt dröhnender Hip-Hop-Musik hinter sich. Ein Blick auf die Uhr verriet ihm, dass die Suppenküche noch geöffnet haben müsste.

Es war laut, heiß, und die Luft war zum Schneiden dick. Dennoch begrüßte Schwester Maggy ihn mit einem strahlenden Lächeln. „Jonathan, wie schön, Sie zu sehen. Wie geht es Ihnen?"

„Gut, vielen Dank. Hätten Sie einen Augenblick Zeit?"

„Natürlich. Sie brauchen auch nicht abzuwaschen", fügte sie mit einem Blick auf seine verbundene Hand hinzu. „Ich habe immer noch ein schlechtes Gewissen ..."

„Das brauchen Sie wirklich nicht. Was können Sie denn für meine Ungeschicklichkeit?" Er zog das Foto aus der Tasche. „Hier, das ist das aktuellste Foto von meinem Bruder, das ich finden konnte."

Die alte Frau nahm das Bild zur Hand und schob ihre Brille zurecht. „Hm ...", murmelte sie nach geraumer Zeit.

„Erkennen Sie ihn?", fragte Jonathan.

Schwester Maggy ließ sich nicht aus der Ruhe bringen. „Ich bin mir nicht sicher, aber es wäre möglich, dass er früher mit Zottel unterwegs war."

„Aha ... und wer oder was ist Zottel?"

„Er sitzt dort drüben am Fenster." Sie deutete auf einen hageren Glatzkopf, der mit gesenktem Kopf ziemlich einsam in einer Ecke saß und gerade einen Kanten Brot in seine Tasse tunkte.

„Warum heißt er ‚Zottel'?"

Schwester Maggy lächelte ein wenig traurig. „Früher hatte er eine andere Frisur." Sie legte ihre Hand auf seinen Arm. „Kommen Sie, ich stelle Sie einander vor."

Aus der Nähe sah Zottel noch mitgenommener aus. Seine Haut war grau wie Asche und von etlichen Geschwüren gezeichnet. Er grinste, als er die alte Frau näher kommen sah. „Schwester Maggy, die Sonne geht auf."

Nun war Jonathan auch klar, warum der Mann sein Brot in den Tee tunkte. Er hatte keinen einzigen Zahn mehr im Mund.

„Zottel, mein Lieber ..." Die alte Frau umarmte den Mann herzlich. Angesichts des Körpergeruchs, den Zottel verströmte, konnte Jonathan sie dafür nur bewundern.

„Darf ich dir Jonathan vorstellen?"

„Hey!", grüßte Zottel.

„Hallo." Jonathan drückte die knochige Hand des Junkies.

„Jonathan sucht seinen Bruder, und ich glaube, du kennst ihn."

„Er heißt Maik Täschner."

Zottel leckte sich die spröden Lippen. „Der Name sagt mir nix."

„Ich habe ein Foto."

„Lass mal sehen."

Im hinteren Teil des Raums grölte jemand lautstark los. „Ich werde mal nach dem Rechten schauen", sagte Schwester Maggy.

„Brauchen Sie Hilfe?", fragte Jonathan.

„Das ist nur der Hubert." Sie winkte ab, was Jonathan zu seiner eigenen Scham mit Erleichterung registrierte. „Er ist manchmal ein wenig ruppig, aber wir kommen gut miteinander aus."

Sie tätschelte Jonathans Arm und schlurfte auf den Pöbler zu. Ein hagerer Mann, dessen Gesichtszüge unter all seinen Tattoos nicht zu erkennen waren, machte ihr höflich Platz und setzte sich dann in Zottels Nähe. Dessen Geruch schien ihn nicht zu stören. Schwester Maggy nickte ihm freundlich zu und ging weiter. Dicht beisammen hockende Männer rückten ebenfalls zur Seite, um sie durchzulassen. *Wie das*

Rote Meer, das sich vor Mose teilt, schoss es Jonathan durch den Kopf.

„Also, wenn du mich fragst, ist der Hubert nicht ruppig, sondern völlig durchgeknallt. Aber Schwester Maggy hat's im Griff. Der würde selbst der Hubert nix tun. Die is' sozusagen unsere Schutzheilige." Er kicherte. „Na, lass mal sehen." Er kniff die Augen zusammen und hielt das Bild eine Armlänge von sich entfernt.

Jonathan kam der Verdacht, dass Zottel eine Lesebrille gut gebrauchen könnte.

„Das gibt's doch nicht." Zottel schüttelte schmunzelnd den Kopf.

„Du erkennst ihn?", fragte Jonathan hoffnungsvoll.

„Das ist ja ewig lang her." Der Junkie schnalzte mit der Zunge. „Das ist Kante." Er schüttelte den Kopf. „Mann, das war'n noch Zeiten."

„Kante?", fragte Jonathan verblüfft.

„Ja, Kante. Weil er sich gern mal die Kante gegeben hat, verstehste?"

„Nicht wirklich", gab Jonathan zu.

„Der Bursche hat gesoffen wie 'n Loch", übersetzte Zottel. „Aber der war auch 'n ganz Harter. Hat man erst gar nicht so gemerkt. Aber wenn's ernst wurde, war der innen aus Stahl. Mit dem hat sich keiner zweimal angelegt."

„Und wo kann ich ihn finden?"

„Den kannste nicht mehr finden", erwiderte Zottel. Sein zahnloses Grinsen erlosch und er gab das Foto zurück.

„Warum? Ist er tot?"

Zottel zuckte mit den Achseln. „Der ist vor ungefähr zehn Jahren in einen dieser Kriege gezogen. Irak oder Afghanistan – was weiß ich."

„Als Soldat?", fragte Jonathan überrascht.

„Nee, für irgend so eine Privatfirma – Amerikaner. Keine Ahnung, was die da gemacht haben. Ein paar Monate später habe ich ihn noch einmal gesehen und dann nie wieder."

„Weißt du, wie die Firma hieß?"

„Nee, und selbst wenn, würde es dir nichts nützen. Solche Firmen geben keine Informationen über ihre Mitarbeiter raus, schon gar nicht an Privatpersonen."

Jonathan presste nachdenklich die Lippen zusammen. „Aber unabhängig davon muss er doch ein Visum beantragt haben ..."

Zottel winkte ab. „Ich glaub nicht, dass der unter seinem richtigen Namen ausgereist ist."

„Willst du damit sagen, Maik ist einfach verschwunden, und niemand weiß, was mit ihm geschehen ist?", entfuhr es Jonathan.

Zottel lächelte schmallippig. „Das habe ich nicht gesagt."

Jonathan starrte den Junkie wütend an. „Was ist das hier für ein Spiel? Geht es um Geld? Soll ich dich für deine Auskünfte bezahlen?"

Der Junkie schnaubte und schüttelte den Kopf. „Junge, du hast keine Ahnung, worauf du dich da einlässt."

„Was soll das schon wieder heißen?"

„Ich gebe dir einen guten Rat: Vergiss die Sache! Trauere um deinen verloren gegangenen Bruder und führe ein besseres Leben als er."

Jonathan schüttelte den Kopf. „Er ist mein Bruder! Ich will wissen, was mit ihm passiert ist." Zu seiner eigenen Verwunderung spürte er, dass er die Wahrheit sagte. Es ging ihm nicht mehr nur um das Erbe. „Also gut, dann nenn mir deinen Preis!"

„Ich will dein Geld nicht", brummte Zottel ungehalten. „Außerdem weiß ich wirklich nicht, was mit Kante damals geschah ..." Sein Blick huschte unruhig durch den Raum, er wirkte mit einem Mal nervös. Offenbar konnte er aber niemanden entdecken, der ihm verdächtig erschien. Der tätowierte Glatzkopf eine Bank hinter ihnen starrte dumpf in seine Teetasse und schien von seiner Umgebung nichts mehr mitzubekommen.

Zottel fuhr mit gesenkter Stimme fort: „Aber ich kenne jemanden, der es vielleicht weiß ..."

„Nun lass dir doch nicht alles aus der Nase ziehen! Wie heißt der Mann?"

„Er heißt Sercan ...", murmelte Zottel. „Sie waren gemeinsam dort drüben. Ich habe ihn das erste Mal gesehen, als Kante noch mal hier in Deutschland war."

„Er war ein Freund von meinem Bruder?"

Zottel zuckte mit den Achseln.

„Okay, Sercan also – und wie weiter?"

„Nicht so laut", zischte der Junkie, „seinen Nachnamen kenne ich nicht." Er zog eine Grimasse. „Sie nennen ihn den Unberührbaren."

„Warum?"

Zottel zog eine Grimasse. „Vielleicht, weil sich niemand traut, sich mit ihm anzulegen?"

„Wo finde ich diesen Sercan?"

„Keine Ahnung, wo er wohnt. Mal taucht er auf, dann verschwindet er wieder wochenlang. Zuletzt habe ich ihn in der Nähe des Melanchthon-Klinikums gesehen."

„Beim Krankenhaus?"

„Ja."

„Was macht er da?"

„Woher soll ich das wissen? Hör zu", der Junkie ergriff mit seiner dürren Hand Jonathans Arm, „wenn dich irgendjemand fragt: Du hast diese Informationen nicht von mir!"

„Okay, ich sag's niemandem."

Zottel verstärkte den Druck seiner Hand und starrte Jonathan in die Augen.

„Versprochen!", sagte Jonathan ernst. Ein harter Klumpen hatte sich in seinem Magen gebildet.

Hinweise

Eine Ratte huschte über den schmalen Weg, kletterte geschickt die Uferböschung hinab und verschwand in irgendeinem Loch in der Nähe des Brückenpfeilers.

Hauptkommissar Thorsten Boddien beugte sich über das rostige Geländer, das den Uferpfad säumte, und spuckte in den Kanal. Es war kein guter Treffpunkt, den sich der potenzielle Kronzeuge ausgesucht hatte. Für ein Stelldichein zwischen Junkie und Dealer wäre dieser Platz unter der Kanalbrücke durchaus passend gewesen, vielleicht auch für ein heimliches Treffen der lokalen Jugendgangs, aber für den Buchhalter von El Niño war der Standort viel zu auffällig. Jedes Café in der Stadt wäre geeigneter gewesen. Dennoch hatte Boddien nachgegeben, und das hatte einen guten Grund: Randolf Schmidt war sein einziger brauchbarer Zeuge, und er war nur bereit, unter seinen eigenen Bedingungen zu kooperieren.

Schritte erklangen. Thorsten Boddien wandte sich um und sah einen Jogger näher kommen.

Der Mann wirkte nicht sonderlich sportlich und er ließ seinen Blick immer wieder nervös über das Gelände schweifen. Thorsten Boddien seufzte und wartete ab.

Der Jogger hielt inne, stemmte seinen Fuß gegen das Geländer und begann ungeschickt, seine Muskeln zu dehnen. „Herr Kommissar, schön, dass Sie es einrichten konnten."

Hauptkommissar, dachte Boddien, aber er verkniff es sich, sein Gegenüber zu korrigieren, und lächelte. „Guten Tag, Herr Schmidt. Wie geht es Ihnen?"

„Ich hoffe, Sie haben gute Nachrichten für mich. Dann würde es mir gleich viel besser gehen."

„Es geht voran", log Boddien. „Wir verfolgen eine, nun, sagen wir: private Spur."

„El Niño hat kein Privatleben!", unterbrach Randolf Schmidt ihn.

„Aber der Mann, der hinter diesem Pseudonym steckt", erwiderte Boddien.

„Was haben Sie herausgefunden?"

„Ich bin nicht befugt, Ihnen dazu konkretere Auskünfte zu geben. Aber so viel kann ich verraten: Wir sind sehr zuversichtlich, dass sich schon bald die ersten Erfolge einstellen werden."

Randolf Schmidt warf ihm einen skeptischen Blick zu, während er nun sein anderes Bein dehnte. „Mit anderen Worten: Sie haben nichts!"

Der Mann mochte in sportlicher Hinsicht talentfrei sein, aber dumm war er nicht. Hauptkommissar Boddien lächelte unverbindlich.

Der Buchhalter zerrte an seiner Fußsohle, als wolle er einen hartnäckigen Parasiten loswerden. „Verdammt, Kommissar, ich riskiere hier nicht nur mein Leben, sondern auch das meiner Familie!"

„Möglicherweise wären wir schon einen Schritt weiter, wenn Sie uns konkretere Hinweise geben würden."

„Wie stellen Sie sich das vor? Denken Sie, der Boss ruft bei mir an: *He, Schmidt, altes Haus, ich sitze hier gerade in diesem netten Steakhaus an der Frankfurter Hauptwache und brauche jemanden, mit dem ich plaudern kann. Wollen Sie nicht vorbeikommen?*" Der Buchhalter schoss Boddien einen giftigen Blick zu und ließ nun mit eckigen Bewegungen seine Hüften kreisen. „Ich sagte Ihnen doch, ich habe El Niño nicht ein einziges Mal persönlich getroffen. Der Mann hat alles dafür getan, ein Phantom zu sein. Er verfügt über ein gigantisches Netzwerk und keiner seiner Mittelsmänner und Handlanger weiß von dem anderen."

Boddien hielt dem Blick des Mannes stand. „Sie hätten nicht um dieses Treffen gebeten, wenn Sie keine neuen Informationen hätten. Helfen Sie uns, dann helfen wir Ihnen."

Der Buchhalter starrte ihn wütend an. Schließlich seufzte er und sagte: „Ich denke nicht, dass El Niño das Land verlassen hat. Es würde seinem Bestreben, die absolute Kontrolle zu erlangen, widersprechen. Und außerdem gibt es Hinweise ..."

Hauptkommissar Boddien hob die Brauen: „Und zwar?"

Randolf Schmidt gab seine Dehnübungen auf und lehnte sich neben Boddien gegen das Geländer. „Ich denke, dass El Niño zurzeit extrem mobil ist und unter verschiedenen Identitäten reist, um seine Spuren zu verwischen. Der Konzern verfügt über einen Fuhrpark von 408 PKW. Eine Handvoll davon wird nur sehr selten genutzt, und wenn doch, dann auffällig oft, wenn der Boss unterwegs war. Ich denke, diese Autos sind allein zu seiner persönlichen Verfügung angeschafft worden. Und drei davon wurden in den letzten Tagen bewegt."

Boddien schöpfte Hoffnung. Das war doch mal ein Ansatz. „Die Kennzeichen?"

„Werden jeden Tag gewechselt."

Mist, dachte Boddien, *es wäre auch zu schön gewesen.* „Gab es auffällige Kontobewegungen?"

„Ich verwalte insgesamt 12 587 Konten. Es ist ein extrem komplexes System."

„Gibt es irgendwelche anderen –"

„Lassen Sie mich doch einfach ausreden, Herr Kommissar. Den Mitarbeitern aller Führungsebenen stehen insgesamt 289 Kreditkarten zur Verfügung. Etwa fünfzig Prozent davon kann ich Personen zuordnen. Eine dieser Personen lebt in Hamburg, hat aber vorgestern einen Bankautomaten in Dortmund benutzt."

„Und, was soll daran auffällig sein?"

„Dass er nur zwanzig Minuten später mit seiner privaten Bankkarte in einem Restaurant in Hamburg gezahlt hat."

„Sie meinen, El Niño nutzt die Identitäten seiner Mitarbeiter, während er auf der Flucht ist?"

„Unter anderem", erwiderte der Buchhalter. „Irgendjemand, ich denke, El Niño selbst, war in den letzten Tagen mit dem Auto unterwegs, und zwar allein. Wenn man mit dem Flugzeug oder der Bahn reist, besteht immer die Gefahr, dass man durch die verschiedenen Kontrollen und Videoaufnahmen irgendeinem fleißigen Beamten ins Auge fällt. Mit dem Privatwagen ist eine Kontrolle fast unmöglich."

„Haben die Wagen eingebautes GPS?", fragte Boddien.

Der Buchhalter schüttelte den Kopf. „So dumm ist er nicht. Aber anhand der genutzten Wagen und verschiedener widersprüchlicher Abbuchungen gibt es ziemlich konkrete Anhaltspunkte. Es sieht ganz danach aus, als wäre El Niño vor zwei Tagen in Dortmund gewesen, gestern in München und in der vergangenen Nacht in einem Hotel in Augsburg."

„Wo will er hin?"

Randolf Schmidt zuckte die Achseln. „Schwer zu sagen. Aber ich denke nicht, dass er das, was er sich in Berlin aufgebaut hat, einfach so aufgeben wird."

Boddien nickte langsam. „Er wird zurückkehren, früher oder später." Er suchte den Blick des Buchhalters. „Bitte, bleiben Sie dran und halten Sie mich auf dem Laufenden."

Der Mann nickte nach kurzem Zögern.

„Persönliche Treffen wie dieses sollten wir vorerst vermeiden", fuhr der Hauptkommissar fort. „Geben Sie mir das Handy, das ich Ihnen überlassen hatte."

Randolf Schmidt wühlte in der Tasche seiner Jogginghose und reichte es ihm.

„Hier, nehmen Sie ein neues. Nutzen Sie es ausschließlich für den Kontakt mit mir! Speichern Sie keine Daten ein und stellen Sie das Telefon nach jedem Kontakt auf Werkseinstellung zurück. Am besten, Sie denken sich eine Geschichte aus für den Fall, dass zufällig jemand auf das Handy stößt."

Der Mann steckte das Telefon ein. „Sie haben es wirklich drauf, Menschen zu beruhigen."

Boddien lächelte. „Sie haben ausgezeichnete Arbeit geleistet. Helfen Sie uns weiter, und wir sorgen dafür, dass Sie und Ihre Familie eine Zukunft haben."

Ohne ein weiteres Wort drehte sich der Mann um und joggte mit staksigen Schritten weiter den Kanal entlang.

Als Hauptkommissar Boddien wenig später in seinem Wagen saß, schlug er wütend mit der Faust auf das Armaturenbrett. „Verdammt! Wir haben nichts! Absolut nichts! Wir stochern hier doch bloß im Nebel!"

Er startete den Wagen. Auf dem Weg zurück ins Büro rief er in der Klinik an.

„Oberschwester Brigitte Slomka am Apparat."

„Hallo, hier ist Hauptkommissar Boddien vom LKA. Wie geht es meinem Kollegen?"

„Sein Zustand ist nach wie vor kritisch, aber stabil."

„Wann kann ich mit ihm reden?"

„Herr Kommissar ..."

Hauptkommissar, dachte Boddien, aber er sagte nichts.

„... Ihr Kollege liegt im künstlichen Koma. Wenn es ihm besser geht, werden wir die Medikation schrittweise reduzieren. Dann wird er hoffentlich erwachen. Aber das bedeutet nicht, dass Sie gleich mit ihm sprechen können. Noch ist völlig unklar, ob er bleibende Schäden davontragen wird –"

„Wann?", unterbrach Boddien sie.

Die Krankenschwester seufzte. „Rechnen Sie mit Wochen, besser noch mit Monaten."

„Sie haben ja keine Ahnung, worum es hier geht!"

„Doch", erwiderte die Frau, „das weiß ich. Nur bei Ihnen bin ich mir nicht so sicher. Es geht um ein Menschenleben, Herr Kommissar! Guten Abend." Sie legte auf.

Boddien fluchte lauthals. Dabei ärgerte er sich weniger über die Frau als über sich selbst. Sie hatte vollkommen recht. Er fing allmählich an, sich lächerlich zu machen.

Vielleicht war es an der Zeit, sich Gedanken über eine berufliche Veränderung zu machen. Ein alter Freund, der an der Polizeiakademie unterrichtete, hatte vor Kurzem erwähnt, dass dort noch erfahrene Leute gesucht wurden.

Sein Handy klingelte. Er schaltete die Freisprechanlage ein. „Boddien."

„Hallo, hier ist Judith Meyer. Ich habe hier jemanden am Apparat, der unbedingt Alex persönlich sprechen möchte."

„Tja, da ist er nicht der Einzige. Er wird wohl warten müssen. Warum rufen Sie mich deshalb an?"

„Er sagt, sein Name sei Janus."

„Janus?" Boddien stutzte. Der Name sagte ihm etwas. War das nicht einer der Informanten gewesen, die Alex auf Martin Böhms Spur gebracht hatten? Ja, das musste er sein. Wenn er sich nicht irrte, ging der Name auf das Tattoo zurück, dass der Typ im Gesicht trug. „Was will er?", fragte er.

„Wie gesagt, er will nur mit Alex sprechen."

„Stell ihn zu mir durch."

„Okay."

Rasch rief sich Boddien alle Infos, die er über diesen Mann hatte, in Erinnerung. Die Verbindung wurde hergestellt.

„Mein Name ist Thorsten Boddien. Ich bin der Dienstvorgesetzte von Alex ... Sie haben eine Nachricht für uns?"

„Ich habe eine Nachricht für Alex." Die Stimme des Mannes war heiser und verwaschen.

Vielleicht hatte er sich Mut angetrunken, bevor er im Dezernat angerufen hatte. Oder die Amphetamine ließen ihn nicht mehr schlafen. Es spielte keine Rolle. Drogendelikte interessierten Boddien nicht. Der Typ wollte seine Information loswerden, sonst hätte er längst aufgelegt. „Man hat Ihnen sicherlich schon erzählt, dass Alex im Koma liegt", erwiderte Boddien. „Sie können nicht mit ihm sprechen." Boddien fuhr den Wagen auf den Parkplatz des LKA und stieg aus. „Aber mit mir können Sie reden." Er schlug die Tür zu.

„Wer sagt mir, dass ich Ihnen trauen kann?"

„Wer sagt mir, dass ich *Ihnen* trauen kann?", entgegnete Boddien. Er riss die Eingangstür auf und stieg die Treppen zu seinem Büro empor.

Der Mann am anderen Ende der Leitung zögerte. Dann meinte er: „Wenn Alex Sie wirklich eingeweiht hat, dann wissen Sie, warum Sie mir trauen können."

Als Boddien sein Büro aufschloss, kam ein junger Praktikant auf ihn zu und wedelte mit einem Notizzettel. „Herr Boddien?"

Der Hauptkommissar deckte das Mikrofon seines Handys ab und zischte: „Jetzt nicht!"

Der junge Mann zuckte zusammen. „Entschuldigung."

„Sie haben früher für El Niño gearbeitet und wurden, sagen wir ... unehrenhaft entlassen. Und ... die Organisation behielt ein kleines Andenken zurück. Die kleinen Finger ihrer rechten und linken Hand." Boddien ging in sein Büro und ließ sich auf seinen Schreibtischstuhl fallen. „Reicht das?"

„Ja", knurrte die Stimme. „Alex und ich hatten da noch einen Deal. Ich habe nicht umsonst für ihn gearbeitet."

Davon wusste Boddien wiederum nichts. Vielleicht bluffte der kleine Scheißer auch nur. Aber er hatte jetzt keine Lust auf langwieriges Gefeilsche. „Sie bekommen von mir 500 Euro in bar an einem Ort Ihrer Wahl. Das Zehnfache, wenn Ihre Information zur Ergreifung von El Niño führt."

„Einverstanden."

Die schnelle Reaktion des anderen verriet Boddien, dass er seinem Gegenüber zu viel geboten hatte. Aber das war ihm egal. „Was wissen Sie?"

„Jemand will Kontakt zum Unberührbaren aufnehmen. Jemand, der nicht aus der Szene kommt."

„Warum sollte mich das interessieren?"

„Jeder weiß, dass der Unberührbare die rechte Hand von El Niño ist und dass ihn etwas Besonderes mit seinem Chef verbindet."

„Ich kenne Sercan", erwiderte Boddien ungehalten. „Aber noch einmal: Warum sollte mich dieser Bursche interessieren?"

„Jemand ist auf der Suche nach seinem Bruder, der wiederum gemeinsam mit Sercan im Ausland war."

Jonathan Brendel?, schoss es Boddien durch den Kopf. *Brendel nimmt Kontakt zu Sercan auf? Der Kerl wird doch rund um die Uhr observiert. Warum sagen mir meine eigenen Leute nichts davon?*

„Gut", sagte er laut. „Noch etwas?"

„Ja. Der Unberührbare soll sich auffällig oft am Melanchthon-Klinikum herumtreiben."

Boddien lief ein Schauer über den Rücken. „Tatsächlich?", fragte er in gleichmütigem Tonfall. „Warum?"

„Keine Ahnung", erwiderte der Spitzel.

„Gut", erwiderte Boddien. „Ich stelle Sie zu einem Kollegen durch. Der kümmert sich um Ihre Bezahlung. Sobald Sie Weiteres beobachten, wenden Sie sich bitte direkt an mich."

„Geht klar", sagte der Mann.

Boddien leitete den Anruf weiter, gab ein paar Anweisungen und legte auf. Nervös trommelte er mit den Fingerspitzen auf seinen Schreibtisch. Dass sich Sercan beim Klinikum herumtrieb, gefiel ihm gar nicht. Natürlich konnte das ganz banale Gründe haben. Aber er glaubte nicht daran. Alex lag auf der Intensivstation dieses Krankenhauses. Für Sercan war der Mann ein Verräter.

Er wollte gerade nach dem Telefon greifen, um den Posten anzurufen, der vor dem Zimmer des schwer verletzten Undercoveragenten Wache schob, und ihn zu erhöhter Wachsamkeit aufzufordern, als es an seiner Tür klopfte.

„Ja?"

Der Praktikant, der ihn bereits auf dem Flur angesprochen hatte, steckte den Kopf zur Tür herein. „Störe ich?"

„Was gibt's denn?", knurrte Boddien.

„Eine Oberschwester aus der Klinik hat sich in Ihrer Abwesenheit gemeldet. Sie sagte, dass sie gerade erst mit Ihnen gesprochen hätte."

Boddien horchte auf. „Neuigkeiten von Alex?"

„Nein, davon hat sie nichts gesagt. Sie war sich auch nicht ganz sicher, ob wir überhaupt zuständig wären. Aber –"

„Kommen Sie zur Sache", befahl Boddien genervt.

Der junge Mann wurde rot. „Nun, sie sagte, sie hätte da einen Patienten, der würde nun schon über eine Woche im Krankenhaus liegen, und niemand würde ihn vermissen, und –"

„Max", unterbrach Boddien ihn. „Sie heißen doch Max oder?"

„Äh ... nein, Mark. Mark Schulze."

„Also gut, Mark. Wir sind das LKA. Die Abteilung für organisiertes Verbrechen. Und wir sind ganz sicher nicht die richtige Adresse für Vermisstenfälle. Leiten Sie die Frau an die zuständigen Kollegen weiter."

„Äh ... sie sagte, es wäre schon jemand da gewesen ..."

„Was zum Teufel will sie dann noch von uns? Wir sind nicht zuständig! Also kümmern Sie sich um das, was man Ihnen aufgetragen hat."

„Ja, Herr Boddien." Der Praktikant war inzwischen knallrot im Gesicht. Er nickte seinem Vorgesetzten hastig zu und verschwand aus dem Büro.

Kopfschüttelnd sah Boddien ihm hinterher. Im LKA musste man Prioritäten setzen können. In Deutschland verschwanden pro Jahr über 100 000 Menschen, 10 000 davon allein in Berlin-Brandenburg. Die meisten tauchten irgendwann wieder auf. Es konnte unzählige Gründe haben, warum sich niemand wegen des Kerls meldete. Vielleicht war er ein Arschloch, und alle waren froh, dass er nicht mehr auftauchte. Vielleicht war er auch auf Reisen, und niemand rechnete schon mit seiner Rückkehr. Was auch immer. Er hatte Wichtigeres zu tun.

Rasch nahm er sein Telefon zur Hand und wählte die Nummer des Kollegen in der Klinik.

„Ja, Peters am Apparat."

„Guten Abend, hier ist Boddien. Hören Sie zu, wir haben eine neue Gefährdungslage vor Ort. Ich möchte, dass Sie Folgendes tun ..."

Verlaufen

Jonathan legte das Manuskript zur Seite und schüttelte sich. Das unverlangt eingesandte Werk trug den Titel *Ralf Müllers Visionen* und beinhaltete im Wesentlichen die abartigen sexuellen Fantasien eines cracksüchtigen Soziologiestudenten. Eine Handlung war nicht erkennbar, und der Text war im Plusquamperfekt verfasst, was der Autor damit begründete, dass der Roman auf den letzten synaptischen Verbindungen des bereits erkaltenden Leichnams des Protagonisten beruhte, der sich in einem kannibalistischen Akt der Selbstverstümmlung versehentlich suizidiert hatte.

Das Exposé enthielt keine Inhaltsangabe, da diese, wie der Autor selbstbewusst feststellte, dem künstlerischen Wert des Gesamtwerks niemals gerecht werden könne. Stattdessen gab es einen detaillierten Vorschlag für die zukünftige Marketingstrategie und eine sehr selbstbewusst vorgetragene Vorgabe für die zu erwartenden Honorarverhandlungen.

Jonathan fiel beim besten Willen nicht ein, wie er angesichts dieser Aussagen eine noch einigermaßen charmante Absage formulieren sollte. Er brauchte jetzt erst mal dringend frische Luft.

Eigentlich liebte er seinen Job, aber manchmal gab es Tage, da beschlichen ihn leise Zweifel. Wo waren die Menschen, die nicht provozierten um der nackten Provokation willen, für die das Schreiben kein Mittel zum Zweck war und die Selbstbewusstsein nicht mit Narzissmus verwechselten? Warum reichte es nicht mehr, ernsthaft die Wahrheit zu suchen und für sie einzustehen? Wollte wirklich niemand mehr eine Geschichte erzählen, einfach nur, weil sie es wert war, erzählt zu werden? Glaubten die Menschen wirklich, dass sich ihr Wert an der Menge der Leute maß, die von ihnen Notiz nahmen?

Nachdenklich wanderte Jonathan durch die Straßen. Vielleicht war er ungerecht. Was wusste er schon über diesen Autor und seine Geschichte?

Gab es nicht auch in seinem eigenen Leben ausreichend dunkle Stellen, wenn er nur sorgfältig genug hinsah? Wenn er an Schwester Maggy dachte, dann kam ihm sein eigenes Leben auf einmal erschreckend banal und selbstsüchtig vor.

Er war auf der Suche nach seinem verlorenen Bruder, aber er hatte sich nicht auf den Weg gemacht, weil er sich Sorgen um diesen machte oder ihn vermisste, sondern weil er ihn brauchte, um sein Erbe antreten zu können. Das war kein Ruhmesblatt.

Er missbilligte Jennys zuweilen zynische Herangehensweise an ihre Kunden und die Art und Weise, wie sie die Menschen manipulierte. Das hatte ihn aber nicht daran gehindert, mit ihr zu schlafen und sich über die Einnahmen zu freuen, die ihre Vertragsabschlüsse mit sich brachten.

Es war leicht, bei der Beurteilung anderer auf Ehrlichkeit und Selbstlosigkeit zu pochen. Selbst entsprechend zu leben, das war die eigentliche Herausforderung. Er fragte sich, wie Schwester Maggy das wohl machte. Sie lebte ihr Leben für andere, aber sie machte nicht den Eindruck, als würde ihr irgendetwas fehlen. Sie umgab sich mit dem Gestank und dem Elend der Straße und wirkte doch ... glücklich. Es war paradox.

Woher nahm sie diese Kraft? Ob es wirklich an ihrem Glauben lag?

Unwillkürlich wanderten seine Gedanken zu Mara. Einer Frau wie ihr war er noch nie begegnet. Ihr Glaube schien kaum weniger tief als der von Schwester Maggy, aber sie war keine alte, weise Frau, sie war ... ein Mysterium.

Auf der einen Seite wirkte Mara schüchtern und verletzlich, auf der anderen Seite spürte Jonathan, dass sie eine große Stärke in sich trug, auch wenn sie für ihn nur schwer greifbar war. Sie war intelligent, und sie machte sich ganz offensichtlich tief gehende Gedanken, aber sie stellte ihre Klugheit nicht zur Schau oder nutzte ihre Fähigkeiten, um sich über andere zu erheben. Es wäre eine Lüge, wollte er die wulstige rötliche Narbe auf ihrer Wange schön nennen. Und doch konnte er sich an ihrem Gesicht nicht sattsehen.

Du bist verliebt, stellte eine nüchterne Stimme in ihm selbst fest, *so einfach ist das.*

„Da ist wohl etwas dran", murmelte Jonathan, „fragt sich nur, warum? Warum ausgerechnet sie?"

Ein vorbeigehender Passant warf ihm einen befremdeten Blick zu.

Jonathan musste lauter gesprochen haben als beabsichtigt. Er lächelte dem Mann entschuldigend zu, der sich daraufhin hastig abwandte.

In der Nähe schlug eine Kirchturmuhr. Überrascht stellte Jonathan fest, dass es bereits 16 Uhr war. Er beschloss, dass er für heute genug gearbeitet hatte und dass es an der Zeit war, weiter seiner Recherche nachzugehen und anschließend Mara aufzusuchen.

Zum Melanchthon-Klinikum waren es nur ein paar U-Bahn-Stationen. Dort schlenderte er langsam über das Klinikgelände und beobachtete die Leute. Vor allem Personen südländischen Typs zogen seine Aufmerksamkeit auf sich. Die Beschreibung, die Zottel ihm gegeben hatte, war alles andere als konkret gewesen. Dunkle Haare, mittelgroß, Dreitagebart. Jonathan schätzte, dass dies auf etwa einhundertfünfzig- bis zweihunderttausend Männer in Berlin zutreffen musste. Der Zusatz „Er hat meist eine Sonnenbrille auf" trug angesichts des strahlenden Sonnenscheins auch nicht dazu bei, den Personenkreis erheblich einzuschränken. Dann bemerkte er einen Mann mit Lederjacke, auf den nicht nur die allgemeine Beschreibung zutraf, sondern auch der Zusatz, den Zottel zum Schluss gemacht hatte: *Sei vorsichtig. Der Typ ist durchtrainiert wie ein Schwergewichtsboxer. Und er hat eine Ausstrahlung, sagen wir mal so, du würdest nicht im Traum darauf kommen, ihn nach dem Weg zu fragen.*

Der Typ mit der Statur eines Dwayne Johnson hatte die Arme vor der Brust verschränkt, seine Lippen waren zu einem dünnen Strich zusammengepresst, und seine Kiefermuskeln arbeiteten.

Jonathan schluckte, zog das Foto seines Bruders aus der Tasche und ging langsam auf den Mann zu.

Der Mann stand stockstéif da und schien ihn nicht zu beachten. Jonathan näherte sich ihm langsam. Plötzlich kam Leben in den bulligen Mann. Seine Lippen flüsterten irgendein fremdländisches Wort und begannen zu zittern. Er nahm die Brille ab, wischte sich über die Augen und eilte an Jonathan vorbei auf den Eingang eines der Klinikhäuser zu.

Verblüfft wandte Jonathan sich um und sah eine junge Frau mit Kopftuch. Sie trug ein winziges Bündel im Arm und strahlte den breitschultrigen Mann an, der sie kurz darauf ganz sanft in den Arm nahm.

„Okay, das war wohl nichts", brummte Jonathan. Doch gerade, als er sich abwenden wollte, um Mara aufzusuchen, fiel ihm ein anderer Mann ins Auge. Er trug einen Motorradhelm unter dem Arm und sprach mit einer der Krankenschwestern. Normalerweise hätte Jonathan ihn nicht weiter beachtet, denn der Mann war glatt rasiert und zeigte ein freundliches Lächeln, zumindest wirkte es aus der Ferne so. Er war kräftig, aber nicht ganz so breit gebaut wie der Mann davor. Obwohl er lächelte, ließ etwas an ihm Jonathan einen Schauer über den Rücken laufen.

Zögernd ging Jonathan auf den Mann zu.

Der Mann beendete sein Gespräch mit der Krankenschwester und wandte sich dem Ausgang des Klinikgeländes zu. Jonathan fing an zu laufen.

„Hallo?", rief er. „Bitte, warten Sie einen Augenblick."

Entweder hatte der Typ ihn nicht gehört oder er ignorierte ihn.

„Ich habe nur eine Frage!" Jonathan lief schneller und holte den Mann ein. „Sie sind Sercan, habe ich recht?"

Der Angesprochene ging raschen Schritts weiter, ohne überhaupt Notiz von ihm zu nehmen.

Jonathan gab nicht auf. Er hastete neben dem Typen her und hielt ihm Maiks Foto unter die Nase. „Mein Name ist Jonathan Brendel. Ich suche meinen Bruder Maik. Man sagte mir, dass Sie mir weiterhelfen können."

Der Mann blieb plötzlich stehen und sah Jonathan ins Gesicht.

„Bitte ...", sagte dieser.

Die Augen des Mannes verengten sich misstrauisch. Abrupt blickte er auf und sah an Jonathan vorbei. Seine Miene verhärtete sich. Dann wandte er sich ab und rannte davon.

Verblüfft sah Jonathan ihm hinterher. Dann wandte er sich um und fragte sich, was der Typ wohl gesehen hatte. Außer einer Frau auf einer Parkbank und einem älteren Mann, der gerade telefonierte, konnte Jonathan niemanden erkennen. Nichts davon erschien ihm in irgendeiner Weise auffällig oder bedrohlich.

Der Lärm eines startenden Motorrads erklang. Reifen quietschten.

„Tja, voller Erfolg, würde ich sagen." Frustriert steckte Jonathan das Foto zurück in die Tasche. Falls der Typ wirklich Sercan gewesen war, hatte er ganz offensichtlich kein Interesse daran gehabt, über Maik zu sprechen. Jonathan wandte sich um. Die Krankenschwester, mit der der Mann sich unterhalten hatte, war ebenfalls verschwunden.

Ihr Gesicht hatte er sich nicht gemerkt. Wäre er der Protagonist in einem Kriminalroman, würde er vermutlich einen lausigen Ermittler abgeben.

Bei seiner Suche nach Maik war er augenscheinlich in einer Sackgasse angelangt. Glücklicherweise war dies nicht der einzige Grund gewesen, der ihn hierhergetrieben hatte.

Er machte sich auf den Weg in die Abteilung für Innere Medizin, um Mara zu suchen.

„Schwester Mara?" Die junge Frau, deren Namensschild sie als Schwester Denise auswies, schaute ihn überrascht an. „Die ist nicht mehr hier. Sie hat längst Feierabend."

„Oh, sind Sie sicher?"

„Natürlich, wir hatten vor zwei Stunden Übergabe."

„Mist ...", entfuhr es Jonathan.

„Was wollen Sie denn von ihr?", fragte die junge Frau neugierig.

„Ich ... äh, nichts Besonderes, ich bin –"

„Ihr Freund?", ergänzte Schwester Denise und schaute ihn mit großen Augen an.

„Ihr ... Patient", korrigierte Jonathan lahm.

Schwester Denise runzelte die Stirn.

„Wann ... äh ... hat sie denn wieder Dienst?"

„Tut mir leid, das darf ich nicht sagen." Die junge Frau verschränkte die Arme vor der Brust. „Datenschutz."

„Oh ... ja, natürlich, ich verstehe. Schönen Tag noch."

Jonathan wollte sich gerade abwenden, als die junge Frau die Augen verdrehte und meinte: „O Mann, gibst du immer so schnell auf?"

„Na ja ..."

„Morgen früh ist sie wieder hier", erklärte die junge Frau breit lächelnd. „Aber wenn du willst, kann ich ihr etwas ausrichten. Ist kein Problem."

„Das ist wirklich sehr nett. Aber ... ich glaube nicht. Vielen Dank für die ... Information!"

„Gern. Einen schönen Abend noch."

Als Jonathan sich umwenden wollte, sah er, wie die junge Frau zu einer Kollegin eilte und mit ihr zu tuscheln begann.

Offensichtlich hatte er gerade mit der personifizierten Klatschbase der Klinik gesprochen. Jonathan verzog das Gesicht. Hoffentlich würde Mara ihm das nicht übel nehmen.

Aus den Augenwinkeln bemerkte er, dass die beiden zu ihm herübersahen. Hastig beschleunigte er seine Schritte und verließ die Station durch eine Glastür. Als er sich nach dem Weg zum Treppenhaus umschaute, konnte er durch die Glastür der nächsten Station gerade noch sehen, wie eine Schwester mit Häubchen um die Ecke verschwand.

Mara? Kurz entschlossen stieß Jonathan die Tür zur Station auf und folgte ihr. Er ging einen Gang entlang und sah, wie die Frau sich an einer Durchgangstür zu schaffen machte. Diese öffnete sich automatisch.

„Mara?"

Offenbar hörte sie ihn nicht, denn sie verschwand in einem der Krankenzimmer. Jonathan lief schneller und schlüpfte durch die Tür, ehe sie sich wieder schloss. Der typische Geruch nach Desinfektionsmitteln lag in der Luft. Es war ungewöhnlich ruhig. Er lugte in einen Raum, dessen Tür halb offen stand. Es war nicht zu erkennen, ob die Person, die dort lag, männlich oder weiblich war. Der Kopf war dick mit Mull umwickelt, eine Atemmaske verdeckte einen Teil des Gesichts. Der Körper war mit Kabeln und Schläuchen an diverse medizinische Geräte angeschlossen. Seltsamerweise standen zwei Polizisten mit schusssicheren Westen im Raum. Einer von ihnen telefonierte gerade. Sein Gesicht wirkte angespannt.

Jonathan schluckte. Er war sich ziemlich sicher, dass auf dieser Station keine Besucher erlaubt waren.

Das Geräusch einer sich schließenden Tür erklang. Die Schwester mit dem Häubchen hatte den Raum wieder verlassen. Sie kehrte ihm den Rücken zu und eilte mit leisen Schritten und wehendem Kittel durch den Gang.

„Mara?", stieß er überrascht aus.

Die Gestalt blieb abrupt stehen. Nach kurzem Zögern wandte sie sich um. „Jonathan ... was ..." Es war tatsächlich Mara. Ihr Gesicht wirkte blass und angespannt. Sie kam näher. „Was machst du hier?"

„Ich wollte dich besuchen, und dann –"

„Was soll das?!", unterbrach ihn eine barsche Frauenstimme.

Mara zuckte genauso zusammen wie er selbst. Sie wandten sich um und sahen, dass eine resolute Krankenschwester näher kam.

„Was haben Sie hier zu suchen?", blaffte die Frau, eine kräftig gebaute Mittfünfzigerin mit graublonden Haaren und zornblitzenden Augen. Auf dem Schild an ihrem Kittel stand „Oberschwester Brigitte Slomka". „Sie haben auf dieser Station nichts verloren!"

Zu Jonathans Überraschung traf der zornige Blick nicht etwa ihn, sondern Mara. Offensichtlich gab die Oberschwester ihr die Schuld an Jonathans unbefugtem Betreten.

„Entschuldigung", sagte er hastig. „Ich fürchte, das war mein Fehler. Ich hab mich verlaufen und –"

„Ich wollte ihn gerade hinausbegleiten", sagte Mara leise.

Die Oberschwester kniff die Augen zusammen. Dann fuhr sie herum und blitzte Jonathan an. „Das ist die Intensivstation. Hier haben Besucher keinen Zutritt!"

„Tut mir –", setzte Jonathan an.

In diesem Moment erscholl ein lautes Piepen im Flur.

Die Oberschwester blaffte ihn an: „Verschwinden Sie!", und eilte in eines der Patientenzimmer.

Mara nahm Jonathan am Arm und führte ihn rasch aus der Station hinaus.

„Entschuldige bitte, ich wollte dich nicht in Schwierigkeiten bringen", sagte Jonathan, nachdem sich die Glastür hinter ihnen geschlossen hatte.

„Ist nicht so schlimm", entgegnete Mara rasch. „Hunde, die bellen, beißen nicht." Sie geleitete ihn bis zum Treppenhaus.

„Ich glaube, es ist es besser, wenn du mich nicht mehr in der Klinik besuchst."

„Aber –"

„Die Krankenhausleitung sieht es nicht gern, wenn wir im Dienst Privatbesuch empfangen", fügte Mara erklärend hinzu.

„Das verstehe ich." Jonathan suchte ihren Blick. „Aber ich habe ja keine andere Wahl. Ich meine: Wie soll ich dich denn sonst wiedersehen?"

Ihre Augen funkelten. Sie fischte einen Stift aus ihrem Kittel, ergriff seine Hand und schrieb einige Zahlen darauf. „Das ist meine Nummer", erklärte sie dann. „Du könntest es mal damit probieren."

Jonathan grinste. „Einverstanden."

Mara schob ihn hinaus ins Treppenhaus. Ein Lächeln huschte über ihre Züge. „Mach's gut, Jonathan Brendel."

Ehe er etwas erwidern konnte, hatte sie sich bereits umgewandt und war zurück in die Abteilung geschlüpft.

Verspiegelte Erinnerungen

Sokjan und Faith stiegen weiter die Stufen der Treppe hinab. Ihre Schritte hallten von den steinernen Wänden wider. Sokjan verspürte ein unangenehmes Ziehen in der Magengegend. Dort unten erwartete sie das Herz der Burg.

Es kam ihm so vor, als sei die Burg beinahe ein lebendiges Wesen. Das Flackern der Fackel und die sich bewegenden Schatten weckten bei ihm das Gefühl, als würden die Wände atmen.

Aus weiter Ferne glaubte er das leise Spiel des Harfners zu vernehmen. Die Melodie trug den Schmerz des Verlorenen in sich und zugleich die Ahnung eines Neubeginns. Die Empfindungen waren widersprüchlich, gehörten aber unmittelbar zusammen.

Sokjan verdrängte diese verwirrenden Gefühle und versuchte, sich auf das vor ihm Liegende zu konzentrieren. „Was, glaubst du, hat Fastus vor?"

Faith drehte sich um und grinste Sokjan an. „Ich vermute, er will uns töten."

„Das klingt nicht gerade sehr ermutigend", brummte Sokjan. Nach einer Minute des Schweigens fragte er: „Woher wusstest du, dass er sich hinter dem Zwerg verbirgt?"

„Das war nicht schwer. Er hat alles, was lebendig war, in sich aufgesogen – alles außer dich und mich."

„Woher willst du das wissen? Warst du nicht die ganze Zeit über in einem Kerker gefangen?"

Faith antwortete nicht, stattdessen blieb er abrupt stehen. Sie waren mittlerweile weit über hundert Stufen in die Tiefe gestiegen und hatten einen breiten Absatz erreicht. Vor ihnen öffnete sich ein hell erleuchteter Gang. Statt Fackeln brannten hier Öllampen an den Wänden. Es gab nur einen einzigen Weg. Doch der Junge rührte sich nicht von der Stelle.

„Was hast du?", fragte Sokjan.

Faith presste die Lippen aufeinander und starrte in den erleuchteten Gang.

Ein kalter Hauch strich Sokjan über das Gesicht. Im selben Moment bemerkte er, dass Schweigen sie umgab! Der Klang der Harfe war verstummt.

„Es ist so kalt", flüsterte Faith.

Sokjan berührte die Felswand. Der Junge hatte recht, sie war eisig kalt. *Ein Herz, das in seinem Inneren gefroren ist,* schoss es Sokjan durch den Kopf.

„Hier beginnt das Reich der Bestie", sagte Faith. Traurigkeit lag in seinem Blick.

Was tun wir hier eigentlich? Warum sollten wir hier in die Tiefe hinabsteigen? Es wäre doch viel vernünftiger, erst ein wenig Kraft zu sammeln und die Sache in Ruhe zu durchdenken ...

Und während die Stimme in seinem Geist weiter argumentierte, berührte er den Jungen an der Schulter und sagte: „Komm."

Faith nickte.

Seite an Seite gingen sie weiter. Der Gang machte einen weiten Bogen, sodass sein Ende nicht zu erkennen war. Niemand zeigte sich und dennoch fühlte Sokjan sich beobachtet. Seine Nackenhaare sträubten sich.

„Wir trotten wie Schafe durch diese Burg", murrte er leise.

Faith zuckte die Achseln. „Es muss so sein."

„Das ist keine Antwort, verdammt noch mal!" Sokjan fühlte sich besser, als sich seine Furcht in Zorn verwandelte. „Wie sollen wir uns auf einen Kampf vorbereiten, wenn du nur in Rätseln sprichst und mir nicht verrätst, was du weißt?"

„Ich bin nicht wie du", erwiderte Faith. „Ich habe keinen Plan. Ich denke nicht wie du und stelle nicht dieselben Fragen wie du. Daher verschweige ich dir auch nichts. Aber wenn du mich fragst, werde ich dir antworten, so gut ich kann."

„Angesichts der Tatsache, dass wir angeblich Brüder sind, ist es nicht gerade weit her mit der Familienähnlichkeit."

„Wir brauchen einander, gerade weil wir so verschieden sind."

Sokjan schnaubte. „Das wirft eine Menge weiterer sehr komplexer Fragen auf." Nach einem kurzen Moment des Nachdenkens wechselte er das Thema. „Wenn ich dich richtig verstanden habe, hast du vorhin angedeutet, dass außer unserem Bruder und uns nichts Lebendiges mehr in dieser Burg existiert."

„Ja."

„Aber er kann die Toten wieder zurückrufen, so wie den Zwerg vorhin?"

„In gewisser Weise. Er ist in der Lage, Lebendigkeit vorzutäuschen, aber das ist für ihn sehr anstrengend, darum tut er es nur, wenn es ihm unbedingt notwendig erscheint."

„Das bedeutet, er könnte im Ernstfall eine Armee von Toten erschaffen?"

„Ich denke schon. Aber du musst wissen, dass es sich dabei nur um sichtbar gewordene Gedanken handelt."

Sokjan kniff nachdenklich die Augen zusammen. „Können wir das auch? Ich meine, können wir mit unseren Gedanken eine Armee erschaffen, die wir gegen ihn ins Feld führen?"

Faith dachte einen Moment nach und schüttelte dann den Kopf. „Das wäre der falsche Weg. Mit unseren Gedanken allein werden wir ihm nicht beikommen können."

Sokjan schnaubte. „Na, großartig. Vermutlich hast du keinen Vorschlag, was wir stattdessen tun sollen?"

„Wir stellen uns ihm", erwiderte Faith, „und, was noch viel wichtiger ist: Wir stellen uns der Wahrheit!"

„Es ist doch immer gut, einen ausgefeilten Plan zu haben", bemerkte Sokjan säuerlich.

Schweigend gingen sie weiter.

Schier endlos schien sich der Gang hinzuziehen. Die ständige Anspannung forderte schließlich ihren Tribut. Sokjans Aufmerksamkeit ließ nach. Erst als der Nachhall eines Schreis ihn erschrocken zusammenzucken ließ, erwachten seine Sinne wieder. „Was war das?"

Faith war stehen geblieben und presste die Lippen zusammen.

„So einen furchtbaren Schrei habe ich schon einmal gehört."

Faith nickte. „Ich auch!"

„Aber wer hat geschrien? Die Bestie?"

„Das müssen wir herausfinden."

Gerade als Faith sich anschickte, weiterzugehen, nahm Sokjan über sich eine Bewegung wahr. Hastig hob er den Schürhaken ... und starrte in sein eigenes erschrockenes Antlitz. Ein riesiger Spiegel hing über ihm, eingebettet in seltsam verformtes Gestein. Er war von derselben Art wie der Spiegel, der nach dem Erscheinen der weißen Frau zurückgeblieben war. „Siehst du das?", flüsterte er.

„Ja", erwiderte Faith. „Hier ist alles voll davon."

Tatsächlich: Wie unregelmäßig geformte Wasserlachen überzog eine Reihe dieser seltsamen Spiegel die gesamte Decke des Ganges.

„Was bedeutet das?", fragte Sokjan.

„Nichts Gutes", erwiderte Faith. „Lass uns weitergehen. Sieh nicht zu lange hinein." Er packte Sokjan am Ärmel und zog ihn hinter sich her.

Bald ließ es sich jedoch nicht mehr vermeiden, in die Spiegel zu schauen, denn sie waren überall. Auch an den Seitenwänden des Ganges wich das Gestein zunehmend den merkwürdigen kristallenen Flächen. Sokjan stolperte weiter und blickte sich mit großen Augen um. Auf allen Seiten schien er sich selbst zu begegnen, dutzendfach, hundertfach und schließlich tausendfach. Bald war das gesamte Gestein zu kleinen, hässlichen grauen Wülsten zwischen bizarren Spiegeln zusammengeschrumpft. Noch immer zerrte Faith an Sokjans Ärmel, doch es wurde zunehmend schwieriger, in diesem Spiegelkabinett die Orientierung zu behalten. Als der Gang eine unerwartete Biegung machte, prallten sie unsanft gegen die Wand. Sokjan riss sich los.

„Hör endlich auf damit", knurrte er. „Es nützt uns nichts, wenn wir kopflos gegen die Wände rennen."

„Wir müssen weitergehen", drängte Faith.

„Ich werde nicht einfach diesem Gang folgen und hirnlos in die nächste Falle stürmen", grollte Sokjan. „Hast du nicht selbst gesagt, dass wir uns auf die Suche nach der Wahrheit machen sollen? Nun, ich werde jetzt die Wahrheit über diese Spiegel herausfinden."

Die kristallene Fläche vor ihm schien einfach nur ein Spiegel zu sein. Er fuhr mit den Fingern darüber – glatt und kalt.

Noch kälter als das Gestein, das den Spiegel umgab. Er nahm den Schürhaken und zog das gebogene Ende kraftvoll über die Oberfläche.

„Erstaunlich", murmelte er. Es gab zwar ein unangenehmes Quietschen, aber nicht ein einziger Kratzer blieb auf dem Untergrund zurück. „Hart wie Diamant", flüsterte er verblüfft.

Die glänzende Fläche zeigte sein Spiegelbild, mehr nicht.

Anders als bei dem ersten Exemplar, das er entdeckt hatte, tauchte keine unheimliche Klaue oder etwas Ähnliches auf. Möglicherweise war das auch eine Täuschung gewesen, dem schlechten Licht dort oben geschuldet. Hier im Gang war es heller. Das Licht der Fackel wurde tausendfach reflektiert. Faith neben ihm blieb stumm und bewegungslos. Er starrte an den reflektierenden Flächen vorbei an die Wand. Sokjan konnte ein winziges Lächeln nicht unterdrücken. Faiths Furcht vor den Spiegeln kam ihm kindisch vor.

Als er sein Spiegelbild genauer betrachtete, bemerkte er plötzlich ein seltsames Funkeln in seinen Augen. Was war das? Vorsichtig trat er näher. Verblüfft erkannte er, dass sich dort etwas spiegelte, etwas, das nicht in diesem Raum zu finden war. *Waren das ...?* Er trat noch näher heran. Die Pupillen des Spiegelbilds schienen zu wachsen, schon bald nahmen sie sein gesamtes Sichtfeld ein. Er sah, was sie sahen: eine Frau, wütend, verzweifelt ... voller Verachtung. Sokjan erschauerte. Er kannte diese Frau! Das waren nicht nur irgendwelche Bilder. Das waren ... Erinnerungen!

Er trat noch dichter heran und die schimmernde Fläche schien sich ihm entgegenzuwölben. Sokjan erzitterte, als er die eisige Oberfläche des Spiegels berührte. Dann schwappten auf einmal Farben, Geräusche und Gerüche über ihn hinweg. Und Sokjan fand sich an einem anderen Ort wieder.

Er stand im schäbigen Flur eines Hauses und beobachtete durch die halb offen stehende Tür eine Frau, von der er nun wusste, dass sie seine Mutter war. Ihr Gesicht war blass. Schweißtropfen standen auf ihrer Stirn. In ihren Augen lag ein Ausdruck, der ihn erschauern ließ.

„Kennst du den Jungen überhaupt?", fauchte sie. Ihre Stimme zitterte vor Zorn. „Alles macht er falsch!" Ihre rot geschminkten Lippen kräuselten sich voller Verachtung. „Er ist nicht normal! Niemand nimmt ihn freiwillig bei sich auf!"

Sokjan machte ein unbedachtes Geräusch und die Frau fuhr herum. Mit weit aufgerissenen Augen starrte sie ihn an. „Du! Was willst du hier?! Hast du wieder heimlich gelauscht?!"

Wie erstarrt blickte Sokjan in ihre Augen. Nun erkannte er, was in ihnen glomm. Es war Hass. Purer Hass!

Er wandte sich um und rannte davon.

„Warte! Bleib stehen!"

Doch er dachte nicht daran.

Das Bild verschwamm und ein anderes Bild wurde sichtbar. Ein Junge, kleiner als er selbst, blickte fordernd zu ihm auf. Es war sein Bruder. „Hilf mir!", quengelte er. „Du musst mir helfen!"

Eine Flut von Bildern lief vor seinem inneren Auge vorbei. Er erinnerte sich daran, wie oft er seinem Bruder schon beigestanden hatte. Dabei war der Kleinere ihm immer vorgezogen worden. Ihn hatten sie geliebt, er aber war nur geduldet worden. So oft hatte er um des Kleinen willen zurückgesteckt, hatte seine albernen Spiele mitgespielt und ihn beschützt. Und was war der Dank gewesen? Nichts.

„Es wird Zeit, dass du anfängst, dir selber zu helfen", antwortete er, und es fühlte sich gut an, das zu sagen.

Erneut verschwammen die Bilder, und es schälte sich das Gesicht eines Mannes heraus, der mit rot umrandeten Augen besoffen lallte: „Weißt du eigentlich, wie lächerlich du bist? Du bist ein Versager, ein Nichts!"

Sokjan spürte, wie das Blut in seinen Adern rauschte.

Das Gesicht verschwand in einer Wand aus züngelnden Flammen.

Es war schwer zu beschreiben, welche ungeheure Befriedigung dieser Brand in ihm auslöste. Er war, als würden all die miesen Lügen und alle Ungerechtigkeit dieser Welt mit diesem Feuer ausgelöscht. Er starrte in die Flammen und spürte, wie ihr wilder Tanz sich auch in seinem Inneren ausbreitete. All die aufgestaute Wut brach sich Bahn, und ihr Brausen übertönte jede Beleidigung, jeden verächtlichen Blick und jedes herabsetzende Wort. Nun war nicht länger er derjenige, der sich fürchten musste, die anderen waren es.

Alles wurde auf wundersame Weise an den richtigen Platz gerückt. Die Flammen waren sein verlängerter Arm, eine verzehrende Glut der Gerechtigkeit. Es war ein unbeschreibliches Gefühl.

Und dann bemerkte er etwas, das diesen Moment des Triumphs beeinträchtigte. Zwei Gestalten, die ihn beobachteten, miteinander tuschelten und wisperten. Zwei Ratten, die es ans Licht drängte und die ihm diesen Triumph nicht gönnen wollten.

Etwas zupfte an ihm. Ärgerlich wollte er sich losreißen, doch das Ding entzog sich seinem Griff und zerrte ihn aus seiner Erinnerung heraus.

Überrascht riss Sokjan die Augen auf. Er war wieder in den unterirdischen Gängen der Burg und blickte in einen Spiegel.

Er sah sich selbst, aufrecht und stolz. Noch immer spürte er das Lodern der Flammen in seinem Inneren. Es fühlte sich gut an. Es gab nichts, was er sich vorzuwerfen hatte.

Er spürte, wie etwas an seiner Hüfte zerrte, und als er den Blick senkte, sah er eine zerlumpte Gestalt, die an ihm zog und pausenlos vor sich hin redete.

„He, lass los! Was soll das?"

Erst jetzt erkannte er in der zerlumpten Gestalt Faith. Der Junge sagte irgendetwas, das er nicht verstand. Seine Stimme klang schrill und misstönend.

„Nun sei doch mal ruhig!", knurrte er. Wie magisch wurde sein Blick erneut von der kristallenen Oberfläche angezogen. Er sah Faiths kleine Gestalt, direkt neben seinem Spiegelbild. Der Unterschied konnte kaum krasser sein. *Wir sind Brüder,* klangen die Worte des Jungen in ihm wider. Aber stimmte das wirklich? Er betrachtete Faith genauer. Die kindlichen Gesichtszüge wirkten kälter und härter, als sie sein sollten, und ein beunruhigender Ausdruck lag auf seinem Gesicht. Ein Kind, das kein Kind war und auffallend viel wusste!

Erneut drang die misstönende Stimme an seine Ohren: „... sieh mich an ...", murmelte sie verwaschen und undeutlich.

Sokjans Nackenhaare sträubten sich. Es war nicht Faith, der da gesprochen hatte, es war die Stimme einer Frau, und sie kam ... aus der Wand!

Dicht neben den kristallenen Flächen bewegte sich das graue, wulstige Gestein. Wellen bildeten sich, und Blasen stiegen auf, so als würde es schmelzen. Grelles Licht drang durch die Falten und Ritzen des Gesteins. Doch keine Hitze ging davon aus. Langsam nahm die brodelnde Masse Gestalt an, sie formte das Zerrbild eines Gesichts, kaum erkennbar bildete sich eine klumpige Nase und missgestaltete Lippen, unregelmäßig geformte Löcher wurden anstelle der Augen sichtbar. Der verzerrte Mund versuchte, Worte zu formen „... sieh ...", brabbelte er.

„Die weiße Frau!", entfuhr es Sokjan.

Aus den Löchern traten Augen hervor, sie wirkten ... irgendwie erschreckend menschlich, und sie suchten ... sie suchten ... ihn!

Sokjan wich erschrocken zurück. Sein Herz hämmerte. Bilder drangen in seinen Geist, schreckliche Bilder ...

„Faith!", schrie er.

Der Junge reagierte nicht. Er war zu Boden geglitten, kniete dort, den Blick unverwandt auf das entsetzliche Antlitz gerichtet. Tränen rannen ihm über das Gesicht.

Sokjan spürte, dass es irgendeine Verbindung zwischen Faith und der weißen Frau gab. Es kam ihm so vor, als würde sie Kraft aus seiner Schwäche ziehen. „Faith!", schrie er erneut. Er wollte den Jungen packen und fortziehen, aber er war unfähig, sich zu rühren. Ein schrecklicher, furchtbarer Schrei gellte in ihm wider ...

„Ihr Narren!", dröhnte eine Stimme hinter ihnen.

Das steinerne Antlitz hatte sich beinahe vollkommen herausgebildet, es zeigte eine junge Frau. Sie trug eine Art Schleier und über die rechte Gesichtshälfte zog sich eine hässliche Narbe. „... komm ...!" Beschwörend hallte ihre Stimme durch den Gang.

Sokjan wich zurück, bis er mit dem Rücken an das harte Kristall des Ganges stieß.

„... komm zurück ...!", kam es von steinernen Lippen.

„Ihr Narren! Sie wird uns alle töten!", grollte die Stimme zornig. Dann streifte ein kalter Lufthauch Sokjans Gesicht. Er legte sich auf die steinernen Züge der Frau. Ihre Lippen schienen mitten in der Bewegung einzufrieren. Die wulstigen Züge verflachten, Mund und Nase glätteten sich, grauer Stein wurde klar. Nur die Augen blieben noch einen Moment länger sichtbar, sie blickten suchend, angetrieben von einem stählernen Willen. Zwei gläserne Teiche schluckten diesen letzten Blick. Wie Raureif zog sich eine glänzende Schicht über den vollkommen geglätteten Stein. Und einige Herzschläge später starrte

Sokjan verdutzt in sein eigenes Abbild auf dem neu gewachsenen Spiegel. Nein – das war nicht er. Die Züge hatten zwar sehr große Ähnlichkeit mit ihm, doch in einigen Details unterschieden sie sich. Sie wirkten reifer und willensstärker.

„Willkommen, Bruder", sagte das Antlitz, das seinem so ähnlich war. Und ein leises Lachen erklang.

Vorbereitungen

„Verdammt!"
Jonathan zuckte erschrocken zusammen.
Erst krachte es laut und dann schepperte es in Jennys Büro. Er sprang auf und eilte hinüber. Auf dem Boden lagen mehrere schwere Aktenordner in den zertrümmerten Resten eines Beistelltischs. Flüssigkeit ergoss sich aus einer zerbrochenen Sektflasche und tränkte den Ikea-Teppich, der auf den neu lackierten Dielen lag.

Jenny warf abwechselnd zornige Blicke auf ihren abgebrochenen Fingernagel und Jonathan, der einige Sekunden sprachlos in der Tür verharrte. Schließlich sprang er vor und hob die Sektflasche auf. Er stellte sie in die Spüle der kleinen Teeküche, schnappte sich zwei Handtücher und verhinderte damit, dass sich die klebrige Lache weiter ausbreitete.

„Was sollte das werden?", wandte er sich an seine Kollegin. „Wolltest du deine Möbel taufen?"

„Sehr witzig!" Jenny schob die Unterlippe vor. „Du könntest mich ruhig mal trösten!"

„Im Prinzip gerne", erwiderte Jonathan, „wenn du mir sagst, worum es geht."

„Dieser Vollidiot vom Heydn-Verlag hat abgesagt! Ich hatte Vorgespräche geführt, mich schon mit dem Cheflektor getroffen. Alles war klar. Er hat sogar angedeutet, dass Theos Thriller der Spitzentitel des nächsten Herbstprogramms werden solle, und nun sagt das Arschloch einfach ab!"

„Aber Nielsen hat doch gerade erst bei uns unterschrieben. Wie kannst du da schon ...?"

„Weil ich natürlich schon vorher Kontakt aufgenommen hatte."

Jonathan verkniff sich die Bemerkung, dass diese Vorgehensweise alles andere als korrekt war. „Sag mal, der Cheflektor von Heydn, ist das nicht dieser Jasper Schol?"

„Ja, warum?"

„Der Typ ist doch als Playboy verschrien." Er blickte Jenny ins Gesicht und sie erwiderte seinen Blick trotzig.

„Du hast dich an ihn rangemacht?", entfuhr es Jonathan.

„Mein Gott, nun sei doch nicht so spießig. Ich hab ein bisschen mit ihm geflirtet, na und? Bist du etwa eifersüchtig?" Herausfordernd blickte sie ihn an.

„Nein." Jonathan schüttelte den Kopf. „Aber ich will, dass wir als seriöse Agentur wahrgenommen werden. Wenn du mit diesem Typ flirtest, nimmt er dich nicht ernst. Wir sind es Theo Nielsen schuldig, dass –"

„Willst du damit sagen, ich sei unseriös?", unterbrach sie ihn aufgebracht.

„Ich glaube, es war nicht die richtige Vorgehensweise."

„Ach, weißt du jetzt auf einmal besser, wie man Projekte verkauft?"

„Nein, aber –"

„Dann rede mir auch nicht rein!" Jennys Augen verengten sich zornig. „Du verhältst dich in letzter Zeit total komisch, weißt du das? Du weichst mir aus und bist ständig unterwegs. Manchmal glaube ich, du hast überhaupt keinen Bock mehr auf die Agentur!"

„Rede keinen Unsinn. Diese Agentur ist mein Traum –"

„Ach ja? Dann hör auf, mir Vorwürfe zu machen, wenn ich versuche, unseren Arsch zu retten! Während du träumst, sorge ich nämlich dafür, dass Geld reinkommt."

„Das ist nicht fair, Jenny, und das weißt du auch."

Ihre Augen funkelten wütend. „So? Weiß ich das?"

„Ja."

Jenny kniff die Lippen zusammen und starrte ihn wütend an. Nach einer Weile entspannte sich ihr Gesichtsausdruck ein wenig. „Eigentlich wollte ich nur, dass du mich in den Arm nimmst, mir sagst, dass alles gut wird, und mir dann hilfst, den Krempel da aufzuräumen."

„Dann solltest du deine Wünsche das nächste Mal etwas präziser formulieren", erwiderte Jonathan.

Ein winziges Lächeln stahl sich auf Jennys Lippen.

Jonathan nahm sie in den Arm. Sie drückte sich an ihn. Es war seltsam. Zum ersten Mal weckte ihre körperliche Nähe kein Begehren in ihm. Stattdessen hatte er das Gefühl, Jenny irgendwie schützen zu müssen.

„Es wird alles gut", sagte er und fügte dann hinzu: „... hoffe ich."

„Na toll, du hast es echt drauf." Sie schob ihn von sich weg, schien aber nicht mehr böse zu sein.

Gemeinsam räumten sie die Scherben weg und retteten von den Akten, was zu retten war.

Dann ging Jonathan zurück in sein Büro und versuchte, sich auf das nächste Manuskript zu konzentrieren, aber es fiel ihm schwer. Immer wieder drifteten seine Gedanken ab. Er fragte sich, ob er jemals herausfinden würde, was mit Maik passiert war. Alle seine Bemühungen schienen in einer Sackgasse zu enden. Er fragte sich, ob der Typ, mit dem er vor dem Krankenhaus gesprochen hatte, wirklich Sercan gewesen war. Er hatte so ausgesehen wie beschrieben, aber warum hatte er dann kein Wort gesagt? Und was hatte ihn bewogen, so plötzlich abzuhauen? Das Ganze war ziemlich mysteriös.

Er seufzte und wandte sich wieder seinem Manuskript zu. Doch kaum hatte er damit begonnen, sah er Maras Gesicht vor sich.

Als er feststellte, dass er denselben Satz zum wohl fünften Mal gelesen hatte, gab er auf und begann stattdessen, Pläne für den Abend zu schmieden.

Er ging früher nach Hause, bügelte sein zerknittertes Sakko und verschickte eine Kurznachricht. Dann saß er nägelkauend auf der Bettkante und wartete. Schließlich kam die Antwort:

überredet ☺

Jonathan machte sich viel zu zeitig auf den Weg. Also stieg er ein paar Busstationen früher aus, um den Rest zu Fuß zurückzulegen. Er schlenderte durch ein paar Seitenstraßen. Irgendwann hatte er das Gefühl, dass irgendetwas nicht stimmte. Und dann fiel es ihm auf: Es war ein Geräusch. Das leise Brummen eines Autos. Es folgte ihm schon seit bestimmt zweihundert Metern. Er dachte an Sercan und die Warnungen, die Zottel ausgesprochen hatte. Beim nächsten Geschäft hielt er inne und warf einen Blick in die Schaufensterscheibe. Er entdeckte einen dunklen Audi, der in zweiter Reihe hielt. Aber das musste nichts heißen. Er war hier in Kreuzberg, hier hielten die Leute ständig in zweiter Reihe, weil sie einen alten Bekannten getroffen hatten, irgendetwas einkaufen oder in Ruhe eine Nachricht schreiben wollten. Er ging weiter, bog zweimal ab und hielt dann beim nächsten Geschäft an. Wieder entdeckte er in einiger Entfernung einen dunklen Audi.

Mist. Er nagte nervös an der Unterlippe. Schließlich entschloss er sich, in die Offensive zu gehen. Er machte kehrt und ging direkt auf den Wagen zu. Es saß ein Mann darin. Er bemerkte Jonathan und machte sich gleich darauf an seinem Handy zu schaffen. Als Jonathan nur noch wenige Meter entfernt war, blickte der Mann auf. Er blickte suchend über die Häuserfronten und ließ dann die Fensterscheibe herunter.

„Entschuldigung", sprach er Jonathan an, ehe dieser etwas sagen konnte. „Wo ist Kohlfurter Straße 58?"

Verblüfft starrte Jonathan ihn an. Der Mann sprach mit südländischem Akzent. Er hatte einen ansehnlichen Bauch und eine Halbglatze, besonders gefährlich wirkte er nicht.

„Du weißt, wo?", hakte der Unbekannte nach.

„Äh, da sind Sie hier völlig falsch", erwiderte Jonathan und beschrieb ihm den Weg.

Der Mann bedankte sich freundlich und fuhr weiter. Jonathan blickte ihm hinterher. Kopfschüttelnd lief er einen Moment später weiter. Als er sich das nächste Mal misstrauisch umblickte, konnte er den verdächtigen Audi nicht länger sehen.

Mara kam fünf Minuten später zum Treffpunkt. Diesmal trug sie Jeans und eine dunkle Bluse. Sie wirkte ein bisschen nervös. Jonathan umarmte sie zur Begrüßung.

Ein Lächeln huschte über ihre Lippen. „Was hast du dir dieses Mal ausgedacht?"

„Wir lassen ein Mädchen, das es nicht immer einfach hat, eine gute Tat tun."

„Na, das klingt nach einer aufregenden Verabredung."

Jonathan grinste und klingelte an der schäbigen Haustür der WG.

Die Musik dröhnte ihnen bereits entgegen, als sie die Stufen hinaufstiegen.

Jonathan wartete eine Pause zwischen zwei Songs ab, ehe er klingelte.

Anstelle des riesenhaften Ratze öffnete eine korpulente Frau mit lila gefärbten Haaren die Tür. „Ja?"

„Hallo, ich bin Jonathan und das ist Mara. Wir haben, äh ... einen Termin bei Juli."

„Einen Termin?" Die Frau runzelte die Stirn.

„So ist es!" Jonathan nickte.

„Einen Moment ..." Achselzuckend wandte sich die Frau ab. Wenig später hörte man lautes Klopfen. „Juli!" Eine längere Pause entstand. Dann war zu hören, dass jemand deutlich kräftiger gegen eine Tür hämmerte. „JULI! MACH DIE TÜR AUF!"

„Leck mich!", rief eine jugendliche Stimme über die harten Riffs eines Metalsongs hinweg.

„Also, jetzt hast du mich wirklich neugierig gemacht", bemerkte Mara.

Jonathan grinste und versuchte, Zuversicht auszustrahlen. Insgeheim hoffte er allerdings, dass Juli sich noch an seine Nachricht erinnerte.

„Du hast Besuch!"

„Hä?"

„BESUCH!"

„Echt jetzt?"

Die Antwort war nicht genau zu verstehen, aber die Musik verstummte.

Wenig später zog Juli die Tür auf. „Krass", kam es über ihre Lippen.

Jonathan interpretierte das als einen Ausdruck von Freude. „Schön, dich zu sehen." Er reichte ihr die Hand, die sie nach kurzem Nachdenken ergriff.

Juli hatte ein neues Nasenpiercing in Form eines Rattenschädels. Sie trug eine durchlöcherte Perlonstrumpfhose, eine kurze Shorts und ein bauchfreies Top, durch das das Tattoo einer Schlange, die sich um ihren Bauchnabel wand, hervorragend zur Geltung kam. Eine Schwellung unter ihrem linken Auge deutete darauf hin, dass sie entweder irgendwo gegengerannt war oder vor Kurzem eine körperliche Auseinandersetzung gehabt hatte.

„Juli, das ist Mara. Mara, das Juli. Sie ist heute deine persönliche Stylistin", stellte er die beiden vor.

Juli grinste.

Mara warf Jonathan einen fragenden Blick zu, dann reichte sie Juli die Hand. „Hallo, Juli. Um ehrlich zu sein, weiß ich nicht genau, was ihr beide da vorhabt."

„Vertrau uns einfach", sagte Jonathan.

„Genau." Juli grinste über beide Ohren. Sie platzte fast vor Tatendrang.

Das entging auch Mara nicht. Sie musste schmunzeln. „Okay. Fangen wir womit auch immer an."

Juli führte sie in ihr Zimmer und befreite hastig ihren Schreibtischstuhl von einem Berg Klamotten. „Setz dich!"

Mara nahm Platz, Jonathan suchte sich unauffällig eine vergleichsweise freie Stelle und hockte sich auf den Boden.

Juli schnallte sich eine Art Handwerkergürtel um, in dem es Dutzende von Fächern und Laschen mit Kämmen, Bürsten, Tuben, Pinseln und Stiften gab.

„Das sieht irgendwie bedrohlich aus", meinte Mara.

„Quatsch", kommentierte das junge Mädchen.

„Juli wird dafür sorgen, dass du entspannt essen gehen kannst, ohne dass irgendjemand auf deine Narbe starrt", erklärte Jonathan.

Mara wirkte skeptisch, aber Juli ließ sich nicht bremsen. „So", sie rieb sich die Hände, „als Erstes beginnen wir mit einer pflegenden Gesichtsmassage."

„Na gut", murmelte Mara.

Juli stellte die Schreibtischstuhllehne zurück, dann rollte sie ein Handtuch zusammen und legte es in Maras Nacken. „Zurücklehnen und entspannen", befahl sie.

„Sehr wohl", sagte Mara.

Die junge Frau bearbeitete Maras Gesicht mit einem Tuch. Anschließend massierte sie sanft eine Creme ein.

„Oh, daran könnte ich mich gewöhnen", nuschelte Mara, während Juli ihre Wangen bearbeitete.

Das Prozedere zog sich hin und Jonathan warf einen Blick auf die Uhr. Er hatte für 19 Uhr einen Tisch bestellt. „Wie lange wirst du denn in etwa ...?", setzte er an.

„Psst!", zischte Juli. „Wer stört, fliegt raus."

Jonathan hob beide Hände und verstummte.

Endlich waren die Vorbereitungen fertig. Nun stellte Juli eine ganze Menge Fragen und erklärte, was sie vorhatte.

Mysteriöse Fachbegriffe wie Make-up Base, Foundation und Concealer drangen an Jonathans Ohren. Er hatte sich das Ganze nicht so komplex vorgestellt.

Juli fing an, Maras Gesicht mit Pinseln, Cremes und Puder zu bearbeiten. „Du hast tolle Augen", meinte sie ungefähr zehn Minuten später.

„Das finde ich auch", bemerkte Jonathan.

„Psst!", zischten die beiden Frauen und Juli fügte hinzu: „Geh mal chillen und lass uns hier machen." Dann wandte sie sich wieder an Mara. „Deine Wimpern sind echt der Hammer! Aber du musst sie erst grundieren, dann bekommen sie noch mehr Volumen."

„Aha", murmelte Mara.

„Ich zeig's dir. Halt mal den Spiegel."

„Das kann ich doch übernehmen!" Jonathan wollte aufspringen, aber Juli sagte: „Du bist ja immer noch hier!" Sie drückte Mara den Spiegel in die Hand und schob Jonathan zur Tür hinaus. „Wir schaffen das schon, geh 'nen Kaffee trinken, spiel mit deinem Handy, was auch immer ... aber nerv nicht!" Die Tür fiel ins Schloss.

Er starrte verwirrt auf den Aufkleber eines überdimensionalen Mittelfingers.

Die Sozialarbeiterin hatte nichts dagegen, dass Jonathan sich auf das zerschlissene Sofa im Aufenthaltsraum setzte. Er nahm sein Smartphone zur Hand und rief seine Nachrichten ab. Auch Jenny hatte ihm geschrieben.

Treffe mich nachher mit Jasper Schol. Er hat doch noch ein paar Fragen.

Jonathan runzelte die Stirn. Er ging auf „Antworten" und tippte: *Hältst du das für eine gute Idee?*

Haste eine bessere?, schrieb sie zurück. *Der Heydn-Verlag wäre perfekt.*

Der will sich doch nur an dich ranmachen, erwiderte Jonathan.

Glaubst du etwa, das weiß ich nicht? Der spielt seine Spielchen, aber was der kann, kann ich auch.

Jenny, lass es sein!

Sag du mir nicht, was ich zu tun oder zu lassen habe. Mach lieber deinen Job!

Jonathan bekam ein schlechtes Gewissen. Während Jenny sich mit diesem schmierigen Typen traf, ging er mit Mara aus, statt sich um die Agentur zu kümmern. Er nagte an seiner Unterlippe. Hatte Jenny am Ende recht mit ihren Vorwürfen? War ihm die Agentur gleichgültig geworden? Ließ er seine Partnerin im Stich?

Nein. Unbewusst schüttelte er den Kopf. Er liebte die Agentur nach wie vor. Er würde hart dafür arbeiten, dass sie ein Erfolg wurde. Aber sie war nicht sein Leben. Was Jenny tat, war ihre freie Entscheidung. Weder er noch irgendjemand sonst zwang sie dazu und verhindern konnte er es auch nicht.

Pass auf dich auf, schrieb er.

Dann rief er seine E-Mails ab. Einer der Vertragsautoren schrieb, dass er es nicht schaffen würde, rechtzeitig das geforderte Exposé fertigzustellen. Gestern sei der Hund seiner alten Nachbarin gestorben, und als er im Rahmen der Nachbarschaftshilfe ein Grab in ihrem Garten ausgehoben habe, habe er sich einen Hexenschuss zugezogen.

Jonathan empfahl eine Schmerztablette und einen Tag absolute Schreibpause. Am nächsten Morgen, mit entspanntem Rücken und frischen Synapsen, würde ihm die Aufgabe sicher nicht mehr ganz so unmöglich vorkommen. Die Abneigung gegen Exposés war in der Autorenschaft ein weitverbreitetes Phänomen.

Geräusche im Flur ließen ihn aufhorchen. Er vernahm Schritte und gedämpftes Tuscheln.

„... ich hab's mir anders überlegt", flüsterte eine Stimme, die er Mara zuordnen konnte.

„Quatsch nicht, du bist der Hammer", zischte Juli. „Wehe, du machst jetzt einen Rückzieher!"

„Aber ich sehe viel zu ... aufgedonnert aus", wisperte Mara.

„Blödsinn, das ist total *sophisticated*!", widersprach Juli.

„Was soll das denn sein?"

„Das sagt man so."

Jonathan warf einen Blick auf seine Uhr und beschloss, die Initiative zu ergreifen. „Seid ihr fertig?", sagte er laut und erhob sich.

„Ich hau ab!", flüsterte Mara.

„Du spinnst wohl!", fauchte Juli.

Jonathan trat auf den Flur.

Er erblickte Maras Rücken, über den ihre Haare offen und in sanften Wellen hinabfielen. Sie trug ein Top mit Spaghettiträgern und einen engen Rock, den sie sich offenbar von Juli ausgeliehen hatte. Als sie Anstalten machte, zurück in Julis Zimmer zu flüchten, stellte sich ihr das Mädchen energisch in den Weg.

„Wow", sagte Jonathan.

Mara fuhr herum.

Jonathan fiel regelrecht die Kinnlade herunter.

Mara blickte ihn mit großen Augen an, erst überrascht, dann zunehmend besorgt.

Juli stand hinter ihr, hob auffordernd die Brauen und formte stumm die Worte: *Sag was!*

„Du ... siehst voll schön aus", stammelte Jonathan. Er spürte, wie er rot wurde. Er kam sich vor wie ein Schuljunge.

Auch Maras Wangen schienen sich ein wenig zu röten, aber dank des Make-ups bemerkte man es kaum.

Juli verdrehte angesichts Jonathans wenig einfallsreicher Wortwahl die Augen, aber gleichzeitig grinste sie voller Stolz.

„Danke", sagte Mara leise. Ihre Narbe war noch immer ein wenig zu sehen. Aber es spielte keine Rolle, weil man vollkommen von ihren Augen gefangen war.

Juli hatte einen großartigen Job gemacht. Sie hatte Maras natürliche Schönheit perfekt zur Geltung gebracht.

„Wollen wir?", fragte Jonathan und hielt Mara den Arm hin.

„Na gut", sagte Mara.

„Warte, ich hol deine Tasche." Juli eilte in ihr Zimmer und drückte Jonathan Maras Tasche in die Hand.

Jonathan steckte ihr rasch einen Fünfziger zu, den sie souverän in der Hosentasche verschwinden ließ.

Mango-Lassi und Geschwister

Jonathan hatte ein indisches Restaurant ausgesucht, schick, aber nicht übertrieben edel, mit gerade noch akzeptablen Preisen und vielen Nischen, in denen man ungestört speisen und sich unterhalten konnte. Der Kellner führte sie zu einem Tisch am Fenster.

Er bestellte zwei Mango-Lassi und dann wählten sie nach reiflicher Überlegung ein Menü für zwei Personen.

Während Mara genießerisch an ihrem Mango-Lassi nippte, stellte sie ihm einige Fragen zu seiner Arbeit.

Jonathan berichtete ihr von den Freuden und dem Leid einer Agenturtätigkeit.

„Es gibt offenbar eine Menge skurriler Persönlichkeiten unter den Autoren, die euch ihre Manuskripte schicken", resümierte Mara.

„Ja." Jonathan schmunzelte. „Aber vielleicht muss man auch ein bisschen schräg sein, um sich verrückte Geschichten auszudenken."

Der Kellner brachte das Essen.

Eine Zeitlang aßen sie schweigend. Dann meinte Jonathan: „Aber skurrile Typen lernt man nicht nur in einer Agentur kennen. Ich wette, du hattest auch schon einige höchst seltsame Patienten."

„Ja", bestätigte sie. „Am außergewöhnlichsten war ein Patient, der gar keiner war."

„Inwiefern?"

„Na ja, in gewisser Weise war er schon krank, aber er befand sich bei uns auf der völlig falschen Station. Eigentlich hätte er in die Psychiatrie gehört. Er hatte sich beim Öffnen einer Kokosnuss etwas ungeschickt angestellt und eine kleine Verletzung am Arm davongetragen. Im Grunde genommen hätte er sich zu Hause auch einfach ein Pflaster drauf machen können. Das Problem war allerdings, er war felsenfest davon überzeugt, dass eine afrikanische Tumbu-Fliege, die mitsamt der Kokosnuss eingereist wäre, ihre Eier in dieser Wunde abgelegt hätte, und nun würden unter seiner Haut Maden heranwachsen, die sich langsam, aber systematisch zu seinen inneren Organen vorarbeiteten. Dummerweise wollten weder sein ignoranter Hausarzt noch eine Reihe von inkompetenten Dermatologen diese Diagnose bestätigen. Also hatte er die Notaufnahme des Krankenhauses aufgesucht. Als man ihn wieder nach Hause schicken wollte, klaute er irgendwie eine Krankenakte und schlich sich auf unsere Station. Dort legte er sich in ein Bett und fesselte sich mit Handschellen an das Bettgitter. Am Ende mussten wir die Polizei und einen Schlosser rufen, um ihn wieder aus der Klinik herauszubekommen."

Jonathan kicherte. „Ein Hypochonder, wie er im Buche steht."

Mara nickte.

Abgelenkt von Maras Lächeln nahm sich Jonathan zu viel von der scharfen Soße und musste rasch eine weitere

Mango-Lassi bestellen, um das Feuer in seinem Mund zu löschen.

Mara verschluckte sich vor Lachen, und Jonathan sprang auf und klopfte ihr, selbst nach Atem ringend, auf den Rücken.

„Nicht ganz ungefährlich, so ein Essen beim Inder", keuchte sie.

„Wie geht es eigentlich deinem speziellen Patienten?", fragte er, als er sich wieder gesetzt hatte.

„Was meinst du?"

„Du hast neulich von einem Patienten erzählt, um den du dich in besonderer Weise kümmern musst."

Mara ließ langsam die Gabel sinken und starrte einen Moment lang geistesabwesend auf ihren Teller. Es zeigte sich ein Ausdruck auf ihrem Gesicht, den Jonathan nur schwer zu deuten vermochte. War es Traurigkeit, Zorn, Schmerz?

„Er ... ist stabil", sagte sie. Ein Lächeln huschte über ihre Züge. „Wie hast du eigentlich Juli kennengelernt?"

„Tja, das ist eine längere Geschichte." Jonathan nippte an seinem Mango-Lassi. „Ich bin auf der Suche nach meinem Bruder. Wir haben uns vor knapp fünfzehn Jahren aus den Augen verloren. Aber jetzt ist meine Mutter gestorben, und nun versuche ich, seine Spur wiederzufinden. Früher lebte er eine Zeitlang in der gleichen WG, in der auch Juli wohnt."

„Oh, das tut mir leid ... das mit deiner Mutter, meine ich."

„Es ist schon eine Weile her, dass wir engeren Kontakt hatten. Familie ist kompliziert. Hast du eigentlich Geschwister?"

Mara antwortete nicht gleich. Dann sagte sie: „Ja, ich hatte einen älteren Bruder, aber er lebt nicht mehr. Er ... wurde von einem Auto überfahren."

„Das tut mir sehr leid", sagte Jonathan. „Standet ihr euch nah?"

„Ja", erwiderte Mara.

Jonathan schluckte. Er spürte, dass er einen wunden Punkt getroffen hatte.

Eine Zeitlang aßen sie schweigend. Dann fragte Mara: „Wieso habt ihr euch aus den Augen verloren? Dein Bruder und du, meine ich."

Jonathan verzog das Gesicht. „Eigentlich verstanden wir uns ganz gut, und das, obwohl mein Bruder deutlich älter war als ich. Wir waren auch nur Halbgeschwister. Meine Mutter war alleinerziehend, als sie meinen Vater heiratete, und dann wurde ich irgendwann geboren. Wahrscheinlich ging ich ihm oft auf den Keks, aber er war meist nett zu mir und hat mich beschützt. Aber dann hat er sich irgendwann verändert."

„Warum?"

„Na ja, mein Vater und Maik verstanden sich nicht besonders ..."

Es klirrte. Mara hatte die Gabel fallen lassen.

„Alles in Ordnung?", fragte Jonathan.

Mara lehnte sich zurück. „Ich glaube, ich brauch mal eine kleine Pause." Sie wirkte ein wenig blass. „Es ist wirklich sehr lecker, aber sonst esse ich nicht so viel." Ein Lächeln huschte über ihre Züge. „Erzähl weiter, was ist mit ... Maik passiert?"

„Na ja, er hat ganz schön viel Mist gebaut ..." Nachdenklich hielt er inne. „Eigentlich komisch, wir haben in unserer Familie nie so richtig darüber gesprochen ..."

Mara blickte ihn erwartungsvoll an.

Jonathan räusperte sich. „Mein Vater war nicht besonders nett zu ihm", fuhr er fort. „Ich denke, das war wohl der Grund für sein Verhalten. Eines Tages gab es wieder mächtig Streit und Maik ist völlig ausgerastet. Er trank und warf wohl auch ein paar Pillen ein. Auf jeden Fall hat er den Laden meines

Vaters abgefackelt und dann gab es da diesen Unfall ..." Jonathan schüttelte bedauernd den Kopf. „Seitdem habe ich ihn nie wieder gesehen. Ich weiß gar nicht, wie er heute aussieht. Deshalb suche ich ihn hier mit diesem uralten Foto."

Er griff in seine Jackentasche, um das Foto hervorzuholen. Aus den Augenwinkeln sah er, dass Mara die Hand auf ihren Magen presste. Hoffentlich wurde ihr nicht schlecht. Dann wurde seine Aufmerksamkeit jedoch von einem Motorrad abgelenkt, das draußen laut knatternd auf den Bürgersteig fuhr. Ein Pärchen sprang erschrocken zur Seite, und eine ältere Dame schimpfte, doch der Fahrer ignorierte sie. Er hielt vor dem Restaurant und nahm den Helm ab. Es war Sercan!

„Scheiße", entfuhr es Jonathan. Er sprang auf. „Entschuldige, Mara, ich bin gleich wieder da." Er hastete aus dem Restaurant hinaus auf die Straße.

„Sercan?"

Der Mann wandte ihm den Blick zu. Seine Miene war undurchdringlich. „Was willst du von mir?"

„Ich will wissen, was mit meinem Bruder passiert ist. Man sagte mir, du seist sein Freund gewesen." Er wollte das Foto herausziehen und stellte im gleichen Moment fest, dass er es drinnengelassen hatte. „Mist ...", entfuhr es ihm. „Warte einen Moment, ich –"

„Wie heißt du?", unterbrach ihn Sercan.

„Jonathan Brendel, Maik ist mein Halbbruder."

Der Mann nickte langsam. „Familie ist wichtig."

„Also stimmt es, du kennst Maik?", fragte Jonathan.

Sercan schwieg.

Jonathan suchte in den Augen des Mannes nach einer Antwort. „Du bist sein Freund, nicht wahr?", hakte er nach. Sercan schwieg noch immer, aber er widersprach auch nicht.

„Du weißt, wo er ist?", fragte Jonathan. „Bitte sag mir, wo ich ihn finden kann!"

„Maik war mit mir in Afghanistan", sagte der Mann bedächtig. „Er hat mir das Leben gerettet. Das werde ich ihm nie vergessen."

Jonathan wollte eine Frage stellen, doch Sercan fuhr fort: „Hör auf, nach ihm zu suchen! Es ist besser für dich."

„Aber warum?"

„Maik ist niemals aus Afghanistan zurückgekehrt", sagte Sercan. Er griff nach seinem Helm.

„Was ist passiert?"

Sercan setzte den Helm auf und startete sein Motorrad.

„Ist er tot?"

Der Mann sah sich um. Dann ließ er den Motor aufheulen und raste mit quietschenden Reifen davon.

„Warte!", rief Jonathan.

Das Motorrad verschwand in der nächsten Querstraße.

„Shit!", murmelte Jonathan. Was war mit seinem Bruder geschehen? War er tot? Oder hatte Sercan etwas anderes gemeint? *Maik ist niemals aus Afghanistan zurückgekehrt.* Ein Schauer lief ihm über den Rücken.

Er kehrte zurück ins Restaurant. Maras Platz war leer. Vermutlich war sie auf die Toilette gegangen.

Jonathan setzte sich und nippte an seinem Glas Wein.

Zehn Minuten vergingen, aber Mara kam nicht zurück. Ihm fiel auf, dass auch ihre Tasche nicht mehr über dem Stuhl hing. Jonathan ließ weitere zehn Minuten verstreichen, bevor er aufstand und zu den Toiletten hinüberging.

Vorsichtig klopfte er an die Tür der Damentoilette. „Mara?" Keine Antwort. Behutsam öffnete er die Tür. Der Raum war dunkel. „Mara, bist du hier?"

Keine Antwort.

Ein Räuspern erklang hinter seinem Rücken. Als er sich umwandte, starrte eine korpulente Frau zu ihm auf. „Das ist die Damentoilette!"

„Ja, natürlich." Jonathan machte den Weg frei und ging zurück zu seinem Platz. Er winkte den Kellner zu sich. „Entschuldigung, haben Sie meine Begleiterin gesehen?"

„Nein, tut mir leid. Vielleicht ist sie auf der Toilette."

Jonathan schüttelte den Kopf.

Der Mann warf ihm einen mitfühlenden Blick zu.

„Ich hätte dann gern die Rechnung", sagte Jonathan.

„Natürlich, einen Moment bitte."

Warum war Mara gegangen? Hatte sie ihm übel genommen, dass er so plötzlich hinausgestürmt war? Hatte er irgendetwas Dummes gesagt? Nachdenklich nagte er an der Unterlippe.

Vielleicht ist ihr schlecht geworden und sie ist nach Hause gegangen. Oder sie musste dringend ins Krankenhaus, ging ihm durch den Kopf, *irgendein Notfall.*

Der Kellner kam. Jonathan zog sein Portemonnaie aus der linken Jackentasche hervor, um zu zahlen. Dabei flatterte etwas zu Boden.

Der Kellner hob es rasch auf und reichte es ihm. Es war Maiks Foto.

Jonathan war sich hundertprozentig sicher, dass er es nicht in die Jackentasche gesteckt hatte.

Die Bestie

Willkommen, Bruder – die Worte hallten in Sokjan nach. Bislang hatte Fastus sich stets in den Schatten gehalten. Aber nun stand er vor ihm, gab sich zu erkennen, von Angesicht zu Angesicht. Verblüfft starrte Sokjan ihn an. Er hatte stets gedacht, sein Bruder würde sich in den Schatten verbergen, weil ihm etwas Grausiges anhaftete. Dass er irgendetwas an sich hätte, das seinen Beinamen *Die Bestie* rechtfertigen würde. Aber dem war nicht so. Ganz im Gegenteil: Während der Junge Faith ihm ganz und gar unähnlich war, sah Fastus beinahe wie sein Zwillingsbruder aus. Allerdings wirkten seine Züge reifer und in gewisser Art und Weise vollkommener. Während sich in Sokjan das Suchen zeigte, das sich auch in seinem Namen widerspiegelte, schien Fastus bereits angekommen zu sein.

Noch ehe Sokjan seiner Verblüffung Ausdruck verleihen konnte, gellte ein zorniger Schrei durch den Spiegelgang. „Nein!" Faith sprang blitzschnell herbei und riss den Schürhaken aus Sokjans Händen. Wut loderte in seinen Augen, als er auf Fastus zusprang. Mit einem wilden Hieb schmetterte er die Eisenstange in das lächelnde Gesicht seines Bruders.

Es gab ein klirrendes Geräusch und die Waffe entglitt seinen Händen.

Fastus verschwand und tauchte an anderer Stelle wieder auf. Stirnrunzelnd blickte er auf die zerlumpte Gestalt hinab, die mit zitternden Händen den Schürhaken aufhob.

„Möglicherweise begreift er nicht, was er da tut", sagte die volltönende Stimme. „Aber vielleicht versucht er auch ganz bewusst, uns alle ins Verderben zu reißen. Sieh ihn dir genau an, Sokjan, sieh seinen naiven Zorn und seine primitiven Impulse, und dann urteile selbst."

Die Spiegel warfen das Bild Faiths tausendfach an die Wände. Der Junge wischte sich mit dem zerlumpten Ärmel Rotz und Tränen aus dem Gesicht, während sein Blick hin und her irrte und zwischen all den Spiegelbildern die lebende Person suchte, die zu ihnen sprach.

„Die weiße Frau versucht mit aller Macht, hier hineinzugelangen", fuhr Fastus indessen fort. „Und wenn ihr das gelingt, wird keiner von uns überleben! Aber sie kann nur kommen, wenn wir sie hereinlassen, und das werde ich nicht zulassen. Ich habe sie tausendfach abgewehrt. Über mich hat sie keine Macht."

„Ist das wahr?", wandte sich Sokjan leise an Faith.

„Es ist nur ein Teil der Wahrheit", erwiderte Faith und drehte sich um die eigene Achse, um nach seinem Bruder zu suchen. „Wir müssen uns der ganzen Wahrheit stellen."

Fastus lachte leise. „Hörst du, wie er sich selbst widerspricht? Wenn wir die weiße Frau einlassen, werden wir sterben – der zerlumpte Narr hat selbst zugegeben, dass es so kommen wird. Was für eine Wahrheit soll das sein, die im Tod endet? Wenn er sein Leben wegwerfen will – nur zu. Aber ich werde das ganz gewiss nicht tun."

Sokjan war verwirrt. Der Mann, den Faith die „Bestie" nannte, war vollkommen anders, als er erwartet hatte. Und was er sagte, klang schlüssig. Vielleicht war Faith in der Tat verwirrt und wusste nicht mehr, was er tat? Vielleicht war dies der wahre Grund gewesen, warum man ihn in den Turm gesperrt hatte?

Sokjan wandte sich dem zerlumpten Jungen zu. „Und was ist die ganze Wahrheit, Faith?"

„Wenn wir sie aussperren, werden wir es nie erfahren", erwiderte dieser.

„Ein seltsames Paradox, nicht wahr?", mischte sich Fastus ein. „Ich für meinen Teil würde den Tod als letzte Wahrheit gern noch ein wenig aufschieben."

„Mit dem Leben der Burgbewohner bist du allerdings weniger feinfühlig umgegangen", erwiderte Sokjan. „Sie nannten dich die ‚Bestie' – wusstest du das?"

„Wenn wir zulassen, dass Verräter im Inneren der Burg leben, werden wir untergehen. Auch die stärkste Festung kann nicht bestehen bleiben, wenn es im Inneren eine Rebellion gibt."

„War ich auch ein solcher Verräter? Oder warum musste ich sterben?"

Fastus lächelte. „Bist du je auf den Gedanken gekommen, dass du selbst dich dort zur Ruhe gebettet haben könntest?"

„Warum hätte ich das tun sollen?"

„Vielleicht, weil dein Auftrag erfüllt war?"

„Was meinst du damit?"

„Wer gefunden hat, kann aufhören zu suchen."

Nachdenklich senkte Sokjan den Kopf. So verrückt es klang: Es sprach tatsächlich einiges dafür, dass er selbst sich in diese Gruft gelegt hatte. „Mein Grab war von innen verriegelt ...", murmelte er. Er blickte auf. „Warum habe ich das getan?"

Fastus lächelte. „Vielleicht, weil du wieder und wieder enttäuscht wurdest? Vielleicht, weil du der falschen Versprechungen müde warst? Vielleicht, weil du es satthattest, der Sucher zu sein? Weil du zufrieden warst mit dem, was du gefunden hattest?"

„Und warum bin ich dann wieder erwacht?"

„Weil du vor der Wahrheit nicht länger Angst hast, Sokjan", sagte Faith leise. „Jetzt ist die Sehnsucht wieder stark genug."

Fastus lachte. „Dem kleinen Narren ist wohl jedes Mittel recht. Jetzt hat er dich auch noch zum Feigling erklärt!"

Faith stieß einen Schrei aus und stürmte den Gang entlang. Fastus verschwand, tauchte an anderer Stelle auf und war im nächsten Moment schon wieder verschwunden.

„Hör nicht auf zu fragen, Bruder", gellte die Stimme Faiths durch das Spiegellabyrinth. „Hör nicht auf!"

Sokjan verfolgte ein Verwirrspiel aus Licht und Schatten. Er sah den Jungen vorwärtsstürmen, die immer wieder aufblitzende Gestalt seines anderen Bruders verfolgend. Auf atemberaubende Weise fand er einen Weg durch das Labyrinth.

„Warte!", rief Sokjan und wusste für einen kurzen Moment selbst nicht, welchen von den beiden ungleichen Brüdern er meinte. Dann folgte er ihnen. Er hastete durch einen Irrgarten aus Spiegeln, prallte gegen hartes Kristall und versuchte angesichts der Tausenden von umherhetzenden Gestalten, die Orientierung wiederzufinden.

Schließlich gelangte er in einen gewaltigen Saal, der über und über mit reflektierenden Kristallen ausgekleidet schien. Klirrend hieb die Eisenstange gegen die Spiegel und das Echo dieses Geräuschs wurde von den Wänden zurückgeworfen. Tausend zerlumpte Jungen stürmten auf tausend hochgewachsene Gestalten zu, um sich in einen ungleichen Kampf zu stürzen. Verwirrt blieb Sokjan stehen. Seine Sinne schwirrten von all den Eindrücken, und zuweilen schienen ihm seine Augen eine seltsame Täuschung vorzugaukeln, wenn er eine lichte Gestalt gegen einen dumpfen, verzerrten Schatten kämpfen sah. Es war ihm unmöglich auszumachen, wer aus Fleisch und Blut und wer bloß eine Spiegelung war.

Schwer atmend verharrte er.

Fragen, Einsamkeit und eine Flasche Rotwein

Nachdenklich wanderte Jonathan durch die abendlichen Straßen. Es war ein weiter Fußmarsch bis nach Hause, aber er hatte das Gefühl, sich ein wenig bewegen zu müssen, um das Chaos in seinem Kopf einigermaßen in den Griff zu bekommen.

Fragen surrten zwischen seinen Schläfenlappen hin und her wie ein Bienenschwarm. Warum war Sercan so plötzlich aufgetaucht? Wovor wollte er ihn warnen? Warum sollte es für Jonathan besser sein, wenn er aufhörte, nach Maik zu suchen? Vor allem, weil Sercan fast im gleichen Atemzug gesagt hatte, Maik sei nie aus Afghanistan zurückgekehrt.

Jonathan fuhr sich durch die Haare. War Maik dort ums Leben gekommen? Möglicherweise hatte jemand einen Fehler begangen, etwas war mächtig schiefgelaufen, und niemand wollte, dass man unangenehme Fragen stellte? Nachdenklich schüttelte Jonathan den Kopf. Das klang eher nach der Story eines Thrillers als nach dem realen Leben. Aber das war nicht der Hauptgrund, warum Jonathan an dieser Geschichte zweifelte. Wenn Maik tot war, hätte Sercan dies doch einfach sagen können. Auf Jonathans Nachfrage hin hatte er aber nur geschwiegen.

War sein Bruder in Afghanistan geblieben? Lebte er dort? Irgendetwas sagte ihm, dass Sercan das nicht gemeint hatte. Jonathan atmete tief durch. An dieser Stelle kam er einfach nicht weiter.

Frustriert stellte er fest, dass der Abend gänzlich anders verlaufen war, als er gehofft hatte. Dabei blieb Sercans Auftauchen nicht das einzige Rätsel.

Mara war ohne ein Wort des Abschieds verschwunden und Maiks Foto hatte in der falschen Tasche gesteckt. Einerseits lag es nah, die beiden Dinge in Zusammenhang zu bringen. Andererseits erschien es ihm völlig absurd. Warum sollte Mara heimlich ein Foto aus seiner Tasche ziehen? Sie war überhaupt nicht der Typ, der sich in die privaten Angelegenheiten anderer einmischte und einfach in fremden Taschen wühlte.

Jonathan überquerte eine viel befahrene Straße und schlug die Abkürzung durch den Park ein. Irgendetwas hatte Mara beschäftigt. Sie hatte zwischendurch gedankenverloren gewirkt und ... betroffen. Ja, das war das richtige Wort. Es hatte angefangen, als sie sich über ihre Brüder unterhalten hatten. Mara hatte gesagt, dass sie ihren Bruder sehr geliebt hatte. Dass er so früh gestorben war, hatte sie sichtlich mitgenommen. An einem Punkt war sie ganz blass geworden. Jonathan hatte erst vermutet, dass sie körperliche Beschwerden hatte, aber nun war er sich da nicht mehr so sicher. Er versuchte, sich daran zu erinnern, wann genau es geschehen war. Wenn er sich recht erinnerte, hatte er von den Konflikten berichtet, die Maik mit seinem Stiefvater gehabt hatte. Das war sicherlich nicht schön, aber kein Grund zu erblassen.

Jonathan seufzte. Möglicherweise war er auch auf dem Holzweg. Vielleicht hatte er das Foto unbewusst in diese Tasche gesteckt und Mara hatte gar nichts damit zu tun. Es wäre doch denkbar, dass sie einfach die erstbeste Gelegenheit zur Flucht ergriffen hatte, weil ihr bewusst geworden war, dass Jonathan nicht ihr Typ war. Das war zwar nicht besonders charmant, aber für sie möglicherweise die entspannteste Art, ihm einen Korb zu verpassen.

„Oh, Mann", stieß er seufzend hervor. Diese Frau war wirklich kompliziert. Manchmal glaubte er, sie zu kennen, und dann wieder hatte er das Gefühl, eine vollkommen Fremde vor sich zu haben.

Inzwischen hatte Jonathan den Park erreicht. Die Geräusche der Stadt drangen nur noch gedämpft zu ihm. Ein leiser Wind rauschte in den Blättern der Bäume. Erstaunlicherweise schien hier niemand anderes unterwegs zu sein, kein Jogger, kein Hundebesitzer und kein Drogendealer. Mitten in einer Millionenstadt war er ganz allein. Und so fühlte er sich auch ... vollkommen allein.

Jonathan blieb stehen und lauschte auf das Rascheln und Brausen der dicht belaubten Baumkronen. War er wirklich allein? Oder war das, woran Schwester Maggy und Mara glaubten, mehr als nur eine uralte Geschichte?

„Hallo?", sagte er leise, und flüsternd fügte er hinzu: „Gott? ... Bist du wirklich da?"

Jonathan lauschte in die Nacht. Es war Jahrzehnte her, dass er das letzte Mal gebetet hatte. Konnte es wirklich sein, dass Gott real war, so richtig real, und nicht nur ein archaisches Abbild menschlicher Ehrfurcht? Jonathan dachte an seine Mutter. Sie war ein durch und durch nüchterner Mensch gewesen, und doch hatte sie, so schien es jedenfalls, zum Ende hin zum

Glauben an Gott gefunden. War es nur die Angst vor dem Tod, die sie dazu getrieben hatte? Das war nicht auszuschließen. Aber war der Glaube wirklich so einfach zu erklären? Jonathan war sich ziemlich sicher, dass die alte Diakonisse mehr antrieb als lediglich die Angst vor dem Tod. Bei ihr schien der Glaube etwas Lebendiges zu sein – etwas, das sich nicht auf irgendwelche Urängste oder überkommene Traditionen reduzieren ließ. Für Schwester Maggy schien Gott mindestens so real zu sein wie er selbst.

„Kannst du mich hören, Gott?", flüsterte Jonathan. „Ich gebe zu, es fällt mir immer noch schwer, mir das vorzustellen. Aber möglicherweise ist das vor allem ein Problem meines Vorstellungsvermögens. Also ... also wenn du jetzt wirklich da bist, dann wäre es schön, deine Stimme zu hören." Es verblüffte ihn selbst, dass diese Worte wirklich über seine Lippen kamen, aber zugleich spürte er, wie befreiend es war, sie auszusprechen.

Er atmete langsam aus und lauschte auf das Rauschen der Blätter. „Mein Leben ist gerade ziemlich kompliziert, und ich bin etwas ratlos, um ehrlich zu sein. Was soll ich tun?"

Keine Antwort. Er vernahm weder eine Stimme, noch hatte er ein besonders eindeutiges Gefühl, das ihm den Weg wies. Da war nur das Rauschen des Windes ... und ... ein leises Brummen?

Sein Handy!

Er hatte den Ton abgestellt, um nicht gestört zu werden. Rasch zog er es aus der Jackentasche.

Jenny hatte fünfmal versucht, ihn telefonisch zu erreichen. Schließlich hatte sie ihm eine Nachricht geschickt:

Jonathan, wo bist du? Ich kann dich nirgends erreichen. Bitte komm ins Büro, es ist etwas Schlimmes passiert.

„Okay", murmelte Jonathan. „Das ist nicht ganz das, was ich erwartet hatte, aber es ist zumindest sehr konkret."

Auf dem Weg zur U-Bahn versuchte er, Jenny zu erreichen, aber sie ging nicht ran. Vom Zug aus versuchte er es noch weitere Male – vergeblich.

Allmählich fing er an, sich Sorgen zu machen. Die Strecke vom Bahnhof zum Büro legte er im Laufschritt zurück. Nach Atem ringend kam er am Hauseingang an. Die Jalousien waren zu, aber durch die schmalen Ritzen drang schwach flackerndes Licht nach draußen. Das Wummern tiefer Bässe war zu vernehmen. Irgendjemand im Haus hörte ziemlich laut Musik. Hastig zog er den Schlüssel aus der Tasche und schloss auf. Die Musik wurde lauter, als er in den dunklen Hausflur trat, und sie schien aus ihrem Büro zu kommen.

Rasch schloss er die Tür zu den angemieteten Räumen auf. „Jenny?"

Im Flur war alles dunkel. Die dumpfen Bässe des Technosounds ließen die Dielenbretter beben. Was war hier nur los? Vorsichtig öffnete er die Tür zu Jennys Büro und blieb verblüfft stehen.

Im schwach flackernden Licht einiger Kerzen sah Jonathan Aktenordner auf dem Boden liegen, Manuskriptseiten waren über das gesamte Zimmer verteilt, der Schreibtischstuhl war umgeworfen worden. Neben dem umgekippten Bildschirm stand eine geöffnete Flasche Wein auf dem Schreibtisch. Die Luft war sehr warm und stickig. Und inmitten dieses Chaos' tanzte Jenny barfuß auf dem Sofa.

„Hey!", rief Jonathan. „Was ist los?"

Jenny reagierte nicht. Sie hielt die Augen geschlossen.

Entschlossen bahnte sich Jonathan einen Weg durch die Unordnung und schaltete die Anlage aus.

Die abrupt eintretende Stille ließ Jenny innehalten. Sie öffnete die Augen und betrachtete ihn. Dann stieg sie geschmeidig vom Sofa und kam auf ihn zu. „Wo warst du?"

„Ich war mit Mara essen." Er hob die Hände. „Was ist passiert?"

Sie trat dicht vor ihn. „Nimmst du mich in den Arm ... bitte?"

Jonathan nahm sie in den Arm und spürte, wie sie ihren warmen Körper fest an ihn drückte. „Jenny ...?"

„Kannst du mich nicht einfach nur festhalten?", unterbrach sie ihn. Sie wiegte den Körper sanft hin und her, als würde sie zu einer leisen Musik tanzen.

Eine Weile schwieg Jonathan. Er konnte ihren Körper durch das dünne Kleid spüren und fühlte, wie ihre Hände über seinen Rücken nach unten glitten.

„Was ist passiert?"

„Jasper Schol ..." Sie brach ab. Ihre Finger glitten unter Jonathans Hosenbund.

Er hielt ihre Hände fest. „Jenny, du hast geschrieben, dass etwas Schlimmes passiert sei."

„Dieses Arschloch hatte nie vor, mit mir zu verhandeln!"

Überrascht dich das wirklich?, wollte Jonathan fragen, aber er ahnte, dass es klüger war zu schweigen.

„Ich dachte ..." Sie schüttelte den Kopf. „Ist auch egal."

Jonathan ahnte, dass es nicht nur die Absage an sich war, die Jenny zu schaffen machte. Die Art und Weise, wie es geschehen war, musste ausgesprochen unschön gewesen sein.

„Das ist wirklich mies", sagte Jonathan. „Aber du wirst einen anderen Verlag finden, da habe ich gar keine Zweifel."

„Werde ich nicht!", stieß sie hervor. „Kaum war ich wieder im Büro, rief Theo Nielsen an. Er verkündete mir, dass er lange nachgedacht habe und zu dem Schluss gelangt sei, dass er mir nicht vertrauen würde. Und dann hat er ... um Aufhebung des Vertrags gebeten."

„Oh." Das war wirklich ein harter Schlag. „Wie hast du reagiert?"

„Ich habe ihn zu einem persönlichen Gespräch eingeladen, aber er hat abgelehnt."

„Echt?"

„Ja, er hat gesagt, das hätte keinen Sinn, er habe sich entschieden. Ich habe ihm gesagt, so einfach ginge das nicht, wir hätten ja einen Vertrag. Er sagte, er habe schon vermutet, dass ich so reagieren würde, und deshalb habe er bereits seinen Anwalt eingeschaltet. Ich würde demnächst Post von ihm bekommen. Jonathan, wir sind ruiniert." Sie schluchzte und drückte sich fester an ihn. „Ich verstehe das nicht! Warum hassen die mich?"

„Sieh mich an", sagte Jonathan. Jenny blickte auf. Eine Träne rann ihr über die Wange. So verunsichert hatte er sie noch nie erlebt. „Niemand hasst dich ..." Plötzlich war ihr Gesicht ganz nah. Ihre Lippen fanden seine, sie schmeckten nach süßem Wein. Bilder kamen in ihm hoch von jener einen Nacht, in der sie miteinander geschlafen hatten.

„Nein!" Er schob sie zurück.

„Du brauchst keine Angst zu haben", flüsterte Jenny. „Lass uns einfach nur den Augenblick genießen." Ihre Hände machten sich an dem Knopf seiner Hose zu schaffen.

Er hielt sie fest. „Es ist falsch, Jenny", sagte er leise.

„Falsch? Warum?" Tränen stiegen ihr in die Augen. „Was soll an mir falsch sein?"

Jonathan schluckte. „An uns allen ist etwas falsch", erwiderte er.

„Was redest du denn da?", stieß sie hervor.

„Ich ... ich weiß auch nicht, wie ich es ausdrücken soll. Jenny, du ... du bist mehr als das, viel mehr – verstehst du?"

Misstrauisch blinzelte sie zu ihm auf. „Ist das jetzt ein Kompliment oder eine Beleidigung?"

„Keins von beiden", meinte Jonathan. „Ich will damit sagen ..." Er brach ab und suchte nach den richtigen Worten. „Du bist eine wunderschöne Frau, Jenny. Aber ... was wäre, wenn du nicht mehr schön wärst?"

„Ich hab echt keine Ahnung, worauf du hinauswillst. Wir leben *jetzt,* lass uns den Augenblick genießen." Sie wollte sich wieder an ihn drücken, aber er hielt sie an den Armen fest.

„Was wäre, wenn du einen Unfall erleiden würdest? Was wäre, wenn deine makellose Haut vernarbt, aufgedunsen oder schuppig wäre? Wärst du dann immer noch Jenny?"

Sie wich zurück. Ihre Miene verhärtete sich. „Ich hab keine Ahnung, worauf du hinauswillst! Aber du hast es echt drauf, mich abzutörnen."

„Du fühlst dich leer und du willst diese Leere füllen. Aber das wird nicht klappen."

„Was willst du damit sagen?", gab sie misstrauisch zurück.

„Versteh mich nicht falsch, Jenny. Ich glaube, ich weiß, wie du dich fühlst, weil es mir oft ähnlich geht. In uns allen steckt diese Leere. Wir bemerken es nur so selten."

„Bist du jetzt zum Hobbypsychologen geworden, oder was?"

„Nein. Aber ..." Er suchte nach den richtigen Worten. „Hast du nicht auch manchmal das Gefühl, dass mit uns etwas nicht stimmt? Dass wir wie Fische sind, die dicht unter der Oberfläche paddeln und nach Sauerstoff schnappen, weil sie gar nicht merken, dass sie für die Tiefe des Meeres gemacht sind?"

Jenny starrte ihn an. Dann fauchte sie: „Ich glaube, es ist besser, du gehst jetzt."

„Jenny, ich –"

„Hau ab!"

Jonathan trat hinaus. Als er die Tür hinter sich schloss, hörte er ein Krachen, gefolgt von dem Geräusch zersplitternden Glases. Er verzog das Gesicht. Der Wein würde das Laminat ruinieren. Aber zumindest konnte sich Jenny jetzt nicht mehr betrinken.

Still wartete er im Flur ab, was geschehen würde. Er hoffte, dass sie in diesem Zustand nicht in irgendeine Bar ging, um zu sehen, ob sie noch attraktiv genug war, um einen Mann abzuschleppen. Das könnte üble Folgen haben.

Ein paar Minuten später hörte er ihre Stimme. „Hi, Viola, ich bin's. Hast du einen Moment Zeit?"

Jonathan lächelte. Sie rief eine Freundin an – gut so. Er atmete tief durch und trat hinaus in die Nacht.

Erst als er müde und immer noch verwirrt zu Hause angekommen war und die Schuhe auszog, fiel ihm ein, was Jenny noch gesagt hatte: *Jonathan, wir sind ruiniert.*

Er schluckte. Wenn sie das sagte, hatte es keinen Sinn, es infrage zu stellen. Selbst volltrunken war Jenny in der Lage, die wichtigsten Geschäftszahlen herunterzuleiern. Erst jetzt wurde ihm bewusst, warum Theo Nielsen für sie so wichtig gewesen war. Die wenigen Autoren, die sie vertraten, brachten einfach nicht genug Geld ein. Das hatte er immer geahnt, aber er hatte vermieden, nach den Details zu fragen. Er hatte einfach verdrängt, wie brisant ihre finanzielle Situation tatsächlich war.

Jenny hatte alles auf eine Karte gesetzt: Theo Nielsen. Sie hatte hoch gepokert und verloren. Und nun?

Er stöhnte leise und ließ sich auf die Bettkante sinken. Manchmal war das Leben ein Arschloch. Da traf er nun eine

Frau, die ihn faszinierte, nein, mehr als das, eine Frau, die seine Seele auf eine Art und Weise berührte, wie es noch nie eine Frau getan hatte, und dann ließ sie ihn einfach sitzen. Er hatte die Chance, seinen Traumberuf auszuüben, doch noch ehe er richtig loslegen konnte, war seine berufliche Karriere auf eine Sandbank aufgelaufen, und das Meer riss bedrohlich an den Planken. Und nach dieser Abfuhr würde Jenny ihn jetzt hassen. Er fuhr sich mit der Hand durch die Haare. Dabei hatte er ein kleines Vermögen geerbt – leider würde er nicht an das Geld herankommen, solange sein Bruder verschollen war.

Nachdenklich nagte er an der Unterlippe. Ob es nicht doch eine winzige Möglichkeit gab, so etwas wie einen Vorschuss zu bekommen? Vielleicht konnte er auch einen Kredit aufnehmen, mit dem Erbe als Sicherheit. Warum eigentlich nicht? Er musste noch mal mit dem Notar sprechen. Dummerweise lag der Brief mit der Telefonnummer im Büro, und es erschien ihm nicht ratsam, dort heute Abend oder auch morgen früh wieder aufzutauchen. Aber sicherlich hatte der Typ eine Webseite. An den Namen des Mannes erinnerte er sich noch. Jonathan nahm sein Smartphone zur Hand und gab „Michael Handstätten" ein.

Schon der dritte Treffer war korrekt. Eine E-Mail-Adresse, Festnetznummer samt Fax wurden angegeben. Anders als in Jonathans Schreiben aber keine Mobilfunknummer. Egal, um diese Zeit konnte er ohnehin niemanden mehr anrufen. Also schrieb er eine E-Mail und bat um Rückmeldung.

Er fühlte sich etwas besser, als er sie abgeschickt hatte. Einen Versuch war es allemal wert.

Es war gegen halb vier Uhr morgens, als er endlich ins Bett kam. Jonathan schlief rasch ein, schreckte aber immer wieder aus äußerst merkwürdigen Träumen hoch, in denen selbstfahrende Krankenhausbetten und Briefe, die wie Schmetterlinge durch die Gegend flatterten, ebenso eine Rolle spielten wie Maiks wütendes Gesicht und Maras große dunkle Augen.

Schließlich zwang ihn das helle Licht, das durch die halb zugezogenen Gardinen fiel, seinen Kampf um einen erholsamen Schlaf aufzugeben. Mit steifem Nacken und einem dumpfen Pochen in den Schläfen stand er auf. Ein Blick zur Uhr verriet ihm, dass es bereits kurz vor zehn war. Manchmal war es durchaus von Vorteil, sein eigener Chef zu sein und sich seine Arbeitszeiten selbst aussuchen zu können.

Nach einer ausgiebigen Dusche und einem hauptsächlich aus Kaffee bestehenden Frühstück fühlte er sich schon etwas munterer.

Als er nach seinem Smartphone griff, sah er, dass er irgendwann in der Nacht eine Nachricht erhalten hatte:

Lieber Jonathan, ich hab keine Ahnung, warum ausgerechnet wir beide uns begegnen mussten. Ich wünschte, es wäre alles anders.

Es tut mir leid, ich musste gehen. Später wirst du mich verstehen – vielleicht.

Es gibt da etwas in mir, das mich kaputt macht, und solange es existiert, kann ich niemandem vertrauen.

Aber nun habe ich die Chance, es zu beenden, und diese Chance muss ich nutzen.

Mara

Jonathan spürte, wie sein Magen sich verkrampfte. Er sprang auf, zog sich hastig an und verließ seine Wohnung.

Dunkle Ahnungen

Es war ein trüber Morgen. Der Himmel hatte sich zugezogen und es fielen die ersten Regentropfen. Die kräftig gebaute, energische Frau mit den streng zurückgekämmten blonden Haaren, in denen sich bereits das erste Grau zeigte, parkte ihren verbeulten Toyota auf dem Mitarbeiterparkplatz des Krankenhauses und putzte sich die Nase. Ein Blick in den Rückspiegel verriet Oberschwester Brigitte Slomka, dass sie genauso furchtbar aussah, wie sie sich fühlte. Ihre Nasenflügel waren wund vom vielen Schnäuzen. Ihre Augen schimmerten glasig und ihr Gesicht kam ihr so aufgedunsen vor wie ein vor drei Tagen verendetes Walross.

Sie stieg aus dem Wagen und schlug die Tür zu. Entschlossen stapfte sie zum Eingang des Krankenhauses. Eigentlich war sie wegen einer fiesen Sommergrippe krankgeschrieben, aber das scherte sie im Moment wenig. Denn es waren nicht nur eine verstopfte Nase und ein nervtötender Hustenreiz gewesen, die sie die Nacht über wach gehalten hatten. Sie hatte permanent an den Flussmann denken müssen, diesen unbekannten Wachkomapatienten auf der Intensivstation, und an Schwester Mara. Ihr war ein Verdacht gekommen, ein schrecklicher Verdacht. Den ganzen Morgen hatte sie weitergegrübelt und war schließlich zu dem Schluss gelangt, dass sie auch in der kommenden Nacht keinen Schlaf finden würde, wenn sie das nicht augenblicklich klärte.

Die Tür des Seiteneingangs fiel hinter ihr ins Schloss. Sie steuerte auf das Treppenhaus zu. Eigentlich hätte sie lieber den Fahrstuhl genommen, aber es war besser, wenn sie möglichst nicht gesehen wurde. Ihre Sohlen quietschten auf den sauber geputzten Linoleumstufen. Nach dem zweiten Treppenabsatz wurden ihre Schritte langsamer und zwei weitere Absätze später hielt sie schnaufend inne. Oberschwester Brigitte Slomka fluchte leise. Mit ihrer Kondition stand es schon an guten Tagen nicht zum Besten. Aber mit dieser dämlichen Grippe und einer schlaflosen Nacht in den Knochen wurde jede Treppenstufe zur Qual.

Vor ihrem inneren Auge erschien das blasse, vernarbte Gesicht von Schwester Mara. Brigitte Slomka erinnerte sich daran, wie still und unauffällig diese junge Frau durch die Gänge schlich. Etwas an ihr war unheimlich.

Entschlossen presste sie die Lippen zusammen und zwang sich weiterzugehen. Die Oberschwester war eine resolute, pragmatische Frau, insofern war ihr alles Religiöse suspekt und alles Fanatische oder Fundamentalistische geradezu verhasst. Vor dreißig Jahren, als sie ihre Ausbildung in dem konfessionellen Krankenhaus durchlaufen hatte, war das Pflegepersonal noch fest in der Hand der Betschwestern gewesen. Insbesondere ihre damalige Oberschwester hatte Brigitte noch in unguter Erinnerung – eine verbitterte, hartherzige Frau mit engen Moralvorstellungen, deren Nächstenliebe sich in zwanghafter Reinlichkeit und überpünktlichen Mahlzeiten erschöpfte. Seitdem zuckte Brigitte Slomka jedes Mal innerlich zusammen, wenn sie ein gestärktes Häubchen um die Ecke biegen sah. Sie hatte nie in Erwägung gezogen, Diakonisse zu werden. Vielleicht war ihr deshalb die junge Frau mit der vernarbten Wange aufgefallen. Wenn jemand in der heutigen Zeit einer solchen verstaubten Schwesternschaft beitreten wollte, konnte irgendetwas mit dieser Person nicht stimmen. Als Mara dann plötzlich im Zimmer des Patienten mit dem apallischen Syndrom aufgetaucht war, hatten ihre inneren Alarmglocken zu läuten begonnen. Irgendetwas in ihrem Unterbewusstsein brachte Schwester Maras Gesicht und diesen Wachkomapatienten miteinander in Verbindung.

Nach Atem ringend, erreichte sie das richtige Stockwerk und hielt inne. Wenn sie sich doch nur erinnern könnte! Sie war so dicht davor, das spürte sie. Wenn sie Schwester Mara erwischte und zur Rede stellte, dann würden auch die eingerosteten Synapsen in ihrem Hirn wieder zu feuern beginnen.

Sie wartete ein paar Minuten, bis sie zu Atem gekommen war, und öffnete dann vorsichtig die Tür zum Flur. Rasch schlüpfte sie in den Gang. Sie trug ihren weißen Kittel. Niemand schenkte ihr Beachtung. Im Vorbeigehen schnappte sie sich einen Mundschutz von einem Materialwagen und zog ihn über.

Schließlich betrat sie die Intensivstation. Niemand war zu sehen. Es kam ihr würdelos vor, sich auf die eigene Station zu schleichen, aber welche Wahl hatte sie schon? Vorsichtig einen Fuß vor den anderen setzend, bewegte sie sich durch den Flur auf das Zimmer des Flussmanns zu. Zu ärgerlich, dass ihre Gummisohlen so quietschten. Sie blieb stehen und lauschte an der Tür. Waren da Stimmen? Sie glaubte ein leises, aber eindringliches Flüstern zu hören. Unendlich behutsam drückte sie die Klinke hinunter – trotz ihrer Vorsicht knarrte es leise. *Mist!* Sie zögerte einen Moment, lauschte und riss dann mit einem Schwung die Tür auf.

Verdutzt blieb sie stehen. Das Zimmer war leer. „Was –"

„Oberschwester Brigitte Slomka!", bellte eine Stimme hinter ihr. „Sind Sie das?!"

Sie zuckte erschrocken zusammen und fuhr herum. Von allen Menschen auf der Welt war Chefarzt Dr. Wohlrabe derjenige, den sie in diesem Moment am wenigsten zu treffen wünschte. Offenbar hatte er seine Visite nach hinten verschoben. Sie räusperte sich und versuchte, etwas von ihrer gewohnten Autorität in ihre Stimme zu legen. Leider misslang der Versuch kläglich: „Es geht mir schon besser", krächzte sie. Sie nahm den Mundschutz ab. „Und da dachte ich –"

„Sind Sie völlig übergeschnappt?!", unterbrach Dr. Wohlrabe sie. „Ich habe Sie nicht ohne Grund nach Hause geschickt. Und setzen Sie den Mundschutz wieder auf!"

Die Oberschwester gehorchte. „Ich bin ja gleich wieder weg. Ich wollte nur –"

„Nein!", fiel der Chefarzt ihr ins Wort. „Sie verlassen augenblicklich die Station!"

„Aber –"

„Kein Wort!", zischte der Arzt. „Sie sollten ein Vorbild sein! Stattdessen riskieren Sie durch Ihr unverantwortliches Handeln die Gesundheit der Ihnen anvertrauten Menschen! Sie sind lange genug dabei, um zu wissen, dass der Virus, den Sie in sich tragen, unsere geschwächten Patienten das Leben kosten kann!"

Brigitte Slomka wusste, wann ein Kampf verloren war. „Ich bitte um Entschuldigung, natürlich." Sie trat den Rückzug an. Auf dem Weg zum Ausgang wandte sie sich noch einmal um. „Es ist nur so, dass ich mir große Sorgen –"

„Hätten Sie sich Sorgen gemacht, wären Sie gar nicht hier!", fauchte Dr. Wohlrabe. „Sie verlassen jetzt augenblicklich das Gebäude. Wenn Sie sich nur eine Minute länger als nötig hier aufhalten, wird das gravierende Konsequenzen nach sich ziehen. Dafür werde ich persönlich Sorge tragen!" Er fuhr herum. „Schwester Franziska, bitte begleiten Sie die Oberschwester zum Ausgang."

Die junge Frau zuckte zusammen, gehorchte aber. Das Blut schoss ihr in die Wangen. Es war ihr höchst unangenehm, ihre Vorgesetzte bewachen zu müssen. Aber die Angst vor dem Chefarzt war noch größer als der Respekt vor ihrer Oberschwester.

Brigitte Slomka presste die Lippen zusammen. Sie und der Chefarzt trugen schon seit Längerem eine persönliche Fehde aus. Sein arrogantes Gehabe ging ihr auf die Nerven. Wenn er anfing, sich in ihr Fachgebiet einzumischen, hatte sie keine Scheu, ihn zurechtzuweisen. Nun hatte sie ihm ihren Kopf quasi auf dem Silbertablett serviert. Natürlich hatte er vollkommen recht mit seiner Kritik. Ihr ungutes Bauchgefühl hatte sie leichtfertig handeln lassen. Dass er Konsequenzen nur androhte und nicht gleich zum Personalchef rannte, musste sie ihm zähneknirschend als großzügige Geste zugestehen. Sie wusste nicht, ob sie an seiner Stelle auch so gehandelt hätte.

Als der Chefarzt sich abgewandt hatte, flüsterte Schwester Franziska: „Es tut mir so leid. Es ist mir total unangenehm, dass ich Sie jetzt überwachen soll ..."

„Unsinn. Ich habe einen Fehler gemacht. Bringen wir es hinter uns." Sie steuerte auf die Durchgangstür zu. „Was ist mit dem Flussmann passiert?"

„Dr. Wohlrabe hat die Verlegung in die MEDIAN-Klinik Grünheide angeordnet. Die haben eine spezielle Frühreha für

Wachkomapatienten. Vor einer knappen halben Stunde ist er weg ..."

Die junge Krankenschwester sagte noch etwas, aber Brigitte Slomka hörte ihr nicht länger zu. Ihr Blick war auf das gegenüberliegende Materiallager gerichtet, genauer gesagt, auf dessen Zimmernummer: 2008.

Abrupt blieb sie stehen. 2008. In ihrem Unterbewusstsein rührte sich etwas. Wie bei einer Murmel, die andere anstößt, kamen ihre Gedanken ins Rollen. Sie erinnerte sich an einen Abend im Café. Sie hatten die lauen Temperaturen genossen. In den Zeitungen wurde ständig über die Finanzkrise berichtet. Sie erinnerte sich noch, wie ihr Mann Frank beiläufig gesagt hatte: „Ich kann mir beim besten Willen nicht vorstellen, dass die Amis einen Schwarzen zum Präsidenten wählen." Und dann hatte sie irgendetwas in der Zeitung entdeckt ... irgendetwas! „Verflixt!"

„Entschuldigung, was haben Sie gesagt?" Franziska warf ihr einen irritierten Blick zu.

„Schon gut." Brigitte Slomka winkte ab und ließ sich bis zum Aufzug begleiten. „Ich denke, ab hier finde ich den Weg allein."

Eine laute Stimme ließ sie herumfahren. „Raus hier! Wie zum Teufel sind Sie überhaupt hier hereingekommen?!"

Ein junger Mann trat auf den Flur hinaus. Durch die halb geöffnete Tür der Intensivstation brüllte Dr. Wohlrabe mit zornesrotem Gesicht: „Für Unbefugte ist der Zutritt verboten. Können Sie nicht lesen?!"

Der junge Mann erwiderte irgendetwas.

„Nein! Und wenn Sie nicht auf der Stelle von hier verschwinden, rufe ich die Polizei!", brüllte der Chefarzt. Dann schloss er die Tür.

Der junge Mann wandte sich resigniert um und hielt auf den Aufzug zu. Wahrscheinlich hatte er versucht, ohne Anmeldung einen Verwandten zu besuchen.

Die Fahrstuhltür öffnete sich und der junge Mann trat ein. Auch die Oberschwester stieg in die Aufzugkabine.

„Du brauchst mich nicht zu begleiten, Franziska."

„Na ja ... Dr. Wohlrabe ..."

Brigitte Slomka drückte auf den Knopf zum Erdgeschoss und blieb direkt im Eingang stehen. Schwester Franziska hätte sich mühsam an der voluminösen Gestalt ihrer Vorgesetzten vorbeiquetschen müssen, um hereinzukommen. Also blieb sie einfach stehen und protestierte schwach, bis die Aufzugstür sich wieder schloss. Brigitte Slomka nickte zufrieden. Manchmal hatte Masse eben doch seine Vorteile. So weit kam es noch, dass sie vor aller Augen aus der Klinik eskortiert wurde. Wenn sie schon gehen musste, dann in Würde und allein!

Sie warf dem jungen Mann einen Blick zu. Er war blass und wirkte irgendwie beunruhigt.

„Moment mal, ich kenne Sie doch!", entfuhr es der Oberschwester.

Der Mann warf ihr einen irritierten Blick zu. „Bitte?"

„Doch, jetzt bin ich mir ganz sicher. Sie sind neulich schon einmal plötzlich auf der Intensivstation aufgetaucht. Sie sind der Freund von Schwester Mara, nicht wahr?"

„Na ja, ich weiß nicht, ob sie es so bezeichnen würde ..."

Brigitte Slomka nickte. Noch so einer, der unter Beziehungsstatus „Es ist kompliziert" angeben würde.

Der Mann senkte den Blick und hob dann wieder den Kopf. Es wirkte, als sei er sich nicht sicher, ob er weiterreden solle. Schließlich gab er sich einen Ruck. „Wissen Sie, wo Mara ist?"

Es erklang ein leiser Gong. Sie hatten das Erdgeschoss erreicht und stiegen aus. „Ich weiß nicht, ob sie Dienst hat", erwiderte die Oberschwester, „sie arbeitet nicht auf meiner Station."

„Ich weiß, sie ist auf der Inneren. Ich war schon dort und habe nach ihr gefragt. Eigentlich müsste sie Dienst haben, irgendjemand behauptete auch, sie gesehen zu haben. Aber ihre Schicht hat sie nicht angetreten."

Brigitte Slomka lief ein Schauer über den Rücken. „Und da haben Sie gedacht, sie könnte auf der Intensivstation sein?"

Er nickte zögernd.

„Nun ja, offenbar ist sie aber nicht dort." Die Oberschwester schürzte nachdenklich die Lippen. „Vielleicht hat der Kollege sich geirrt und Schwester Mara ist krank?"

„Sie hat sich nicht abgemeldet und an ihr Handy geht sie auch nicht ..."

„Sie machen sich Sorgen?"

„Ihre Kollegen auch", erwiderte der junge Mann. „Sie sagen, Mara wäre eigentlich die Zuverlässigkeit in Person."

Schwester Brigitte unterdrückte einen Fluch. Aus dem unguten Gefühl in der Magengegend war mittlerweile ein Knoten in ihren Eingeweiden geworden. Sie beschloss, nicht unnötig um den heißen Brei herumzureden. „Wie gut kennen Sie Schwester Mara eigentlich?"

„Ich wüsste nicht, was Sie das angeht."

Ups. Nicht gut. Dann eben etwas direkter. „Um ehrlich zu sein, ich mache mir ebenfalls große Sorgen. Ich fürchte, sie ist dabei, einen großen Fehler zu begehen."

Der junge Mann wurde eine Spur blasser. „Was meinen Sie damit?"

Er weiß irgendetwas, schoss ihr durch den Kopf. „Haben Sie einen kleinen Moment Zeit?", fragte sie.

„Na ja ..." Er zuckte mit den Schultern. „Hängt davon ab, wofür."

„Lassen Sie uns herausfinden, was Mara vorhat."

„Könnten Sie vielleicht etwas konkreter werden?"

„Wir haben einen unbekannten Wachkomapatienten auf unserer Station." Dass er heute verlegt worden war, tat nichts zur Sache. „Ich glaube, dass Schwester Mara irgendetwas mit ihm verbindet. Hat sie jemals darüber gesprochen?"

Der junge Mann schüttelte nachdenklich den Kopf. „Sie hat mal erwähnt, dass es einen Patienten gibt, um den sie sich in besonderer Weise kümmern muss."

„Verstehe. Haben Sie die Kollegen auf der Inneren mal danach gefragt?"

„Ja. Aber sie konnten das nicht bestätigen."

Die Oberschwester seufzte. „Ich hab's befürchtet."

„Was?"

„Sie meint den Flussmann."

„Wen?"

„Einen Patienten mit unbekannter Identität. Er befindet sich seit einiger Zeit auf der Intensivstation. Allerdings ist er nicht ihr Patient, ganz im Gegenteil. Sie hat dort überhaupt nichts zu suchen. Wenn sie sich dort in die Pflege einmischt, kann sie das den Job kosten oder noch schlimmere Konsequenzen nach sich ziehen."

Der junge Mann starrte sie an. Er schien noch eine Spur blasser zu werden. „Und warum sollte sie so etwas riskieren?"

„Für mich gibt es nur zwei Erklärungen. Entweder Mara ist psychisch krank und bildet sich irgendetwas ein ..."

Er schüttelte vehement den Kopf. „Das glaube ich nicht!"

„... oder sie weiß mehr über seine Identität und hat irgendetwas mit ihm vor."

„Was? Aber woher …? Und was sollte sie vorhaben?"

„Wollen Sie nun raus oder rein?", erklang plötzlich eine barsche Stimme hinter ihnen.

Brigitte Slomka stellte fest, dass sie, in ihr Gespräch vertieft, mitten vor dem Eingang stehen geblieben waren. „Entschuldigung." Sie traten hinaus, und ein dickbäuchiger Glatzkopf kam aus der Klinik und murmelte irgendetwas in seinen Bart, während er rasch zum Parkplatz hinüberging.

„Und wo ist Mara jetzt?", platzte es aus dem jungen Mann heraus.

„Ich hab nicht die leiseste Ahnung. Der Patient ist gerade auf dem Weg in eine andere Klinik, momentan also außerhalb ihrer Reichweite. Hier war es für sie als interne Mitarbeiterin relativ leicht, sich auf seine Station zu schleichen. Das wird dort nicht möglich sein. Aber vielleicht wird sie es trotzdem versuchen. Wir müssen erst einmal herausfinden, was sie überhaupt vorhat. Nur so können wir ihr vielleicht helfen."

Er runzelte die Stirn. „Sie wollen ihr also helfen?" Die Skepsis in seiner Stimme war nicht zu überhören.

Brigitte Slomka lächelte verkniffen. „Ich gebe zu, unsere erste Begegnung war suboptimal. Es tut mir leid, dass ich so unfreundlich war. Aber bitte, glauben Sie mir. Ich will nur, dass Schwester Mara dem Patienten nicht schadet und sich selbst nicht ins Unglück stürzt. Das ist alles."

Der junge Mann zögerte. Dann nickte er schließlich. „Also gut, was schlagen Sie vor?"

Irgendetwas verheimlicht er, dachte Brigitte Slomka. „Mein Name ist Brigitte Slomka." Sie reichte ihm die Hand.

„Jonathan Brendel."

„Also gut, Herr Brendel. Ist Ihnen in letzter Zeit irgendetwas an Schwester Mara aufgefallen? Wirkte sie anders als sonst? Hat sie irgendetwas gesagt, das Ihnen merkwürdig vorkam?"

Der junge Mann schwieg. Er wirkte sehr nachdenklich. Schließlich meinte er: „Ich kenne Mara noch nicht lange genug, um einschätzen zu können, ob sie sich verändert hat. Aber ich glaube schon, dass irgendetwas sie sehr beschäftigt. Es ist, als würde sie eine schwere Last mit sich herumtragen."

Die Oberschwester nickte. „Hat sie irgendwann mal erwähnt, dass der Sommer 2008 eine besondere Bedeutung für sie hätte?"

Er schüttelte den Kopf. „Nein."

„Mist."

„Haben Sie eine Ahnung, wo man Zeitungen aus dieser Zeit einsehen kann?"

„Ja ..."

„Ehrlich? Das ist ja großartig! Wo denn?"

„In der Zeitungsabteilung der Staatsbibliothek. Sie befindet sich in einem ehemaligen Getreidesilo im Berliner Westhafen."

„Hervorragend. Wir fahren sofort hin!"

„Aber warum ...?"

„Irgendetwas ist im Sommer 2008 passiert. Etwas, das Mara mit diesem Patienten verbindet, und wir müssen herausfinden, was das ist."

Der junge Mann presste schweigend die Lippen zusammen. Doch schließlich nickte er. „Also gut. Ich komme mit. Aber welche Befürchtungen Sie auch immer hegen: Ich bin mir sicher, dass Mara niemals einem Patienten schaden würde."

Brigitte Slomka sah ihm in die Augen. *Das ist das, was du dir wünschst*, dachte sie, *aber tief in dir nagen die Zweifel.* Sie lächelte knapp. „Mein Wagen steht dort drüben."

Aufgeflogen

Es war bislang kein besonders glücklicher Start in den Tag für Polizeihauptkommissar Thorsten Boddien gewesen. Gegen halb vier Uhr morgens hatte sein Handy geklingelt. Kurz zuvor hatte es eine Schießerei im Stadtpark Hasenheide gegeben. Ein Mann war getötet worden, fünf weitere waren verletzt, unter ihnen ein Tourist aus den Niederlanden, der auf einer Parkbank seinen Rausch ausgeschlafen hatte. Alle anderen Beteiligten waren, daran gab es schon zum jetzigen Zeitpunkt wenig Zweifel, dem Drogenkartell von El Niño zuzuordnen.

Die Zeugenaussagen waren widersprüchlich, aber alles deutete auf einen Machtkampf innerhalb des Kartells hin. Und das wiederum könnte durchaus bedeuten, dass El Niño nicht länger die Fäden in der Hand hielt. Das war ein Problem, denn wenn sie den Bandenchef nicht bald fanden, wäre der Schlag weit weniger effektiv als erhofft. Es wäre äußerst ungünstig, wenn sie der Schlange erst dann den Kopf abschlügen, wenn bereits zwei neue gewachsen waren. Natürlich wäre es auch denkbar, dass es eine Revolte gegen El Niño gab, die dieser niedergeschlagen hatte. Unerfreulicherweise war der Mann nach wie vor wie vom Erdboden verschluckt.

Und damit nicht genug. Seit heute Morgen war ihr Kronzeuge, Randolf Schmidt, unauffindbar. Vielleicht gab es dafür eine harmlose Erklärung, aber der Hauptkommissar glaubte nicht daran. Entweder der Mann war aufgeflogen oder er hatte es sich angesichts der veränderten Situation anders überlegt und die Zusammenarbeit mit dem LKA aufgekündigt. Eigentlich, so hatte Boddien gedacht, konnte es gar nicht schlimmer kommen ... Eigentlich.

Gegen 7:40 Uhr klingelte sein Telefon.

„Hauptkommissar Boddien ...", meldete er sich.

„Was hast du gemacht?", unterbrach ihn eine aufgebrachte Stimme. „Bist du verrückt geworden?"

Der Hauptkommissar unterdrückte ein Seufzen und versuchte, seiner Stimme einen unbekümmerten Beiklang zu geben. „Michael, was ist los? Wo drückt der Schuh?"

„Lass die blöden Sprüche, du weißt genau, wovon ich rede!"

„Eigentlich nicht", log Thorsten Boddien.

„Ich habe heute eine E-Mail von Jonathan Brendel erhalten!"

Der Hauptkommissar schloss die Augen und atmete tief ein und aus. „Aha", murmelte er unverbindlich ins Telefon.

„Das ist alles, was du dazu zu sagen hast?", wütete sein alter Studienkollege am anderen Ende der Leitung. „Ihr habt meinen Brief abgefangen und dem Mann ein falsches Testament zukommen lassen! Das ist kriminell, was ihr da macht!"

„Ich habe nicht den leisesten Schimmer, wovon du da redest!", sagte Boddien kühl. Der Satz kam routiniert über seine Lippen. Leugnen gehörte zum Alltagsgeschäft.

„Hör auf, mich für dumm zu verkaufen, Thorsten! Du warst der Einzige, der von diesem Testament wusste ..."

„Das glaubst du doch wohl selbst nicht", unterbrach der Hauptkommissar ihn. „Du hast zwei Rechtsanwalts- und

Notargehilfinnen in deinem Büro. Sie kamen mir beide ein wenig vertratscht vor, wenn ich ehrlich bin ..."

„Was sind das für absurde Unterstellungen?!", fauchte Michael Handstätten.

„Ich unterstelle überhaupt nichts!" Boddien spielte den Empörten. „Momentan bist du es, der hier ziemlich absurde Behauptungen aufstellt. Deine Mitarbeiterinnen kennen den Fall, und woher willst du eigentlich wissen, dass deine Klientin nicht auch mit anderen über das Testament gesprochen hat? Es könnten Dutzende von Menschen davon wissen. Also hör auf, mich mit deinen Verdächtigungen zu belästigen."

„Ich weiß nicht, was für ein Spiel du da spielst", sagte der Notar. „Das musst du vor deinem Gewissen und wer weiß, vor wem noch rechtfertigen." Seine Stimme wurde kalt. „Ich will damit nichts zu tun haben. Und mit dir bin ich auch fertig. Wag es ja nicht, jemals wieder Kontakt mit mir aufzunehmen."

„Was du da redest, grenzt an Paranoia", erwiderte Boddien. „Aber gut, es ist deine Entscheidung. Ich werde mich dir nicht aufdrängen."

„Selbstverständlich habe ich Herrn Brendel das korrekte Testament unverzüglich zukommen lassen."

Thorsten Boddien seufzte innerlich.

„Dass ich dir das überhaupt mitteile, ist ein letzter Freundschaftsdienst", fuhr Michael Handstätten fort. „Ich hätte das nicht tun müssen."

„Wenn du meinst", sagte Boddien unverbindlich.

„Also tu, was du immer in solchen Situationen tust. Versuche, deinen Arsch zu retten ..."

„Michael, es reicht!"

„Das ist allerdings wahr", sagte der Notar, „es reicht!" Und dann legte er einfach auf.

Der Hauptkommissar steckte das Handy zurück in seine Brusttasche, lehnte sich in seinem Bürostuhl zurück und seufzte tief. Auch wenn er es niemals zugeben würde, die Vorwürfe seines alten Studienkollegen hatten ihn nicht unberührt gelassen.

Hatte die Jagd nach Schwerverbrechern, der tägliche Umgang mit Gewalt, Menschenverachtung, Lüge und Gier ihn abgestumpft? Hatte er wirklich das rechte Maß für Falsch und Richtig verloren, und war er dem Bösen, das er doch bekämpfen wollte, unmerklich immer ähnlicher geworden?

Er erinnerte sich an einen ehemaligen Bundeswehrsoldaten, den er wegen eines brutalen Mordes festgenommen hatte. Der Mann war ausgebildeter Scharfschütze und mehrere Jahre in Afghanistan im Einsatz gewesen.

Es hatte massenhaft belastende Indizien gegeben, aber Boddien hatte seine Motive verstehen wollen. In einem der vielen Verhöre hatte der Mann berichtet: „Du darfst niemals anfangen, deine Feinde als Menschen zu betrachten. In dieser Hinsicht gibt es kein Grau, nur Schwarz und Weiß. Deine Feinde sind Fanatiker, Terroristen oder Bestien, die getötet werden müssen, ehe sie uns töten. Sie oder wir – ganz einfach. Fang niemals an zu grübeln!"

Fang niemals an, dir vorzustellen, dass diese Bestien auch Kinder sein könnten, hatte Boddien in Gedanken ergänzt, *oder Väter oder einfach nur Menschen, die lachen oder weinen oder traurig sind, dann hast du verloren.*

Der Mann hatte sich auf seinem Stuhl zurückgelehnt und Boddien zugezwinkert. „Mein Feind ist mein Feind, mehr nicht. Es ist mein Job, ihn aufzuhalten – mit allen Mitteln!"

„Ich verstehe", hatte Thorsten Boddien damals gesagt. „Dann war der Verlobte Ihrer Exfreundin also Ihr Feind?"

Der Mann hatte nur gegrinst.

Die Kälte im Blick des Mannes hatte Boddien einen Schauer über den Rücken gejagt. Aber das war schon viele Jahre her. Er fragte sich, ob er heute noch genauso empfinden würde. Die Verbrecher, mit denen er es zu tun hatte, waren zu gewitzt, zu skrupellos und zu gefährlich, um sich ein schlechtes Gewissen leisten zu können. Wer zu weich war, verlor. Er hatte sich angewöhnt, keine Gedanken daran zu verschwenden, welche menschlichen Schicksale sich hinter Mitarbeitern, Zeugen oder V-Leuten verbargen. Sie waren einfach nur Werkzeuge, die er benötigte, um den Schurken das Handwerk zu legen. Hatte er jemals ernsthaft einen Gedanken daran verschwendet, welche Konsequenzen sein Handeln für Jonathan Brendel haben könnte? Nein! „Was ist nur aus dir geworden, Thorsten Boddien", murmelte er.

„Äh ... Chef?"

Er fuhr hoch.

Die junge Kommissarin Judith Meyer stand in der Tür und warf ihm einen fragenden Blick zu. „Alles okay bei Ihnen?"

„Ja, natürlich." Er räusperte sich. „Die Nacht war kurz und beschissen, aber sonst alles bestens. Was gibt es denn?"

„Das Observationsteam hat sich gemeldet."

„El Niño ist aufgetaucht?" Er bleckte die Zähne zu einem schiefen Grinsen.

„Schön wär's." Sie machte sich nicht die Mühe, über seinen müden Scherz zu lächeln. „Aber die Zielperson treibt gerade etwas Merkwürdiges."

„Aha, wo steckt Brendel denn?"

„In der Zeitungsabteilung der Staatsbibliothek, Westhafenstraße. Das Ungewöhnliche daran ist aber, dass er dort nicht allein ist. Oberschwester Brigitte Slomka ist bei ihm."

Der Hauptkommissar stutzte. „Arbeitet die nicht im Melanchthon-Klinikum?"

„Genau, sie hält uns über Alex' Zustand auf dem Laufenden."

„Könnte es da einen Zusammenhang geben?"

Sie zuckte mit den Achseln.

„Kennen die beiden sich?"

„Das wäre uns neu."

„Und was machen sie überhaupt in der Bibliothek?"

„Sie recherchieren Zeitungsartikel aus dem Sommer 2008."

„Tatsächlich?" Nachdenklich trommelte Boddien mit den Fingern auf seine Schreibtischplatte. „Oberschwester Brigitte Slomka ...", murmelte er. Er kramte in seinen Erinnerungen. Da war doch etwas gewesen. „Sagen Sie, wir haben doch diesen Max ..."

„Was für ein Max?"

„Na, diesen Praktikanten."

„Sie meinen Mark Schulze?"

„Ja, genau, schicken Sie ihn zu mir. Und halten Sie mich unbedingt auf dem Laufenden."

„Geht klar, Chef."

Wenig später klopfte es schüchtern an der Tür und das Gesicht des jungen Praktikanten erschien im Türspalt.

„Kommen Sie rein!", forderte Boddien ihn auf. „Sie haben mir neulich etwas erzählt, was war das noch mal?"

„Äh ..." Der junge Mann wirkte verunsichert. „Was genau meinen Sie jetzt?"

„Diese Oberschwester aus der Klinik hatte sich gemeldet."

„Ach so, ja. Sie rief an und sagte, dass ihr irgendetwas merkwürdig vorkommen würde. Sie hätten schon seit über einer Woche einen Komapatienten, den offenbar niemand vermissen würde. Aber Sie sagten dann, ich solle den Fall –"

„Ich weiß, was ich gesagt habe!", unterbrach Boddien ihn. Er war aufgesprungen und begann, im Zimmer auf und ab zu laufen. „Tun Sie mir einen Gefallen, äh ...?"

„Mark."

„Genau. Finden Sie heraus, wann genau der Patient eingeliefert wurde und wie und wo er seine Verletzung erlitten hat. Ich will alles wissen, jedes Detail."

„Kein Problem. Ich kümmere mich darum."

„Danke, Mark."

Kaum war der Praktikant aus der Tür hinaus, griff sich Boddien die Autoschlüssel, um in die Klinik zu fahren. Doch dann hielt er inne. „Sommer 2008 ...", murmelte er. „Verflixt!"

Er setzte sich wieder auf den Stuhl, öffnete die Datenbank und gab einen Namen ein.

Recherche

Der Umgang mit dem Mikrofiche-Lesegerät strapazierte Brigitte Slomkas Geduld. Jonathan Brendel schien damit weniger Probleme zu haben.

„Suchen Sie einfach nach einem Artikel, in dem Ihre Freundin auftaucht", hatte sie ihn angewiesen.

Jonathan hatte sich an die Arbeit gemacht, war jedoch seit ein paar Minuten nicht mehr ganz bei der Sache. Er hatte irgendeine Nachricht erhalten, die ihn sehr zu verwirren schien. „Ich fasse es nicht", murmelte er immer wieder. „Gefälscht? Irgendjemand hat es tatsächlich gefälscht! Wer macht denn so was?"

Als Brigitte Slomka nachfragte, meinte er nur: „Nicht so wichtig." Aber er schien doch sehr irritiert zu sein.

Die Oberschwester konzentrierte sich wieder auf ihre Arbeit und legte sorgfältig den nächsten Mikrofiche ein – es musste ihrem Gefühl nach inzwischen der tausendste sein. Gewissenhaft studierte sie die Überschriften. Ihr Verantwortungsbewusstsein ließ nicht zu, dass sie aufgab. Die Lösung des Rätsels war zum Greifen nahe, die Erinnerung wartete förmlich an der Schwelle ihres Bewusstseins, es fehlte nur noch das letzte Puzzleteil, damit sich alles ineinanderfügte und das Bild endlich erkennbar wurde.

Sie gähnte und ärgerte sich über den pedantischen glatzköpfigen Bibliothekar, der störrisch wie ein kleines Kind darauf beharrt hatte, dass sie nur im dafür vorgesehenen Bistro Kaffee trinken durften. Und das Bistro hatte heute natürlich geschlossen.

Zu allem Überfluss erwies sich die Mechanik des veralteten Lesegeräts als wenig kooperativ. Immer wieder bewegte sich der kleine Hebel des Readers unter dem Druck ihrer Hand ruckartig vor und übersprang mehrere Dutzend Artikel. Ein Großteil der Zeitungen war immer noch nicht digitalisiert worden.

Sie suchte weiter. Der Patient ging ihr einfach nicht mehr aus dem Kopf. Und das lag nicht nur daran, dass niemand wusste, wer er war. Es war auch anderes ungewöhnlich an ihm, zum Beispiel die Tatsache, dass er schon einmal schwere Verletzungen erlitten haben musste. Vor allem im Gesicht hatte es mehrere chiroplastische Eingriffe gegeben. Besonders auffällig waren aber die regen Hirnaktivitäten des Patienten. Sie passten einfach nicht zum sonstigen Zustand des Patienten. Auch im Wachkoma zeigte der Mann kaum Reflexe. Stattdessen kam es hin und wieder, vor allem nachts, zu einem deutlich erhöhten Puls. Das Herz des Mannes raste förmlich. Es erreichte Werte, die eigentlich nur durch enorme körperliche Anstrengung oder extremen psychischen Stress zu erklären waren ... oder aber auch durch eine fehlerhafte Medikation. Aber die Blutwerte waren überprüft worden, sie hatten nichts Außergewöhnliches ergeben.

Brigitte rieb sich die schmerzende Stirn. Müde legte sie den nächsten Mikrofiche ein ... und war mit einem Schlag hellwach: ... *Schrecklicher Unfall! Geschwisterpaar von jugendlichem Raser überrollt* ... Ihr Puls beschleunigte sich. Konzentriert suchte sie weiter. Der Prozess hatte erst zwei Jahre nach dem Unglück stattgefunden. Schließlich fand sie, wonach sie gesucht hatte: *Dramatische Szenen im Amtsgericht* ... Sie kritzelte das Datum auf einen Zettel und sprang auf.

„Was ist los?", fragte Jonathan Brendel überrascht.

„Ich glaube, ich hab's. Kommen Sie mit!"

Der Bibliothekar reagierte sehr ungehalten, als sie ihr Ansinnen formulierte.

„Heute ist Samstag. Wir schließen in zehn Minuten."

„Na, dann ist es doch gut, dass ich noch rechtzeitig nachfrage", erwiderte Brigitte und bedachte ihn mit einem Lächeln, das schon so mancher Schwesternschülerin einen Schauer über den Rücken gejagt hatte.

Der mürrische Bibliothekar und die grimmige Oberschwester maßen einander mit Blicken.

„Bitte", mischte sich Jonathan Brendel ein, „es ist wirklich wichtig."

Der Kahlköpfige ignorierte ihn. Schließlich sagte er, an die Oberschwester gewandt: „Kommen Sie am Montag ..."

„Ich gehe nicht, bevor ich diesen Zeitungsartikel in den Händen halte", unterbrach Brigitte ihn und verstärkte ihr Lächeln noch ein wenig. „Sie können gern versuchen, mich aus diesem Gebäude zu tragen. Natürlich können Sie mir auch mit einer Anzeige drohen oder gleich die Polizei rufen. Wenn Sie möchten, können Sie sogar Ihre minderjährige Praktikantin auf mich hetzen", fügte sie mit einem Seitenblick auf die junge Bibliothekarsgehilfin hinzu, die das Geschehen mit äußerstem Interesse beobachtete. Dann beugte sie sich vor und schob ihm einen Zettel hin. „Ich hätte gerne die ‚Berliner Morgenpost' von diesem Datum. Wären Sie so freundlich, mir das Exemplar zur Ansicht aus dem Archiv zu holen?"

„Warten Sie hier!", erwiderte der Bibliothekar eisig und rauschte davon.

„Genau das war mein Plan", erwiderte Brigitte.

Vier Minuten später hielt sie die leicht angegilbte Zeitung in den Händen. Das Foto, das sie gesucht hatte, fand sich auf Seite 2. Es zeigte einen grinsenden jungen Mann, der triumphierend die Faust ballte. Auf seinem Unterarm war ein großflächiges Muttermal zu sehen, das entfernt an einen Totenschädel erinnerte. Genau so eines hatte auch der Patient.

Auf einem kleineren Bild war ein junges Mädchen mit wirrem Haar zu sehen, das von zwei Sicherheitsbeamten festgehalten wurde.

Noch bevor sie den ersten Absatz gelesen hatte, stieß Jonathan Brendel sie plötzlich zur Seite.

„Hey, sind Sie verrückt geworden?", protestierte sie.

Der junge Mann schien sie gar nicht zu hören. Er starrte auf den Zeitungsartikel, als würde er einen Toten sehen. Sein Gesicht war totenbleich geworden.

Aus Sorge, er würde gleich ohnmächtig werden, ergriff sie seinen Arm. „Herr Brendel?"

Er reagierte nicht.

Sie schüttelte ihn. „Herr Brendel, was ist los?"

Der junge Mann starrte auf die Fotos aus dem Gerichtssaal.

„Kriegt der jetzt etwa einen Anfall?", mischte sich der Bibliothekar ein.

„Halten Sie die Klappe!", zischte Brigitte. Dass der junge Mann Mara erkannt hatte, konnte ihn nicht so verunsichert haben.

„Jonathan!" Sie nahm das Gesicht des jungen Mannes mit beiden Händen und zwang ihn, sie anzusehen. „Jonathan, was ist los?"

„Der ... Angeklagte", kam es tonlos von seinen Lippen, „ist mein Bruder."

Wacht

Tränen rannen über die Wangen des Mannes. Sie strömten aus seinen weit geöffneten Augen, perlten über seine rauen, bewegungslosen Lippen und rannen in den weißen Mullverband an seinem Kinn.

Gut so! Das ist gut so! Mara sah prüfend auf den Venentropf und anschließend auf ihre Armbanduhr. Die Zeit lief ihr davon. Bald würde man Verdacht schöpfen.

Der Mann auf dem Bett stöhnte leise. Sie blickte in seine weit aufgerissenen Augen. *Bleib ruhig!,* befahl sie sich selbst und atmete tief durch. *Verdirb es nicht.*

Sie wischte die Tränen von den Wangen des Mannes. Dann beugte sie sich vor, bis ihr vernarbtes Gesicht seines fast berührte. Sie wählte ihre Worte mit Bedacht. „Sieh mich an!", sagte sie mit ruhiger, eindrücklicher Stimme. „Du musst dich erinnern! Sieh mich an. Du kennst mich!"

Irrte sie sich oder hatten seine Pupillen sie tatsächlich kurz fixiert? „Ja! Sieh mich an. Ich bin Mara, die Schwester des Mannes, den du ermordet hast. Hör gut zu ..."

Der Blick des Mannes wurde starr, ging durch sie hindurch. „Nein", flüsterte Mara. „Komm zurück. Komm zurück!"

Sie konnte sehen, wie seine Halsschlagader pochte. Sie zwängte sich in dem engen Raum ein Stück nach vorn und berührte sie mit ihren Fingerspitzen, während sie auf ihre Armbanduhr blickte. Sein Puls war besorgniserregend. Mara kniff die Lippen zusammen. Sie musste vorsichtig sein.

Rasch nahm sie eine kleine Glasampulle aus ihrer Kitteltasche und öffnete sie. Sie zog die klare Flüssigkeit in eine Spritze und legte diese griffbereit auf die Matratze neben den Arm des Patienten. Es war besser, vorbereitet zu sein.

Mara setzte sich wieder auf die Bettkante, dicht neben den Mann, der ihr früheres Leben auf denkbar brutale Weise zerstört hatte. Sie hielt sich sehr aufrecht – eine weiße, stille Gestalt, beharrlich und wachsam.

Der Makel

Ein Schrei hallte durch den Saal der Spiegel. „Hilf mir, Sokjan!" Die kindliche Stimme Faiths überschlug sich. „Ich schaffe es nicht ohne dich!"

Tausendfach wirbelte die Eisenstange in der Hand des Jungen durch die Luft und krachte auf die schimmernde Oberfläche, ohne auch nur einen Kratzer zu hinterlassen.

„Komm, Bruder", rief Fastus. „Lass uns diesen Wahnsinnigen wieder einsperren, bevor noch ein Unglück geschieht."

Eisen schlug scheppernd gegen unnachgiebigen Kristall. Gestalten huschten hin und her. Sokjan verfolgte den Kampf der beiden. Durch die tausend Spiegelungen schien es ihm, als wäre um ihn herum eine Schlacht im Gange. Und er stand da, unfähig, etwas zu tun.

„Sokjan!" Tausend zerlumpte Jungen wirbelten herum. „Suche die Wahrheit!", riefen sie ihm aus einem Mund zu.

Der Schürhaken krachte gegen die Wand.

„Lass uns diesen Narren bändigen, Bruder", forderte Fastus ihn auf. „Rasch, ehe er Unglück über uns alle bringt!"

Sokjan schwieg. Es wunderte ihn, dass auch Fastus um Unterstützung bat. Die unterschiedlichsten Gefühle tobten in ihm.

Verwirrung kämpfte mit Furcht, Misstrauen mit Kampfeswut, Angst mit Fassungslosigkeit. Was sollte er tun? Wem konnte er trauen?

Er trat an die Wand und betrachtete sein Spiegelbild. Wenn es stimmte, was seine Brüder sagten, dann war er selbst es gewesen, der Fastus aus den Spiegeln herausgerufen hatte. Er hatte Faith in das Turmverlies gesperrt. Er war tot gewesen, doch wenn er in den Spiegel sah, wirkte er lebendiger denn je. Alles war so ungeheuer verwirrend. Er trat ein paar Schritte zurück, betrachtete seine Gestalt und dann deren Spiegelungen – tausendfach sah er sich selbst. Die kämpfenden Gestalten rückten in den Hintergrund, wurden zu einem bloßen Wechselspiel aus Licht und Schatten.

Er schob sich das schweißnasse Haar aus der Stirn und spürte, dass etwas nicht stimmte. Aber was? Sein Spiegelbild blickte ihm fragend entgegen.

Suche die Wahrheit, flüsterte es in ihm. *Sie liegt nicht in den Spiegeln.*

Sokjan hatte etwas gespürt, etwas, das nicht stimmte. Er versuchte, sein Spiegelbild auszublenden. Er musste all seine Willenskraft aufwenden, um den Blick zu senken. *Warum fällt mir das so schwer?*, schoss ihm durch den Kopf. Und beinahe gleichzeitig blitzte die Erkenntnis in ihm auf: *Die Spiegel wollen, dass ich mich selbst und auch alles andere durch sie betrachte.* Der Bann bröckelte, Sokjan senkte den Blick und betrachtete seine Hand. An seinen verschwitzten Fingerkuppen klebte rötlicher Sand. Erneut fuhr er sich über die Stirn und spürte überall den feinen Sand auf seiner Haut. Er trat näher an den Spiegel heran und betrachtete seine Haut. Sie war so sauber, als habe er gerade ein Bad genommen. Seine Lippen verzogen sich zu einem grimmigen Lächeln.

Staub – nur ein kleiner Makel, winzig und unbedeutend. Aber warum sah er ihn nicht in den Spiegeln? Ganz einfach – sie zeigten ihm nicht die Wahrheit. Entschlossen hob er den Kopf. Er war Sokjan, der Sucher – das war sein Name und seine Aufgabe.

Er streckte die Hand aus. Seine Finger spürten kühlen Kristall. Die mit Spiegeln bedeckten Wände glichen den nach innen gewölbten Facettenaugen eines Insekts. Die eigentlichen Mauern waren gar nicht mehr zu sehen. So schien es jedenfalls.

Fastus rief ihm irgendetwas zu und Faiths Stimme hallte durch das Gewölbe. Sokjan blendete die beiden Kämpfer aus und konzentrierte sich auf sein Spiegelbild. Das Gesicht, das ihm entgegenblickte, war makellos – es war eine Lüge! Vorsichtig tastete er sich seitwärts, ganz langsam, ohne sein Bild aus den Augen zu lassen. Plötzlich hielt er inne und trat wieder einen Schritt zurück. Tatsächlich, er hatte sich nicht getäuscht. Da war eine winzige Unebenheit auf der Wange seines Spiegelbildes ... ein Makel. An dieser Stelle musste sich ein haarfeiner Spalt zwischen den Spiegeln befinden.

Sokjan lächelte. Er war der Sucher, und wenn er wirklich die Wahrheit finden wollte, dann konnte er das nur jenseits seiner Selbst. Das, was ihm bislang einen heillosen Schrecken eingejagt hatte, war nun seine einzige Hoffnung. Sokjan fixierte den Makel und konzentrierte sich auf diesen einen Punkt. „Ich bin hier", murmelte er. „Bitte komm zurück. Lass mich die Wahrheit erkennen!"

Zuerst geschah nichts, dann prangte plötzlich ein grauer Fleck auf seiner Wange, wie Schlamm, der an eine frisch geputzte Scheibe spritzt. Neue Flecken kamen hinzu, sprenkelten sein Gesicht wie ein ansteckender Ausschlag. Plötzlich gab es ein feines Klirren. Der glänzende Kristall bekam Risse, platzte auf, und grauer Granit wurde sichtbar. Kurz darauf wurde das Grau immer heller. Licht brach durch das Mauerwerk, und das scheinbar feste Gestein begann, sich zu verformen. Ein Mund wurde sichtbar, er öffnete sich, und ein schrecklicher, schriller Schrei voller Wut und Verzweiflung entrang sich dem steinernen Schlund.

Sokjan erschauerte. Der Klang traf ihn bis ins Mark. Alles in ihm drängte danach, Augen und Ohren zu verschließen.

... wir müssen uns der ganzen Wahrheit stellen, hallten die Worte Faiths in ihm wider. Sokjan ballte die Fäuste, seine Kiefer mahlten – er kämpfte darum, den Blick nicht abzuwenden. Er ließ den Schrei ungehindert in sich eindringen, ließ zu, dass er die Tore öffnete, die seine Erinnerung verschlossen hielten, und das Verschüttete ans Licht brachte. Und er staunte über das Gefühl, das der schreckliche Klang in ihm wachrief – es war Scham!

Der Spiegel vor ihm wurde plötzlich mit lautem Knall weggesprengt. Ein steinernes Gesicht quoll hervor, Licht drang durch die Spalten und Fugen des Gesteins. Wie Schorf von einer alten Wunde platzte das Gestein ab und aus dem monsterhaften Antlitz einer Steinriesin formte sich das Gesicht eines jungen Mädchens. Ihre Haare hingen ihr wirr ins Gesicht und verdeckten einen Teil der Narbe, die ihre rechte Gesichtshälfte verunstaltete. Ihr Schrei gellte in seinen Ohren.

Überall wurden die Spiegel hinweggesprengt. Das gesamte Gebäude bewegte sich, brodelte wie ein lebendiges Wesen. Erinnerungen prasselten auf Sokjan ein. *Der Brand ... die beiden Gestalten, die wie erstarrt auf der Straße standen und zu ihm herüberblickten.* Er verspürte erneut seine damalige Hochstimmung, das prickelnde Gefühl von Macht und den Rausch der Geschwindigkeit, sah noch einmal die Gesichter im Licht der plötzlich aufgeblendeten Autoscheinwerfer, schreckensbleich ... dann kamen der Knall und die Flucht. Er roch den Asphalt, den Duft des Frühlings, den Gestank des heißen Motors. Und all dies war mit einem Male verknüpft mit einer schrecklichen Schuld. Blut hatte an dem verbeulten Blech geklebt.

Sokjan schluchzte auf. Er fiel auf die Knie. Ein Damm brach, und eine Flut an Bildern, Wortfetzen und Gedanken prasselte auf ihn ein.

Ein schmächtiger Jugendlicher, der ängstlich zu ihm aufblickte. Er gehörte nicht zu seiner Clique, er war wertlos – ein Opfer. Seine Faust schlug dem Jungen ins Gesicht, Blut spritzte auf, und er vernahm das triumphierende Heulen einer Bestie. Die Gesichter seiner Opfer wechselten, die Gewalt nahm zu. Jetzt sah er, was geschah, aber damals hatte er es nicht wahrgenommen. Er war bereits ein Gefangener der Spiegel gewesen, hatte nur die Wut gespürt, den Hass und das grimmige Gefühl der Befriedigung, wenn andere sich vor ihm beugten. Alles Störende hatte er ausgeblendet oder, besser gesagt, weggesperrt, um immerfort und ausschließlich sich selbst zu betrachten.

Irgendwann war es dann geschehen: Einer der Gepeinigten war nicht wieder aufgestanden. Es folgten die Flucht ins Ausland, ein falscher Name und der Krieg in Afghanistan. Er erinnerte sich an eine alte Festung im Wüstensand und einen schrecklichen Kampf. Dort hatte das Suchen endgültig aufgehört. Dort war Sokjan gestorben. Nur die Bestie hatte überlebt. Lächelnd hatte sie ihr Haupt erhoben. Sie benutzte die Menschen wie ein Puppenspieler. Sie wurde immer mächtiger und gleichzeitig verlorener – sie wurde zu El Niño.

Aus den Augenwinkeln nahm er wahr, dass Faith aufgehört hatte zu kämpfen. Er stand stockstill da, die Eisenstange war seinen Händen entglitten. Sokjan sah sich nach Fastus um und fand einen verzerrten, schwarzgrauen Schatten, der sich schmerzerfüllt in der Ecke krümmte.

„Hör auf!", kreischte die schwarze Silhouette. „Sie wird uns alle töten."

Sokjan blickte auf den rasenden Strudel seiner Erinnerungen. Sie zeichneten den Weg eines Menschen nach, der sich in etwas Furchtbares verwandelt hatte. Und allmählich verstand Sokjan die Wahrheit hinter Fastus' Worten: Sie mussten sterben.

Taumelnd erhob er sich. „Faith!", krächzte er. „Faith!"

Der Junge wandte den Kopf und sah ihn an. Sein Gesicht war eine Maske voller Schmerz.

Jeder Schritt fiel Sokjan schwer, es schien ihm, als müsse er mit einem zentnerschweren Gewicht auf den Schultern durch einen Sumpf waten, aber er biss die Zähne zusammen. Schließlich erreichte er die zerlumpte kleine Gestalt. Als er die Hand auf Faiths Schulter legte, erschauerte er, denn er spürte die Qualen des Jungen, als wären es seine eigenen. Und das war nur ein Teil der Wahrheit.

Die Worte kamen stockend über Sokjans Lippen: „Du ... bist nicht wirklich ... du bist kein Mensch ... und ich ... auch nicht. Wir dürfen so nicht weiterleben!"

Ein winziges Lächeln zeigte sich auf dem Gesicht des Jungen. „Ich weiß!" Er ergriff Sokjans Hand. Beide wandten ihre Blicke dem missgestalteten düsteren Fastus zu.

Sokjan spürte die ungeheure Kraft, die in Faith schlummerte, trotz oder vielleicht sogar wegen der Schmerzen, die er litt. Etwas davon ging auch auf ihn über. Er hielt sich aufrechter und die nächsten Schritte fielen ihm leichter.

Fastus schrie auf, als er die beiden näher kommen sah. Zorn, Hass und eine fast wahnsinnige Furcht lagen in seiner Stimme. „Ihr verdammten Narren, seht, was ihr getan habt!"

Faith streckte die Hand aus. „Komm, Bruder!"

Die Bestie bleckte die Zähne. „Haltet ihr mich für einen solchen Idioten?" Er hob kampfbereit die zu Klauen verformten Hände. „Ich weiß, was ihr vorhabt. Ihr wollt mich töten!"

„Du bist nur ein Teil des Ganzen, Bruder." Faith lächelte. „Keiner von uns ist wirklich!"

„Ich bin, wer ich bin!", zischte die Bestie.

„Diese Burg ist ein Gefängnis", erwiderte Sokjan mit eindringlicher Stimme. „Verstehst du das nicht? Es gibt nur einen Weg, wie wir die Mauern niederreißen können!"

Gemeinsam gingen die beiden auf das missgestaltete Wesen zu.

„Diese Burg ist mein Reich! Hier herrsche ich! Und das lasse ich mir von niemandem nehmen!"

„Du irrst dich, Bruder", sagte Faith. „Du bist kein Herrscher! In dieser Burg wirst du stets ein Gefangener sein. Sag selbst: Seit wann kannst du schon den Harfner nicht mehr hören? Seit wann hallt in diesen Mauern nur noch deine eigene Stimme wider?"

„Der Harfner?", fauchte Fastus spöttisch. „Was interessiert mich der Harfner?"

„Ich weiß, dass du ihn fürchtest", sagte Sokjan, „denn er ist kein Teil dieser Burg. Du kannst ihn nicht kontrollieren."

„Er kommt und geht, wann er will", ergänzte Faith. „Und jedes Mal, wenn seine Melodie dich streift, spürst du, dass du nicht zu Hause bist ..."

„Hört auf!", schrie Fastus.

„Versteh doch, Bruder", fuhr Faith unbeirrt fort. „Du bist dein eigener Gefangener. Niemand ist für sich selbst geschaffen! Wenn der Harfner spielt und die Schönheit dich berührt, dann spürst du den Schmerz deiner eigenen Verlorenheit, und das ist für dich unerträglich. Dabei ist es gar nicht so schwer. Du musst nur loslassen und ..."

„Der Harfner ist eine Lüge!", kreischte Fastus. Seine Augen flackerten. „Aber das spielt keine Rolle, nichts spielt mehr eine Rolle." Er verzog die Lippen zu einem irren Grinsen. „Ihr habt mit dem Feuer gespielt, nun seht zu, wie alles in Flammen aufgeht und zu Asche verbrennt." Mit diesen Worten wandte er sich ab, hechtete mit grotesken Sprüngen auf die sich bewegende Mauer der Erinnerungen zu und riss sie mit seinen messerscharfen Klauen auf. „Ich bestimme mein Schicksal selbst!", rief er mit hohl klingendem Triumph in der Stimme.

Der schwarze Nebel, der unaufhaltsam auf die Burg zugekrochen war, drang durch die Mauern der Festung. Dunkelheit strömte wie Blut durch den klaffenden Spalt. Sokjan spürte, wie Eiseskälte in sein Herz kroch. Der Tod kam.

Fragen und ein malträtiertes Lenkrad

Jonathan stolperte hinaus an die frische Luft. In seinem Kopf herrschte absolutes Chaos. Mara war das Mädchen gewesen, das Maik vor vielen Jahren bei einem Verkehrsunfall lebensgefährlich verletzt hatte, während ihr Bruder gestorben war?! Und jetzt stellte sich heraus, dass Maik der unbekannte Wachkomapatient war, um den sich Mara in besonderer Weise kümmerte, obwohl er gar nicht auf ihrer Station lag.

Jonathan war damals bei der abschließenden Gerichtsverhandlung nicht dabei gewesen. Seine Mutter hatte ihm von dem milden Urteil und dem anschließenden Zusammenbruch des Mädchens erzählt. „Es war schlimm, wirklich schlimm. Sie hat geschrien wie eine Wahnsinnige", hatte seine Mutter berichtet und sich dann mit zitternden Fingern eine Zigarette angesteckt.

Und nun hatte Jonathan sich über ein Jahrzehnt später ausgerechnet in dieses Opfer verliebt. War das Gottes spezieller Sinn für Humor? Ironie des Schicksals? Oder hatte Mara es geplant?

Nein. Er war sich ziemlich sicher, dass sie bis gestern Abend nichts gewusst hatte. Erst als sie das Foto gesehen hatte, schien ihr bewusst geworden zu sein, wer Jonathan war. Deshalb hatte sie auch fluchtartig das Restaurant verlassen.

„Er ist nicht angekommen?!", vernahm er plötzlich die entsetzte Stimme von Oberschwester Brigitte Slomka hinter sich. Sie war aus der Bibliothek gestürmt und schrie beinahe in ihr Handy. „Wie meinen Sie das?!" Sie lauschte der Stimme am anderen Ende der Leitung. Dann entfuhr es ihr: „Verflixt, das kann doch nicht wahr sein! Ich kümmere mich darum. Auf Wiederhören." Sie legte auf.

„Was ist los?", fragte Jonathan.

Doch die Oberschwester hob nur die Hand und bedeutete ihm, ruhig zu sein, während sie bereits die nächste Nummer wählte. „Hallo, Maria? Brigitte hier. Welchen Fahrdienst hast du mit dem Transport des Flussmanns beauftragt? ... Wie? Natürlich! Er sollte in die Reha nach Grünheide. Du weißt nichts davon?! Himmelherrgott, wie kann das sein?! ... Nein! Sein Zimmer ist leer, ich habe selbst nachgesehen ... Ja, ich warte." Mit dem Handy am Ohr eilte sie auf den Parkplatz zu und bedeutete Jonathan, ihr zu folgen.

„Was ist los?", fragte Jonathan, während er gemeinsam mit ihr zum Auto eilte.

„Er ist verschwunden!"

„Maik?"

„Ja, Ihr Bruder sollte in eine Rehaklinik verlegt werden." Sie erreichten das Auto und die Oberschwester schloss die Tür auf. „Aber er ist dort nie angekommen. Allerdings war er auch nicht mehr auf seinem Zimmer!"

„Und ... was heißt das jetzt?", fragte Jonathan, während er auf den Beifahrersitz schlüpfte.

„Moment!"

Die Frau am anderen Ende der Leitung sagte irgendetwas.

„Das gibt es doch nicht! Wie kann denn so etwas passieren?! Das ist ein Riesenschlamassel! ... Sucht alles ab ... Ja, ich bin mir sicher! ... Was? ..." Während des Telefonats startete sie den Motor. „Das ist auch ein Notfall!", fauchte sie ins Telefon. „So ein Mist!" Sie klemmte sich das Handy zwischen Kopf und Schulter, legte den Rückwärtsgang ein und brauste schwungvoll aus der Parkbucht. „Sieh zu, was du machen kannst. Ich bin gleich da!" Die Oberschwester beendete das Gespräch, warf das Handy achtlos auf die Mittelkonsole und bog mit quietschenden Reifen auf die Straße.

„Was ist passiert?", fragte Jonathan.

„Der Chefarzt hat die Verlegung Ihres Bruders angeordnet. Aber diese Information wurde nicht ordnungsgemäß weitergegeben. Ein Fahrdienst wurde nie beauftragt ..." Brigitte Slomka trat voll auf die Bremse, wich auf die Gegenfahrbahn aus und fuhr dann schlingernd wieder auf die richtige Spur. „Blödmann!", fauchte sie den Fahrer eines silbernen BMW an, dem sie gerade die Vorfahrt genommen hatte.

„Äh ... vielleicht sollten Sie ein bisschen vorsichtiger –"

„Ich hab alles unter Kontrolle!", unterbrach sie ihn barsch. „Jedenfalls war das Zimmer Ihres Bruders leer. Ich habe es selbst gesehen. Da er aber die Klinik gar nicht verlassen hat, muss er dort noch irgendwo sein."

„Vielleicht wurde er aus Versehen auf ein anderes Zimmer verlegt?"

Sie schüttelte den Kopf. „Das ist extrem unrealistisch. Ich habe Schwester Maria dennoch gebeten, alles zu überprüfen. Dummerweise gab es aber gerade einen Notfall. Es wird eine Weile dauern, bis sie sich darum kümmern kann." Sie gab

Gas und raste bei Rot über eine Ampel. „Aber ich glaube nicht an ein Missverständnis. Mara hat ihn! Jetzt ergibt das alles einen Sinn. Sie hat es die ganze Zeit geplant."

Jonathan leckte sich die trockenen Lippen. Konnte das wirklich sein? War Mara zu so etwas in der Lage? „Angenommen, Sie haben recht mit Ihrer Vermutung ... Was sollte Mara mit Maik vorhaben?"

Brigitte Slomka schnaubte. „Na, was glauben Sie denn? Der Zeitungsbericht ist eindeutig: Für sie war dieser Autounfall ein Mord. Der Jugendliche, der am Steuer des Tatfahrzeugs saß, hat ihr ihren geliebten Bruder genommen und sie ungeheure Schmerzen leiden lassen, physisch und psychisch. Er hat ihr Leben zerstört, ohne Grund, völlig sinnlos. Und dann trifft sie dieses Monster nach all den Jahren wieder. Aber dieses Mal ist er nicht in der Position des Täters. Er ist vollkommen wehrlos. Niemand außer ihr erkennt ihn. Seien Sie ehrlich, was würden Sie an ihrer Stelle tun? Es ist doch gerade so, als hätte ihn das Schicksal in ihre Hände gelegt!"

Jonathan warf einen Blick auf Brigitte Slomka. Die Oberschwester hielt das Lenkrad ihres fünfzehn Jahre alten Toyotas umklammert, als wolle sie einen tollwütigen Hund erwürgen. „Mara glaubt nicht an das Schicksal, sie glaubt an Gott."

„Und das macht die Sache besser?!", fuhr sie ihn an. „Denken Sie ernsthaft, es stimmt solche frommen Fundamentalisten milder, wenn sie sich selbst als die rächende Hand Gottes sehen?"

„Glauben Sie an Gott?", fragte Jonathan.

Die Oberschwester schnaubte verächtlich. „Falls je ein Funken Glaube in mir war, haben diese Betschwestern ihn mir vor vielen Jahren schon ausgetrieben! Ich weiß, wovon ich rede, vertrauen Sie mir."

Jonathan schwieg. Er konnte nicht behaupten, viel Erfahrung mit Gott gemacht zu haben. Hatte die Oberschwester recht? Machte der Glaube engstirnig, rechthaberisch und rachsüchtig? Vielleicht? Allerdings waren ihm weder Schwester Maggy noch Mara wie Fanatikerinnen vorgekommen. Andererseits: Konnte er von sich behaupten, die beiden gut zu kennen? Vielleicht gab es da noch Seiten an ihnen, die ihm bislang verborgen geblieben waren.

Der Wagen bremste ab. „Was ist denn hier los, verdammt noch mal?!", fauchte Brigitte Slomka.

Jonathan starrte auf die sich stauenden Autos. Wenn er sich nicht täuschte, hatte er auf dem Hinweg eine Baustelle gesehen.

Die Oberschwester hupte. Aber das brachte natürlich genauso wenig wie ihre Versuche, das Lenkrad zu erdrosseln.

„Vielleicht sollte ich die Polizei rufen", knurrte sie.

„Und was, wenn Sie Mara Unrecht tun?", fragte Jonathan.

Sie biss die Zähne zusammen.

„Wie sicher sind Sie sich eigentlich, dass mein Bruder der Patient ist, um den sich Mara in besonderer Weise kümmern wollte?"

„Daran gibt es keinen Zweifel. Ich habe sie mehrmals auf der Intensivstation erwischt. Einmal sogar in seinem Zimmer."

„Und Sie sind sich sicher, dass Mara sich rächen will?"

„Warum sonst sollte sie seine Identität geheim halten und sich heimlich bei ihm einschleichen? Ich sage Ihnen, ich habe gleich gespürt, dass da etwas nicht stimmt!"

Jonathan hatte das Gefühl, sich gleich übergeben zu müssen. „Aber ... was, wenn Sie sich irren?", stieß er hervor.

Sie warf ihm einen grimmigen Blick zu. „Dann habe ich eine engagierte Krankenschwester zu Unrecht beschuldigt und meine Reputation ist auf Jahre im Eimer. Dr. Wohlrabe wird sich begeistert die Hände reiben. Ach, verflucht!" Sie hieb auf das Lenkrad ein, traf versehentlich die Hupe und erntete bitterböse Blicke aus dem Rückspiegel des Wagens vor ihnen.

„Ich ... ich kann es einfach nicht glauben", stieß Jonathan hervor.

„Was?"

Er machte eine hilflose Geste. „Alles ... Einfach alles."

„Tja, tut mir leid, aber ich habe schon zu oft die Erfahrung gemacht, dass schlechte Nachrichten leider auch wahre Nachrichten sind."

„Was haben Sie vor?"

Das Heulen einer Sirene war zu vernehmen. Im Rückspiegel sah Jonathan Blaulicht näher kommen. Die Leute versuchten, auf dem engen Raum auszuweichen, um einen zivilen Polizeiwagen vorbeizulassen.

„Ich werde sie aufhalten, was sonst?", knurrte die Oberschwester.

Sie wartete, bis der Wagen vorbei war, dann schlug sie das Lenkrad voll ein, legte den ersten Gang ein und trat das Gaspedal bis zum Bodenblech durch. Mit quietschenden Reifen jagte sie dem Polizeiauto hinterher. Instinktiv packte Jonathan den Haltegriff an der Beifahrerseite.

Das Hupkonzert der anderen Autofahrer souverän ignorierend, raste Oberschwester Brigitte am Stau vorbei durch die Rettungsgasse.

Verschwunden

Polizeihauptkommissar Thorsten Boddien knirschte mit den Zähnen. Er hatte sich so unsagbar dämlich angestellt. Eigentlich müsste er sich *Vollidiot* auf die Stirn tätowieren lassen, freiwillig kündigen und für den Rest seines jämmerlichen Berufslebens in Neubrandenburg als Straßenscheriff Tickets an Falschparker verteilen. Sie hatten El Niño die ganze Zeit vor der Nase gehabt, direkt vor der Nase! Und nun war vielleicht alles zu spät! Was für ein bescheuerter Zufall, dass diese kleine Krankenschwester ausgerechnet in dieser Klinik arbeitete. Sie musste den Mann, der ihren Bruder auf dem Gewissen hatte, sofort erkannt haben. Vielleicht an dem Muttermal, das El Niño stets geschickt verborgen hatte. In jedem Fall hatte sie ihr Wissen für sich behalten. Es sah ganz danach aus, als würde sie ihr eigenes kleines Spiel spielen. Wenn sie Pech hatten, würde sie alles kaputt machen.

Die Verhaftung und Befragung von El Niño sollte der Coup seines Lebens werden. El Niño, der Unangreifbare, der Intrigant und Strippenzieher hinter den Kulissen – nicht eine Sekunde war Boddien auf die Idee gekommen, dass dieser Mann schlicht und ergreifend einen Unfall gehabt haben könnte, nachdem er Alex entkommen war. Stattdessen hatte er hingebungsvoll den Geschichten eines falschen Kronzeugen gelauscht. Randolf Schmidt hatte sie an der Nase herumgeführt. Er hatte sich bereits vor Monaten von seiner Frau getrennt, und seine Tochter, so schien es, bedeutete ihm gar nichts. Nun war er untergetaucht oder beseitigt worden – eine Marionette, mehr nicht.

Wütend schlug Boddien mit der Faust auf das Lenkrad. Warum gab es eigentlich noch keine Rückmeldung von diesem verdammten Posten? Es war fast zwanzig Minuten her, dass sie ihn zu El Niño geschickt hatten.

Boddien drückte die Kurzwahlnummer von Judith Meyer.

„Chef?" Die junge Kommissarin war hörbar außer Atem.

„Warum meldet sich unser Mann in der Klinik nicht?! Hat er El Niño gefunden?"

„Irgendetwas stimmt nicht. Ich kann ihn nicht erreichen. Auf der Station herrscht ziemliches Chaos. Ich hatte eine aufgeregte Schwester am Apparat, die irgendetwas von einem Notfall plapperte ... Bin jetzt auch auf dem Weg in die Klinik!"

„Verflucht! Melden Sie sich, wenn es irgendetwas Neues gibt!"

Er beendete das Gespräch und stellte fest, dass sein Mitarbeiter Markus Bergfeld inzwischen vergeblich versucht hatte, ihn zu erreichen. Er drückte auf Rückruf.

„Ja?", meldete sich Kommissar Bergfeld.

„Gibt's was Neues von unseren Observationsteams?"

„Ja, deshalb wollte ich Sie gerade anrufen. Team 1 hat Sercan aus den Augen verloren ..."

„Schwachköpfe!", knurrte Boddien. „Und was macht der kleine Bruder?"

„Der befindet sich kurioserweise direkt hinter Ihnen."

„Was?" Boddien warf einen Blick in den Rückspiegel und sah einen verbeulten alten Toyota. Hinter dem Steuer saß eine ältere Frau mit verbissenem Gesichtsausdruck. *Die Oberschwester*, schoss ihm in den Sinn, und auf dem Beifahrersitz saß ein junger Mann – Jonathan Brendel.

Sein Handy meldete ihm einen zweiten Anrufer in der Leitung.

„Wann ist das SEK da?", fragte er.

„In fünfzehn bis zwanzig Minuten."

„Hoffen wir, dass es dann nicht zu spät ist. Gib mir Bescheid, wenn es was Neues gibt." Er wechselte die Leitung. „Ja?"

„Schlechte Neuigkeiten", meldete sich die junge Kommissarin. „Der Notfall ist unser Wachmann ..."

„Alex?"

„Ist unversehrt. Ich denke nicht, dass es um ihn geht. Wir haben das falsch eingeschätzt. Wie es aussieht, wurde unser Mann ziemlich professionell außer Gefecht gesetzt. Wahrscheinlich mit einem Handkantenschlag. Er ist immer noch ohne Bewusstsein."

„Das war wohl kaum die Krankenschwester!"

„Mit Sicherheit nicht."

„Sercan!", knurrte Boddien. „Deshalb war er ständig in der Nähe der Klinik. Er wusste, dass sein Boss dort lag, und hat nur auf den richtigen Moment gewartet."

„Denken Sie, die Schwester steckt mit ihm unter einer Decke?"

„Keine Ahnung. Aber ich kann es mir eigentlich nicht vorstellen. Sie verfolgen wohl eher entgegengesetzte Interessen. Was bedeutet, dass wir schneller sein müssen! Wann sind Sie in der Klinik?"

„In drei Minuten und Sie?"

„Bin da!"

Schlingernd jagte Boddiens Wagen auf den Parkplatz und kam dort mit quietschenden Reifen zum Stehen. „Melden Sie sich, sobald Sie angekommen sind." Er beendete das Gespräch und sprang aus dem Wagen.

Ein Schwarm Spatzen flatterte erschrocken auf, als ein lindgrüner verbeulter Toyota mit überhöhter Geschwindigkeit die Parkplatzauffahrt heraufgebraust kam, einen Blumenkübel touchierte und dann ebenfalls mit quietschenden Reifen zum Stehen kam. Oberschwester Brigitte Slomka kletterte aus dem Wagen. Der blassgesichtige Jonathan Brendel folgte ihr.

„Sie sind der Kommissar, stimmt's?" Resolut kam sie auf Boddien zu. „Hören Sie: Wir haben einen Patienten, der in großer Gefahr ist –"

„Ich weiß!", unterbrach Boddien sie.

„– wir glauben, dass eine unserer Angestellten sich an ihm rächen will, und –"

Ich weiß!", unterbrach er sie erneut. „Wir kümmern uns darum. Warten Sie hier." Er eilte zum Eingang.

„Blödsinn!", knurrte die Oberschwester. Sie und der junge Brendel folgten ihm auf dem Fuß.

„Ich hab doch gesagt, Sie sollen warten!", fuhr er sie an. Er stieß die Eingangstür auf.

„Und ich habe gesagt, das ist Blödsinn. Sie wissen doch gar nicht, wo Sie suchen sollen. Oder kennen Sie sich hier in der Klinik aus?"

Ein einsamer Rollstuhlfahrer im Bademantel blickte sie verdutzt durch den Qualm seiner Zigarette an.

„Hier ist Rauchen verboten!", blaffte die Oberschwester.

Der Mann drückte die Zigarette reaktionsschnell an seinem Gipsarm aus und suchte das Weite.

„Ein SEK-Team ist unterwegs, wir schaffen das schon." Er stellte sich vor die Schwester und hielt sie an den Schultern fest. „Es geht nicht nur um die Krankenschwester. Ein Beamter, der meinen Kollegen auf der Intensivstation bewachen sollte, wurde überfallen. Es geht hier um das organisierte Verbrechen, verstehen Sie?"

Die Frau schluckte und er ließ sie los.

„Mein Bruder gehört zum organisierten Verbrechen?!", entfuhr es Brendel.

„Ja. Es gibt vieles, das Sie nicht wissen, also bleiben Sie hier und –"

„Moment mal, woher wissen Sie überhaupt, wer mein Bruder ist?", fuhr der junge Mann ihn an.

„Für Erklärungen haben wir im Moment keine Zeit –"

„Ganz recht", mischte sich Brigitte Slomka ein. „Ich werde nicht zulassen, dass in meiner Klinik ein Mord geschieht. Kommen Sie mit oder lassen Sie es bleiben. Ich mache mich jetzt auf die Suche nach Schwester Mara."

Der Hauptkommissar ballte die Fäuste. Er war kurz davor, diese widerspenstige Person in Handschellen zu legen. Andererseits hatte sie nicht ganz unrecht. Jede Minute war kostbar und dieses Gebäude war ziemlich unübersichtlich.

„Also gut", stieß er zähneknirschend hervor. „Aber Sie bleiben dicht bei mir, und sobald ich den Eindruck habe, dass die Situation gefährlich wird, hören Sie genau auf das, was ich sage!"

„Natürlich!" Die Frau hatte ihm kaum zugehört und bereits die Aufzüge angesteuert. Sie drückte einen Knopf. Die Positionsangabe über dem linken Fahrstuhl zeigte den 6. Stock an. Die rechte zeigte Wartungsarbeiten an. „Mist!", entfuhr es ihr.

„Ist der Fahrstuhl kaputt?", fragte Boddien.

„Nein, das werden die Reinigungskräfte sein. Die machen um diese Zeit immer ihre Runde."

Sie ging zu den beiden gegenüberliegenden Aufzügen und drückte den Knopf. Es dauerte zwanzig oder dreißig Sekunden, die Boddien dennoch wie eine halbe Ewigkeit vorkamen, ehe einer der Aufzüge ankam und die Tür sich öffnete. Sie stiegen ein und Brigitte Slomka drückte auf die zweite Etage.

„Zu Fuß wären wir schneller gewesen!", knurrte Boddien.

Die Oberschwester warf ihm einen giftigen Blick zu. „Sie vielleicht", brummte sie. Als die Fahrstuhltür sich wenig später wieder öffnete und sie hinaustraten, sah Boddien eine junge Frau eilig im Treppenhaus verschwinden.

„Halt!", brüllte er. „Stehen bleiben!"

Er lief über den Flur und riss die Tür auf. „Stehen bleiben, habe ich gesagt."

Die junge blonde Krankenschwester fuhr herum. Ihre Wangen waren gerötet und die obersten Knöpfe ihrer Bluse standen offen. Ein junger Arzt machte rasch ein paar Schritte zur Seite.

Hauptkommissar Boddien seufzte.

„Schwester Katharina!", erklang die barsche Stimme der Oberschwester hinter ihm. „Was machen Sie da? Warum sind Sie nicht auf Ihrer Station? Oder gibt es in Ihrem Vertrag eine Sonderklausel, dass Sie bei uns fürs Flirten bezahlt werden?"

Der junge Arzt zog sich erneut diskret ein paar Schritte zurück.

Schwester Katharinas Wangen färbten sich flammend rot. „Ich ... äh ..."

„Das ist doch jetzt völlig unwichtig!", fauchte Boddien und wandte sich ab.

„Haben Sie Schwester Mara gesehen?", fragte Brigitte Slomka.

„Ja, sie war vorhin auf Station und ..." Die Schwester verstummte.

„Und was?"

„Nun, sie ist kurz für mich eingesprungen, weil ... damit, äh ..."

„Damit Sie mit dem jungen Kollegen knutschen können, der sich gerade unauffällig davonmacht?!", unterbrach die Oberschwester sie. „Was genau hat sie auf der Station gemacht?"

„Auf der Station gar nichts", verteidigte sich Schwester Katharina. „Sie sollte nur eine Verlegung übermitteln ..."

„Etwa die des Flussmanns?!", brüllte die Oberschwester.

Die junge Frau nickte erschrocken.

„Du dumme Kuh", fauchte die Oberschwester und machte dann auf dem Absatz kehrt. „Hoffentlich ist es nicht zu spät!"

„Wohin jetzt?", fragte Boddien.

„Im Prinzip könnte sie sich mit ihm in jedem leeren Zimmer in jeder Station verstecken."

Boddiens Handy klingelte. Er nahm den Anruf entgegen. „Judith, das wurde aber auch Zeit. Kommen Sie ins zweite OG." Er steckte das Handy wieder ein. „In zehn Minuten müsste das SEK eintreffen. Bis dahin teilen wir uns in zwei Gruppen auf." Er nickte der resoluten Oberschwester zu. „Wir beide nehmen uns die unteren Etagen vor." An den jungen Mann gewandt sagte er: „Und Sie suchen mit meiner Kollegin die oberen Stockwerke ab."

Das Licht scheint in die Finsternis

Entsetzt starrte Sokjan auf die wabernde Schwärze, die sich überall im Spiegelsaal ausbreitete. Unaufhaltsam strömte sie durch den klaffenden Spalt in der Mauer.

Fastus hob triumphierend die Arme.

Wie ein öliger Nebel legte sich Finsternis auf die wirbelnden Erinnerungen und verschlang sie eine nach der anderen.

„Wenn diese Burg fällt, dann auf meine Weise", zischte Fastus.

Die Eiseskälte, die von der undurchdringlichen schwarzen Nebelwand ausging, drang tief in Sokjan ein. Sie ließ ihn erstarren und lähmte seine Gedanken. *Es ist vorbei*, ging es Sokjan durch den Kopf. *Wir haben verloren.* Unaufhaltsam breitete sich der schwarze Nebel aus.

Er spürte die Berührung, als würde sie aus weiter Entfernung kommen. Es kostete ihn beinahe seine ganze Kraft, seinen Kopf zu senken und nachzusehen, was geschah.

Faiths schmale Hand lag auf seinem Arm. „Was siehst du, Bruder?", hörte er wie aus weiter Ferne eine kindliche Stimme inmitten des brausenden Nichts.

„Fastus hat den Tod herbeigerufen. Wir werden sterben."

„Niemand weiß, was der Tod ist, wenn er ihn nicht durchschritten hat", erwiderte die kindliche Stimme, die nun noch weiter entfernt zu sein schien. „Du bist der Sucher! Was siehst du?"

Was soll das?, ging es Sokjan durch den Kopf. *Warum quälst du mich so? Es ist vorbei.* Ein Bild nach dem anderen wurde verschlungen, unaufhaltsam breitete sich das schwarze Nichts aus. Welchen Zweck hatte es jetzt noch zu kämpfen? Sokjan zwang sich, in das verzerrte Gesicht seines Bruders zu blicken. Fastus hatte die Augen weit aufgerissen. Hunger spiegelte sich darin sowie Verzweiflung und Erleichterung. *Er ruft den Tod*, schoss ihm durch den Kopf, *aber er sucht das Leben*. Sokjan lenkte seine Blicke zurück auf die schwarzen Nebelwolken, aus denen dünne Fäden gleich vielköpfigen Schlangen auf die Bilder zukrochen. *Niemand weiß, was der Tod ist, wenn er ihn nicht durchschritten hat.* Er blickte zurück in das verzweifelte Gesicht seines Bruders. Und mit einem Mal verstand er: Fastus suchte nicht den Tod – er suchte das Vergessen. Er wollte nicht sterben, aber noch verzweifelter wollte er sich nicht beugen. Er hasste das Licht mit jeder Faser seines Seins, und er hasste die Demut, die unweigerlich damit verbunden war.

Die wabernde Dunkelheit ist nicht der Tod – noch nicht!, erkannte Sokjan. *Sie ist nur der Schatten des Todes. Sie ist das, was Fastus sich vom Tod erhofft – eine letzte Möglichkeit, dem Licht zu entfliehen.*

Er spürte, wie Faiths Hand auf seinem Arm zitterte. Als er zu seinem kindlichen Bruder hinabsah, hatte dieser sich von Fastus abgewandt. Er blickte in die entgegengesetzte Richtung und hatte die Augen zu schmalen Schlitzen zusammengekniffen. Sein Gesicht wurde so hell angestrahlt, als würde er direkt in die Sonne blicken. Ein Strom von Tränen rann über seine Wangen.

Sokjan wusste, was er zu tun hatte. Hier gab es kein Abwägen mehr, kein Für und Wider, kein Grau und kein Dazwischen. In diesem Moment gab es nur Licht oder Finsternis. Er wandte sich um. Ganz langsam und mit angehaltenem Atem. Das Licht traf ihn wie ein Hammerschlag und warf ihn neben Faith auf die Knie.

Er spürte, wie die brennende Helligkeit ihn überrollte und den gesamten Spiegelsaal durchflutete. Hinter sich vernahm er die entsetzten Schreie von Fastus. Als sie mit einem erstickten Keuchen endeten, wusste er, dass die Schlacht geschlagen war.

„Lass uns unseren Bruder suchen", flüsterte er heiser.

Faith und er mussten sich gegenseitig stützen. Als sie sich umwandten, hatte sich der ölig-schwarze Nebel in nichts aufgelöst. Wenige Schritte entfernt sahen sie eine verkrümmt daliegende, ausgezehrte Gestalt – Fastus. Sie stolperten auf ihn zu. Seine Brust hob und senkte sich nur noch schwach, er war bis ins Mark geschwächt, aber seine Augen glühten.

„Tötet mich", wisperte er, „aber tut es rasch."

Sokjan schüttelte den Kopf. Dann sah er Faith an.

Gemeinsam ergriffen sie die ausgezehrte Gestalt und halfen ihr auf die Füße.

„Wir sind eins", sagte Sokjan leise. „Die Flucht hat ein Ende."

Gemeinsam wandten sie sich dem Licht zu, das über dem riesenhaften Gesicht der weißen Frau auf sie herableuchtete. Und dieses Mal waren all ihre Worte klar und verständlich: „Hör mir zu. Du musst dich erinnern! Du bist Maik!"

Sokjan fühlte die Traurigkeit und die Hoffnung von Faith ganz tief in seinem Inneren, genährt wurden sie von der Melodie des Harfners. Er spürte Fastus' panische Furcht und seine

Versuche, auch jetzt noch der Wahrheit zu entfliehen. Die Last all des Bösen drückte ihn nieder, während die Sehnsucht unvermindert in ihm weiterbrannte. Und dann hörte er auf, Sokjan zu sein. Er verschmolz mit Faith und Fastus, und sie wurden eins, sie wurden ... Maik.

„Komm zurück!"

Maiks Blick verschwamm. Tränen rannen seine Wangen hinab und sein ganzer Körper schmerzte entsetzlich. „Du kennst mich", drang die Stimme einer Frau jetzt an seine Ohren. „Ich bin Mara, die Schwester des Mannes, den du ermordet hast ..."

Nun sah er ihr Gesicht vor sich. Nicht als groteskes Abbild in seinem Inneren, sondern leibhaftig in Fleisch und Blut. Er sah ihre Müdigkeit, sah das Narbengewebe auf ihrer Wange und die feinen Schweißtröpfchen auf ihrer Stirn.

„Ich ... sehe dich", krächzte er.

In ihre Augen trat ein seltsamer Glanz, den er nicht zu deuten wusste. Dann, ein oder zwei Herzschläge später, legte sich ein winziges Lächeln auf ihre Lippen. „Das ist gut so."

Sein Blick glitt an ihr vorbei. Sie befanden sich in einem winzigen Raum ohne Fenster.

Auf der Jagd

„Jonathan Brendel wird Sie begleiten", teilte der Hauptkommissar seiner gerade eingetroffenen Kollegin knapp mit.

„Warum soll ich den mitnehmen?", erkundigte sich Kommissarin Judith Meyer und warf einen kurzen Seitenblick auf Jonathan. Sie wirkte ziemlich tough und ausgesprochen sportlich. Sie war die Treppen heraufgesprintet, ohne auch nur ansatzweise ins Schwitzen zu geraten.

„Aus Sicherheitsgründen", erwiderte der Hauptkommissar knapp. Jonathan fragte sich, was er damit wohl meinen mochte, hielt es aber nicht für klug nachzufragen.

„El Niño liegt im Wachkoma und kann sich nicht eigenständig bewegen", fuhr er fort. „Er muss im Bett geschoben werden, was natürlich den Bewegungsradius der Gesuchten einschränkt. Gut für uns! Seine Entführerin trägt Schwesternkleidung und hat eine auffällige Narbe im Gesicht. Sie ist unberechenbar, allem Anschein nach eine religiöse Fanatikerin. Also seien Sie vorsichtig."

Die Kommissarin nickte und zog eine gesicherte Waffe aus dem Schulterholster. „Was hat sie vor?"

Der Kommissar blickte finster. „Wir wissen es nicht."

„Aber was auch immer es ist", mischte sich die Oberschwester ein, „gebe Gott, dass wir die beiden finden, bevor sie ihren Plan ausführen kann!"

Jonathan presste die Lippen zusammen. Das Bild, das hier von Mara gezeichnet wurde, war schrecklich und passte in keiner Weise zu seinen eigenen Erfahrungen. Er wollte widersprechen, beschloss aber zu schweigen. Wieder einmal fragte er sich, ob er Mara wirklich kannte. Und abgesehen davon bestand die Gefahr, dass man ihn von der Suche ausschloss, wenn er allzu sehr auf Konfrontationskurs ging.

„Sie ist mit Sicherheit unbewaffnet", sagte er stattdessen.

Keiner achtete auf ihn.

„Was ist mit dem SEK?", fragte Judith Meyer.

„Dafür ist keine Zeit!", blaffte der Kommissar. Er ging in den Aufzug, zog die Notbremse und drückte auch die Knöpfe der anderen Aufzüge. „Ich blockier die Dinger. Die Oberschwester und ich suchen die unteren Etagen ab. Sie beide checken die oberen."

„Sie können doch nicht einfach die Aufzüge blockieren", warf die Oberschwester ein. „Was ist, wenn wir einen Notfall haben?"

„Sagen Sie dem Chef dieses Ladens Bescheid. Wir stellen ihm in wenigen Minuten einen Beamten zur Seite. Für einzelne von ihm genehmigte Notfälle darf ein Aufzug unter Begleitung genutzt werden."

„Wie sicher können wir sein, dass sie überhaupt noch hier ist?", fragte die junge Kommissarin.

„Alles andere wäre unwahrscheinlich, also hören Sie auf, unnütze Fragen zu stellen, und gehen Sie."

Die Frau wandte sich wortlos um und joggte Richtung Treppenhaus. Ihr blonder Zopf wippte im Rhythmus ihrer Schritte.

Jonathan folgte ihr. Immer zwei Stufen auf einmal nehmend, hetzte sie nach oben. Keuchend hielt Jonathan Schritt.

Als sie die Glastür zum Hausflur aufstieß, kamen ihnen zwei junge Pfleger entgegen.

„He, immer mit der Ruhe", meinte der eine. „Wo wollen Sie denn hin?" Er hatte sich eine Zigarette hinters Ohr geklemmt. Sein jüngerer Kollege hatte eine Selbstgedrehte in den Fingern. Offenbar wollten beide gerade rauchen gehen.

„Polizei. Wir suchen einen Wachkomapatienten von der Intensivstation und eine junge Krankenschwester mit einer Narbe im Gesicht. Haben Sie die beiden gesehen?"

„Hä?" Der Typ mit der Selbstgedrehten grinste. „Soll das ein Scherz sein?"

„Nein, verdammt noch mal, das ist kein Scherz!"

Erst jetzt sahen die beiden Pfleger die Waffe in der Hand der Kommissarin.

Sie erblassten. „Vorsichtig mit dem Ding", murmelte der Ältere. Das alberne Grinsen auf dem Gesicht des jüngeren Mannes erstarb.

Judith zerrte ihren Dienstausweis hervor und hielt ihn den beiden unter die Nase.

„Wir haben niemanden gesehen", sagte der Ältere.

„Ehrlich nicht!", fügte der Jüngere hinzu.

„Gut. Sie ...", die Kommissarin zeigte auf den Mann mit der Zigarette hinterm Ohr, „... informieren jetzt Ihre Kollegen, aber still und unauffällig. Ich möchte nicht, dass die Patienten beunruhigt werden! Verstanden?"

„Ja."

Sie drückte ihm eine Karte in die Hand. „Wenn Sie irgendetwas Verdächtiges bemerken, handeln Sie auf keinen Fall eigenmächtig, sondern rufen Sie mich an. Ist das klar?"

„Klar."

„Gut." Sie wandte sich dem Jüngeren zu. „Und Sie zeigen uns jetzt die Station."

Der Mann gehorchte beflissen. Sie sahen in jedes Zimmer, auch in die Lagerräume und Toiletten – keine Spur von Mara.

Gemeinsam mit der Kommissarin eilte Jonathan weiter auf die nächste Station. Auch dort blieb ihre Suche erfolglos. „Verdammt!", fluchte die Polizistin. Sie eilten durch den Flur zum Treppenhaus. Beiläufig warf Jonathan einen Blick auf die Aufzüge. Jetzt zeigten alle vier durch rote Lichter an, dass sie nicht in Betrieb waren. Wischte die Reinigungskraft immer noch durch die Kabine? Das dauerte doch höchstens ein oder zwei Minuten, bis so eine Fahrstuhlkabine gereinigt war. Ob der Kommissar den Aufzug inzwischen auch blockiert hatte?

Sie eilten die Treppen hinauf ins nächste Geschoss.

„Sie muss hier noch irgendwo sein!", fauchte die Kommissarin. „Ohne Helfer kann sie das Krankenhaus unmöglich verlassen haben." Sie fuhr herum und blickte Jonathan ins Gesicht. „Könnte sie Helfer haben?"

Er zuckte mit den Achseln.

Oben angekommen, schnappte sich Judith Meyer die nächsten Krankenschwestern, die ihr über den Weg liefen, und instruierte sie. Jonathan fiel eine ältere Frau in der Kleidung einer Reinigungskraft auf, die irritiert vor den Aufzügen stand und auf den Knöpfen herumdrückte.

„Der Aufzug ist zurzeit außer Betrieb", sagte Jonathan.

„Aber mein Putzwagen ...", sie schürzte die Lippen und zuckte mit den Achseln, „... er ist noch da drin!"

Jonathan wurde hellhörig. „Er war im Fahrstuhl?"

„Ja. Ich war nur kurz im Lager, um mein Desinfektionsmittel aufzufüllen, und dann war der Fahrstuhl weg. Ich hatte vergessen, ihn zu sperren. Und nun versuch ich schon die ganze Zeit, ihn wiederzuholen."

„Herr Brendel, wo bleiben Sie denn?", fuhr die Kommissarin ihn an, nachdem sie die Krankenschwester zurück auf ihre Station geschickt hatte.

„Ich weiß, wo sie sein könnten ...", entfuhr es Jonathan. Dann verstummte er. Wollte er überhaupt, dass die Kommissarin das wusste?

Doch es war zu spät. Ihr Blick fiel auf die gesperrten Aufzüge. „Im Fahrstuhl!", vervollständigte sie seinen angefangenen Satz. „Gut mitgedacht! Am besten, wir –"

In diesem Moment erlosch das rote Licht und der Fahrstuhl setzte sich in Bewegung. Die grüne Anzeige zeigte erst den ersten Stock an, dann den zweiten.

„Sie kommt nach oben." Die Kommissarin stieß Jonathan den Ellenbogen in die Seite.

Er schnappte nach Luft.

In diesem Moment ging das rote Licht wieder an.

„Mist!", fluchte die junge Frau. „Ist sie jetzt im zweiten oder irgendwo zwischen den Stockwerken?"

„Woher soll ich das wissen?", fragte Jonathan.

Sie warf der Reinigungskraft einen Blick zu, doch diese zuckte nur mit den Achseln und strich ihren Kittel glatt.

„Okay, ich sag Boddien Bescheid." Judith Meyer griff nach ihrem Handy.

Da setzte sich der Aufzug erneut in Bewegung.

Die Kommissarin hob die Waffe und richtete sie auf die Aufzugstür.

Jonathan schluckte. „Sind Sie verrückt?! Sie wollen doch nicht etwa schießen? Mara ist nicht gefährlich! Ich bin mir sicher –"

„Halten Sie die Klappe!", unterbrach die Kommissarin ihn barsch.

Sie hörten das Geräusch des Aufzugs. Das Licht des vierten Stockwerks leuchtete auf. Die Aufzugskabine fuhr weiter. Jonathan atmete erleichtert aus. Das Licht der fünften Etage flackerte kurz und dann das sechste.

Mehrere Atemzüge verharrten die Wartenden stumm. Das Licht blieb an.

„Was befindet sich im Sechsten?", fragte die Kommissarin.

„Die Kantine, einige Büros, Reharäume und die Dachterrasse", erwiderte die Reinigungskraft.

Die Kommissarin warf Jonathan einen Blick zu. Dann wurde sie eine Spur blasser und murmelte: „Scheiße!" Im nächsten Moment hatte sie sich umgewandt und stürmte zum Treppenhaus. „Nun kommen Sie schon, Herr Brendel, vielleicht ist es nicht umsonst, dass Sie hier sind. Vielleicht brauchen wir Sie genau jetzt!" Im Laufen rief sie ihren Chef an. „Sie sind auf der Dachterrasse ... Verstanden ... Sie nehmen das zweite Treppenhaus. Für alle vier Aufzüge wird der Strom abgeschaltet."

Jonathan folgte ihr. In seinem Kopf rauschte es. *Die Dachterrasse.* Er ahnte, was der Kommissarin durch den Kopf ging. Aber konnte das sein? Würde Mara den Mann, der ihr Leben zerstört hatte, von dort oben hinabstürzen? Plante sie vielleicht sogar einen erweiterten Suizid? Jonathans Magen krampfte sich vor Angst zusammen. Warum sonst sollte sie in diese oberste Etage fahren? Wollte sie fliehen, war das die falsche Richtung.

Das Blut rauschte in seinen Ohren und er rang nach Atem. Die Kommissarin war ihm schon eine Treppenlänge voraus. Von draußen drang der Lärm von Polizeisirenen herein. Das

SEK war eingetroffen. Schnaufend hielt Jonathan inne. *Die falsche Richtung ...*, ging ihm durch den Kopf. Abrupt wandte er sich um und lief zurück in die nächste Etage. Dort standen zwei Schwestern und tuschelten miteinander. „Hallo", schnaufte er. „Gibt es ... außer diesen vier zufällig ... noch mehr ... Personenaufzüge?"

Die beiden Schwestern schüttelten einmütig die Köpfe. „Nein."

„Mist ..."

„Aber ...", sagte eine der Frauen nach kurzem Nachdenken.

„Ja?"

„Es gibt da noch diesen kleinen Aufzug für den Gastrobereich."

„Stimmt", pflichtete die andere ihr bei. „Er verbindet die Großküche oben mit den einzelnen Verteilerküchen auf den Stationen. Warum wollen Sie das eigentlich wissen?"

Ein Kribbeln überlief Jonathan. „Wohin führt er?"

„Also, im Erdgeschoss gibt es keine Küche", sagte die eine nachdenklich.

„Ich glaube, in den Keller", fügte die andere hinzu. „Da gibt's ein Lager. Aber der Aufzug ist viel zu klein. Da passt kein Patientenbett hinein."

„Danke!" Jonathan wandte sich um. Hielt aber noch mal inne. „Welche Richtung?"

„Das Lager? ... Äh ... da lang." Die Schwester wies nach Osten.

Jonathan stürmte die Treppe hinab. Auf halber Strecke hörte er schwere Schritte. Er drosselte sein Tempo, quetschte sich an die Wand und ließ einen Trupp schwarz gekleideter SEK-Leute vorbei. Sie schenkten ihm kaum mehr als einen flüchtigen Blick.

Als sie vorbei waren, hetzte Jonathan weiter die Treppe hinab in den Keller. Dort bog er nach links ab. An einer metallenen Tür hielt er inne. *Zutritt für Unbefugte verboten* stand darauf. Solche Türen waren immer abgeschlossen. Das sagte ihm seine Erfahrung. Dennoch griff er nach der Klinke und drückte sie herunter. Die Tür ließ sich öffnen! Er trat in einen erleuchteten Flur, von dem Metalltüren abgingen. Weiter hinten sah er eine Tür mit der Aufschrift *Kühlräume*. Er machte zwei Schritte darauf zu, als das Licht ausging. *Mist!*

Einen Moment verharrte er im Dunkeln und dachte angestrengt nach. Die Tür war offen gewesen, das war garantiert nicht vorschriftsgemäß. Und das bedeutete, dass jemand entweder sehr nachlässig oder in großer Eile gewesen war. Und da das Licht noch gebrannt hatte, war dieser Jemand erst vor Kurzem hier entlanggekommen. Jonathan wandte sich abrupt um, riss die Tür wieder auf und eilte in die entgegengesetzte Richtung.

„Mara!", rief er. „Mara, bitte warte!"

Ein schabendes Geräusch war zu vernehmen.

Jonathan eilte weiter, folgte dem Geräusch, stieß eine Tür auf und entdeckte eine schlanke Gestalt in Schwesternkleidung, die auf einem Stapel leerer Paletten stand und ein schmales Kellerfenster geöffnet hatte.

„Mara?"

Sie wandte sich um. „Jonathan, was machst du hier?"

Ihr Gesicht lag im Halbdunkel. Es glänzte. Sie hatte geweint.

„Das könnte ich *dich* fragen, wenn es nicht so offensichtlich wäre", erwiderte Jonathan.

„Ist es denn so offensichtlich?"

„Ja, du kletterst gerade durch ein Kellerfenster."

Ein winziges Lächeln huschte über ihr Gesicht. „Lässt du mich gehen, bitte? Ich ... ich brauche einen Moment für mich."

Jonathan atmete tief durch. Dann blickte er ihr in die Augen. „Mara, was soll das alles hier? Was hast du getan?"

„Was denkst du denn?"

Jonathan blickte sie an. Und er fragte sich zum wiederholten Mal, ob er diese geheimnisvolle Frau wirklich kannte. Ihre Augen waren tränenfeucht, aber auf ihren Zügen spiegelte sich kein Hass, keine Furcht, kein Triumph ... Es war etwas gänzlich anderes.

„Okay", sagte er leise.

Sie wandte sich ab und kletterte aus dem Fenster.

Jonathan blickte ihr nach. Auch als sie längst verschwunden war, starrte er durch das Kellerfenster hinaus auf die schmale Straße. Eine Butterblume bog sich im sanften Wind. Ein gelber Fleck im Grau der steinernen Fassaden, beleuchtet von der Nachmittagssonne.

In die Irre geführt

Die letzten Treppenstufen nahm sie einzeln. Ihre Muskeln brannten und ihr Atem rasselte.

„Ich sollte dringend ... etwas Sport ... machen", stieß Oberschwester Brigitte Slomka hervor. Ihr Blick flimmerte, als sie die Terrassentür aufstieß.

Ein angenehm frischer Wind blies ihr ins Gesicht. Sie stützte die Hände auf den Knien ab und holte ein paarmal tief Luft. Der Schwindel ließ etwas nach, und sie schlurfte auf den Kommissar zu, der sich mit ausgebreiteten Armen auf der Dachterrasse umsah.

„Wo sind sie?"

„Gesprungen ...?", schnaufte Brigitte.

Er lugte über das Geländer hinab in den Innenhof.

Die Oberschwester gesellte sich neben ihn und folgte seinem Blick. Auf dem gepflasterten Hof lagen keine zerschmetterten Leichen. Gott sei Dank!

„Verdammt!" Der Kommissar schlug mit der Faust auf das Geländer. „Sie kennen die Frau besser als ich, was hat sie vor?"

Brigitte Slomka schnaufte. „‚Kennen' ist wohl der falsche Ausdruck. Sie war sehr zurückhaltend und allem Anschein nach sehr religiös. Ich habe ihr von Anfang an nicht getraut. Aber das hilft uns jetzt auch nicht weiter."

Der Hauptkommissar schürzte die Lippen. „Wir haben also die ganze Palette an Möglichkeiten – von Entführung über Mord bis hin zu erweitertem Suizid." Schritte wurden laut. Ein ganzer Trupp SEK-Leute mit der Kommissarin an der Spitze kamen auf die Terrasse geeilt.

„Wir haben das ganze Stockwerk abgesucht, sie ist nicht hier!"

Brigitte Slomka stellte voller Neid fest, dass die junge Beamtin kein bisschen außer Atem war.

Hauptkommissar Boddien runzelte die Stirn. „Und wo ist Brendel?"

Die junge Frau sah sich einen Moment lang verdutzt um. Dann wurde sie eine Spur blasser. „Scheiße." Sie drehte auf dem Absatz um und spurtete ins Treppenhaus.

Brigitte Slomka konnte sehen, wie die Kiefer des Hauptkommissars mahlten. Er winkte einen der SEK-Männer zu sich, offenbar den Anführer der Truppe.

„Ihre Leute sollen systematisch das gesamte Gebäude durchkämmen. Die Ausgänge haben Sie abgeriegelt?"

„Selbstverständlich", erwiderte der Mann.

„Gut. Danke."

Boddiens Handy klingelte. Der SEK-Mann gab seinen Leuten Befehle, während der Hauptkommissar gebannt lauschte und dann einen lauten Fluch ausstieß. Er beendete das Telefonat und rief: „Es gibt einen Speiseaufzug!"

Der Kommandant des SEK wandte sich abrupt zu ihm um. „Wo?"

Boddien zeigte in Richtung Kantine und die Männer spurteten los.

Brigitte Slomka beschloss, dass die Jagd an dieser Stelle für sie beendet war. Bedächtig verließ sie die Terrasse und machte sich ächzend daran, die Treppe hinabzusteigen. Ihr linkes Knie schmerzte. Aber gegen Arthrose konnte man leider nicht viel machen.

Hinter sich hörte sie die Polizisten durch das Gebäude hetzen. Ein Riesenaufwand – und vielleicht war alles schon zu spät. Hätte sie doch bloß schon früher reagiert. Hätte sie doch irgendetwas gesagt oder die junge Frau genauer im Auge behalten. Sie hätte einfach ihren Instinkten folgen sollen.

Schnaufend erreichte sie schließlich den zweiten Stock. Sie hatte den Fuß schon auf die nächste Treppenstufe gesetzt, als etwas sie innehalten ließ. Durch die Glastür der Station konnte sie sehen, dass die Tür zum Aufenthaltsraum geschlossen war. Es war nur eine Kleinigkeit, aber trotzdem ... Sie arbeitete schon ewig hier, und diese Tür war nie zu, allein schon deshalb, damit man die wenigen Patienten, die den Raum nutzten, besser unter Aufsicht hatte. Also, warum war sie ausgerechnet heute geschlossen?

Einen Moment lang zögerte sie. Dann stapfte sie entschlossen auf die Treppenhaustür zu.

Zurück

War das alles nur ein Traum gewesen, ein Produkt seiner Fantasie? Aber warum war ihm dann das, was in dieser seltsamen Wüstenfestung geschehen war, noch so ungeheuer präsent? Waren Sokjan, Faith und Fastus am Ende gar real? Existierten sie tatsächlich irgendwie und irgendwo in seinem Selbst? Oder war es etwas ganz anderes und er hatte so etwas wie eine Vision erlebt?

Ein Lächeln huschte über seine Züge, als ihm bewusst wurde, dass es im Grunde keine große Rolle spielte. In gewisser Weise waren die drei ungleichen Brüder Teile seines Selbst. Er trug ein kindliches Ich in sich, genauso wie hemmungslose Selbstbezogenheit und die tiefe Sehnsucht nach Wahrheit. All das war Maik und noch manches mehr.

Seine Finger zitterten, als er versuchte, den rechten Greifreifen des Rollstuhls zu erreichen. Er keuchte vor Anstrengung. Seine Hand war schwer wie Blei. Hätte der Gurt um seine Brust ihn nicht gehalten, wäre er nicht einmal in der Lage, aufrecht zu sitzen.

So schwach wie ein neugeborenes Kind, ging ihm durch den Sinn. Nicht gänzlich unpassend, wie er fand.

Er gab den Versuch auf, den Rollstuhl bewegen zu wollen, und drehte den Kopf ein wenig zur Seite. Aus den Augenwinkeln konnte er die Glastür erkennen. Durch diese Tür war sie verschwunden. Mara – *die weiße Frau*. Das Mädchen, dem er so viel Leid zugefügt hatte, war für sein eingekerkertes Selbst zum Schreckgespenst geworden, denn sie hatte ihn stets an das erinnert, was aus ihm geworden war: eine Bestie.

In jener Nacht, als er ihren Bruder getötet und sie schwer verletzt und blutend auf der Straße zurückgelassen hatte, hatte es noch ein drittes Opfer gegeben, und zwar den letzten Funken Wahrhaftigkeit in ihm selbst. Er hatte das Suchen in sich getötet und alles, was kindlich war, hinter dicke Kerkermauern weggesperrt. Immer höher und stärker waren die Mauern geworden, die er um seine Seele errichtet hatte, und immer verkümmerter war das geworden, was von seinem Selbst übrig geblieben war. Alle Schönheit, alle Sehnsucht, alles, was eine tiefere Wahrheit jenseits seiner Selbst aufzeigte, hatte er ausgesperrt – er hatte seine Ohren vor dem Spiel des Harfners verschlossen.

Andere Menschen waren kaum mehr als Schattengestalten gewesen. Sie waren unwichtig und dienten lediglich als Werkzeuge, die ihm halfen, seine Ziele zu erreichen.

Die Erinnerung an jenen furchtbaren Schmerz, als die Mauern brachen und die Erkenntnis wie eine Kaskade gleißenden Lichts in ihn hineingeströmt war, ließ ihn erschauern. Nichts hatte er vor diesem Licht verbergen können. In diesem einen Augenblick hatte er sich so gesehen, wie er wirklich war: ein schemenhafter, in sich selbst verkrümmter Schatten, der kaum noch als Mensch zu erkennen war.

Dann hatte sich das narbige Gesicht einer jungen Frau über ihn gebeugt ...

„Ich bin Mara. Vielleicht erinnerst du dich nicht mehr an mich", sagte die junge Frau mit leiser Stimme.

Unfähig zu reagieren, starrte Maik sie an.

„Aber ich erinnere mich an dich. Du bist der Mann, der meinen Bruder getötet hat. Er war der wichtigste Mensch in meinem Leben. Ich habe ihn geliebt. Und dann kamst du und hast ihn mir genommen ... Wir beide wissen, dass es kein Unfall war."

Die Wahrheit in diesen Worten hatte Maik einen Stich ins Herz gegeben. Der Bruder dieser jungen Frau war sein erster Mord gewesen.

„An jenem Tag vor fünfzehn Jahren hast du Hass in mein Herz gesät", sagte Mara. *Ihr Blick bohrte sich tief in ihn hinein. „Du hast meine Seele an dich gekettet. Und an jedem Tag meines Lebens habe ich diese Ketten gespürt." Sie hielt inne. In ihren Augen schimmerte es feucht. „Aber ich will das nicht! Ich will nicht, dass sich die Finsternis in meinem Herzen einnistet! Und deshalb ...",* sie beugte sich vor, bis ihr narbiges Gesicht dicht vor dem seinen war, *„... deshalb vergebe ich dir!"*

Ihre Worte trafen ihn wie ein Hammerschlag.

„Ich will nicht, dass mein Herz mit Hass vergiftet wird. Ich will alle Menschen so sehen, wie ich selbst auch gesehen werden möchte. All das Böse, das du getan hast, soll mich nicht daran hindern, dir Gutes zu tun." Ihr Blick war so intensiv, dass ihn schauderte. „Hast du das verstanden?"

Unfähig zu sprechen und ihr zu antworten, senkte er die Lider und hob sie wieder.

„Du bist frei von deiner Schuld, Maik ... und ich bin es auch."

Einen Moment lang hatte es den Anschein, als sei sie von ihren eigenen Worten überrascht. Maik hatte den Eindruck, dass sie tief in sich hineinhorchte. Dann richtete sie sich mit einem befreiten Lächeln wieder auf. Fassungslos starrte er sie an ...

Maik lehnte sich in seinem Rollstuhl zurück. Ein Stöhnen entrang sich seiner Seele. Was sollte er jetzt tun? Was sollte er mit dem Rest seines Lebens anfangen? El Niño gab es nicht länger.

Ein Geräusch ließ ihn aufhorchen. Er war der einzige Mensch in dem kleinen Aufenthaltsraum.

Die Tür öffnete sich. Ein breitschultriger Mann trat ein. Er trug den weißen Kittel eines Arztes. Einen Atemzug lang verharrte er in der Tür, dann kam er näher und ging vor Maik in die Hocke.

„Mein Freund, du lebst?!" Es war Sercan. „Als ich hörte, dass du verlegt werden sollst, stand ich mit ein paar Jungs bereit, um dich abzupassen. Doch kein Wagen kam. Da wusste ich, es ist etwas schiefgelaufen. Ich hab den Polizeifunk abgehört. Hat dir die Verrückte etwas angetan?"

Maik brachte ein Kopfschütteln zustande. „Geht ... gut", nuschelte er. *Sie ist nicht verrückt,* ging ihm durch den Kopf, *aber sie hat mir sehr wohl etwas angetan. Sie hat das Lügengebäude meines Lebens unwiderruflich zerstört.*

Sercan legte ihm seine Hand auf die Schulter. „Es ist gut, dich zu sehen, mein Freund. Ich hatte ein Ablenkungsmanöver gestartet. Die Bullen hatten dich überall in Deutschland vermutet, nur nicht in Berlin, und schon gar nicht im Krankenhaus. Aber jetzt musst du schleunigst weg von hier."

„Nein!", stieß Maik hervor. *Schon wieder eine Lüge, Sercan. Ich bin nicht dein Freund.*

Die Bilder kamen so unvermittelt, dass Maik das Gefühl hatte, wieder dort unten zu sein in jener alten verlassenen Festung mitten in der Wüste Afghanistans ...

Sie waren unterwegs, um Lebensmittel, Verbandsmaterial und Munition zu einigen der entlegenen Stellungen der International

Security Forces *zu bringen. Ein Trupp Söldner unter der Führung eines ehemaligen Marine – einem erfahrenen und skrupellosen Mann, der unehrenhaft aus der Armee entlassen worden war.*

Maik wusste, dass der Kommandant unter all den dicken Packen Verbandsmaterial auch einige Päckchen Heroin schmuggelte.

Es war gegen Abend, die Sonne rötete bereits den Horizont, als die Taliban kamen. Sie rasten in schrottreifen Pick-ups auf sie zu und stürmten zu Fuß die Hügel hinab. Maik kam es vor, als wären es Hunderte. In Wahrheit konnten es aber nur zwei bis drei Dutzend gewesen sein.

Unter der Führung des Marine gelang es den ISF-Leuten, den Angriffsring zu durchbrechen. Der Offizier führte sie zu einer alten verlassenen Festung. Er befahl Maik, den verletzten Sercan zu tragen, wofür Maik ihn innerlich verfluchte.

Zu siebt schafften sie es bis in die Festung. Doch wenig später hatten die Taliban sie erneut eingekesselt. Als die Nacht hereinbrach, waren die Verteidiger noch zu fünft. Der Marine verband Sercans Wunden und legte ihm einen Tropf.

Dann begannen die Schusswechsel von Neuem. Beim dritten Angriff verlor Sercan das Bewusstsein.

Zu dritt schafften sie es, sich in eines der Gebäude im Inneren zurückzuziehen. Es war eine Schreckensnacht. Mehrmals erwog Maik, sich allein in die Dunkelheit zu schleichen und zu fliehen. Dass er doch blieb, hatte nichts mit Loyalität zu tun, lediglich mit Angst. Für ihn zählte einzig und allein das eigene Überleben.

Irgendwann wollte einer der Taliban eine Panzerabwehrrakete auf das Gebäude abschießen – doch irgendetwas ging schief. Die Rakete ging fehl und traf ein verstecktes Munitionslager oder einen Treibstofftank. Die Explosion war gewaltig. Als Maik die Augen wieder aufschlug, vernahm er als Erstes ein lautes blubberndes Schnaufen. Es dauerte einen Moment, bis er erkannte, dass es sein eigener Atem war. Dann spürte er den brennenden Schmerz in seinem Gesicht. Als er es mit seinen Fingern betastete, fühlte er Blut. Die Explosion hatte ihm die halbe Nase abgerissen. Er fluchte laut und untersuchte seinen Körper nach weiteren Verletzungen. Doch außer einigen Blessuren ging es ihm überraschend gut.

Er warf einen Blick nach draußen. Die Taliban waren glücklicherweise fort.

Dann hörte er ein leises Stöhnen. Der Kommandant lebte noch, aber seine Verletzungen waren so schwer, dass er sich niemals wieder auf eigenen Beinen würde bewegen können. Maik ließ ihn verbluten. Ein Mann weniger, der Lebensmittel und Wasser brauchen würde.

Ein paar Stunden später hörte er, wie jemand seinen Namen flüsterte. Verblüfft richtete er sich auf und stellte fest, dass Sercan die Augen aufgeschlagen hatte.

„Sind ... sie fort?", flüsterte dieser, während er mit dem Kopf kurz in Richtung Taliban deutete.

„Ja."

„Sind wir ... die einzigen ... Überlebenden?"

Maik nickte.

„Ich ... kann uns hier rausbringen ...", flüsterte der Deutschperser. „Schmuggelroute ..."

Maik hob die Brauen.

Sercans Blick fiel auf den Verband und den Tropf. „Warst ... du das?", fragte er.

Maik grinste nur.

Gleich darauf versank der Verwundete in Fieberträumen. Maik fragte sich, ob der Mann die Wahrheit gesagt hatte. Sercan war als Übersetzer tätig gewesen und hatte mit vielen Stammesführern gesprochen. Es war gut möglich, dass er Pfade kannte, die den Taliban nicht vertraut waren.

Also beschloss Maik, alles dafür zu tun, den Deutschperser am Leben zu erhalten. Seine Gründe dafür waren denkbar schlicht: Er brauchte den Mann.

Die Tage in der Wüstenfestung schienen sich wie Ewigkeiten hinzuziehen. Als Sercan endlich aus seinen Fieberträumen erwachte, umklammerte er Maiks Hand. „Ich schulde dir was, mein Freund." Sercan sprach diese Worte mit heiligem Ernst. „Du kannst immer auf mich zählen. Egal, was kommt."

Maik verlor kein Wort über die tatsächlichen Umstände. Stattdessen sagte er: „Einverstanden. Aber erst mal müssen wir das hier überleben."

Sie überlebten. Und Sercan wurde Maiks treuer Gefolgsmann.

Das geschmuggelte Heroin war nur der Anfang. Nachdem er zu Geld gekommen war, unterzog sich Maik mehrerer plastischer Operationen. Doch gravierender als die äußeren Veränderungen war die innere Leere, die mehr und mehr um sich griff. Nach und nach wurde Maik zu dem gefürchteten Unterweltboss El Niño.

Doch nun gab es El Niño nicht mehr. Die Zeit der Lügen war vorbei.

„Was soll das?", stieß Sercan hervor. „Die Bullen werden gleich hier sein."

„Geh!" Maik versuchte zu lächeln.

„Hast du mir nicht zugehört? Wir müssen weg hier – sofort!" Er packte den Rollstuhl.

„*Nein!*", stieß Maik hervor, Speichel sprühte aus seinem Mund. Das Sprechen fiel ihm unendlich schwer: „...schwinde ... bis... frei."

Sercan starrte ihn an.

„HAU AB!"

Sercan stand einen Moment wie erstarrt. Dann nickte er.

Scham

Oberschwester Brigitte Slomka wartete, bis sie sicher war, dass niemand sie sah. Dann schlüpfte sie durch die Eingangstür zurück auf die Station, auf der sie heute bereits eine recht peinliche Begegnung mit Dr. Wohlrabe gehabt hatte. Es wäre äußerst unangenehm, sollte er sie noch einmal dort erwischen. Kurz verharrte sie reglos und lauschte. Da war jemand! Sie glaubte, leise Stimmen zu hören. Schließlich holte sie tief Luft und stapfte auf den Aufenthaltsraum zu.

Kurz bevor sie die Tür erreichte, wurde diese aufgestoßen. Eine Gestalt stürmte heraus.

„He!"

Der Mann hetzte an ihr vorbei. Als sie ihm hinterherblickte, sah sie nur einen wehenden Arztkittel, dann verschwand der Mann im Treppenhaus.

„Wer zum Henker war das?" Kopfschüttelnd stieß sie die Tür zum Aufenthaltsraum wieder auf.

Nur eine Person befand sich im Raum. Ein Mann in einem Rollstuhl. Ganz leise hörte sie einen rasselnden Atem. Als sie näher trat, erkannte sie ihn: Es war der Flussmann. Seine Augen waren offen. Und sein Gesicht schimmerte feucht.

Brigitte Slomka stieß einen Seufzer der Erleichterung aus. Er lebte! Sie trat ein. Einen Atemzug später setzte ihr Herzschlag beinahe aus und sie stieß einen erschrockenen Schrei aus. Der Patient bewegte sich. Er blickte zu ihr auf, sein Blick war klar.

Brigitte Slomka würgte den Kloß in ihrem Hals hinunter. „Sie ... sind wach?!"

Seine Lippen zuckten ... ein Lächeln?

„Wie ... wie geht es Ihnen?"

Er starrte nachdenklich an ihr vorbei.

„Hat ... hat sie Ihnen etwas angetan?"

Der Mann blickte mit gerunzelter Stirn zu ihr auf.

Schwester Slomka räusperte sich. „Vor ungefähr einem Monat hatten Sie einen Unfall. Sie wurden schwer verletzt hier eingeliefert und lagen im Wachkoma. Irgendwann stellten wir fest, dass eine Mitarbeiterin, Schwester Mara, sich immer wieder unerlaubt Zutritt zu Ihrem Zimmer verschaffte. Und dann vor einer Stunde waren Sie plötzlich verschwunden. Ein ganzes Polizeikommando sucht nach Ihnen."

Noch immer schweigend blickte er zu ihr auf.

„Nun, vielleicht erinnern Sie sich nicht mehr daran, aber Sie waren vor vielen Jahren schon einmal in einen Unfall verwickelt, und Schwester Mara war damals ..."

„Ich ... Bruder ... ermordet!" Nuschelnd stieß er jedes einzelne Wort hervor. Er nickte. „Erinneremich."

Ein Schauer lief ihr über den Rücken. Hatte er wirklich „ermordet" gesagt?

„Nun ...", sie räusperte sich, „... wir fürchteten, sie wollte sich an Ihnen rächen."

Er starrte sie an. Dann schüttelte er kaum merklich den Kopf.

Verwirrt hob die Oberschwester den Blick. Mehr zu sich selbst murmelte sie: „Aber was sollte das Ganze dann?"

Der Mann bewegte sich, sah zu ihr auf. „Ich ... bin ... wach", nuschelte er.

Die Oberschwester schluckte. Eine ganze Weile blieb es still im Raum. Brigitte Slomka spürte ein sehr ungewohntes Gefühl in sich aufsteigen ... Scham, tiefe, brennende Scham.

„Ich denke, es ist Zeit, Sie hier wegzubringen."

Wieder zuckten seine Lippen. Dann nickte er.

Frei

Der Himmel hatte sich zugezogen, bald würde es regnen. Die Blätterkronen der alten Bäume im Park sangen leise ihr Willkommenslied. Mara überquerte eine Straße. Der Fußweg war schlecht gepflastert. Sie musste aufpassen, wohin sie ihre Füße setzte. Es war lange her, dass sie hier gewesen war, sehr lange, aber alles schien noch wie früher zu sein.

Unbewusst schüttelte sie den Kopf. Nein, nicht alles war so wie früher.

Ihre Gedanken wanderten zurück zu jenem Gespräch vor vielen Jahren, das alles verändert hatte. Sie sah wieder Schwester Maggys faltige Gesichtszüge vor sich und hörte ihre leise Stimme: „Ich kenne keine Sünde, die furchtbareres Leid verursacht hat, als diese eine, die manche die erste der Sieben Todsünden nennen. Die Welt ist krank von ihr." Ihre faltigen Züge unter dem steifen Häubchen hatten sich zu einem milden Lächeln verzogen. „Aber du musst dich ihrer Macht nicht geschlagen geben."

„Was kann ich tun?"

„Für die Sünde Luzifers gibt es nur ein Heilmittel ... die Demut! In ihr liegt eine ungeheure Kraft verborgen."

„Wie meinst du das? Ich verstehe dich nicht!"

„Der Hochmut eines Menschen hat dir furchtbares Leid angetan. Und er hat diesen Menschen zu deinem Feind gemacht. Wenn du frei werden willst, musst du das Übel bei der Wurzel packen. Bekämpfe den Hochmut mit der Macht der Demut."

Mara hatte sie mit großen Augen angestarrt.

Die alte Frau hatte gelächelt. „Hass ist die reflexhafte Antwort auf den, der uns Böses antut. Aber es ist die falsche Antwort. Hass zieht die Dunkelheit an. Er gibt deinem Feind Macht über dich. Wenn du jemanden hasst, wird er dich begleiten, wo immer du auch bist. Stets wird er in deinen Gedanken sein und deine Gefühle für sich beanspruchen. Sogar in deinen intimsten Momenten, selbst im Schlaf wird er dich verfolgen. Vielleicht glaubst du, dass Rache dich befreien wird. Aber das ist nicht der Fall. Denn Rache lässt dich genau das tun, was du verabscheust. Und dann lässt sie dich leer und arm zurück. Das, was du wirklich suchst, kann sie dir nicht zurückgeben ... Es gibt nur einen Weg in die Freiheit: Du musst ihm vergeben."

Mara erinnerte sich noch genau an ihren ungläubigen Blick, als sie verstand, welche Ungeheuerlichkeit sich hinter den Worten der alten Frau verbarg.

„Das ist nicht dein Ernst! Vergeben – trotz all dem, was er getan hat?!"

„Allein wirst du es nicht schaffen, das Unverzeihliche zu verzeihen ..."

Regen setzte ein und überdeckte den Lärm der Stadt. Nun zögerten Maras Schritte doch. Ganz langsam bog sie um die Ecke. Im Rhythmus ihres Atems ging sie Schritt für Schritt, bis sie mitten auf der Straße stand. Hier war es geschehen. Die Bilder waren wieder da: das heranrasende Auto, der

Qualm der quietschenden Reifen und die weit aufgerissenen Augen des Fahrers. Triumphierend hatten jene Augen im Gerichtssaal geblickt, triumphierend und kalt. Langsam stieß Mara den angehaltenen Atem wieder aus. Die Bilder waren noch da, aber das lodernde Brennen, die unerträgliche Hitze, der Übelkeit erregende Druck, der ihr die Luft zum Atmen genommen hatte – all dies war verschwunden.

Sie hatte wieder in diese Augen geblickt, als sie wach wurden, als sie sie erkannten ...

Sosehr hatte sie sich vor diesem Moment gefürchtet. Doch als es so weit gewesen war, hatte sie eine unerwartete Leichtigkeit gespürt. Es fühlte sich an, als wäre jemand Drittes plötzlich bei ihnen gewesen und hätte ihr ganz sacht eine Hand auf die Schulter gelegt. In diesem Augenblick war es, als würde Mara aus einer düsteren Schattenwelt heraustreten und zum ersten Mal seit langer Zeit wieder frische Luft atmen, und sie tat das Unmögliche.

Nun wusste sie, dass sie frei war, endlich frei!

Epilog

„Wo muss ich unterschreiben?", fragte Jonathan.
„Dort." Der Notar deutete mit dem Kugelschreiber auf die entsprechende Zeile.

Es war ein surreales Gefühl, seine Unterschrift unter das Dokument zu setzen. Denn mit diesen hingekritzelten Buchstaben war er nun Besitzer eines kleinen Vermögens.

„Vielen Dank, Herr Brendel. Ich muss gestehen, diese Geschichte mit dem gefälschten Testament beschäftigt mich immer noch sehr. Ich bin seit zweiunddreißig Jahren Rechtsanwalt und Notar, aber so etwas ist mir noch nie untergekommen. Ich möchte Sie deshalb an dieser Stelle darauf hinweisen, dass Sie das Recht haben, Anzeige zu erstatten."

Jonathan lächelte. Er wusste, wer ihm das falsche Testament zugeschickt hatte. Hauptkommissar Boddien hatte ihm gestanden, dass es sein Plan gewesen war, über Jonathan an Maik heranzukommen. Es hatte ihm aufrichtig leidgetan und Jonathan hatte ihm verziehen. Der Notar hingegen schien seinem alten Freund die Sache noch sehr übel zu nehmen.

Jonathan winkte ab. „Dafür gibt es keinen Grund. Diese Fälschung hat mir die ... aufschlussreichsten Wochen meines

Lebens beschert. Ich möchte sie um keinen Preis der Welt missen."

„Nun gut, wie Sie meinen." Der Notar lächelte verkniffen und schob sein Exemplar des Formulars in eine kleine Mappe. „Ihr Bruder hat Sie darüber informiert, dass er auf seinen Erbteil verzichtet?"

„Ja. Aber ich werde ihn trotzdem für ihn aufbewahren."

„Sind Sie sicher?" Der Notar räusperte sich. „Sie sind ihm nichts schuldig, weder rechtlich ... noch moralisch, wenn ich mir diese Bemerkung erlauben darf. Zumal es ... nun ja, noch sehr viele Jahre dauern kann, bis er eine sinnvolle Verwendung dafür haben dürfte ... wenn überhaupt."

„Darüber bin ich mir im Klaren."

„Der Prozess wird sich vermutlich noch sehr lange hinziehen, aber ich verrate Ihnen kein Geheimnis, wenn ich Ihnen sage, dass es keinen Zweifel daran gibt, wie er ausgehen wird." Der Notar runzelte die Stirn. „Sie wissen schon, dass ‚lebenslänglich' nach deutschem Recht mindestens fünfzehn Jahre Freiheitsentzug bedeutet? Und da man bei ihm aller Wahrscheinlichkeit nach eine besondere Schwere der Schuld feststellen wird, werden es sogar fünfundzwanzig Jahre sein."

„Ich weiß."

Der Notar kratzte sich am Kopf „Im Grunde geht es mich ja nichts an –"

„Das ist richtig", unterbrach Jonathan ihn mit einem freundlichen Lächeln.

Der Mann nickte verlegen. „Äh ... nun gut. Damit wären wir so weit fertig." Er stand auf und reichte Jonathan die Hand. „Auf Wiedersehen, Herr Brendel."

„Auf Wiedersehen und vielen Dank für alles." Sie schüttelten einander die Hände.

Jonathan verließ das Haus und wanderte an den alten Villen und dicht belaubten Bäumen vorbei zur U-Bahn. Die vergangenen eineinhalb Monate waren hart gewesen. Schockiert hatte Jonathan erfahren müssen, dass aus seinem Bruder einer der gefürchtetsten Gangsterbosse Berlins geworden war – El Niño. Die Liste seiner Verbrechen reichte von Drogenhandel und Raub über Geldwäscherei und Erpressung bis hin zu Mord. Aus Maik war ein Monster geworden. Aber irgendetwas hatte sich geändert. Maik sprach nicht darüber. Aber während er im Koma gelegen hatte, war etwas mit ihm geschehen. Möglicherweise hatte Mara ihren Anteil daran, vielleicht auch jemand ganz anderes, in jedem Fall war wieder ein Funken Menschlichkeit in ihm erwacht. Was sich unter anderem in einem umfassenden Geständnis und ersten Äußerungen von Reue gezeigt hatte.

Dennoch waren die wenigen Begegnungen mit seinem älteren Bruder für Jonathan befremdlich gewesen, nicht nur, weil Maik aufgrund der plastischen Operationen völlig verändert aussah. So viel war seit ihrer Kindheit geschehen. So viel Grauen stand zwischen ihnen. Einen einzigen Moment der Nähe hatte es gegeben, und zwar als sie gemeinsam das echte Testament ihrer Mutter gelesen hatten, ohne die von Hauptkommissar Boddien hinzugefügten Bedingungen für den Antritt des Erbes. Jonathan fragte sich, ob sie sich jemals wieder so nahestehen würden wie damals, als sie noch Kinder gewesen waren. Falls ja, würde das wohl noch viele Begegnungen und Gespräche erfordern. In jedem Fall, so beschloss Jonathan, sollte das nicht an ihm scheitern. Er hatte die Geschichte von dem Vater und seinen zwei Söhnen gelesen, die seine Mutter ihnen ans Herz gelegt hatte. Sie stand in der Bibel. Einer der Brüder hatte sein Elternhaus verlassen, um sein

Erbe mit beiden Händen aus dem Fenster zu werfen und sein Leben gegen die Wand zu fahren. Der andere war dageblieben und hatte doch nie verstanden, welch ungeheures Geschenk es war, ein solches Zuhause zu haben. Denn der Vater liebte beide Söhne mit einer unerschütterlichen zärtlichen Liebe, die alles zu Erwartende überstieg. Das war das Faszinierendste an der ganzen Geschichte.

Jonathan stieg aus der Bahn. Ein Anzugträger kam mit seinem Rollkoffer angehetzt und drängelte sich an einer Gruppe Jungen vorbei, die angestrengt auf ihre Handys starrten. Ein Obdachloser saß auf den Treppenstufen und knuddelte seinen Hund, während eine Gruppe schwäbischer Touristen die Fahrpläne studierte.

Die Sonne schien Jonathan warm ins Gesicht, als er nach draußen trat. Witzigerweise mischte sich in den Geruch von Dieselabgasen und Dönerbude der Duft von frisch gemähtem Gras. Das Leben war ein wildes Abenteuer. Schwester Maggy und Mara hatten ihn gelehrt, dass man nicht weit reisen musste, um das zu erfahren, man musste nur die Augen öffnen, vor allem die Augen des Herzens.

Jonathan schlenderte, die Hände in den Taschen, die vertraute Gasse entlang zu seiner Agentur, die jetzt auch sein Zuhause war. Jenny war nach der Katastrophe mit Theo Nielsen aus dem gemeinsamen Unternehmen ausgestiegen. Sie hatten sich ohne Streit und böse Worte getrennt. Ihr Stammverlag, in dem sie weiterhin tätig gewesen war, hatte ihr einen Posten als Cheflektorin angeboten. Sie hatte zugesagt. Nun war sie diejenige, die mit den Agenturen verhandelte. Früher oder später würden sie sich also wieder begegnen. Jonathan ahnte jetzt schon, dass sie ihn dabei nach allen Regeln der Kunst über den Tisch ziehen würde.

Er schloss die Tür auf und ging wie üblich zuerst in sein Büro, um seine E-Mails abzurufen. Sieben unverlangt eingesandte Manuskripte, eine Einladung zu einem Marketingworkshop für den Schnäppchenpreis von 3 980 Euro sowie die Antwort eines Verlages, die ihm signalisierte, dass die von Jonathan vertretene Autorin zwar fesselnd zu schreiben vermöge, das Buch aber leider nicht ins Programm passe. Ganz zum Schluss öffnete er eine E-Mail des LKA. Sie kam von Hauptkommissar Boddien. Er schrieb darin, dass die Suche nach Sercan, dem Unberührbaren, bislang erfolglos geblieben war, und er bat Jonathan, sich umgehend zu melden, falls Maiks ehemaliger Weggefährte Kontakt zu ihm aufnehmen würde.

Jonathan schrieb kurz zurück, dass er das tun werde, aber er war sich sicher, dass der Mann nie wieder bei ihm auftauchen würde.

Ein Blick auf die Uhr verriet ihm, dass es bereits früher Abend geworden war. Vorfreude und Nervosität verursachten ein leichtes Flattern in seinem Zwerchfell. Er fuhr den Rechner herunter und ging in Jennys ehemaliges Büro, das er zu einer Einzimmerwohnung umfunktioniert hatte. Auf diese Weise sparte er Miete und reduzierte seinen Arbeitsweg auf zweieinhalb Meter – ein sehr praktisches Arrangement.

Als er seinen Schrank öffnete und aus seiner übersichtlichen Garderobe die eleganteste Kombination auszuwählen versuchte, fiel ihm auf, dass er jetzt gern Jennys Rat gehabt hätte. Aber er würde das auch so hinbekommen.

Nach einem zähen Entscheidungsprozess von etwa achtundvierzig Sekunden wählte er seine eleganteste Jeans, ein grünes, nahezu gebügeltes Kurzarmhemd und Sneakers.

Auf dem Weg in die City fragte er sich, was Mara wohl vorhatte. Sie hatte nur gesagt, dass sie eine Überraschung für ihn hätte. Mehr hatte sie sich nicht entlocken lassen. Dass sie sich in den vergangenen Wochen so selten gesehen hatten, machte es für Jonathan nicht einfacher, die Situation einzuschätzen. Sowohl das LKA als auch die Krankenhausleitung hatten einiges mit Mara zu besprechen gehabt. Und in der letzten Woche hatte sie sich dann freigenommen. Sie war in irgendein kleines Nest in Süddeutschland gefahren, um dort in ein Diakonissenmutterhaus einzukehren. „Mein Leben wurde gerade ziemlich durcheinandergewirbelt", hatte sie ihm erklärt. „Ich brauche etwas Zeit, um mir über ein paar Dinge klar zu werden. Hast du noch ein wenig Geduld mit mir?"

„Was glaubst du denn?", hatte er erwidert.

Daraufhin hatte sie ihm einen Kuss auf die Wange gehaucht.

Das war nun sieben Tage her. Seitdem hatten sie sich nicht wieder gesehen.

Jonathan erreichte ihren Treffpunkt am Rosa-Luxemburg-Platz zwanzig Minuten zu früh. Unruhig lief er auf und ab. Nachdem er erfahren hatte, welches Leid Maik über Mara gebracht hatte, war es ihm kalt über den Rücken gelaufen. Er selbst hätte sich nicht annähernd vorstellen können, ein solches Verbrechen zu vergeben. Aber Mara hatte genau das getan. Und sie schien es wirklich ernst zu meinen. Ein Umstand, der ihn mit so etwas wie heiliger Ehrfurcht erfüllte. Allerdings machte ihm das Ganze auch etwas Angst. Jemand, dessen Glaube so stark war, würde möglicherweise ganz andere Prioritäten setzen, als er erhoffte. Jonathan fürchtete schon, dass Mara gleich in der Tracht einer Diakonisse um die Ecke biegen würde. Besorgt hielt er nach einem gestärkten weißen Häubchen Ausschau.

„Hallo", sagte plötzlich eine leise Stimme hinter ihm.

Jonathan fuhr herum.

Eine junge Frau in einem kurzen Sommerkleid lächelte schüchtern zu ihm auf. Ihre dunklen Haare fielen ihr offen auf die Schultern.

„Mara?", entfuhr es Jonathan.

„Warum so überrascht? Wir sind doch hier verabredet."

„Ja, aber ... du siehst toll aus."

„Danke, du auch." Sie stellte sich auf die Zehenspitzen und umarmte ihn.

„Ich?" Verdutzt blickte er auf seine Sneakers.

„Ist dir noch nie aufgefallen, dass sich die Frauen ständig nach dir umsehen?"

„Sehr witzig."

„Komm ..." Sie nahm seine Hand. „Heute lade ich dich ein."

Sie schlenderten über den Platz Richtung Kollwitzkiez.

„Wir gehen ins Dunkelrestaurant, habe ich recht?"

„Erraten."

„War das die Überraschung?"

„Wenn ja, wäre das nicht sehr originell, oder?"

„Na ja ..."

Mara lachte. „Soll ich es dir verraten?"

„Natürlich."

„Ich habe ein Jobangebot für dich."

„Was?" Jonathan war verblüfft. Damit hatte er nun wirklich nicht gerechnet. Zugleich spürte er auch einen winzigen Stich der Enttäuschung. Ein Jobangebot war nicht gerade herausragend ... persönlich.

„Darf ich fragen, um welche Art Job es sich handelt?"

„Ich habe in letzter Zeit sehr viel mit Schwester Maggy gesprochen. Sie hat eine unglaublich spannende Lebensgeschichte. Wusstest du, dass sie früher linksradikale Ansichten hatte, eine Zeitlang eine wichtige Rolle in der APO spielte und mit der RAF sympathisierte? Dann wirbelte Gott ihr Leben gehörig durcheinander, und sie kam zu der Erkenntnis, dass der Weg zur Veränderung der Welt veränderte Menschen sind. Und dass dieser Weg bei ihr selbst anfangen muss. Sie lebte und arbeitete eine Zeitlang mit den barmherzigen Schwestern in Kalkutta und gründete später ein Obdachlosenasyl und ein Übergangswohnheim für ehemalige Junkies in Berlin."

„Oh ..."

„Ich habe lange auf sie eingeredet und sie schließlich davon überzeugt, dass ihre Lebensgeschichte eine große Inspiration für andere sein kann. Na ja, und den Rest kannst du dir denken." Sie warf ihm ein strahlendes Lächeln zu.

„Ach, kann ich das?"

„Wir würden uns riesig freuen, wenn du es wärst, der ihre Geschichte aufschreibt."

„Ich? Aber ich bin doch gar kein Autor."

„Du könntest aber einer sein, und zwar ein absolut großartiger", erklärte Mara im Brustton der Überzeugung.

„Also ... ich fühle mich wirklich sehr geehrt, aber ... da muss ich noch mal darüber nachdenken."

„Das verstehe ich", erwiderte Mara. Sie betrachtete ihn von der Seite. „Aber du sagst das nicht nur aus Höflichkeit, oder? Du denkst wirklich darüber nach?"

„Versprochen."

Wenig später betraten sie das Dunkelrestaurant.

Nach der Vorsuppe beugte Jonathan sich vor und sagte leise: „Schade, dass ich dich nicht sehen kann. Du bist wunderschön, und es gibt keinen Grund, dich zu verstecken."

„Danke", flüsterte Mara zurück. „Aber hier fühle ich mich freier, dir zu sagen, was ich denke."

„Okay ..." Jonathan schluckte.

„Noch vor zwei Monaten war ich der festen Überzeugung, dass es der richtige Weg für mich sei, Diakonisse zu werden und mein Leben dem Dienst an anderen Menschen zu widmen."

Jonathan schwieg.

„Aber jetzt glaube ich, dass zumindest Ersteres nicht mein Weg ist", fügte sie hinzu.

„Warum?", fragte Jonathan leise.

Er hörte, wie ein Stuhl gerückt wurde. „Weil", ihre Stimme klang nun ganz nah, „weil mir der wunderbarste Mensch, der mir je begegnet ist, gezeigt hat, dass ich nicht die Gabe habe, mein Leben lang allein zu bleiben."

Er konnte ihre Wärme spüren. Ihre Haare kitzelten seine Wange, und dann spürte er, wie ihre Lippen sich auf seine legten.

Noch ehe er ihren Kuss erwidern konnte, zog sie sich zurück. Ihre Stimme klang unsicher. „Es sei denn, ich habe diesen wunderbaren Menschen falsch verstanden."

„Hast du nicht", erwiderte Jonathan. Dann beugt er sich vor, um ihren Kuss zu erwidern, traf stattdessen aber die Mineralwasserflasche. „Oh, Mist. Wie hast du mich in dieser Finsternis eigentlich gefunden?"

„Ich bin einfach dem Knoblauchduft gefolgt", erwiderte sie.

„Wie peinlich." Jonathan spürte, wie das Blut in seine Wangen schoss. „Ich hatte heute Mittag so einen Appetit auf einen Döner."

Mara kicherte. „Das macht nichts", erwiderte sie. „Solange du ein olfaktorischer Leuchtturm in der Dunkelheit bist, musst du dich eben von mir küssen lassen."

Jonathan hatte nichts dagegen einzuwenden.

Dank

Anne, du bist und bleibst der wichtigste Mensch in meinem Leben. Danke, dass du nicht nur meine vielfältigen Eigenwilligkeiten erträgst, sondern auch das Auf und Ab dieses Romans geduldig und konstruktiv begleitet hast. Ich liebe dich!

Matthes und Malte, ihr habt ohne jeden Zweifel die Gabe, mich aus den fernen Gefilden der Fantasie zurück in den Alltag zu holen. Ich weiß, es ist peinlich, aber ich schreibe es trotzdem: Ich habe euch beide sehr, sehr lieb!

Tina, ich weiß gar nicht, wie viel Lebenszeit du schon für meine Bücher geopfert hast. Vielen, vielen Dank für dein Mitdenken und Mitfühlen, für die vielen ermutigenden Feedbacks und die gnadenlose Aufdeckung so mancher Schwäche im Plot.

Lieber Harald, vor vielen Jahren hast du die erste Kurzromanversion dieser Geschichte gelesen. Dein Feedback hat mich ermutigt, am Ball zu bleiben und mehr daraus zu machen.

Liebe Ma, vielen Dank fürs Korrekturlesen. Seit ziemlich genau vierzig Jahren beschäftigst du dich schon mit meiner fantasievollen Orthografie – kein leichter Job.

Lieber Reiner, vielen Dank für deine Wertschätzung und Unterstützung.

Danke, Johannes, dass du dieses Buch möglich gemacht hast. Vielen Dank für dein Vertrauen! Ich freue mich schon auf das nächste Experiment.

Liebe Nicole, es war mir wieder einmal ein Vergnügen, mit dir zusammenzuarbeiten. Danke für deine Hartnäckigkeit, die mir geholfen hat, meine Ideen greifbarer zu machen.

Ein ganz besonderer Dank gilt allen meinen Leserinnen und Lesern. Es ist ein großartiges Geschenk, meine Fragen, Gedanken und Bilder mit so vielen unterschiedlichen Menschen teilen zu dürfen.

Der Verlag weist ausdrücklich darauf hin, dass im Text enthaltene externe Links nur bis zum Zeitpunkt der Buchveröffentlichung eingesehen werden konnten. Auf spätere Veränderungen hat der Verlag keinerlei Einfluss. Eine Haftung des Verlags für externe Links ist stets ausgeschlossen.

© 2018 Gerth Medien GmbH, Dillerberg 1, 35614 Asslar

1. Auflage 2018
Bestell-Nr. 817463
ISBN 978-3-95734-463-2

Umschlaggestaltung: Immanuel Grapentin
Umschlagfoto: Shutterstock
Satz: Apel Verlagsservice, Wietze
Druck und Verarbeitung: GGP Media GmbH, Pößneck
Printed in Germany

www.gerth.de